本著作受到首都师范大学文学院学科建设经费资助

中国新诗理论的现代品格

WU
SIJING

吴思敬————著

中国社会科学出版社

图书在版编目(CIP)数据

中国新诗理论的现代品格/吴思敬著.—北京：中国社会科学出版社，2022.6
ISBN 978-7-5227-0042-7

Ⅰ.①中… Ⅱ.①吴… Ⅲ.①新诗—诗歌理论—研究—中国 Ⅳ.①I207.25

中国版本图书馆CIP数据核字(2022)第062878号

出 版 人	赵剑英
责任编辑	慈明亮
责任校对	王　龙
责任印制	戴　宽

出　　版	中国社会科学出版社
社　　址	北京鼓楼西大街甲158号
邮　　编	100720
网　　址	http://www.csspw.cn
发 行 部	010-84083685
门 市 部	010-84029450
经　　销	新华书店及其他书店
印　　刷	北京君升印刷有限公司
装　　订	廊坊市广阳区广增装订厂
版　　次	2022年6月第1版
印　　次	2022年6月第1次印刷
开　　本	710×1000　1/16
印　　张	21.75
插　　页	2
字　　数	358千字
定　　价	118.00元

凡购买中国社会科学出版社图书，如有质量问题请与本社营销中心联系调换
电话：010-84083683
版权所有　侵权必究

目　录

代序：莫道桑榆晚，为霞尚满天 …………………………………… (1)

新诗理论：回顾与思考

中国新诗理论的现代品格
　　——谨以此文纪念新诗诞生一百周年 ………………………… (3)
对古代与西方诗学文化的双重超越
　　——百年新诗传统之我见 ………………………………………… (26)
在新诗百年纪念大会上的讲话 …………………………………… (32)
面对新时代，诗人何为？ …………………………………………… (34)
中国诗歌理论的现代转型 …………………………………………… (43)
中国新诗理论的发展脉络 …………………………………………… (53)
左翼文学潮流与"中国诗歌会"的新诗理论 …………………… (58)
"七月派"及其理论取向 …………………………………………… (65)
在传统与现代间行进的诗学 ……………………………………… (73)
诗歌：让心灵自由飞翔 …………………………………………… (99)
新诗形式的底线在哪里？ ………………………………………… (102)

当代诗歌：历史与现状

困惑与解蔽
　　——关于《中国诗歌通史·当代卷》写作的几点思考 ……… (113)
《中国诗歌通史·当代卷》绪论 ………………………………… (120)
回顾与思考：改革开放以来的中国新诗 ………………………… (137)
在"新时代与90后诗歌研讨会"上的讲话 ……………………… (145)

当下中国的诗歌生态 …………………………………………（149）
余秀华与当下的草根诗人现象 ………………………………（158）
抗疫诗歌：良知的呼唤与人性的考量 ………………………（162）
全球化语境下土著民族诗人的语言策略 ……………………（166）
苏轼对今天的三点启示
　　——三亚国际诗歌节有感 …………………………………（170）
对如何建设中原诗群的几点建议 ……………………………（174）

诗歌评论家群像

蒋光慈：革命的罗曼谛克 ……………………………………（181）
蒲风："中国诗歌会"的理论代表 ……………………………（185）
任钧与他的《新诗话》 ………………………………………（189）
诗歌星空中的一块发光体
　　——胡风诗歌理论述评 ……………………………………（194）
艾青：建构自由诗的美学 ……………………………………（207）
阿垅：白色花的象征意蕴 ……………………………………（222）
中国当代诗坛：谢冕的意义 …………………………………（231）
孙绍振《新的美学原则在崛起》的诗学史意义 ……………（236）
古远清这位独行侠 ……………………………………………（247）
刘士杰：在诗歌评论路上行走40年 …………………………（253）
刘福春和他的《中国新诗编年史》 …………………………（256）
罗振亚：与先锋诗歌一起成长 ………………………………（260）
目睹一位青年诗评家的成长 …………………………………（265）

诗歌理论著作述评

《21世纪中国诗歌现象研究》序 ……………………………（273）
在诗学的交叉小径上行走
　　——《通往诗学的交叉小径》序 …………………………（276）
《中国新诗叙事学》序 ………………………………………（281）
《众语杂生与未竟的转型》序 ………………………………（285）

贯通古今，面向当代
　　——《古典诗词曲与现当代新诗（修订本）》序 ………… (288)
诗人与校园
　　——《首都师范大学驻校诗人研究论集》序 ……………… (293)
简评《论诗人的两个世界》 …………………………………………… (303)
新诗资料建设的重要成果
　　——简评《中国新诗研究论文索引（2000—2009）》 ………… (304)

《诗探索》与我

我与80年代的《诗探索》：责编手记 …………………………… (309)
在筹备《诗探索》复刊的日子里 ………………………………… (327)
《〈诗探索〉之路》序言 …………………………………………… (334)

后　记 ………………………………………………………………… (337)

代序：莫道桑榆晚，为霞尚满天

今年是改革开放四十周年，而我从事诗歌评论也整整四十年了。在这样一个时刻，能够获得以我国当代杰出诗人昌耀命名的"第二届昌耀诗歌奖·特别荣誉奖"，心情非常激动。一方面深感受之有愧；另一方面对我来说也确实有不同寻常的意义。在此谨向本届昌耀诗歌奖的主办单位、向各位评委表示衷心的感谢！

1978年3月11日，我在《光明日报》发表评论文章《读〈天上的歌〉兼谈儿童诗的幻想》，这是我诗歌评论的处女作。文章发表不久，《诗刊》编辑刘湛秋来到我家，约我为《诗刊》写一篇评高士其科学诗的文章，后在《诗刊》当年第5期上刊出。就这样，我走上了诗歌评论的道路。斗转星移，转瞬之间，已过去了四十年。这些年来，我的本职工作是教书，业余时间则交给了诗歌。作为一名诗歌的读者与研究者，我和诗人们一起经历了大变革时代的风风雨雨，目睹了诗坛的花开花谢，潮起潮落。

我是一位诗歌评论工作者，评委会把特别荣誉奖授予我，我体会这不单是为了我个人，更是对诗歌评论工作的一种鼓励与提倡。

诗歌创作与诗歌评论如鸟之两翼，负载着诗歌之神在浩瀚的宇宙中翱翔。然而在中国历来是热心写诗的人多，而热心评诗的人少。宋代诗人洪适早就说过："好句联翩见未曾，品题今日欠钟嵘"；金代诗人元好问也曾发出："谁是诗中疏凿手，暂教泾渭各清浑"的呼唤。进入现当代，这种局面仍未曾改观。翻开刘福春编撰的《中国新诗书刊总目》，可以发现，所收录的诗人、诗集的数目比起诗评家、诗歌评论集的数目，要多出几十、几百倍，完全呈压倒性优势。这种情况表明文人心中普遍存有一种重创作、轻评论的倾向，同时也说明当一个称职的诗评家，写好诗歌评论，其实也的确不易。

诗歌评论是一种审美活动，要立足于鉴赏的基础。但是，对诗歌评论家而言，仅仅沉浸在诗作中欣赏品味，还是不够的，他既要入乎其内，又要出乎其外。诗歌评论对诗歌现象来说，无疑地具有超越性。这种超越首先是对诗歌文本的超越，因为诗人通过文本呈现给读者的是活生生的意象或意象群落，而诗人的本意或者说诗歌的深层意蕴，却是隐藏在后面的，只有通过诗歌评论的阐释与破译，诗作的意义与价值才得以充分的实现。这种超越又是对诗人与读者的经验与感受的超越，因为诗评家往往要把诗作放置在宏观的文化背景及某种理论框架中来，开掘其哲理心理内涵，并生发出某种有规律性的东西，其中不乏睿智的哲理与思辨的光芒。在这种情况下，即使是诗人本人对自己创作意图的说明与对诗作含义的解释，也并不具有权威性。此外，诗评家的思维方式也不同于作家艺术家，而是更接近理论思维绵密的人文学者。诗评家对作品不仅要感受、体验，还要在此基础上去进一步探究诗作的思想内涵与美学特征，并根据自己的审美趣味和艺术观念做出审美判断。这就不能停留在一般读者的水平，而是要对诗歌现象进行充分的观察，详细地占有材料，并运用科学方法对之进行认真的分析研究，才能做出公正的、实事求是的判断。

陆游晚年曾说："六十余年妄学诗，工夫深处独心知"；宋人吴可亦有"学诗浑似学参禅，竹榻蒲团不计年"的说法。这里都是说学诗的不易。人同此心，心同此理，我在诗歌的海洋中经过四十年的沉潜寻觅，不敢说有多么深的体会，但是对陆游、吴可的学诗不易的说法却是深有共鸣的。

1996年我在给北京大学陈旭光教授的第一部著作《诗学：理论与批评》所写的序言中，说过这样的话："在当今这物欲横流的世界中，写诗是寂寞的事业，搞诗歌评论更是加倍寂寞的事业。"这是我当时心态的写照，现在时间又过去了二十多年，但我不会为自己的选择而后悔。刘禹锡诗云："莫道桑榆晚，为霞尚满天。"我愿以荣获"第二届昌耀诗歌奖·特别荣誉奖"为契机，甘做诗歌的义工，坚守我的追求而矢志不渝。

2018年6月18日

（本文系"第二届昌耀诗歌奖·特别荣誉奖"获奖感言）

新诗理论：回顾与思考

中国新诗理论的现代品格
——谨以此文纪念新诗诞生一百周年

中国新诗诞生到现在已经一百年了。百年来，新诗的开创者及其后继者在新旧文化的剧烈冲撞中，艰难跋涉，除旧布新，走过了一条坎坷而又辉煌的路，为中国悠久的诗学传统注入了新鲜的血脉。新诗的出现及其迅猛发展，并不是自发的，而是在一定的诗学观念与理论思维的渗透与影响下才得以实现的。中国新诗理论是伴随着新诗的诞生与发展，处在现代化进程中的一种全新的诗学形态，它既植根于悠久的中国诗学传统，又汇入现代世界诗学理论的总体格局中。如今，在新世纪的大文化环境的背景下，对百年来的中国新诗理论的发展历程做一梳理与反思，并对其中的某些规律性的东西予以探讨，这是当代诗歌理论工作者所应负的历史责任。本文拟就百年来的新诗理论作为一种现代化的诗学形态所呈现出的基本品格做一简略评述，以期引起大家对新世纪中国新诗理论建设的进一步思考。

一 主体性的强化

任何诗学理论的发生，都有着深刻的思想、政治、文化的根源，有其历史的必然性。新诗诞生的时代，是一个思想解放的时代，也是一个大变革、大动荡的时代。晚清国门打开以后，伴随着思想启蒙与"人的解放"的呼唤，西方诗歌文化扑面而来。以拜伦、雪莱、济慈、普希金、莱蒙托夫、密茨凯维支、裴多菲等为代表的西方诗人，以其鲜明的主观色彩和强大的生命力，使年轻的留学生诗人受到强烈的心灵撞击，他们最先介绍过来的就是这些被鲁迅称之为"摩罗诗人"的浪漫主义诗人，他们对中国几代诗人都产生了重要影响。此后，意象派、象征派，以及表现主义、超现实主义等现代主义流派的陆续引入，更是强化了诗歌的主观色彩；而注重主观的表现与内在情感的抒发，又恰恰是中国古代诗歌的特色，因之，在中、西诗学观念的撞击、融合中，20世纪的中国新诗人自我意识越来越鲜明，新诗理论也呈现出主体性强化的倾向。

主体性是指人在认识与实践过程中表现出来的自主、能动、自由、有目的活动的特性。在人类认识世界的时候，一般把认识者称为主体，把被认识的对象称为客体。作为认识者的主体，是肉体、精神与社会性的三位一体。主体的肉体表明他是客观存在物，具有自然属性；主体的精神表明他是不同于动物的自觉的人，他有理性，能思维，具有意识的机能；主体的社会性表明他按实质来说是社会存在物。主体的自然属性、社会属性与意识机能有机地结合在一起，才能具有自觉的能动性去从事认识和实践活动。作为认识对象的客体，是与主体相对而言的。从理论上讲整个世界都可以成为认识的客体，但是从现实的认识过程来看，只有进入人的认识领域，与主体发生功能联系，成为主体认识的具体指向的对象，才成为现实的客体。人只有在同这种现实客体的互相作用中，才能实现其主体地位。有可能进入人的认识领域，成为现实的客体的事物有：大自然——这是人类最早接触的对象；人化的自然——即人类用某种方式改变过的自然；人类的社会现象——即人类的活动和在活动中结成的各种社会关系；人类的精神现象——即人类的意识、思维活动及一般的心理状态；主体自身——即任何一个主体都可以也必须将自身作为认识的对象。作为主体认识对象的现实的客体，是一种客观存在，不依主体的意志为转移；同时随着历史的演进和社会的变化，客体的范围也在不断扩大，内容也不断充实起来。

在同一个认识过程中，主体与客体构成一对矛盾。主体的能力与客体的范围是互相制约的。随着主体能力的提高，客体的范围就相应地扩大；客体范围的扩大，又促进主体能力的提高。科学与诗，作为两种不同的掌握世界的方式，在有一点上是相通的，即最大地发挥主体的能力，从而最大地扩展客体的范围。它们的不同在于科学要求最大地扩展物质世界——从宏观宇宙到微观宇宙的范围；诗则要求最大地扩展精神世界——人的内心世界的范围。法国诗人圣琼·佩斯1960年在接受诺贝尔文学奖的仪式上曾讲过："在混沌初开的第一夜里，就有两个天生的瞎子在摸索着前进：一人借助于科学的方法，另一人只凭闪现的直觉——在那个夜里，谁能首先找到出路，谁的心里装着更多的闪光？答案无关紧要。秘密只有一个。诗人灵感的伟大创造无论哪方面都不会让位于现代科学的戏剧性发现。宇宙在扩展的理论鼓舞着天文学家,但是另一个宇宙——人的无限的精神领域,也在不断扩展。不论科学把它的疆界推得多远,在这些弧形境界的整个范围内,我们将一如既往地听到诗人的一群猎狗的追逐声。"①

可见,诗歌创作的主体与一般认识的主体有共同的属性,但又有自己的特殊性:诗的创作主体不是一般人,而是具有系统的审美观点的诗人,他有着不同于科学家,不同于画家、音乐家,也不同于小说家、戏剧家的特殊的心理气质、艺术造诣、美学理想。诗歌创作的客体也不同于一般认识的客体,而是渗透主体激情、体现着主体理想的审美对象。作为审美对象的诗歌,不仅不同于空间艺术的绘画和时间艺术的音乐,而且不同于同属于文学的小说和剧本。传统的小说、剧本侧重于客观世界的真实再现,尽管它们所描写的对象也照样渗透着创作主体的美学追求与鲜明爱憎,但是主体一般总要隐藏到情节和场景的后面。诗歌则不然。诗歌,尤其是抒情诗,它的创作客体就是主体自身,诗人总是以自身的生活经验,意志情感等作为表现的对象。抒情诗当然也有对主体之外的客观现实的描写,但它不是一种照相式的模拟,客观现实在诗歌中不再是独立的客体,而是渗透着,浸染着诗人的个性特征,成为诗人主观情感的依托物了。

关于诗歌的主体性,黑格尔在《美学》中曾有明确的论述:"诗的想象,作为诗创作的活动,不同于造型艺术的想象。造型艺术要按照事物的实在外表形状,把事物本身展现在我们眼前;诗却只使人体会到对事物的内心的观照和观感,尽管它对实在外表形状也须加以艺术的处理。从诗创作这种一般方式来看,在诗中起主导作用的是这种精神活动的主体性。"② 从诗歌的主体性出发,黑格尔进一步谈到抒情诗"特有的内容就是心灵本身,单纯的主体性格,重点不在当前的对象而在发生情感的灵魂。一纵即逝的情调,内心的欢呼,闪电似的无忧无虑的谑浪笑傲,怅惘,愁怨和哀叹,总之,情感生活的全部浓淡色调,瞬息万变的动态或是由极不同的对象所引起的零星的飘忽的感想,都可以被抒情诗凝定下来,通过表现而变成耐久的艺术作品。"③ 黑格尔这里谈的当然不是抒情诗的

---

① [法]圣琼·佩斯:《诗歌》,《法国作家论文学》,生活·读书·新知三联书店1984年版,第481—482页。
② [德]黑格尔:《美学》第3卷下册,商务印书馆1981年版,第187页。
③ [德]黑格尔:《美学》第3卷下册,商务印书馆1981年版,第191—192页。

全部内容，但仅就这些，就已经很清楚地显示了抒情诗的主体性特征了。除黑格尔外，西方不少诗人和理论家也从各自不同的角度，用自己的语言涉及诗歌的主体性问题。比如，但丁说："我是这样一个诗人，当爱情激动我的时候，我按照它从内心发出的命令，写成诗句。"① 赫兹利特说：诗"发源自我们内心的圣地，为自然的活的火焰所燃着"②。巴乌斯托夫斯基说："应该给予你内心世界以自由，应该给它打开一切闸门，你会突然大吃一惊地发现，在你的意识里，关着远远多于你所预料的思想。感情和诗的力量。"③

带有强烈主体色彩的西方浪漫主义诗歌的传播以及西方美学家和诗人关于诗歌主体性的阐述，在五四时期的新诗人中引起了强烈的共鸣。在胡适眼里，五四新文化运动与欧洲的文艺复兴"有一项极其相似之点，那便是一种对人类（男人和女人）一种解放的要求。把个人从传统的旧风俗、旧思想和旧行为的束缚中解放出来。欧洲文艺复兴是个真正的大解放的时代。个人开始抬起头来，主宰了他自己的独立自主的人格；维护了他自己的权利和自由"④。胡适把新诗的发生与人的解放联系起来，要推翻一切束缚诗神自由的枷锁镣铐，得到了五四时期其他诗人的热烈回应。康白情说："新诗破除一切桎梏人性底陈套，只求其无悖诗底精神罢了"⑤，俞平伯说："我对于做诗的第一个信念是'自由'。"⑥ 陆志韦说："我的做诗，不是职业，乃是极自由的工作。非但古人不能压制我，时人也不能威吓我。"⑦ 郭沫若认为真正的诗"是我们心中的诗意诗境之纯真的表现，生命源泉中流出来的Strain（诗歌），心琴上弹出来的Melody（曲调），生之颤动，灵的喊叫……"⑧ 这样痛快淋漓地谈诗与自由，这种声音只能出现在五四时期，他们谈的是诗，但出发点却是人，是为了让精神能自由发

---

① ［意］但丁：《神曲》，《炼狱》篇，第二十四歌。
② ［英］赫兹利特：《论莎士比亚和密尔顿》，《欧美古典作家论现实主义和浪漫主义》（一），中国社会科学出版社1980年版，第299页。
③ ［苏］巴乌斯托夫斯基：《金蔷薇》，上海译文出版社1980年版，第36页。
④ 《胡适口述自传·第八章 从文学革命到文艺复兴》，《胡适文集》第1卷，北京大学出版社1998年版，第341页。
⑤ 康白情：《新诗底我见》，《少年中国》第1卷第9期，1920年3月1日。
⑥ 俞平伯：《诗的自由与普遍》，《新潮》第3卷第1号，1921年10月1日。
⑦ 陆志韦：《〈渡河〉自序》，《渡河》，上海亚东图书馆1923年版，第3页。
⑧ 郭沫若：《论诗三札》，《郭沫若论创作》，上海文艺出版社1983年版，第237页。

展。这些话出自不同诗人和理论家之口,但细品味一下,却有惊人的相似之处,这里面融入了他们的切身体验,都在一定程度上印证并强化了诗歌的主体性。

遗憾的是,五四时期诗人们高扬的主体性,在后来的战争环境下被约束、被扼制了。1949年后,随着和平年代的到来,在战争年代形成的文学为政治服务的铁律,应当有宽松的可能了。但实际上政治的功利性依然把诗歌束缚得紧紧的。在连续不断的针对知识分子的思想改造运动中,诗人和评论家一起,不断清除自己的资产阶级和小资产阶级思想。这一时期的诗歌,不断地被政治性的意识形态所同化,诗人的个体主体性被消弭,表现的情感领域趋向单一,颂歌与战歌成为主流。

粉碎"四人帮"后,随着"实践是检验真理的唯一标准"的讨论,随着思想上、政治上的一系列拨乱反正,诗人们开始对近二三十年的诗歌创作与诗歌理论进行反思,对极端政治化的伪现实主义与矫饰浮夸的伪浪漫主义予以尖锐的批评。在围绕"朦胧诗"的讨论中,诗的主体性再次被评论家所强调。谢冕《在新的崛起面前》把"朦胧诗"直接与五四新诗运动衔接起来,把"朦胧诗"的崛起,看成是对五四诗歌传统的一种回归。他以一种神往的语气描述五四时代的诗人:"我们的前辈诗人,他们生活在一种无拘无束的自由开放的艺术空气中,前进和创新就是一切。他们要在诗的领域中丢掉'旧的皮囊'而创造'新鲜的太阳'。"[①] 在谢冕看来,"朦胧诗"与五四时代的新诗都体现了人的自我意识的觉醒,体现了对一种僵化的传统诗歌模式的反叛与破坏,体现了一种创新的精神。孙绍振在《新的美学原则在崛起》中提到新的美学原则与传统的美学观念的分歧,"实质上是人的价值标准的分歧。在年轻的革新者看来,个人在社会中应该有一种更高的地位,既然是人创造了社会,就不应该以社会的利益否定个人的利益,既然是人创造了社会的精神文明,就不应该把社会的(时代的)精神作为个人的精神的敌对力量,那种'异化'为自我物质和精神的统治力量的历史应该加以重新审查。传统的诗歌理论中'抒人民之情'得到高度的赞扬,而诗人的'自我表现'则被视为离经叛道,革新者要把这二者之间人为的鸿沟填平。"[②] 这些话,如果对比当时

[①] 谢冕:《在新的崛起面前》,《光明日报》1980年5月7日。
[②] 孙绍振:《新的美学原则在崛起》,《诗刊》1981年第3期。

朦胧诗人的表述——如舒婷说："今天，人们迫切需要尊重、信任和温暖。我愿意尽可能地用诗来表现我对'人'的一种关切。"① 如顾城说："我觉得，这种新诗之所以新，是因为它出现了'自我'，出现了具有现代青年特点的'自我'。……我们过去的文艺、诗，一直在宣传另一种非我的'我'，即自我取消、自我毁灭的'我'。如：'我'在什么什么面前，是一粒砂子、一颗铺路石子、一个齿轮、一个螺丝钉。总之，不是一个人，不是一个会思考、怀疑、有七情六欲的人。如果硬说是，也就是个机器人，机器'我'。这种'我'，也许具有一种献身的宗教美，但由于取消了作为最具体存在的个体的人，他自己最后也不免失去了控制，走上了毁灭之路。新的'自我'，正是在这一片瓦砾上诞生的。"② 如梁小斌说，诗人"必须勇于向人的内心进军，人的内心世界究竟是怎么回事，从现在起就开始认真探求吧，心灵走过的道路，就是历史走过的道路。"③ ——听听这些年轻诗人的声音，我们更能切实地感受到理论家与青年诗人的心灵的共鸣，那就是在变革时代对诗歌主体性的呼唤。

强调诗歌的主体性，以主体的主观世界为表现对象，并不意味着诗人情感的不同层次都值得入诗。黑格尔认为，抒情诗的"主体也不应理解为由于要用抒情诗表现自己，就必须和民族的旨趣和观照方式割断一切关系面专靠自己。与此相反，这种抽象的独立性就会丢掉一切内容，只剩下偶然的特殊情绪，主观任性的欲念和癖好，其结果就会使妄诞的幻想和离奇的情感泛滥横流。真正的抒情诗，正如一切真正的诗一样，只表达人类心胸中的真实的内容意蕴。作为抒情诗的内容，最实在最有实体性的东西也必须经过主体感觉过，观照过和思考过才行"④。黑格尔的意思是说，抒情诗以表现主体的情感为主，但这主体的情感不应是褊狭，荒诞的，不应与民族精神脱离，并要经过理智的思考。黑格尔的话即使放到今天，对于我们全面地理解诗歌的主体性也依然是很有价值的。

诗的主体性要求诗人真诚地展示自己的内心，因而优秀的诗篇是最富于个性色彩的。然而抒情诗是否只是纯个性，纯偶然性，而毫无普遍意义

---

① 舒婷：《诗三首小序》，《诗刊》1980 年第 10 期。
② 《请听听我们的声音——青年诗人笔谈》，《诗探索》1980 年第 1 期。
③ 梁小斌：《我的看法》，老木编《青年诗人谈诗》，北京大学五四文学社 1985 年版，第 96 页。
④ [德] 黑格尔：《美学》第 3 卷下册，商务印书馆 1981 年版，第 201 页。

呢？不是的。优秀的诗人在以自己的主体作为表现对象的时候，绝不是不负责任的自由倾泻，而要根据时代的要求，根据民族的特征，根据自己的哲学与美学观点对之进行审视、进行加工。黑格尔认为，在抒情诗领域，"人类的信仰、观念和认知的最高深的普遍性的东西（其中包括宗教，艺术甚至科学思想的重要内容意蕴）却仍巍然挺立"①。真正伟大的诗篇，既是高度个性化的，又具有涵括广泛的普遍性，也就是说在诗人唱出的具体的特定的歌声中，包含着超越诗人个人的，具有那一时代特色的，反映出民族性的人民的心声。为什么主体真实地袒露自己的内心，往往会带有一定程度的普遍性呢？这是由于抒情主体是一个单个的人，但同时也是处于一定时代、一定民族、一定社会关系中的人，是人类共同性中某些特征的体现者。普希金说过："我的永远正直的声音/是俄罗斯人民的回声。"② 对诗人来说，自我与时代、与人民是一致的，因为诗人本身就生活在这个时代，是人民的一员。伟大的诗人往往有一种涵盖一切的气魄：我是人民！人民是我！像聂鲁达那样，他既是在扩张自我，又在吸收外部世界，这样他的声音就不是纤细的，微弱的，而是充满了时代精神的浑圆体。因此要做一个真正的诗人就要自觉地把自己与人民、与时代融合在一起，让自己的胸膛中流着民族的热血，让自己的脉搏和着时代的脉搏而跳动，这样他的诗越是个性的，越是主观的，就越有普遍的价值。

二　诗体解放的呼唤

"诗体大解放"的口号最早是由胡适提出的。他在《尝试集·自序》中说："那时影响我最大的，就是我平常所说的'历史的文学进化观念'，这个观念是我的文学革命的基本理论。"③ 基于这一观念，胡适认为文学是随着历史的进程而不断变化的，中国诗歌自然也要随着历史的演变而不断发展。然而到了晚清，闭关锁国的局面被打开，西学东渐，中国社会各个领域都发生了前所未有的嬗变和转型，但中国的诗歌就诗体与形式而

---

① ［德］黑格尔：《美学》第3卷下册，商务印书馆1981年版，第191页。
② ［苏］布罗茨基主编：《俄国文学史》（上卷），作家出版社1954年版，第283页。
③ 胡适：《我为什么要做白话诗？——〈尝试集〉自序》，《新青年》第6卷第5号，1919年5月。

言，与古典诗歌的格局并无太大的区别，这种情况注定是不能继续下去了。实际上，在胡适之前，就已经有先知先觉的诗人与学者发出了"诗界革命"的呼唤。

1868年黄遵宪在《杂感》诗中，先是批评了"俗儒好尊古，日日故纸研。六经字所无，不敢入诗篇。古人弃糟粕，风之口流涎。沿袭甘剽盗，妄造丛罪愆"的现象，继之提出"我手写我口，古岂能拘牵。即今流俗语，我若登简编，五千年后人，惊为古斓斑"。黄遵宪这里提出的"我手写我口，不避流俗语"的主张，是"诗界革命"的先声，同时也是胡适、陈独秀等人提倡白话文学的先导。

1900年梁启超在《清议报》上首提"诗界革命"的口号，其后他又在《饮冰室诗话》中做了进一步的阐释："过渡时代，必有革命。然革命者，当革其精神，非革其形式。吾党近好言诗界革命。虽然，若以堆积满纸新名词为革命，是又满洲政府变法维新之类也。能以旧风格含新意境，斯可以举革命之实也。"[①] 梁启超从政治改革家的立场出发，他主张的诗界革命，重视诗的精神，而忽略诗的形式，强调的是"写什么"，而不在意"怎么写"，在诗歌的形式变革问题上缺乏突破，因而是不彻底的。从创作实际来看，"诗界革命"阶段，并未产生真正意义上的新诗。

然而，"诗界革命"中，黄遵宪等倡导的"我手写我口"，主张"言文一致"，唤醒了诗人的主体性，使诗人的精神上获得了一定的自由，诗歌的内容题材有了重大变化，这必然会引发诗人对形式革新的思考。特别是在晚清时代，随着科举制度的废除，新式学校的兴起，白话报纸大量涌现，读书人写作旧体诗词的能力与现实的功利目标逐渐脱钩，旧诗体失去了昔日的崇高地位，这导致了由"诗界革命"阶段渐变的改良到以"诗体大解放"为标志的新诗革命的巨变。

1916年8月15日守常（李大钊）在《晨钟》创刊号上发表文章称："由来新文明之诞生，必有新文艺为之先声。"[②] 胡适也恰恰是在1916年开始了白话诗写作的尝试的。1917年《新青年》发表了胡适的《白话诗八首》。直到1919年10月，胡适《谈新诗》的发表，一场在诗歌领域的真正意义上的"革命"才算开始了。《谈新诗》是新诗运动初期的一份纲

---

① 梁启超：《饮冰室诗话·六三》，人民文学出版社1959年版，第51页。
② 守常：《"晨钟"之使命》，《晨钟》创刊号，1916年8月15日。

领性文献，其着力张扬的便是"诗体的大解放"：

> 文学革命的运动，不论古今中外，大概都是从"文的形式"一方面下手，大概都是先要求语言文字文体等方面的大解放。……新文学的语言是白话的，新文学的文体是自由的，是不拘格律的。初看起来，这都是"文的形式"一方面的问题，算不得重要。却不知道形式和内容有密切的关系。形式上的束缚，使精神不能自由发展，使良好的内容不能充分表现。若想有一种新内容和新精神，不能不先打破那些束缚精神的枷锁镣铐。因此，中国近年的新诗运动可算得是一种"诗体的大解放"。因为有了这一层诗体的解放，所以丰富的材料，精密的观察，高深的理想，复杂的感情，方才能跑到诗里去。①

由此可以看出，胡适发起的白话诗运动与"诗界革命"的最大不同是从诗的形式问题着手的。他所提出的"诗体的大解放"，奠定了新诗理论的根基："我们做白话诗的大宗旨，在于提倡'诗体的解放'。有什么材料，做什么诗；有什么话，说什么话；把从前一切束缚诗神的自由的枷锁镣铐，拢统推翻；这便是'诗体的解放'。"② 在胡适看来，只要诗体解放了，新诗的其他问题诸如写作方法等便会相应解决。如果说梁启超呼唤的"诗界革命"主张"以旧风格含新意境"，是在保留旧形式的前提下倡导内容的革新，因而是一种不彻底的文学改良的话，那么胡适的"诗体的大解放"的主张，则鲜明地表现了一种诗体革命的意识，即把诗歌形式的革新作为新诗建设的核心。因为比较而言，诗歌的内容要更活泼一些，不断地在流动与变化之中，而诗歌的形式则要稳定得多，其历史的惰性要更大，对诗歌形式的改造，要比在旧形式中填充新的内容艰难得多。黄遵宪、谭嗣同、夏曾佑、梁启超等"新派诗"和"诗界革命"的鼓吹者，以新的知识、学理、名词入诗，宣扬改良主义的思想，但是他们却没有意识到应该改变旧诗的形式。而胡适的"诗体的大解放"则是向旧诗的最顽固的堡垒开炮，是啃的最硬的骨头。可以说，20世纪中国新诗理论的建立正是从诗体的解放开始的。

---

① 胡适：《谈新诗》，《胡适文存》，黄山书社1996年版，第123页。
② 胡适：《答朱经农》，《胡适文存》，黄山书社1996年版，第67页。

胡适的"诗体大解放"的思想印证了他所说的"历史的文学进化观念"。考察一下中国诗歌发展的内在矛盾运动,可以发现,作为形式范畴的诗体,尽管有其稳定性,但是也一直在缓慢的变化过程中。我们若用历史进化的眼光来看中国诗的变迁,方可看出自《诗经》到现在,诗的进化没有一回不是跟着诗体的变革而来的。胡适在《谈新诗》中列举了中国诗史上的诗体的四次大解放:由《三百篇》的"风谣体"到南方的骚赋体,这是第一次解放。由骚赋体到汉以后的五七言古诗,这是第二次解放。由五七言诗变为句法参差的词,这是第三次解放。"直到近来的新诗发生,不但打破五言七言的诗体,并且推翻词调曲谱的种种束缚;不拘格律,不拘平仄,不拘长短;有什么题目,做什么诗;诗该怎么做,就怎么做。这是第四次的诗体大解放。这种解放,初看去似乎很激烈,其实只是《三百篇》以来的自然趋势。自然趋势逐渐实现,不用有意的鼓吹去促进他,那便是自然进化。自然趋势有时被人类的习惯性守旧性所阻碍,到了该实现的时候均不实现,必须用有意的鼓吹去促进他的实现,那便是革命了。"① 美国学者格里德在《胡适与中国的文艺复兴》中对胡适的这一思想做了如下的评论:"为了与他的进化论中的革命的这个概念保持一致,他不但总是努力向前看而不是向后看,并且还竭力把注意力放在这场改革的富有创造性的潜力上。"② 格里德准确地抓住了胡适思想的核心——"向前看"。也正是这一"向前看"的思想,使胡适"诗体大解放"的主张,得到了当时激进的新诗人的认同。郭沫若在随后不久,在他的《论诗三札》中也表示了类似的看法:古人用他们的言辞表示他们的情怀,已成为古诗,今人用我们的言辞表示我们的生趣,便是新诗。再隔些年代,更会有新新诗出现了。郭沫若的话,不仅充分肯定了新诗出现的顺理成章,而且预示了未来的现代诗的出现。到了20世纪七八十年代之交,中国大陆诗坛出现的具有现代色彩的"朦胧诗"和"新生代诗",不正是郭沫若所预言的那种"新新诗"吗?

胡适提出的"诗体大解放"的主张充分体现了那一时代的精神特征,是有革命性意义的,其在中国新诗发展史上的奠基作用不容忽视。但是作

---

① 胡适:《谈新诗》,《胡适文存》,黄山书社1996年版,第126—127页。
② [美]格里德:《胡适与中国的文艺复兴》,鲁奇译,江苏人民出版社1993年版,第74页。

为一种诗学理论，胡适的主张又有明显的片面与偏颇之处。诗体的解放，涉及诗的观念的变化，涉及对诗的审美本质、诗歌把握世界的独特方式、诗人的艺术思维特征、诗歌的艺术语言等多层面的内容，但胡适仅仅是从语言文字的层面来理解这一文学革命的。他在《尝试集·自序》中说："若要做真正的白话诗，若要充分采用白话的字，白话的文法和白话的自然音节，非做长短不一的白话诗不可。这种主张，可叫做'诗体的大解放'。诗体的大解放就是把从前一切束缚自由的枷锁镣铐，一切打破：有什么话，说什么话；话怎么说，就怎么说。这样方才可以有真正的白话，方才可以表现白话文学的可能性。"[①] 在这里，诗人的主体性不见了，诗人的艺术想象不见了；而在诗的写法上，胡适鼓吹"用具体的做法"，"用朴实无华的白描"，"有什么话，说什么话；话怎么说，就怎么说"，又极容易导致对生活现象的实录，"拾到篮里便是菜"。胡适这种理论上的误导，不光使他自己的诗歌成就大打折扣，而且也影响到新诗草创时期相当一部分诗人的作品铺陈事实，拘泥具象，缺乏想象的飞腾，淡而乏味，陷入"非诗化"的泥淖。

接过了胡适"诗体大解放"的精神，但不是跟在胡适后边亦步亦趋，而是在胡适止步处继续前进，提出了鲜明的诗学革命主张的是郭沫若、宗白华等年轻的诗人。郭沫若1920年在与宗白华的通信中，提出了全新的对诗的理解：

> 我想我们的诗只要是我们心中的诗意诗境之纯真的表现，生命源泉中流出来的 Strain，心琴上弹出来的 Melody，生之颤动，灵的喊叫，那便是真诗，好诗，便是我们人类欢乐的源泉，陶醉的美酿，慰安的天国。
>
> 诗不是"做"出来的，只是"写"出来的。我想诗人的心境譬如一湾清澄的海水，没有风的时候，便静止着如像一张明镜，宇宙万汇的印象都涵映在里面；一有风的时候，便要翻波涌浪起来，宇宙万类的印象都活动在里面。这风便是所谓直觉，灵感，这起了的波浪便是高涨着的情调。这活动着的印象便是徂徕着的想象。这些东西，我

---

① 胡适：《〈尝试集〉自序》，《胡适文存》，黄山书社1996年版，第148页。

想来便是诗的本体，只要把它写了出来，它就体相兼备。①

郭沫若在这里阐发了诗是诗人的情感世界的表现的原理，强调尊重个性，尊重自我，强调诗情的自然流露，这对早期白话诗的罗列具象，拘泥现实，浅白直说的诗风是有力的纠偏，对"诗体大解放"的思想是极重要的发展与补充。

宗白华作为《学灯》的编者，大量编发了郭沫若早期的自由诗，他的出发点也不仅仅在于"诗体"，而是一种对人性解放的渴望："白话诗运动不只是代表一个文学技术上的改变，实是象征着一个新的世界观，新生命情调，新生活意识寻找它的新的表现方式。斤斤地从文字修词，文言白话之分上来评说新诗底意义和价值，是太过于表面的。……这是一种文化上进展上的责任，这不是斗奇骛新，不是狂妄，更无所容其矜夸，这是一个艰难的，探险的，创造一个新文体以丰硕我们文化内容的工作！在文艺上摆脱二千年来传统形式的束缚，不顾讥笑责难，开始一个新的早晨，这需要气魄雄健，生力弥满，感觉新鲜的诗人人格。"②

在郭沫若、宗白华之后，还有更多的诗人从不同角度论述了诗体解放和诗体变革的可能性。实际上，诗体的解放与诗体的变革，绝非哪一位革新者登高一呼就可以彻底解决的，而只能是伴随着新诗的发展而逐步实现。

三 审美独立性的追求

在奥林匹斯山的九位文艺女神中，最有魅力的是诗的缪斯；在乱花迷人的文学星空中，最璀璨夺目的是诗的星座。诗与美有天然的联系。诗歌之所以成为审美研究的对象，不只诗歌自身的美，诸如意象、结构、音韵等形式之美值得研究，从更深的层次上来说，诗歌还要关心人之为人，以及如何为人的问题，还要关心如何实现人的价值，如何实现生命的意义，换句话说，诗歌应该是人的最高的安身立命之地。因而诗的审美要基于人与宇宙、人与自然交汇中最深层次的领悟，强调在更深广、更终极意义上

---

① 郭沫若：《论诗三札》，《文艺论集》，人民文学出版社1979年版，第208—209页。
② 宗白华：《欢欣的回忆和祝贺》，《时事新报》1941年11月10日。

对生活的认识,从而高扬生生不息的生命精神,提升自己的人生境界。

诗人要用审美的眼光来观察世界,读者要用审美的眼光来感受诗篇,诗歌理论家要从审美的角度阐释诗学原理、评价诗歌作品,这是天经地义的,本来无须乎特别标榜的。这里之所以把审美独立性单独提出来讨论,主要是在晚清以来的特殊社会环境与时代氛围下,中国新诗从酝酿、诞生,到成长、发展,注定了与政治割不断理还乱的关系。一方面是政治对新诗的制约,诗人或是自觉的,或是在权力的引导、诱惑与压制下,把诗歌作为服务于现实政治的手段;另一方面,则是一些诗人和学者出于对诗歌审美本性的体认,有意识地与政治拉开距离,以不同方式坚持诗歌审美的独立性。

在中国传统文化中,"经世致用""修齐治平"这些遗传基因有着强大的影响力。倡导"诗界革命"的梁启超,主张以旧风格含新意境,但他论述的重点不在风格这些形式因素上,而在汲取欧西文明的新意境上,如同他在《论小说与群治之关系》中提出的欲新一国之民,不可不先新一国之小说一样,所强调的不是诗歌自身的艺术价值,而是诗歌在推进社会变革中的作用。梁启超这种有强烈社会功利色彩的主张,在后来的新诗发展史上一直有重要影响。

中国新诗诞生以后,其成长与发展的过程,是与救亡图存、抵御外来侵略和国家统一的斗争紧紧交织在一起的。20 世纪 20 年代后半期,革命文学的声浪逐渐高涨起来。蒋光慈在写于 1924 年的《〈新梦〉自序》中向诗人呼吁:"用你的全身,全心,全意识——高歌革命啊!"[①] 1932 年 9 月,由蒲风等发起的中国诗歌会在成立《缘起》中称:"在次殖民地的中国,一切都浴在急雨暴风里,许许多多的诗歌的材料,正赖我们去摄取,去表现。……把诗歌写得和大众距离十万八千里,是不能适应这伟大的时代的。"因之认定:"诗歌是社会的反映,并且是社会的推进物,应有时代意义的。"[②]

在革命文学声浪高涨的同时,一股以象征主义诗歌为代表的寻求审美独立性的思潮也在潜滋暗长。象征派诗人坚信,美是一种至高无上的价值,艺术自身就是目的。他们不是把艺术看成传播、召唤和鼓动的工具,

---

① 蒋光赤:《〈新梦〉自序》,《新梦》,上海书店,1925 年 1 月。
② 蒲风:《五四到现在的中国诗坛鸟瞰》,《诗歌季刊》第 1 卷第 2 期,1935 年 3 月 25 日。

而是把它看成独立的形式结构,这种结构本身又是封闭的和完整的。这样一来,重要的是艺术的内在形式结构,至于艺术创作的社会和道德目的就是无足轻重的了。1925 年,留学法国的李金发出版了诗集《微雨》,成为把象征主义诗歌引入中国的第一人。李金发曾坦言:"我作诗的时候,从没有预备怕人难懂,只求发泄尽胸中的诗意就是。……我的诗是个人灵感的纪录表,是个人陶醉后引吭的高歌,我不能希望人人能了解。"① 他把美作为诗歌创作的唯一目的:"艺术上唯一目的,就是创造美;艺术家唯一工作,就是忠实表现自己的世界。所以他的美的世界,是创造在艺术上,不是建设在社会上。"② 与李金发创作主张相近的还有后期创造社诗人王独清、冯乃超、穆木天等。穆木天提出"纯诗"的口号:"我们的要求是'纯粹诗歌'。我们的要求是诗与散文的纯粹的分界。我们要求的是'诗的世界'。"③ 不过,由李金发到穆木天、王独清,他们在移植西方象征主义诗论的时候,并非全盘照搬,而是有所吸收、有所扬弃的。中国的象征主义诗论,吸收了西方象征主义主张以有声有色的物象来暗示诗人的内心世界,以及对诗人的幻觉、直觉和诗歌的音乐性的强调等,过滤了对超验本体论的追求以及宗教色彩,穆木天等还力图把"纯诗"与"国民文学"沟通起来,就更加带有中国化的特色了。

  30 年代围绕《现代》杂志形成了一股新的现代主义的诗歌潮流。其主要成员有戴望舒、卞之琳、何其芳、金克木、废名、路易士、施蛰存、林庚、徐迟等。这一诗歌群体,创作与理论并重,突破了象征主义的局限,其取向更为驳杂丰富。这一派诗人对新诗审美独立性的寻求,突出表现在诗要传达"现代情绪"上。《现代》杂志的主编施蛰存说:"《现代》中的诗是诗。而且是纯然的现代诗。它们是现代人在现代生活中所感受到的现代情绪,用现代的辞藻排列成的现代的诗行。"④ 现代派诗人的创作色彩斑斓,不拘一格,如果要对其总的特征做一描述,可以借用杜衡在《〈望舒草〉序》中的一段话:"一个人在梦里泄漏自己的潜意识,在诗作里泄漏隐秘的灵魂,然而也只像做梦一般地朦胧的。从这种情境,我们体

---

① 李金发:《是个人灵感的纪录表》,《文艺大路》第 2 卷第 1 期,1935 年 11 月 29 日。
② 华林(李金发):《烈火》,《美育》创刊号。
③ 穆木天:《谭诗——寄沫若的一封信》,《创造月刊》第 1 卷第 1 期,1926 年 3 月。
④ 施蛰存:《又关于本刊中的诗》,《现代》第 4 卷第 1 期,1933 年 11 月 1 日。

味到诗是一种吞吞吐吐的东西,术语地来说,它的动机是在于表现自己与隐藏自己之间。"[1] "表现自己与隐藏自己之间"这句话,在一定程度上展示了现代派诗的特色,那就是反对直抒胸臆的抒情方式,主张以暗示与隐喻表现内心世界,强调意象的坚实,经验的沉淀,抽象的玄思与哲理的升华。现代派诗人一方面推崇与引进以艾略特为代表的西方现代主义诗歌思潮;另一方面向中国古代诗学,特别是向晚唐的李商隐、温庭筠等具有唯美主义特色的诗歌流派寻根,因而有可能使现代派既超越了早期象征派的生硬晦涩、过于欧化,也不同于新月派过于强调外部格律规范严整导致的拘谨板滞,体现出东西方诗学一定程度的圆融与和谐。

1937年卢沟桥事变后,抗日战争全面爆发。在民族矛盾尖锐、国难当头的情况下,诗人自觉地把自己的责任与民族解放、民族兴亡联系起来。抗战初期,许多诗人和普通老百姓一起经历了离乡背井、颠沛流离的生活,对战争苦难的体验使他们不得不放弃书斋中的遐想,对诗歌的观念也必然会发生转变。现代主义诗潮与时代氛围不相适应,逐渐沉寂下去。曾经是现代主义诗人的徐迟提出了"放逐抒情"的主张:"也许在逃亡道上,前所未有的山水风景使你叫绝,可是这次战争的范围与程度之广大而猛烈,再三再四地逼死了我们的抒情的兴致。你总是觉得山水虽如此富于抒情意味,然而这一切是毫没有道理的;所以轰炸区炸死了许多人,又炸死了抒情,而炸不死的诗,她负的责任是要描写我们的炸不死的精神的。……这世界这时代这中日战争中我们还有许多人是仍然在鉴赏并卖弄抒情主义,那么我们说,这些人是我们这国家所不需要的。"[2] 在民族危机严重的时刻,诗人们走出了书斋,走向了前线。诗歌则向"广场艺术"靠拢,不只是浪漫的抒情被放逐,连五四以来的新诗创作"纯诗"的尝试、精致的音律的寻求等也被搁置了。这是诗人对政治的主动的感应,也是中国古代诗人关心国计民生的人文情怀的延续。这一点在后来的天安门诗歌运动、在新时期诗人所做出的历史反思中,均有鲜明的表现。

除去诗人在国难当头和面临社会重大变革的时候,对自己的创作自觉地做出的调整外,政治对诗歌的影响,尤为鲜明地表现在权力与主流意识形态对诗歌的干预上。在战争时期,解放区的诗歌从现实的政治需要出

---

[1] 杜衡:《〈望舒草〉序》,《望舒草》,现代书局1934年。
[2] 徐迟:《抒情的放逐》,《顶点》第1卷第1期,1939年7月10日。

发,强调诗歌的社会功利性,把诗歌作为教育人民的工具、打击敌人的武器。文艺整风则使诗人放弃了自己的知识分子身份,如田间所说:"我要使我的诗成为枪,——革命的枪。"[1] 如严辰所说:"在未来的新社会里,及在今天的新环境里,已经完全是集体主义了。只有集体才有力量,只有集体才能发展,非个人时代可代替的。在诗歌上发现个人的东西,早已不再为人感到兴趣,从天花板寻找灵感,向醇酒妇人追求刺激的作品,早就被人唾弃,早就没落了。只有投身在大时代里,和革命的大众站在一起,歌唱大众的东西,才被大众所欢迎。"[2] 很明显,在这种高度张扬集体主义的大环境中,诗人的自我被放逐,诗越来越偏离它的本质,而成为政治宣传的工具。

不过诗人们对审美独立性的追求,并未完全泯灭。抗战胜利后,在《诗创造》和《中国新诗》这两个刊物周围聚集了辛笛、陈敬容、杭约赫、穆旦、杜运燮、郑敏、唐祈、唐湜、袁可嘉等一批青年诗人。这些诗人多与外国文学有较深的渊源,反映在诗论研究中则能开阔视野,大胆引入西方现代派的理论成果,从而摆脱一些陈陈相因的套子,提出一些崭新的诗歌观念,力求心理现实与外在现实的统一。但所处的社会矛盾极为突出的时代,以及传统文化与思维方式对他们的影响和渗透,又使这群艺术的叛徒并不如他们的西方的先行者走得那么远,这是一群在西方文化与中国传统文化间走钢丝的技艺高超的能手。以唐湜和袁可嘉为代表的坚持审美独立性的诗歌理论在 40 年代后期如电光石火般一闪,随即便在一种大一统的文艺理论中消失了。直到新时期文学蓬勃发展起来后,他们的诗歌美学观念才在阔别已久的"九叶"诗人作品中和后来崛起的青年诗人作品中得到了印证。

1949 年以后,诗歌受到政治更为严格的制约,为无产阶级政治服务成为诗歌创作的唯一指导原则,政治化的意识形态标准成为评价诗歌的唯一标准。这既表现在诗人的选材、取象、抒情方式、语言风格上,也表现在诗歌的生产机制、传播方式,以及诗歌批评与诗歌论争上。这一时期的诗歌,审美独立性不断地被政治性的意识形态所同化,颂歌与战歌成为主流,表现的情感领域趋向单一,诗人的自我形象消失,创作日益走向一

---

[1] 田间:《拟一个诗人的志愿书》,《抗战诗抄》,新华书店 1950 年 3 月发行。
[2] 严辰:《关于诗歌大众化》,《解放日报》1942 年 11 月 2 日。

体化。

1949年后，在一定程度上标志新诗审美独立性的现代主义潮流转移到了中国台湾。曾经是大陆30年代《现代》诗群主要成员的纪弦（路易士），在1953年创办了《现代诗》杂志。很快在这份刊物的周围聚集了一批现代诗的作者。1956年1月，纪弦又发起召开第一届现代诗人代表大会，宣布成立"现代派"，明确提出"新诗乃横的移植，而非纵的继承"，强调"知性"，追求"诗的纯粹性"。从中能明显地看出对中国大陆三四十年代现代主义诗学的承续。在50年代前期的台湾，新诗与旧诗地位悬殊，所谓"旧诗在朝，新诗在野"，再加上当局强硬的意识形态监控，台湾诗坛充斥"反共"八股。现代派的出现，反映了这些诗人对政治性书写的厌倦，以及希望用诗歌来表达自己真实的内心世界的渴求。1954年，一些不满纪弦"横的移植"和"知性"写作的诗人，如覃子豪、钟鼎文、余光中等，另行发起组织了"蓝星诗社"。他们有意识地去纠正"现代派"的偏颇，重视诗的抒情特性，强调对民族气质与精神的自然渗透，代表了现代诗潮流中较温和的一路。而痖弦、洛夫、张默则发起创办了《创世纪》诗刊，"创世纪"诗人强调诗的"世界性""超现实性"，"倡导纯粹的审美经验"，树起"超现实主义"的大旗，把台湾现代主义诗学推向新阶段。《创世纪》所张扬的超现实主义诗学思想，导致一些诗人沉浸在潜意识与梦境之中，放逐理性，切断联想，扼杀文法，伴随奇异的想象和斑驳的色彩而来的便是诗歌的晦涩难懂。自台湾现代诗运动发生以来，辩难论战一直未断，到了70年代，一场更大规模的现代诗的论战爆发了。1972年，关杰明发表文章批评台湾现代诗因盲目模仿西方而失去了中华本色，是"非驴非马"。唐文标则在《诗的末路——台湾新诗的历史批判》中全面声讨现代诗，称现代诗人为"文化买办"。这场论争涉及传统与现代、中国与西方、主情与主知、明朗与晦涩、现实主义与现代主义等问题。

正当台湾的现代主义诗潮受到乡土诗的挑战，呈现衰颓之势的时候，大陆诗坛中断了二十余年的现代主义诗潮却开始涌动了。粉碎"四人帮"后，随着"实践是检验真理的唯一标准"的讨论，诗人们从噩梦中醒来，开始对前一时期的诗歌创作与诗歌理论进行反思，对极端政治化的伪现实主义与矫饰浮夸的伪浪漫主义予以尖锐的批评。正是在这种背景下，新诗的审美独立性得以一定程度的回归，新时期的诗坛呈现了前所未有的繁荣景象。70年代末80年代初一些带有现代主义色彩的诗开始在刊物上出现。1980年8月，《诗刊》发表章明的《令人气闷的"朦胧"》，引发了关于"朦胧诗"的论争。这场论争，不仅起到了把刚刚崭露头角的青年诗人推向诗坛前沿的作用，而且把批评的触角深入诗歌美学领域，呼唤人道主义精神和个性的复归，呼唤批评家主体意识的复归，推动了诗歌批评民主化的进程，体现了诗人和评论家对诗歌审美独立性的追求。

1986年，中国诗坛发生了一件颇有象征意义的事件，那就是《深圳青年报》和安徽《诗歌报》联合推出的"中国现代诗群体大展"。一些受到朦胧诗人启蒙而又不甘心步朦胧诗人后尘的更为年轻的诗人，结束了散兵游勇的状态，以集群的形式出现在诗坛，并引起人们的瞩目。他们被称作"新生代"或"第三代"诗人。随着改革开放的进程，这些诗人受外部压力大为降低，没有再用大批判的方式对待他们，每个诗人都可以展示自己的个性，而无须乎特意说一些言不由衷的大道理来保护自己。评论家对这一代诗人做了追踪考察，指他们具有从群体的社会意识转向个体的生命意识的倾向、回归语言的倾向等，表明这一阶段的诗论具有实验性、探索性与反叛性，在寻求审美独立性上也走得更远。在对这一时期的诗歌的考察中，评论界也指出某些"新生代"或"第三代"诗人急功近利、好走极端，脱离中国国情，一味"反传统"、盲目摹仿西方等弊端，从而酝酿了90年代对传统的重新审视与回归。

90年代随着卷地而来的商品经济大潮，随着大众文化与亚文化因素对纯文学的强烈冲击，诗歌面临前所未有的窘境。就在一些人弃诗而去的时候，偏偏有另一些人对诗痴情不改。他们凭借自由精神所赋予的独立的价值判断，甘于寂寞，在世纪末的夕阳中默默地耕耘着。90年代的诗坛，由青春期的跳动与张扬，进入了成年期的冷静与深思；由集群式的不同流派的合唱，转向了超越代际的个人写作；由向西方现代诗派的咿呀学语，转向了向中国传统文化汲取养分。与此同时，在90年代诗论家在对诗歌现状的反思与诗学视野的拓宽中，开始了对由政治社会向消费社会全方位转型中诗人角色重新定位的思考，以及在汲取中国传统诗学文化精神的基础上建立一套体现本民族言说方式和诗歌精神的新诗审美话语体系的初步尝试。诗人与评论家逐步意识到，诗歌的特质是多元的，审美是其基元，同时也内蕴着多向展开的可能。把诗仅仅局限于个人的狭小空间，忽视了广阔的宇宙，并非诗之坦途。对一位真正的诗人来说，如何在最具个人化的叙述中容纳最为丰富的历史与哲理内涵，如何把自由精神与人文关怀融为一身，这才是对一个诗人的才华与审美创造力的检验。

四 思维方式与研究方法的现代转型

中国古代诗论是以诗话词话为主要载体，在鉴赏的层面上展开的，强调情感体验，注重象征意蕴的领悟及艺术韵味的品评，间或也杂有诗人生平、创作本事及传播情况的介绍等。这种以鉴赏为中心的诗歌品评，与中国古代诗歌主情、重情的艺术表达方式相一致，经过多年传承，形成了固定的模式，在概念、术语、范畴、品鉴方法等方面表现了超常的稳定性，缺乏对批评对象进行分析归纳的逻辑工具和方法，很难以理性的方式深入到诗作的内部结构，也很难在更高的思维层次上对诗歌现象进行理论反思，从而未能形成一个完整的诗歌理论批评体系。

五四新文化运动中，新诗的横空出世为中国诗歌理论的现代转型打开了一个突破口。这种转型，除去有中国诗歌发展的内在要求外，最主要的是受西方哲学思想与诗学文化的影响。晚清以来，由于西方哲学、美学和文学理论的输入，维护中国长期封建道统、文统的传统诗学观念受到强烈的冲击。在新诗人开创新的诗歌世界的同时，诗歌理论界也引进了西方的诗学观念、范畴、模式、方法，结合新诗的创作实际，初步形成了一种新的理论构架与批评方式，结束了诗话词话一统天下的局面，为现代化的诗学理论批评的建立开辟了道路。

五四新文化运动中，新诗理论的奠基人当推胡适。胡适在《介绍我自己的思想》一文中说："我的思想受两个人影响最大：一个是赫胥黎，一个是杜威先生。赫胥黎教我怎样怀疑，教我不信任一切没有充分证据的东西。杜威先生教我怎样思想，教我处处顾到当前的问题，教我把一切学说理想都看作待证的假设，教我处处顾到思想的结果。这两个人使我明了科学方法的性质与功用。"[1] 胡适把杜威的哲学方法归结为"实验主义"，并具体描述为："实验的方法至少注重三件事：（一）从具体的事实与境地下手；（二）一切学说与理想，一切知识，都只是待证的假设，并非天经地义；（三）一切学说与理想都须用实行来试验过；实验是真理的唯一

---

[1] 胡适：《介绍我自己的思想》，《胡适文存》，黄山书社1996年版，第452—453页。

试金石。……实验,可以稍稍限制那上天下地的妄想冥思。实验主义只承认那一点一滴做到的进步,步步有智慧的指导,步步有自动的实验,才是真进化。"[①] 胡适开始写白话诗,明显是受实验主义哲学的影响。胡适的新诗理论就正是伴随着他新诗写作的尝试而诞生的。他的《谈新诗》作为新诗理论的奠基之作,鼓吹诗体的解放,描述新诗之所以新的特征,为新诗的合法性而呼吁,其意义是深远的。如果联系胡适上述的自白,可以看出《谈新诗》最根本的是体现了一种思维方式的更新,由它开始新诗理论与传统的诗话词话划出了明显的界限。

胡适之后的诗歌理论家绝大多数摒弃了传统的诗话、词话式的写作方式,而代之以论文和专著的形式。1935 年良友图书公司推出《中国新文学大系》,其中胡适编选的《建设理论集》和郑振铎编选的《文学论争集》,收录了新诗诞生以来头一个十年有关新诗理论、评论及相关争论的文章,全部以论文的形态出现,其思维的深度及研究方法的新颖,在过去的诗话词话中是见不到的。与此同时,诗歌评论家们也开始了用专著的形式构建诗歌理论体系的努力。在新诗诞生的最初几年便有《新诗作法讲义》(孙俍工编)、《诗歌原理》(汪静之著)、《新诗概说》(胡怀琛编著)、《诗歌原理 ABC》(傅东华著)等多种专著出版。这些作者的知识结构不同,有的是对西方诗学著作的模仿与移植,有的是用新的方法对旧体诗歌的考量,尽管思考还不够缜密,结构还不尽完善,但无一不是超越了诗话词话的格局,体现了为诗歌理论构建体系的努力。

对于诗歌评论家来说,除去对诗歌发展的历史和现状要有全面的把握,对诗歌文本要有精深的研究外,同时要有对现代科学知识和理论的修养。T. S. 艾略特在《批评中的试验》中说过:有其他的各种知识(至少是科学的知识),是凡欲作文学批评家的人都必须熟知的。自然特别是心理学,尤其是分析的心理学。中国的诗歌评论界对艾略特的说法深以为然。自胡适以后,实证主义思潮的传播,以及西方浪漫主义、意象派、象征主义、超现实主义等现代主义诗学的引进,拓展了评论家的视野,使诗歌评论呈现出鲜明的科学化、现代化的特征。

深受法国象征主义诗学影响的梁宗岱,是一位具有比较文学视野的诗歌理论家。他的诗论主要收集在《诗与真》《诗与真(二集)》中。他

---

① 胡适:《杜威先生与中国》,《胡适文存》,黄山书社 1996 年版,第 278 页。

的研究颇多新鲜见解，如对象征主义的"象征"与中国古代诗论中的"比"做了有说服力的比较。他认为，"象征"作用于诗歌的整体，而"比"则限于诗歌的局部；"象征"是物我同一，而"比"是以人拟物或以物拟人；"象征"是暗示的，而"比"本体与喻体的关系是明确的。梁宗岱论诗基于"为诗而诗"的艺术本体论的思想，高度强调形式的作用，认为诗歌不能离开形式而存在："形式是一切文艺品永生的原理，只有形式能够保存精神底经营，因为只有形式能够抵抗时间底侵蚀。"[①] 他推崇"纯诗"，但不绝对化，而是肯定阅历与经验的作用，认为一切好诗，即使是属于社会性的，必定要经过我们全人格的浸润与陶冶。

唐湜论诗高张两面旗帜，一曰经验，一曰理性。他高度评价经验在诗歌创作中的作用，认为拜伦的"诗就是情感"的说法早已过去。他强调经验，但也清醒地意识到，经验并不等于诗。他认为经验的东西只有拉开相当的心理距离，沉入潜意识的底层去发酵，才能为诗人所用。这种看法既纠正了超现实主义者一味强调潜意识，忽视生活经验的误差，又不同于机械唯物论者仅仅强调经验而忽视人的深层心理因素的作用，不失为一种深刻而稳健的主张。唐湜重视潜意识，但是也决不排斥理性。他赞赏瓦雷里的话：想描写他的梦境的人，自己就得格外清醒。他还进一步发挥道："意象正就是最清醒的意志（Mind）与最虔诚的灵魂（Heart）互为表里的凝合。……意象的自然成熟后仍必须有意识或意志的匠心的烛照与运斤，匠人般的工作方法是里尔克向罗丹学到的由浪漫蒂克转向成熟的古典精神的体现。"[②] 唐湜强调经验和理性，其意义自然还不限于纠正西方超现实主义者一味放纵潜意识的偏颇，而是与他所憧憬的诗美理想紧密联系的。在他看来，真正的诗应该由浮动的音乐走向凝定的建筑，由光芒焕发的浪漫主义走向坚定凝重的古典主义，这是一切沉挚的诗人的道路。

袁可嘉则构筑了新诗现代化与新诗戏剧化的理论。"新诗现代化"的概念较早是由朱自清提出的，但朱自清对这一问题并未做详细探讨。袁可嘉则将新诗现代化的主张系统化、理论化了，提出了"现实，象征，玄

---

① 梁宗岱：《新诗底纷岐路口》，《诗与真·诗与真二集》，外国文学出版社1984年版，第170页。

② 唐湜：《论意象》，《新意度集》，生活·读书·新知三联书店1990年版，第13页。

学的综合传统"这一新诗现代化的美学原则。① 作为对"新诗现代化"内涵的补充与具体化,袁可嘉又提出了"新诗戏剧化"的命题。由于戏剧的首要原则是表现上的客观性与间接性,"新诗戏剧化""即是设法使意志与情感都得着戏剧的表现,而闪避说教或感伤的恶劣倾向"②,从而达到心理现实与外在现实的统一。

像梁宗岱、唐湜、袁可嘉这样的诗论家,多与外国文学有较深的渊源,反映在诗论研究中则能开阔视野,大胆引入西方现代诗学的成果,从而摆脱一些陈陈相因的套子,提出一些崭新的诗歌观念;但所处的社会矛盾极为突出的时代,以及传统文化与思维方式对他们的影响和渗透,又使这群艺术的"叛徒"并不如他们的西方的先行者走得那么远,这是一群在西方文化与中国传统文化间走钢丝的技艺高超的能手。他们的著作不仅直接回答了新诗发展中的理论和现实问题,而且直到今天仍放射着思想的光辉。

进入历史的新时期以后,新诗发生了巨大的变化。在疾速运动的诗的精灵面前,寻常的理智失去了制驭的力量,传统的方法论也处处显示了它的僵硬与局限。仅仅固守着祖宗留传下来的对诗歌的解读方式,已经越来越难于对诗坛现状有清醒的估计、对诗的运动规律有恰如其分的把握了。因此,诗歌研究的思维方式与方法,必然要不断更新。1985年前后,在改革浪潮推动下,思想界、理论界力图冲破过去的陈陈相因的封闭式研究模式的拘囿,开拓新的思维空间,掀起了方法论讨论的热潮。随着系统论、信息论、控制论以及其他自然科学和社会科学方法的引入,随着美学、文艺学、文艺心理学、比较文学等相关学科的长足发展,随着心理批评、原型批评、形式主义批评、结构主义批评、语义学批评、现象学批评、接受美学批评、文化人类学批评等的介绍与输入,为诗歌理论家在传统的批评方法外,提供了新的参照系,有助于批评多元化格局的形成。特别是,进入新时期以后,新时期培养出来的硕士、博士研究生开始在理论阵地上显示他们的锋芒。一批青年评论家陆续成长起来,他们的思维更活跃,知识结构更新,比起朦胧诗论争阶段新潮评论家所受的政治干预,他们受到的外部压力大为降低,每个评论家都可以展示自己的个性,而无须

---

① 袁可嘉:《新诗现代化——新传统的寻求》,《大公报·星期文艺》1947年3月30日。
② 袁可嘉:《新诗戏剧化》,《诗创造》第12期,1948年6月。

乎特意说一些言不由衷的大道理来保护自己。这一切，使这一阶段的诗歌理论更具实验性、探索性，呈现了断裂错落、异态纷呈的批评格局。

  透过对百年来中国新诗理论现代品格的描述，可以发现，中国新诗理论是在中国诗学传统与外来影响的冲撞与融合中艰难行进的。外来的冲击是那样强势而猛烈，中国古代诗学的传统又是那样深厚而深入骨髓。冲破这些影响，靠的是新时代提供的广阔的思维空间与科学的思维方法，也靠的是革新者的巨大勇气。百年来的新诗理论与诗人们的新诗创作在大变革的时代相伴而生，冲决了旧诗的营垒，使新诗作为独立的文体而屹立于诗坛。当然比起底蕴深厚的中国古代诗学与西方诗学，百年来的中国新诗理论还远称不上完善与成熟，尽管步履蹒跚，它却坚定地行进在通向新世纪的路上，并召唤着未来的年轻诗人和评论家与之同行。

对古代与西方诗学文化的双重超越
——百年新诗传统之我见

中国新诗诞生已有一百年了。百年来，新诗的开创者及其后继者在新旧文化的剧烈冲撞中，艰难跋涉，除旧布新，走过了一条坎坷而又辉煌的路。尽管与有着三千年辉煌历史的古代诗歌相比，有着百年历史的新诗只能说是步履蹒跚的小孩子，但是新诗形成了不同于古代诗歌的自身传统则是确定无疑的。

传统作为某一民族或人类群体沿传而来的精神文化现象，有两重性：一方面是稳定的、连续的和持久的，传统可以持续一个相当长的历史时期，对当下或未来发生着潜移默化的影响。对于某种传统浸润下成长起来的人来说，这种传统已深入骨髓，不是谁说一声断裂就断裂得了的。另一方面，传统不是一潭死水，它是动态的、发展的、不断增生的，可以随着社会的发展与时代的变化而丰富。传统像一条河，每个诗人、每个时代的思想者的成果自然地汇进了这条河，本身就成了传统的一部分。

已经形成的新诗传统，内涵是十分丰富的，概略而言，我觉得可以从两个层面上来讨论。

从精神层面上说，新诗诞生伊始，就充满了一种蓬蓬勃勃的自由精神。最初的新诗被称为"白话诗"，在文言统治文坛几千年的背景下，新诗人主张废除旧的格律、已死的典故，用白话写诗，这不单是个媒介的选择问题，更深层次说，体现了一种对自由的渴望。新诗的诞生，是以"诗体大解放"为突破口的。正如胡适所说："新文学的语言是白话的，新文学的文体是自由的，是不拘格律的。初看起来，这都是'文的形式'一方面的问题，算不得重要。却不知道形式和内容有密切的关系。形式上的束缚，使精神不能自由发展，使良好的内容不能充分表现，若想有一种新内容和新精神，不能不先打破那些束缚精神的枷锁镣铐。因此，中国近年的新诗运动可算得一种'诗体大解放'。因为有了这一层诗体的解放，所以丰富的材料，精密的观察，高深的理想，复杂的感情，方才能跑到诗里去。"① 胡适提出的"诗体大解放"的主张充分体现了五四时代的精神特征。在新诗的倡导者看来，五四新文化运动与欧洲的文艺复兴有着很大的相似之处，那就是对人的解放的呼唤。郁达夫也曾说过，五四运动的最大成功，第一要算"个人"的发现。从前的人，是为君而存在，为道而存在，为父母而存在，现在的人才晓得为自我而存在了。——实际上，诗体的解放，正是人的觉醒的思想在文学变革中的一种反映。郭沫若讲："诗的创造是要创造'人'……他人已成的形式是不可因袭的东西。他人已成的形式只是自己的镣铐。形式方面我主张绝端的自由，绝端的自在。"② 正由于"诗体大解放"的主张与五四时期人的解放的要求相合拍，才会迅速引起新诗人的共鸣，并掀起了声势浩大的新诗运动。很明显，新诗的出现，决不仅仅是形式的革新，同时也是一场深刻的思想革命。新诗人们怀着极大的勇气，向陈旧的诗学观念挑战，他们反叛、冲击、创造，他们带给诗坛的不仅有新的语言、新的建行、新的表现手法，而且有着前代诗歌中从未出现过的新的思想、新的道德、新的美学原则、新的人性的闪光。五四时期燃起的呼唤精神自由的薪火，经过一代代诗人传下去，尽管后来受到战争环境和政治因素的影响一度黯淡乃至熄灭，到了新时期，随着思想解放运动的春风，又重新熊熊燃烧起来。正是这种对精神自由的追求，贯穿了我们的新诗发展史。而新诗在艺术上的多样化与不定性，其实也正是这种精神自由传统的派生结果。

  从艺术层面上说，新诗与古典诗歌相比，从根本上讲体现出一种现代品质，包括对诗歌的审美本质的思考、对诗歌把握世界的独特方式的探讨、对以审美为中心的诗歌多元价值观的理解等。诗歌的现代性相当突出地表现在诗的语言方面。诗歌形态的变革，往往反映在诗歌语言的变化之中。诗歌现代化首当其冲的便是诗歌语言的现代化。而五四时期的新诗革命，就正是以用白话写诗为突破口的。随着社会的推进，为适应表现现代社会的生活节奏和现代人思想的深刻、情绪的复杂和心灵世界的微妙，诗歌的语言系统还在发生不断的变化，并成为衡量诗歌现代化进程的一个重要标志。诗歌现代化进程还涉及诗歌创作过程中作为内容实现方式的一系

---

① 胡适：《谈新诗》，《星期评论》"双十节纪念号"第五张，1919年。
② 郭沫若：《论诗三札》，《文艺论集》，人民文学出版社1979年版，第216—217页。

列的创作方法、艺术技巧等。这里既有对中国古典诗歌某些手法与技术的新开掘，又包括对西方诗歌的借鉴。郭沫若早在新诗诞生的初期就曾说过："古人用他们的言辞表示他们的情怀，已成为古诗，今人用我们的言辞表示我们的生趣，便是新诗。再隔些年代，更会有新新诗出现了。"① 这"新新诗"的提法，很值得我们玩味。它表明新诗不是一成不变的，是没有固定模式可循的，是要不断出新的。

在百年新诗自身传统形成的过程中，有两个影响因子是不能忽视的。一个是中国古代诗学文化的传统，另一个是西方诗学文化的传统。这两个传统绵延时间之长，内涵积淀之深，是新诗百年形成的自身传统无法比拟的。实际上，新诗自身传统的形成与发展，也始终受着这两大传统的制约，是在这两大传统的冲撞与融合中形成的。

中国古代诗歌有悠久的历史，有丰富的诗学形态，有光耀古今的诗歌大师，有令人百读不厌的名篇。这既是新诗写作者的宝贵的精神财富，同时又构成创新与突破的沉重压力。中国古代的诗学文化是按本民族诗学文化自身发展的内在逻辑而变迁，即在拓展、深化、推进自己固有的东西中，诞生新的因子。诸如中国的诗歌由诗经的四言到骚体，再到五七言，再到词曲，主要是循中国诗歌内在发展规律而进行的。值得注意的是这种变迁，有时却打着"复古"的旗号，比如唐代韩愈、柳宗元倡导的"古文运动"是在复兴先秦两汉古文传统的旗号下，对齐梁以来绮靡文风的革新。1949 年后影响甚大的"在民歌和古典诗歌基础上发展新诗"的主张，便是强调沿着本民族诗学文化的内在逻辑和发展规律而行进的。此外，形形色色的建立现代格律诗的主张，也主要是从本民族诗歌语言的内在发展规律而考虑的。而从新诗发展的历程来看，新诗的草创阶段，那些拓荒者们首先着眼的是西方诗歌资源的引进，但是当新诗的阵地已巩固，便更多地回过头来考虑中国现代诗学与古代诗学的衔接了。卞之琳说："在白话新体诗获得了一个巩固的立足点以后，它是无所顾虑的有意接通我国诗的长期传统，来利用年深月久、经过不断体裁变化而传下来的艺术遗产。"② 1990 年代以来，有更多的学者就如何继承中国古代诗歌资源问题进行了认真的思考，李怡的《中国现代新诗与古典诗歌传统》、蓝棣之

---

① 郭沫若：《论诗三札》，《文艺论集》，人民文学出版社 1979 年版，第 215 页。
② 卞之琳：《戴望舒诗集序》，《戴望舒诗集》，四川人民出版社 1981 年版，第 3 页。

的《论新诗对于古典诗歌的传承》、陈仲义的《遍野散见却有待深掘的高品位富矿——新古典诗学论》等，均在这方面提出了有价值的见解。

百年新诗自身传统的形成除去对古代诗学文化的批判性汲取外，更重要的是从异域文学中借来火种，以点燃自己的诗学革命之火。在这种情况下，外来的诗学文化不仅仅以其新的内容、新的形态进入了本民族诗学文化，更重要的还在于起了一种酵母和催化的作用，促使本民族诗学文化在内容、格局与形式上都产生前所未有的变异。五四时期的新诗缔造者们，以一种不容置辩的态度揭竿而起，为了冲破中国传统诗学的沉重压力，他们选择的是面向西方诗学文化寻找助力。郭沫若坦诚地宣称："欧西的艺术经过中世纪一场悠久的迷梦之后，他们的觉醒比我们早了四五世纪。我们应该把窗户打开，收纳些温暖的阳光进来。如今不是我们闭关自主的时候了，输入欧西先觉诸邦的艺术也正是我们的急图。我们要宏加研究、介绍、收集、宣传，借石他山，以资我们的攻错。"① 朱自清也指出："新诗不取法于歌谣，最主要的原因还是外国的影响；别的原因都只在这一个影响之下发生作用。外国的影响使我国文学向一条新路发展，诗也不能够是例外。"② 郭沫若与朱自清的看法，实际上已成为那一阶段诗坛先进的共识：为了使诗歌适应现代生活的需要，当务之急就是冲破封闭的、陈旧的诗歌传统的拘囿，汲取西方的新的思想和美学观念，借他山之石以攻错，从而使我国的诗歌现代化。当然，中国新诗受外国影响，除去新诗人希望"迎头赶上"西方的急迫感外，更深一层说，是由于现今世界上始终存在着一系列困扰并激动着各民族哲人的共同问题。尽管各民族有其各自的历史、文化传统和民族特性，但是人类共同的文化心理结构依然在起着作用。实际上文学的世界性与民族性的矛盾运动便构成了人类的文学发展史。

外国诗学文化的引进，必然会同中国固有的传统诗学文化产生冲突。这是由于人们在本民族诗学文化形成的过程中，不知不觉地接受了传统文化氛围中的许多观念，这些观念被师长父兄所信奉，自出生以来便盘旋在自己周围，因而被认为是天经地义的。一旦这天经地义的文化信念受到异域外来文化的冲击，其第一个反应往往是保护性的，而把异域外来文化视

---

① 郭沫若：《一个宣言》，《文艺论集》，人民文学出版社1979年版，第105—106页。
② 朱自清：《真诗》，《新诗杂话》，作家书屋1947年版。

为"反文化"的因素。于是传统的诗学文化与外来的诗学文化之间的剧烈冲撞便不可避免地发生了。

不过,同一民族不同历史时期的诗学文化之间,不同民族的诗学文化之间,不仅有冲撞的一面,而且有融合的一面。自称与刘半农"是《新青年》上做诗的老朋友"的周作人,在为刘半农《扬鞭集》写的序中提到:"我觉得新诗的成就上有一种趋势恐怕很是重要,这便是一种融化。不瞒大家说,新诗本来也是从模仿来的,它的进化是在于模仿与独创之消长,近来中国的诗似乎有渐近于独创的模样,这就是我所谓的融化。自由之中自有节制,豪华之中实含清涩,把中国文学固有的特质因了外来影响而益美化,不可只披上一件呢外套就了事。"[①] 周作人说的"融化",也正是我们所说的"融合",主要指不同诗学文化间的相互吸收。

诗学文化的冲撞与融合看似是对立的两极,其实彼此又是互相渗透、互为因果的。诗学文化的冲撞虽以不同文化的排斥为主,但排斥中有吸收。诗学文化的融合虽以不同文化的互相吸收为主,但吸收中有排斥。二者随着当时文化发展的大趋势互相推移,我们很难把它们泾渭分明地区分开来。这是因为任何一种诗学文化都是由诸多子系统组成的,而每一种子系统,乃至一种文化元素,又都是在与其他成分相联系的状态中发挥作用的。各种系统构成的复杂性,各种诗学文化成分的互相联系与渗透,决定了诗学文化冲撞与融合的交叉状态。由于各民族作为人类有其共性的一面,因此彻底的诗学文化排斥是行不通的;又由于每个民族有其个性的一面,因此不加选择的全盘吸收也是做不到的。

诗学文化的冲撞与融合,既是各民族诗学文化发展的必由之路,又是在这种发展中呈现的共同景观。但冲撞与融合不是目的,冲撞和融合的结果导致一种新的诗学文化的诞生。这种新的诗学文化来自于传统的母体又不同于传统,受外来诗学文化的触发又并非外来文化的翻版;它植根于过去的回忆,更立足于现代的追求;作为一种全新的创造,体现了文化建设主体对传统诗学文化和外来诗学文化的双重超越,百年中国新诗正是在这样一种文化格局下形成了自己的传统。

当然,与历史悠久的中国古代诗歌传统与西方诗歌传统相比,百年新诗自身传统其时间还不够漫长,影响还不够深远,内涵还有待于丰富。如

[①] 周作人:《〈扬鞭集〉序》,《语丝》第 82 期。

今，又一个百年开始了，新诗还在行进中，路漫漫其修远。如何在融会贯通前代诗学遗产的基础上不断创新，以自己的艰苦卓绝的探寻与创作实绩汇入新诗自身的传统中，丰富它，发扬它，光大它，这是今天和未来诗人们的光荣使命。

在新诗百年纪念大会上的讲话

各位诗人、各位学者、各位来宾：

在中国新诗百年纪念大会于新诗的发源地北京大学召开之际，我谨代表首都师范大学中国诗歌研究中心向大会表示衷心的祝贺，向出席大会的来自全国各地和世界各地的诗人、学者、来宾表示热烈的欢迎！

新诗百年纪念大会，如谢冕教授所说，是向新诗的开创者及其后继者们致敬的大会。百年来，前辈们筚路蓝缕，披荆斩棘，走过了一条坎坷而又辉煌的路。如今，当我们沿着这条曲折而又光明的诗路前进的时候，望着前人植下的苍松与翠柏、杨柳与夭桃，望着他们艰难跋涉留下的脚印与伤痕……充满了对他们的感恩、怀念与景仰。

新诗百年纪念大会，是展示当下诗歌理论研究成果，检阅当下新诗研究阵容的大会。昨天在香山饭店举行的新诗百年纪念大会学术论坛上，老中青三代学者汇聚一堂，精彩的发言，七十篇高质量的学术论文，显示了中国新诗研究队伍的凝聚力与创造力。

新诗百年纪念大会，是回顾过去、面向未来的大会。这次大会不仅有来自中国大陆各地，而且有来自台湾、香港、澳门，来自世界各地的诗人、学者参加，体现了中国新诗理论界的大团结。以这次带有总结性与前瞻性的大会为契机，中国的新诗研究将进一步继承中国古代诗学的优秀传统，继续吸收外国诗学的精华，应合着时代的脚步，坚定地走向未来。

诗人们，学者们，来宾们！

新诗诞生一百年了，人的一生，上寿也不过百年。今天我们能济济一堂，置身在北京大学百年讲堂，参加新诗百年纪念的盛会，这是一种缘分。作为一个诗人，作为一个学者，能在有生之年，亲历新诗的百年轮转，更是一种幸运。以今天这个盛大的纪念大会为标志，新诗的第一个百年过去了，第二个百年开始了。此时，古罗马诗人维吉尔的声音在我耳畔响起：

> 现在到了库马谶语所谓最后的日子
> 伟大的世纪的运行又要重新开始

  新的一百年，对于中国新诗来说，不仅仅意味着时序的流转，同时也给人们留下了巨大的想象空间。相信再过一百年，我们的新诗将如火中凤凰一样，以璀璨夺目的形象获得重生！那时，花更红，天更青，水更绿，我们的祖国会更强大，我们的新诗也会更新，更美。让我们伴着时代的脚步，带着一颗永远年轻的心，去拥抱那迷人的未来吧！

  谢谢大家！

2018 年 9 月 21 日
于北京大学百周年纪念讲堂

面对新时代，诗人何为？

海德格尔曾在《诗·语言·思》中，针对他所处的时代，提出过一个有名的命题："在一个贫乏的时代里，诗人如何为？"其实，在任何一个时代，都有一个诗人何为的问题。

如今我们面临的新时代，是实现中华民族伟大复兴的时代，是奋斗者的时代，是开创者的时代。新时代的诗人任重道远，他不仅要以新时代见证人的身份，记录下这个伟大的时代，而且还要以预言家的身份既憧憬美好的未来，又要让人们对通往未来的道路上的艰难险阻有充分的心理准备，这就对诗人提出了很高的要求。

毋庸讳言，改革开放以来，我国诗人的文化素养、审美情趣、写作技能技巧等有了很大提高，诗歌创作的队伍大大扩展了，诗歌创作的整体水平也上了一个新的台阶。一些有才华的诗人勤奋地写作，作品发表了，诗集出版了，但往往在读者中没有引起任何反响，就像投入幽深湖水中的一颗石子，没有溅起一圈涟漪。这些诗人觉得自己写得蛮好了，却得不到承认，他们怪读者冷漠，怪评论家没有眼光。其实他们不明白，一个诗人在有了深厚的文化素养，有了诗歌写作的能力与技巧之后，能否达到新的高度，能否创造出光彩夺目的名篇，最终比拼的是人——是人的心灵、襟怀与品格。最美的心灵，才有最新的意境；最高的品格，才有最好的诗篇。在中外诗史上，历来是诗人品格的高下，决定诗歌的高下。"诗如人之行略，人高则诗亦高，人俗则诗亦俗，一字不可掩饰，见其诗如见其人。"（徐增《而庵诗话》）胡风在1942年，收到一位青年诗人的来信，信中说："对于诗，这个庄严的命名，我从没有轻佻地去走近她。"胡风非常欣赏这位年轻人对诗的态度，称之为穿透环绕他周围的湿雾的一道阳光，感动之余，给他写了一封回信，这就是胡风著名的诗论：《关于人与诗，关于第二义的诗人》。在这篇文章中，胡风强调："有志于做一个诗人者须得同时有志于做一个真正的人。无愧于是一个人的人，才有可能在人字

上面加上'诗'这一个形容性的字。"（《胡风全集》第3卷）

的确，在任何一个时代，诗人都不能把自己等同于芸芸众生。他不仅要真实地抒写自己真实的心灵，还要透过自己所创造的立足于于大地而又向天空敞开的诗的世界，展开自觉的人性探求，坚守诗歌的独立品格，召唤自由的心灵，昭示人们返回存在的家园。

诗人的角色是一种社会角色，诗人是社会的人，这是不以诗人的主观愿望为转移的。任何人写诗，都不能脱离自己的时代。那么，面对新时代，我心目中的诗人应当是什么样子的呢？我把它概括为如下的六句话，即诗人应当是一个呼唤心灵自由的人，是葆有一颗童心的人，是拥有博大的爱情的人，是既要仰望天空又要俯视大地的人，是自然之子，是神圣的命名者。

一个呼唤心灵自由的人

2007年4月在廊坊师范学院举行的"邵燕祥诗歌创作研讨会"的闭幕式上，诗人邵燕祥说的一句话，我至今记忆犹新。他说："诗歌作为一种语言方式，一种心灵表达的方式，其'核心价值观'即是自由。"

自由是诗的"核心价值观"，也就是诗歌最根本的属性，这话说得太到位了。对此，我国老中青三代诗人也都曾用自己的语言做过表述。

艾青这样礼赞诗歌的自由的精神："诗与自由，是我们生命的两种最可宝贵的东西"。（《诗与宣传》）"诗是自由的使者，永远忠实地给人类以慰勉，在人类的心里，播散对于自由的渴望与坚信的种子。诗的声音，就是自由的声音；诗的笑，就是自由的笑。"（《诗论·诗的精神》）

吉狄马加说："我至今还记得第一次读普希金的《纪念碑》时给我带来的激动和震撼，那是终身难忘的。普希金在诗中写道：'在这残酷的世纪，我歌颂过自由，并且为那些不幸的人们祈求过怜悯和同情。'无可讳言，作为一个未知的少年，是普希金告诉我什么是自由，使我第一次懂得了自由对于人来说是何等的重要。"（《寻找另一种声音》）

小海声称他是"为了获得自由而从事写作"（《年代诗丛·小海诗选》）。

这些诗人在不同条件下关于心灵自由的论述，给我留下了深刻的印象。

心灵的自由不是靠恩赐。历史上皇帝被推翻了，不见得心灵就能获得自由。保持心灵的自由还要有一定的内在条件。这就是说，在外界条件允许的情况下，固然要充分发挥自己心灵的自由，即使外界条件不允许也要尽可能地在内心深处为自己的心灵自由提供一种正常的防卫。

保持心灵的自由需要有勇气。一位法新社记者曾经问过巴金："巴金先生，假如我是一位年轻的中国作家，你有什么忠言勉励我？"巴金引用法国大革命时代的英雄丹东的话"大胆，大胆，永远大胆"来回答他（《巴金在香港答记者问》）。巴金还说过："我的写作的最高境界、我的理想绝不是完美的技巧，而是高尔基草原故事中的'勇士丹柯'——'他用手抓开自己的胸膛，拿出自己的心来，高高地举在头上'……我要掏出自己燃烧的心，要讲心里的话。"（《〈探索集〉后记》）巴金的话是非常感人的。中国也有句老话，叫"放胆文章拼命酒"，酒是不能拼命去喝的，文章却要放胆去做。为了保持心灵的自由，作家应当有勇气直面人生，直面旧的习惯势力和世俗的种种压力。一个真正的诗人，总是走在一般人的前面，站得也比一般人高一些，因此总有一定程度的超凡脱俗，他不易被世俗限制和束缚，而往往是旧的习惯势力的叛逆者。

维护心灵的自由，还要靠诗人的自信，这种自信是建立在对客观世界的准确把握，对自己的创作才能的冷静分析以及对人生、对艺术的坚定信仰的基础上的。优秀的诗人可以谦虚地听取意见，但却不会无止境地否定自己，相反他们充分地意识到了自己的富有独创性的作品的价值。普希金在他临终前不久写的《纪念碑》一诗中，为自己的创作做了这样的总结："我为自己建立了一座非人工所能造的纪念碑。"普希金正是由于有这样坚强的自信，他才能在形形色色的流言与诬蔑面前保持了一种自由的心境。

为了捍卫心灵的自由，诗人需要耐得寂寞、甘于寂寞，一方面去掉功利之思，不慕繁华，不逐浮名，视功名富贵如浮云；另一方面要坚持自己的创作追求，恪守自己的美学理想，决不随波逐流。有了寂寞之心，才能寂寞做人，才可能祛除杂念，排除内在的与外在的干扰，建立一道心理的屏障。这些年来，市场经济的大潮汹涌澎湃，大众文化的红尘滚滚而来，人们物质欲望空前膨胀……这一切给作家带来强大的精神压力与生存压力。作为社会的精英，诗人若想避免与流俗合流，保持自己的精神自由与人格独立，就要像不断推石上山的西西弗斯一样，为捍卫人类的最后精神领地而搏斗，心甘情愿地充当诗坛寂寞的守望者。

创造的成功是自由的实现。说到底，心灵的自由不仅是创造成功作品的必要条件，同时也是人生追求的一种境界。

一个葆有一颗童心的人

王国维在《人间词话》中说过："词人者，不失其赤子之心者也。"这"赤子之心"，即是"童心"。俞平伯在他第一本诗集中表白："'不失其赤子之心'的人，才是真正的诗人，不死不朽的诗人。……我反对诗人底僭号，什么人间底天使，先知先觉者……我只承认他是小孩子的成人。"（《〈冬夜〉自序》）冰心也曾诚恳地向小朋友们说："我是你们天真队里的一个落伍者——然而有一件事，是我常常用以自傲的：就是我从前也曾是一个小孩子，现在还有时仍是一个小孩子。为着要保守这一点天真直到我转入另一世界时为止，我恳切地希望你们帮助我，提携我，我自己也要永远勉励着，做你们的一个最热情最忠实的朋友。"（《寄小读者·通讯一》）这些作家均用热烈的语言表达了对童心的高度尊崇，值得我们深思。

童心的可贵首先在于它的真诚、纯洁、不会掩饰，不会作假。诗歌说到底，不就是一句掏自心窝的真话吗？童心的可贵还在于它的超脱实用。儿童由于阅历浅，不谙世事，他们不是从实用的角度去看事物，而是喜欢沉浸在幻想的境界中与实际的人生拉开距离，从而能在为成年人所忽视的东西上发现美。这是由于成年人看事物偏于实用，而儿童却另有一种眼光，他们不受世俗习惯的拘囿，对事物总有一定的新奇感、陌生感，他们看事物的视点不固定，想象的天地也远比成年人开阔得多。而诗人的审美发现，在某种程度上，也要像小孩子一样，要摆脱实用的态度，这样想象的翅膀才能升腾起来。

实际上，许多伟大的艺术家，都是"大孩子"，他们不是羞于与儿童为伍，而是尊崇儿童，尽力使自己的心态、思维与儿童相沟通。正如法国作家都德所说："诗人是还能用儿童的眼光去看的人"。郑振铎在五四时期曾写过一首小诗：

> 我们不过是穷乏的小孩子。

偶然想假装富有，
脸便先红了。

这首题为《赤子之心——赠圣陶》的小诗，是诗人的"夫子自道"，它不仅是赠给叶圣陶的，也是赠给后来者——新时代的诗人们的。

一个拥有博大的爱情的人

印度大诗人泰戈尔的《飞鸟集》中有一行诗："美呀，在爱中找你自己吧。"一句话，便点出了美的发现与爱的关系。

作为一个真正的诗人，光自爱是不行的，光爱一个人也不够，他还要以一颗博大的爱心拥抱世界。俄罗斯诗人涅克拉索夫有这样的诗句："谁要是在受着苦难的兄弟的病床前，/不流眼泪，谁要是心里没有一点同情，/谁要是为了黄金而把自己出卖给别人，/这种人就不是诗人！"

诗是哭泣的情歌。大凡留传后世的伟大诗篇，都不是为统治者歌舞升平，为豪门描绘盛宴之作，而恰恰是与底层人民息息相关的。底层总是与苦难相伴，而苦难往往孕育着伟大的诗。所以德国诗人麦克尔才说："诗歌不是天使的栖身之所"，"诗是苦难的编年史"。伟大的诗人都有一种苦难意识，这里不单有对社会生活的苦难体验，更有诗人在精神上去主动承受苦难的一种人生态度。夏济安说过："释迦牟尼在菩提树下大彻大悟，耶稣基督在荒野里对魔鬼说：'撒旦，走开！'这些都是两位教主生命中的大事，从那时候开始，他们悟到了'道'，他们有了自信。这种内心的动作，应该和释迦托钵乞食，耶稣治疗麻风病人这种外界的动作一样重要，甚或更为重要。"（《评彭歌的〈落月〉兼论现代小说》）。这段话也可以理解为，如果没有释迦托钵乞食、耶稣治疗麻风病人那样身历苦难，如果没有他们那颗博大的爱心，也就不会有他们得道时的"悟"。对诗歌之"悟"，亦可作如是观。

2008 年的汶川大地震后，诗人们不仅写诗表达对遇难者的哀悼，抒写一种大悲悯的情怀，而且直接投入了抗震救灾的斗争，充分显示了博大的爱心。曾主编《后朦胧诗集》的先锋诗人潇潇在大地震发生后，一个人以志愿者的身份来到了灾区，在成都火车站搬运救灾物资，此时的潇潇，如现场见到她的诗人所描写的："此刻她不再是那位漂亮的、爱化妆的女诗人,而是一个身着蓝褂子的、满脸汗渍的劳动中的妇女。"(《废墟上的歌声》)潇潇后来在北京召开的"'诗歌与社会'学术研讨会"上说:"汶川大地震彻底改变了我写作的态度。我以前是按纯诗的观念去写。大地震后,我感到在举国同悲的时候,诗人不能缺席,而要在场,诗人就是要为灾区人民扎扎实实做些事情,面对天崩地裂,面对特大的灾难,我的感受是语言是轻浮的,只有生命是沉重的。当我在摇动的车上为志愿者朗诵我的诗,他们被感动了,我才真正意识到诗的价值。"

有了这种博大的爱情,在寻常的生活景象与自然景象中就往往会有独到的发现了。诗的创造,从本质上说,来源于诗人的充溢着爱的心灵。少女可以为失去的爱情而唱,守财奴不能为失去的钱袋子而歌,原因就在于少女有一颗纯真的、赤诚的心,而守财奴的心早已硬化、冰结了。

一个既要仰望天空又要俯视大地的人

诗人应当是一个民族中关注天空的人。这里说的对天空的关注,不单是迷醉于天空的美,而是指能把个人的存在与宇宙融合起来那样一种人生境界。人生是一个过程,寄居于天地之间,追求不同,境界也就存在着高低的差别。诗人郑敏在西南联大哲学系念书时,听过冯友兰先生讲"人生哲学"课。冯先生把人的精神世界概括为由低而高的"四大境界":自然境界、功利境界、道德境界、天地境界。自然境界,是说一个人做事,只是顺着他的本能,这与动物界很接近。功利境界,是说他所做的事,其后果可以有利于他人,其动机则是利己的。道德境界,是说他为社会的利益去做各种事,所做的事都有道德的意义。天地境界,是指一个人意识到超乎社会整体之上还有一个更大的整体即宇宙,他不仅是社会的一员,同时还是宇宙的一员,他是为宇宙的利益做各种事。立于这种境界的人才算是"大彻大悟",这也是最高的人生境界。《管子》上说:"人与天调,然后天地之美生。"天即宇宙,宇宙是人所生活的大环境,人只有和宇宙这个大环境保持一致,才能领略到人生之美,宇宙之美,从而抵达人类生存的理想世界和精神的澄明之境。

认识宇宙,也就是认识人类自己。人类在现实世界中受到种种的限制,生命的有限和残缺使得人类本能地幻想自由的生存状态,寻求从现实的羁绊中超脱出来。而诗歌作为人类生命活动的象征形式,是力图克服人生局限，提升自己人生境界的一种精神突围。

仰望天空便是基于人与宇宙、与自然交汇中最深层次的领悟，强调对现实的超越，强调在更深广、更终极意义上对生活的认识，让心灵自由地翱翔。基于天地境界的诗歌写作，强调的是精神境界的提升，即由欲望、情感层面向哲学、宗教层面的挺进，追求的是精神的终极关怀和对人性的深层体认。每一位诗人，因为所处环境不同、经历不同会有不同的人生经验，但这些具体琐屑的人生经验永远满足不了诗人理想与情感的饥渴，他渴望超越。诗歌创作，就是诗人实现精神超越的一种途径。

仰望天空体现了诗人对现实的超越，但这不等于诗人对现实的漠视与脱离。人生需要天空，更离不开大地。雨果说："诗人可以有翅膀飞上天空，可是他也要有一双脚在地上。我们看见他飞翔以后，也要看看他走路。……同时是人也是超人，这就是诗人。完全离开了人，诗人就不存在了。"（雨果《九三年》）海德格尔说，作诗并不飞越和超出大地，以便离弃大地，悬浮于大地之上。毋宁说，作诗首先把人带向大地，使人归属于大地，从而使人进入栖居之中。雨果和海德格尔说得很有道理。这是由于审美作为人的存在方式，不是指向抽象的理念世界或超验的彼岸世界，而是高度肯定和善待现实生活中的个体生命与自由。因此，终极关怀脱离不开现实关怀。能够仰望天空的诗人，必然也会扎根大地。重视日常经验写作，把诗歌从飘浮的空中拉回来，在平凡琐屑的日常生活中发现诗意，这更需要诗人有独特的眼光，要以宏阔的、远大的整体视点观察现实的生存环境，要在灵与肉、心与物、主观与客观的冲突中，揭示现代社会的群体意识和个人心态，让日常经验经过诗人心灵的过滤发出诗的光泽，让平庸的生活获得一种氤氲的诗意。

一个自然之子

启蒙时代的思想家提出的自然、社会与人，既是人文学科所要思考、探究的对象，也是文学作品所要表现的主题。自然、社会与人既各自有确定的内涵，又是三位一体的，对自然、社会与人及其三者关系的思考，构成了诗人对世界的把握与诗歌书写的非常重要的内容。

一定的自然环境会诱发一定的心理。《礼记·乐记》云："人心之动，物使之然"。这里的"物"，即是种种自然风物的总称。自然不仅为人类的生存提供了物质资源，而且启迪了人类的智慧，开拓了人类的胸襟、熏陶了人类的情感。诗人的创作大多离不开江山之助，所谓"用笔不灵看燕舞，行文无序赏花开"。大自然就像母亲一样以她的乳汁，滋润着诗人的心灵。

真正的诗人都是"自然"的儿子，他们都是怀着对自然的深情，用人的眼光、人的感情来看待自然。在诗人看来，人和自然之间有相通之处。自然能用其独特的语言同诗人交谈，那幽深的森林、寂静的山谷、卷起绒毛似的雪花的狂风、不停息地拍击礁石的海浪……诗人仿佛都能从中感到自然的脉搏，听到自然的声音。这种与自然的沟通，使诗人觉得自然界中最微不足道的事物仿佛也有灵魂，有其内在的意义。

经历了现代工业社会对自然的掠夺性开发，经历了失去家园的漂泊无依，人们渴望回归自然。自然既是激发诗人写作的动力，又是诗人永恒的书写对象。诗人观照自然，把自己的内在感情辐射到自然上，使自然人化或心灵化。诗人对自然的书写，不只是对自然的描摹，更重要的是显示了人的内在生命的隐秘，这也构成了人类与自然对话的桥梁。

一个神圣的命名者

海德格尔说："诗的活动领域是语言。因此，诗的本质必须经由语言的本质去理解。"（《荷尔德林与诗的本质》）诗歌语言在日常的、实用的语言系统之外，建立了一个自主的独立的艺术符号世界。卡西尔认为，伟大的诗人"不仅有运用而且有重铸和更新语言使之形成新的样式的力量。意大利语、英语和德语在但丁、莎士比亚和歌德死时与他们生时是不相同的。这些语言由于但丁、莎士比亚和歌德的作品经历了本质性的变化，这些语言不仅为新的词汇所丰富，也为新的形式所丰富"（《语言与艺术》）。罗兰·巴特也说："文学中的自由力量并不取决于作家的儒雅风度，也不取决于他的政治承诺，甚至也不取决于他的作品的思想内容，而是取决于他对语言的改变。"（《写作的零度》）

诗人不仅记录生命，而且为世界命名。语言便起源于对事物的命名。这种命名本身就是美妙的，充满诗意的。栖居在语言家园中的诗人，他不只是把语言视为工具，而是视语言为生命，视语言为诗意的存在。诗人要打破人们对日常语言习惯的近乎麻木的心态，从全新的角度对诗的语言进行审美观照。"但诗人不能完全杜撰一种全新的语言,他须得尊重自己语言的基本结构法则,须得采用其语法的语形和句法的规则,但是在服从这些规则的同时,他不是简单地屈从它,他能够统治它们,能将之转向一个新的目标。"(卡西尔《语言与艺术》)这个意思用清代诗人袁枚的话来说,就是"字字古有,言言古无",诗人用的字是古来就有的,但用这些字组合而成的诗句却是全新的,前无古人的。在这一过程中,诗人所感受的言语痛苦是非常人所能感觉到的,也非常人所能承受的。如德·斯太尔夫人所说:"诗的天才是一种内在的禀赋,它同令人们作出英勇牺牲的禀赋属于同一种性质;写一首壮丽的颂歌无异于做一场英雄主义的梦。"(《德国的文学与艺术》)这就要求诗人必须有一种强烈的言语动机,像杜甫那样"语不惊人死不休",方能在严格的限制中获得一定程度的自由,此时,"言语痛苦"就会转化为某种创造的愉快,这即是普希金所说的:"善于驾驭文字的人最为幸福。"(列·格罗斯曼《普希金传》)

新时代是实现"中国梦"的时代,是前无古人的时代,也是对诗人挑战最大的时代。为应对新时代的挑战,诗人们应做好多方面的准备。以上所胪列的六点,仅是个人学习、思考所得,愿与诗界同仁共勉,在新时代相伴而行。

2019 年 11 月 19 日

中国诗歌理论的现代转型

任何诗学理论的发生，都有着深刻的思想、政治、文化的背景，有其历史的必然性。在持续了两千年的漫长的封建时代里，中国的诗学理论也同处于封闭状态的中国社会一样，迈着自己悠然自得的方步，沉醉于平平仄仄的品味之中。然而到了19世纪中叶，西方列强凭借他们的坚船利炮，发动了鸦片战争。战争的失利，给中国人的震撼是无比深刻的。持续了两千年的思想、政治与经济制度受到了巨大的冲击。在遭到了一种强势的外来文明挑战的情况下，中国社会开始了前所未有的深刻转型。这个转型是全方位的，总的趋势是经济上由自然经济到社会化大生产，政治上由专制到民主，思想上由封闭到开放。当然这样一种深刻的转型不可能一蹴而就，而是漫长的，曲曲折折、反反复复的。在这样一种大动荡、大分化的转型期中，旧日的偶像被破坏了，已有的陈规被废除了，人们的价值标准、行为准则、道德理想全在发生深刻的变化。包括诗人在内的精英知识分子，无不在求索、思考，更有些先行者还付诸实际的行动。这是一个思想者的时代，也许只有春秋战国的"百家争鸣"才可以与之比拟。这种思想上、政治上、制度上的巨大变化，必然反映到包括诗歌在内的文学艺术领域中去，从而使诗人和学者的诗歌观念发生巨大的转折。

20世纪中国新诗理论从一诞生，就与中国古代诗学处在完全不同的背景下。古代诗学尽管也曾在一定程度上受到外来文明的影响，但就其主流而言，是自身的发展与延伸。而新诗理论刚刚冒头的时候，来自西方的思想革命、政治革命、新技术革命、道德价值革命等就已在轮番冲击着中国的思想文化传统。正是一些留学西方的青年最早进行了新诗的尝试，正是西方诗学的引进才促发了新诗理论的萌芽。但中国古代诗学的传统是那样巨大，以致新诗人和新诗评论家很难摆脱它的影响，从而长期处于两种文化冲撞带来的苦闷之中，这也正是布鲁姆在《影响的焦虑》一书中所指出的:"诗的影响已经成了一种忧郁症或焦虑原则。"① 20世纪的新诗理论正是在这样一种对传统影响的焦虑的背景下,在民族传统与外来影响的冲撞、融合中,在对传统文化与外来文化的双重超越中发展起来的。

20世纪中国新诗理论的现代转型,与一般诗学文化的转型一样,大致循着两条不同的途径。

第一条是按本民族诗学文化自身发展的内在逻辑而转型,即在拓展、深化、推进自己固有的东西中,诞生新的因子。诸如中国的诗歌由诗经的四言到骚体,再到五七言,再到词曲,主要是循中国诗歌内在发展规律而进行的。值得注意的是这种变迁,有时却打着"复古"的旗号,比如唐代韩愈、柳宗元倡导的"古文运动"是在复兴先秦两汉古文传统的旗号下,对齐梁以来绮靡文风的革新。西方的文艺复兴运动则是打着复兴古希腊文化的旗号,建立自己的武库,从而形成对中世纪以来的教会文化的强烈冲击。1949年后影响甚大的"在民歌和古典诗歌基础上发展新诗"的主张,便是强调沿着本民族诗学文化的内在逻辑和发展规律而行进的。此外,形形色色的建立现代格律诗的主张,也主要是从本民族诗歌语言的内在发展规律而考虑的。而从新诗发展的历程来看,新诗的草创阶段,那些拓荒者们首先着眼的是西方诗歌资源的引进,但是当新诗的阵地已巩固,便更多地回过头来考虑中国现代诗学与古代诗学的衔接了。卞之琳说:"在白话新体诗获得了一个巩固的立足点以后,它是无所顾虑的有意接通我国诗的长期传统,来利用年深月久、经过不断体裁变化而传下来的艺术遗产。"② 90年代以来,有更多的学者就如何继承中国古代诗歌资源问题进行了认真的思考,李怡的《中国现代新诗与古典诗歌传统》③、蓝棣之的《论新诗对于古典诗歌的传承》④、陈仲义的《遍野散见却有待深掘的高品位富矿——新古典诗学论》⑤ 等,均在这方面提出了有价值的见解。

---

① [美]哈罗德·布鲁姆:《影响的焦虑》,生活·读书·新知三联书店1989年版,第6页。
② 卞之琳:《戴望舒诗集序》,《戴望舒诗集》,四川人民出版社1981年版,第3页。
③ 李怡:《中国现代新诗与古典诗歌传统》,西南师范大学出版社1994年版。
④ 蓝棣之:《论新诗对于古典诗歌的传承》,现代汉诗百年演变课题组编《现代汉诗:反思与求索》,作家出版社1998年版。
⑤ 陈仲义:《遍野散见却有待深掘的高品位富矿——新古典诗学论》,现代汉诗百年演变课题组编《现代汉诗:反思与求索》,作家出版社1998年版。

第二条是在外来诗学文化影响之下的转型,也就是说引进自己诗学传统中从未有过的新鲜东西。在这种情况下,外来的诗学文化不仅仅以其新的内容、新的形态进入了本民族诗学文化,更重要的还在于起了一种酵母和催化的作用,促使本民族诗学文化在内容、格局与形式上都产生前所未有的变异。20世纪中国新诗理论的倡导者为了冲破中国传统诗学的沉重压力,选择的是面向外国寻找助力,从异域文学借来火种,以点燃自己的诗学革命之火。郭沫若坦诚地宣称:

> 欧西的艺术经过中世纪一场悠久的迷梦之后,他们的觉醒比我们早了四五世纪。
> 我们应该把窗户打开,收纳些温暖的阳光进来。
> 如今不是我们闭关自主的时候了,输入欧西先觉诸邦的艺术也正是我们的急图。
> 我们要宏加研究、介绍、收集、宣传,借石他山,以资我们的攻错。①

朱自清也指出:

> 新诗不取法于歌谣,最主要的原因还是外国的影响;别的原因都只在这一个影响之下发生作用。外国的影响使我国文学向一条新路发展,诗也不能够是例外。②

郭沫若与朱自清的看法,实际上已成为那一阶段诗坛先进的共识:为了使诗歌适应现代生活的需要,当务之急就是冲破封闭的、陈旧的诗歌传统的拘囿,汲取西方的新的思想和美学观念,借他山之石以攻错,从而使我国的诗歌现代化。当然,中国新诗受外国影响,除去新诗人希望"迎头赶上"西方的急迫感外,更深一层说,是由于现今世界上始终存在着一系列困扰并激动着各民族哲人的共同问题。尽管各民族有其各自的历史、文化传统和民族特性,但是人类共同的文化心理结构依然在起着作

---

① 郭沫若:《一个宣言》,《文艺论集》,人民文学出版社1979年版,第105—106页。
② 朱自清:《真诗》,《新诗杂话》,生活·读书·新知三联书店1984年版,第86页。

用。实际上文学的世界性与民族性的矛盾运动便构成了人类的文学发展史。

诗学文化不管取哪种转型方式，都必然会引起冲撞，即不同文化间的相互排斥。

在上述第一种情况下，每种诗学文化出现了新的因子与新的创造，必然会与这种文化的固有传统发生冲撞。这种冲撞一般表现为革新与保守的矛盾，经常发生在地位显赫的权威与名不见经传的后辈之间，墨守成规的师傅与标新立异的弟子之间，恪守固有传统的家长与具有叛逆思想的子孙之间……这种冲撞几乎是无时不存、无处不在的，有时能够在社会的现有机制之内得到调节，但有时也会矛盾激化，弄到十分惨烈的地步。

在上述第二种情况下，由于人们在民族诗学文化形成的过程中不知不觉地接受了传统文化氛围中的许多观念，这些观念被师长父兄所信奉，自出生以来便盘旋在自己周围，因而被认为是天经地义的。一旦这天经地义的文化信念受到异域的外来文化的冲击，其第一个反应往往是保护性的，而把异域的外来文化视为"反文化"的因素。于是传统的诗学文化与外来的诗学文化之间的剧烈冲撞便不可避免地发生了。

不过，同一民族不同历史时期的诗学文化之间，不同民族的诗学文化之间，不仅有冲撞的一面，而且有融合的一面。自称与刘半农"是《新青年》上做诗的老朋友"的周作人，在为刘半农《扬鞭集》写的序中提道："我觉得新诗的成就上有一种趋势恐怕很是重要，这便是一种融化。不瞒大家说，新诗本来也是从模仿来的，它的进化是在于模仿与独创之消长，近来中国的诗似乎有渐近于独创的模样，这就是我所谓的融化。自由之中自有节制，豪华之中实含清涩，把中国文学固有的特质因了外来影响而益美化，不可只披上一件呢外套就了事。"[①] 周作人说的"融化"，也正是我们所说的"融合"，主要指不同诗学文化间的相互吸收。

从历时性角度说，诗学文化融合表现为新诗学文化与旧诗学文化之间的千丝万缕的联系。任何新诗学文化都是从旧诗学文化的母体中脱胎出来的，并为未来的更新的诗学文化发展提供了条件。今天的新诗学文化到了明天也会变为旧诗学文化，从而与未来的诗学文化构成那个时期旧诗学文化与新诗学文化的关系。没有旧诗学文化的存在就无从谈新诗学文化的建

[①] 周作人：《〈扬鞭集〉序》，《语丝》第82期。

设。在风格与形态多变的历史表象下，潜伏着深层的连续性与稳定性。意大利哲学家克罗齐曾提出过一个有名的命题：一切历史都是现代史。在他看来，一个历史学家一定要对历史事件进行理解和评估，而这种理解和评估自然会渗透着强烈的现代意识，于是死的历史复活了，过去史也就变成了现代的。这提示我们，在历史与现实之间除了尖锐的冲突外，还有互相融合的可能。由于诗学文化发展具有延续性，旧诗学文化中许多成分对今天的现实仍会有积极的建设作用，因此，恰当地吸收旧诗学文化的某些传统是十分必要的。但由于社会的发展与变化，因此一成不变地全盘接收旧诗学文化也是并不可取的，为让一种民族的诗学文化在新的时代延续下去，还需要容纳新的时尚。

从共时性角度说，诗学文化的融合表现为跨区域的交流。这包括同一民族的不同地域之间的交流，也包括不同民族跨地区、跨国界的交流。每种诗学文化内部都存在与闭锁机制相抗衡的开放机制，这使得这种诗学文化在异域的外来诗学文化面前既保持自己的独特性，又保持某种摄取、改造、融化的功能。从共时性的角度观察诗学文化现象，我们很难设想，每一民族的所有诗学文化都纯而又纯地体现着本民族的文化精神。实际上，无论在自然界或社会中，"纯粹的"现象是从来没有也不可能有的。要求诗学文化的"纯而又纯"只能表明某些人认识的狭隘性和片面性。

诗学文化的冲撞与融合看似是对立的两极，其实彼此又是互相渗透、互为因果的。诗学文化的冲撞虽以不同文化的排斥为主，但排斥中有吸收。诗学文化的融合虽以不同文化的互相吸收为主，但吸收中有排斥。二者随着当时文化发展的大趋势互相推移，我们很难把它们泾渭分明地区分开来。这是因为任何一种诗学文化都是由诸多子系统组成的，而每一种子系统，乃至一种文化元素，又都是在与其他成分相联系的状态中发挥作用的。各种系统构成的复杂性，各种诗学文化成分的互相联系与渗透，决定了诗学文化冲撞与融合的交叉状态。由于各民族作为人类有其共性的一面，因此彻底的诗学文化排斥是行不通的；又由于每个民族有其个性的一面，因此不加选择地全盘吸收也是做不到的。

诗学文化的冲撞与融合，既是各民族诗学文化发展的必由之路，又是在这种发展中呈现的共同景观。但冲撞与融合不是目的，冲撞与融合的结果导致一种新的诗学文化的诞生。这种新的诗学文化来自于传统的母体又不同于传统，受外来诗学文化的触发又并非外来文化的翻版；它植根于过去的回忆，更立足于现代的追求；作为一种全新的创造，体现了文化建设主体对传统诗学文化和外来诗学文化的双重超越，这也正是中国新诗理论所要追求的理想状态。

这种双重超越在诗学文化建设过程中集中表现为主体面对处于冲撞与融合中的各种各样的诗学文化因素，根据现实的状况与未来的目标加以抉择，并建构出某种新的诗学文化模式。超越的过程，既是抉择与建构的过程，也是新的诗学文化诞生的过程。

欲对已有的诗学文化成果有所超越，必先对已有诗学文化的有生命力的，可以对新文化的构建提供材料与借鉴的因素予以抉择。抉择的基础在于对已有诗学文化的正确评估。

新时代的诗学文化不可能在一片虚空的基础上建设起来，前人的文化与后人的文化之间，或是继承，或是更替，注定是联系在一起的。然而，从五四到新时期，"反传统"的声浪时断时续，绵延不绝。五四时期的钱玄同不仅把中国传统文化看得一钱不值，就连历史悠久的汉字也要废除，他说："二千年来用汉字写的书籍，无论哪一部，打开一看，不到半页，必有发昏做梦的话"，"欲废孔学，不可不先废汉字"。[①] 徐懋庸在抗战前出过一本书，叫《怎样从事文艺修养》，里面有他对我国古典文学遗产的评价："啊啊，不幸！中国文学的遗产里面，可以给现代青年受用的，严格地说，只有五四时代以后的一部分，在这以前，简直可以说是没有！"[②] 五四时期的钱玄同、30年代的徐懋庸都是青年，在新时期高喊"反传统"口号的，也大都是青年。也许，对于他们的口号及激烈的言辞，我们大可视之为一种情感的宣泄，而不必过于认真。实际上，任何人都生活在一个具体的时空之中，其间弥漫着不召自来、挥之不去的传统观念与传统氛围，那些"反传统"的勇士，高喊半天"反传统"，最终发现实际上还是未能脱离自己的传统。何况，我们最好把各民族的文化传统视为一个整体。西班牙现代画家毕加索，虽然抛弃了欧洲古典写实画派的某些传统，但他却从人类美术传统这一整体中的另一个局部——非洲美术中找到了灵感。西方现代派文学往往是反对较近的西方文学传统，而最终还是摆不脱隔代的或辽远地域的文学传统。实际上，"反传统"往往只是某

---

① 钱玄同：《中国今后之文字问题》，《新青年》第4卷第4期。
② 徐懋庸：《怎样从事文艺修养》，上海三江书店1936年版，第74—75页。

些人一时的带有策略性和情绪性的口号。事过境迁之后，他们可能更加热心地从传统中寻觅自己发展的依据。钱玄同虽然激烈得要废除汉字，但他却成了一位造诣极深的文字音韵学家。徐懋庸在抗战爆发后不久便去了延安，担任过抗日军政大学的教员，他对中国古代文学遗产的偏激看法也有相应的变化。

在80年代初期和中期我国的诗坛上，有的青年诗人颇有"反传统"的气概，并有某些举措，但就像发疟疾一样，狂热劲一过便表现了在一定程度上向传统的回归。牛波说："近几年来，我们看到青年诗人，正不约而同地回溯祖先，像一尾尾逆水而上的鱼。"① 这正是青年诗人争先恐后回归传统的一种写照。杨炼这样描绘他心目中的传统："它早已活着，现在活着，将来也会继续活下去。……它溶解在我们的血液中、细胞中和心灵的每一次颤动中，无形，然而有力！它使我们不断意识到：我们今天所做的一切并非对于昨天的否定。昨天存在过，还会永远存在在那里。在渐渐远去的未来者眼中，昨天和今天正排成一列，成为各自时代的标志。它是传统，谁都无法、谁也不能摆脱的传统。"② 进入90年代后，这种对传统的思考就更为理性。诗人郑敏对中国诗歌界长期淡忘传统、远离自身文化源头的现象表示了深深的关切："30岁以下的青年人是在电视机、录像带的商业广告、软文化与硬暴力的教育下长大的，这也是必然的，并不可怕。可怕的是他们自身的文化真空状态，使他们不知自己的民族传统为何物……年轻人不乏急起直追的勇气，但他们需要的是良好的文化传统成为他们的精神支柱和文化主心骨，才不会无选择地飘向任一种新鲜的刺激。"郑敏并郑重地提出："21世纪的文化重建工程必须是清除对自己文化传统的轻视和自卑的偏见，正本清源，深入地挖掘久被埋葬的中华文化传统，并且介绍世界各大文化体系的严肃传统……应当大力投资文化教育，填补文化真空，使文化传统在久断后重新和今天衔接，以培养胸有成竹的21世纪文化大军。"③ 郑敏的话，恰恰契合了大陆青年诗人在经过80年代激烈的"反传统"之后，人心思归的一种心态。于坚是80年代成长

---

① 牛波：《略论青年诗人的"古老"以及关于正常生长的一般性看法》，吴思敬编《磁场与魔方·新潮诗论卷》，北京师范大学出版社1993年版，第137页。
② 杨炼：《传统与我们》，《山花》1983年第9期。
③ 郑敏：《世纪末的回顾：汉语语言变革与中国新诗创作》，《文艺争鸣》1994年第2期。

起来的重要的新生代诗人,他曾著文对一位"盆地诗人"的鄙薄中国文学传统予以尖锐的嘲讽:"1993年在北京,一位老朋友将一位行将去美国的盆地诗人的'去美国之前的讲话'拿给我看,他列举了七八位文化沙龙诗人并一一追溯他们的'传统',说是来自博尔赫斯、荷马、荷尔德林、埃里蒂斯、庞德……云云。我哈哈大笑,这是一种普遍地存在于中国先锋诗人中的殖民地文化心理的典型反映。……那位盆地诗人列举的作家无一人在20岁之前到过他的'传统'所源自的国家,他们从未在那种语境中存在过,他竟说他们的传统来自古英语、古德语、古希腊语、拉丁文,看过几首译诗就想进入另一种语言传统,恐怕伟大的荷马也无法做到。"① 现旅居海外的青年诗人一平更从中国文化的现状及历史发展的角度谈了继承传统的必要性:"在中国的现时,传统意义是首先的。……如果在本世纪初这样讲是不恰当的,但是在文化全面被破坏,传统完全中断和丧失的今天,传统便变得尤其重要。创造是以传统为背景的,其相对传统而成立。没有传统作为背景和依据,就没有创造,只有本能的喊叫……由此看来在现时的中国最大的创造就是对传统的继承。"② 就我们以上列举的诗人与诗论家的主张看,90年代的诗歌理论向传统回归的倾向是相当明显的。不过我们应注意到,这种回归不再是如国粹派那样奉传统文化为圭臬,而是在经过西方文化的洗礼后螺旋式上升的一种回归。诗人孙文波说得好:"早几年激烈地抛弃中国传统文化,对西方文化顶礼膜拜,因为看到解决不了问题,便又回过头来一头扎入传统文化的怀抱,这种行为本身就是极不符合人类面对真理的态度的。"③ 这表明我们的诗人和诗论家确实更为聪明起来了。

抉择不仅基于对已有诗学文化的正确评估,而且基于诗学文化建设者的主体性,也就是说,必须坚持以我为主。在已有诗学文化——包括本民族诗学文化与外来诗学文化——与我们的关系中,起支配作用的是我们,是新文化创造的主体;而抉择,则是主体创造精神首要的与集中的体现。

任何已有的诗学文化成果都是个有机的整体,要从中抉择于我有用的东西,便要先对已有文化进行拆解。要拆解,就要有一种能力,如同庖丁

---

① 于坚:《对25个问题的回答》,《星星》1997年第9期。
② 一平:《在中国现时文化状况中诗的意义》,《诗探索》1994年第2辑。
③ 孙文波:《诗人与时代生活》,《现代汉诗》,1994年秋冬合卷(总第15、16卷)。

解牛一般。不过庖丁解牛用的是物质的刀,我们对待已有文化,用的是一把精神的刀,这把精神的刀,即是西方马克思主义理论家葛兰西所称的"文化的批判能力"。实际上,在具有发展的眼光、建设的眼光的观察者看来,已有的传统诗学文化与外来诗学文化都不是一个自在的、封闭的、充满了陈年旧货的大库房,而是一个面向现实和未来开放的动态系统。只有运用葛兰西所说的"文化的批判能力"去细致考察传统诗学文化与外来诗学文化的内容与特点、考察该文化内部诸因素的配置与构成,考察该文化在历史或异域中的地位和作用,重点则是考察该文化与我们今天现实的关系,也就是发现已有诗学文化资源在今天的价值。通过考察与抉择,传统诗学文化与外来诗学文化进入了现时的生存空间,它们就会重新获得生命,这既是传统的复活,又是异域移植的生命的复活。但此时的传统诗学文化因素不意味着对过去的重复,外来诗学文化因子也决不意味着原封不动地照搬。传统诗学文化与现代诗学文化、外来诗学文化与本土诗学文化交织在一起,经过消化、改造,重新解构为一种新的诗学文化模式或诗学文化综合体,这便是新的诗学文化的建构。这种建构不是量的累积,而是质的飞跃,不是已有文化材料的拼凑铺陈,而是匠心独运的戛戛独造。

　　同抉择一样,这种建构也一样需要以我为主。在新诗理论发展的过程中,诗论家们对传统诗学也好,对西方诗学也好,并不是全盘照搬的,而是结合汉语的特点和中国诗歌固有特色,对传统的与西方的东西既有吸收、又有扬弃的。闻一多在评论郭沫若诗集《女神》时说过:"我总以为新诗径直是'新'的,不但新于中国固有的诗,而且新于西方固有的诗;换言之,它不要做纯粹的本地诗,但还要保存本地的色彩,它不要做纯粹的外洋诗,但又尽量的吸取外洋诗的长处;他要做中西艺术结婚后产生的宁馨儿。"①"九叶派"的理论代表唐湜在回顾他的诗歌评论的写作时说:"想尝试融合中国古典诗论与外国现代诗论,加以体系化。"他的诗作也"企望把现实的主题、现代方式的构思……与中国传统的诗风融合起来。"② 应当说,闻一多、唐湜的这些看法是有相当的代表性的,新诗理

---

　　① 闻一多:《女神之地方色彩》,《闻一多全集》第 3 卷、生活·读书·新知三联书店 1982 年版,第 361 页。
　　② 唐湜:《我的诗艺探索》,《新意度集》,生活·读书·新知三联书店 1990 年版,第 195—196、200 页。

论史上有重要影响的诗评家，不少人是从取法于西方开始，但没有跟着西方诗论亦步亦趋，而是把西方的东西与本民族的特点融合起来，结果他们的作品有西方诗论的某些影响，但决非西方诗论的翻版，有中国诗论的某些传统风貌，但又不是"国粹"式的诗话词话。

20世纪的中国诗学文化是在西方影响与中国传统文化的冲撞中孕育并成长的。这使我们的新诗理论从诞生伊始就伴随着无尽无休的责难、争论与困惑，而且这种责难、争论与困惑一直持续到60年后的新诗期的诗坛——回想一下围绕"朦胧诗人"的争论，以及伴随"后朦胧诗人"而出现的喧哗与骚动……不过，这不是坏事。可悲的倒是扔进一块石头也溅不出半点涟漪的一潭死水。西方诗学文化的引入打破了旧诗的一潭死水的局面，两种诗学文化的冲撞与融合为新诗理论的转型带来了契机。一方面这种冲撞与融合打破了诗人固有的审美观念和思维定势，为新诗理论的发展开辟了新的途径；另一方面这种冲撞和融合也带给读者审美习惯的变革，造就了一批批懂得艺术和能够欣赏诗美的大众。新诗理论这只刚放单飞的小鸟，终于有可能在两种诗学文化冲撞和融合后打开的辽阔空间里自由翱翔了。

中国新诗理论的发展脉络

我们曾在相关文章中描述了中国诗歌理论的现代转型,并从主体性的强化、诗体解放的呼唤、审美独立性的追求、思维方式与研究方法的更新等方面阐释了中国新诗理论的现代品格,下边我拟对20世纪中国新诗理论的形态与演变予以简要的梳理。

一 世纪初—20年代,中国新诗理论的草创期

新诗的发生和实践,一开始就并不纯粹是一个关于诗歌的审美事件,而毋宁说更是一个和启蒙的社会、文化、教育有关的事件。从晚清时期黄遵宪的"别创诗界之论"、梁启超的"诗界革命观",到五四时期兴起的新诗运动,始终伴随着列强虎视眈眈所导致的民族危机,伴随着西学涌入后的文化转型与思想巨变,伴随着国人自我更新的要求和启蒙的需要。胡适呼唤"诗体的解放",要推翻一切束缚诗神自由的枷锁镣铐,得到了五四时期新诗人的热烈回应,他们呼唤人的解放,痛快淋漓地谈诗体的变革,大胆地进行新诗写作的实验,掀起了声势浩大的新诗运动。诗歌领域的这场变革,与社会的进步,与思想的启蒙,与自我的觉醒,与生命的更新,紧密地联系在一起,成为五四新文化运动极有生气的组成部分。

然而,诗体的解放,涉及诗的观念的变化,涉及对诗的审美本质、诗歌把握世界的独特方式、诗人的艺术思维特征、诗歌的艺术语言等多层面的内容,但胡适仅仅是从语言文字的层面来理解这一文学革命的,"有什么话,说什么话;话怎么说,就怎么说"①,在这里,诗人的主体性不见了,诗人的艺术想象不见了,胡适理论上的局限,不光使他写作新诗的尝试难说成功,而且也影响到新诗草创时期相当一部分诗人的作品铺陈事

---

① 胡适:《〈尝试集〉自序》,《胡适文存》,黄山书社1996年版,第148页。

实，拘泥具象，陷入"非诗化"的泥淖。

随着新诗运动的展开，新诗人对西方诗学理论有了更深的了解，他们承继了胡适"诗体大解放"的精神，但没有跟在胡适身后亦步亦趋，而是在胡适止步处继续前进。提出了鲜明的诗学主张的，是以郭沫若为代表的"创造社"诗人，以闻一多为代表的"新月派"诗人，以李金发为代表的初期象征派诗人。他们不仅以自己的创作使新诗的面貌更趋新鲜与多样，而且在承继近代诗学观念，借鉴西方诗学理论的基础上，提出了自由诗派、格律诗派、象征诗派的诗学主张，为中国新诗理论在20世纪的发展奠定了坚实的基础。

二 30—40年代，中国新诗理论的拓展期

这阶段的新诗理论，在中国新诗理论的发展过程中具有承前启后的意义。以1937年7月的卢沟桥事变为界，又可分为两个小的阶段。

20年代末到1937年抗日战争全面爆发，是文学史上通称的30年代。这一时期，左翼文学得到了迅猛发展。在"左联"指导下的"中国诗歌会"，要求诗歌与无产阶级革命运动保持同一步调，要用诗歌揭露压迫、剥削、帝国主义的屠杀，鼓舞民众反帝抗日的情绪。与此相联系，诗歌的题材与内容，则要反映当时的革命斗争和政治事变，反映民族压迫与阶级斗争，诗歌的形式则要求大众化，要使人听得懂，最好能够歌唱。伴随1932年5月《现代》的创刊，"现代派"诗歌在中国异军突起。这些诗人主要受法国后期象征主义诗歌的影响，具有鲜明的"现代"价值观，主张诗歌表达"现代"情绪，主张诗歌的纯粹性。他们提倡散文化的自由体和经过审美提纯的现代日常口语，使自由体新诗在形式上站住了脚。在30年代的新诗理论建设中，不可忽视的还有以李健吾、朱自清、李广田、冯文炳等众多诗论家的探索，他们提出了诸如新诗的民族化和"欧化"，新诗发展与传统诗学的关系，新诗的社会性和自律性，新诗的大众化与个人化等新诗发展过程中诸多亟待解决的问题。

1937年到1949年，是文学史上通称的40年代。抗日战争爆发后，在全民族爱国激情的催动中，诗人们迅速地聚集在抗日的旗帜下，诗歌成了动员人民的号角，声讨侵略者的战鼓。在这个背景下，胡风和艾青周围的"七月派"诗人出现了。他们不仅以自己的熔铸着生命和血泪的诗歌

为抗战时期的文坛增添了异彩,而且提出了一系列的诗歌主张,强调诗人与战士身份的统一,强调诗与现实有密切的关系,倡导自由诗的写作。

40年代中后期,在《诗创造》《中国新诗》的周围聚集了一批思维活跃,富有创新精神的年轻诗人,形成了"中国新诗派"。他们受到主张"知性"的英美现代主义诗潮的影响,主张诗歌应该表达"经验现实",诗人主体应该"复杂化",提出了诗歌"知性化"、诗体的"戏剧化"等诗学主张,一定程度上代表了中国现代主义诗学思想的深化与成熟。与此同时,在解放区展开的关于"诗歌的民族形式"的争论,以及同时在国统区和解放区展开的大规模的朗诵诗运动和朗诵诗理论的建设,在探讨新诗的民族化、大众化方面做了有益的尝试。尽管在这一过程中为政治服务的诗学倾向成为主流,并且一定程度上忽视了新诗的自律性以及新诗发展的多元化。

三 50—70年代,中国新诗理论的调整期

中华人民共和国成立后,在战争年代形成的文学为政治服务的铁律,依然把诗歌创作与诗歌研究束缚得紧紧的。表现在新诗领域就是在泛政治的时代文化语境中,颂歌和战歌逐渐演化为一种主导性的抒情范式。50—70年代中国大陆的诗学理论,遵循社会主义现实主义以及革命现实主义与革命浪漫主义相结合的创作原则,强调诗歌的政治功能,强调在古典诗歌与民歌的基础上发展新诗,明显地受到当时文艺理论界"左"的文艺思潮的影响。在这一时期历次重大的政治运动,特别是在反胡风集团、反右斗争、"大跃进"新民歌运动中,诗歌评论沦为大批判的工具,对胡风、艾青、流沙河、邵燕祥等诗人的无限上纲的批判,留下了那个时代诗歌评论的扭曲的一页。延续十年之久的"文化大革命"对当代诗歌的影响更是毁灭性的,许多诗人被打成"黑帮分子""反革命",有的被迫害致死。在极端政治化的语境下,强调诗歌歌颂"文化大革命","小靳庄民歌"与"批林批孔"诗歌等政治化写作铺天盖地,诗歌一度沦为"四人帮"篡党夺权的舆论工具。其间,诗歌理论界还有人提出了"新诗要学样板戏"的口号。此时的诗歌理论平心静气的学术探讨被剑拔弩张的大批判所代替,真正意义上的诗学理论建设完全陷于停顿的状态。

总的来说,50至70年代的新诗研究,受那个时代政治环境与主流意

识形态影响，更多的时候是呈现出单一化、政治化的美学特征。诗人和诗歌理论家身处巨大漩涡中而难以自拔，很多重要的诗学问题被搁置。不过在政治运动的间歇时期，也会有从诗歌艺术本体出发研究诗歌的声音出现。这其中，给人印象深刻的是何其芳对于现代格律诗的探讨、卞之琳提出的哼唱式和说话式两种调子的区分、林庚提出"半逗律"和"典型诗行"的理论。此外，沈仁康与叶橹对抒情诗理论的研究等在当时的历史条件下，也是很难得的。

四 80—90年代，中国新诗理论的再生与繁荣期

70年代末到80年代前期，在思想解放运动的春潮的鼓舞下，诗歌界开始对近二三十年的诗歌创作与诗歌理论进行反思，实现了诗歌理论上的拨乱反正。人道主义思潮的勃兴、现实主义精神的复归、诗人主体意识的高扬，成了是这一时期诗坛的主旋律。围绕关于"朦胧诗"的论争，把批评的触角深入到诗歌美学领域，呼唤人道主义精神和个性的复归，呼唤批评家主体意识的复归，推动了诗歌批评民主化的进程，其在当代诗学发展史上的意义，与其说是新的美学原则的建构，不如说是对诗的本体意义上的启蒙，即把诗从概念的图解、政治的附庸、阶级斗争的工具以及种种庸俗社会学的束缚中解放出来，使诗回到它自身。这是新时期诗歌理论发展史上一次极有意义的学术争鸣，其波及的范围绝不仅限于诗歌领域，对整个新时期文化思潮都有重大影响。

80年代中后期，诗坛充满喧哗与躁动，诗派林立，宣言蜂起，彼此抵牾，各执一端，形成了被称为"新生代""第三代"的诗歌群体，他们的诗歌创作具有实验性、探索性与反叛性的特色。诗歌评论界对"新生代""第三代"诗人做了追踪考察，指出"新生代""第三代"诗人所具有的从群体的社会意识转向个体的生命意识的倾向、回归语言的倾向等等。在对这一时期的诗歌的考察中，也发现了某些"新生代""第三代"诗人急功近利、好走极端，脱离中国国情，一味"反传统"、盲目摹仿西方等弊端，从而酝酿了90年代对传统的重新审视与回归。

80年代诗歌理论与批评的局面是丰富而复杂的。除去围线"朦胧诗"和"新生代"（"第三代诗"）的争论外，不少诗论家还就诗歌原理、诗歌美学、诗歌与外来影响等方面的问题进行了深讨，出现了一批有分量的

研究成果。

  90年代的诗坛，由青春期的跳动与张扬，进入了成年期的冷静与深思，由集群式的不同流派的合唱，转向了超越代际的个人写作；由向西方现代诗派的咿呀学语，转向了向中国传统文化汲取养分。与此同时，在90年代诗论家对诗歌现状的反思与诗学视野的拓宽中，诗歌理论领域也出现了不同于80年代的新的景观，诸如对后现代主义—解构主义诗学的研究与评介，对由政治社会向消费社会全方位转型中诗人角色重新定位的思考，以及在汲取中国传统诗学文化精神的基础上建立一套体现本民族言说方式和诗歌精神的新诗理论话语体系的尝试等。这一时期诗歌研究涉及的范围更为广泛，其中较为重要的有诗歌语言问题、女性诗歌与女性主义诗歌问题、"90年代诗歌"及其论争，诗歌史写作以及网络诗歌问题等。

左翼文学潮流与"中国诗歌会"的新诗理论

20世纪30年代是中国左翼文学蓬勃发展的一个时期。中国的左翼文学不是孤立的现象。左翼文学与马克思主义的诞生与发展有密切的联系。随着马克思主义的传播,催生了风起云涌的工人运动,到20世纪二三十年代形成高潮,这即是史学家所称的"红色的30年代"。在这一过程中,无产阶级革命文学得以萌生和壮大。中国的左翼文学正是在这种国际背景下出现的。

1927年第一次国内革命战争失败以后,一批左翼文化人聚集到上海,在苏联"拉普"(俄罗斯无产阶级作家联合会)文学理论和日本左翼文学运动的影响下,在国内变化了的革命形势的推动下,发起了一场声势浩大的、激烈的普罗文学[①]运动。

1930年3月2日,中国左翼作家联盟在上海成立。"左联"的成立,是中国共产党不但从思想上而且从组织上领导文艺的开始,标志着左翼文学运动成为有组织的革命运动,中国左翼文学的主潮已经形成。"左联"要求作家充分意识到无产阶级所处的历史地位及其使命,以文艺作为无产阶级解放斗争的武器。1930年8月4日"左联"通过《无产阶级文学运动新的情势及我们的任务》的决议,内称"目前中国无产阶级文学运动已经从击破资产阶级文学影响争取领导权的阶段转入积极地为苏维埃政权而斗争的组织活动的时期","'左联'这个文学的组织在领导中国无产阶级文学运动上,不容许它是单纯的作家同业组合,而应该是领导文学斗争的广大群众的组织。"[②] 为适应所面临的历史任务,"左联"内部设立了"大众文学委员会""理论研究委员会""创作委员会"等。据任钧回忆:

[①] 普罗文学,即无产阶级文学。普罗是英文 Proletariat 音译"普罗列塔利亚特"的简称。
[②] 《无产阶级文学运动新的情势及我们的任务》,《文化斗争》创刊号,1930年8月15日。

"'中国诗歌会'就是由杨骚、穆木天、蒲风和我等几个人在参加'创作委员会'期间（1932年下半年）经我提出建议后，共同商量，发起成立的。……那时候的诗坛上，曾经一度活跃的新月派已不那么得势了，而以戴望舒为代表的现代派却代而取之。从'左联'的观点看，我们认为文艺应当为革命斗争服务，而现代派却一味注重抒发个人感情，对一般青年读者影响不好。那么，我们应该写怎样的诗歌呢？我主张写郭沫若、蒋光慈、殷夫那种风格的诗。从当时诗坛的实际情况出发，应该强调一下诗歌的现实主义、诗歌为大众服务。因此，那时我建议由'左联'有组织地推动这个活动，让那些脱离现实的东西在青年中的影响慢慢减弱。"①

中国诗歌会成立于1932年9月，1933年2月出版了机关刊物《新诗歌》，由穆木天、杨骚、蒲风、任钧共同编辑发行。在当时白色恐怖的环境下，找不到任何书店或出版社印行，只好依靠发起者自己出资和读者的捐赠，自费出版。

《新诗歌》的"创刊号"上，发表了《发刊诗》（穆木天执笔），用诗的形式宣布了该刊的宗旨与任务：

> 我们要唱新的诗歌，
> 歌颂这新的世纪；
> 朋友们，伟大的新世纪，
> 现在已经开始。
>
> 我们不凭吊历史的残骸，
> 因为那已成为过去。
> 我们要捉住现实，
> 歌唱新世纪的意识。
>
> 一二八的血未干，
> 热河的炮火已经烛天。
> 黄浦江上停着帝国主义的军舰，

---

① 《任钧自述生平及其文学生涯》，卢莹辉编《诗笔丹心——任钧诗歌文学创作之路》，文汇出版社2006年版，第269—272页。

吴淞口外花旗太阳旗日日在飘翻。

千金寨的数万矿工被活埋，
但是抗日义勇军不顾压迫。
工人农人是越发地受到剥削，
但是他们反帝热情也越发高涨。

压迫，剥削，帝国主义的屠杀，
反帝，抗日，那一切民众的高涨的情绪，
我们要歌唱这种矛盾和他的意义，
从这种矛盾中去创造伟大的世纪。

我们要用俗言俚语，
把这种矛盾写成民谣小调鼓词儿歌，
我们要使我们的诗歌成为大众歌调，
我们自己也成为大众中的一个。

我们唱新的诗歌罢。
唱颂这伟大的世纪，
朋友们！我们一齐舞蹈歌唱罢，
这伟大的世纪的开始。[①]

除了这篇《发刊诗》外，《新诗歌》创刊号还发表了"同人等"的《关于写作新诗的一点意见》一文，是对《发刊诗》所谈办刊宗旨的进一步的阐述。综合《发刊诗》和《关于写作新诗的一点意见》，以及中国诗歌会的成员陆续所写文章中的观点，可以把中国诗歌会的理论主张做如下的归纳：

一、中国新诗歌的任务：中国诗歌会同人认为，新诗歌在这伟大的狂飙着的时代负有伟大的时代使命：应该"站在被压迫的立场，反对帝国主义的第二次世界大战，反对帝国主义侵略中国，反对不合理的压迫，同

[①] 《发刊诗》，《新诗歌》创刊号，1933年2月11日。

时引导大众以正确的出路。"① 基于这样一种伟大的历史任务,对新诗歌的内容和形式方面有如下的要求。

二、新诗歌的内容要求:中国诗歌会同人认为新诗歌的内容应该包含三种要素:(一)理解现制度下各阶级的人生,着重大众生活的描写;(二)有刺激性的,能够推动大众的;(三)有积极性的,表现斗争或组织群众的。在此基础上,中国诗歌会同人认为新诗歌的创作应抓住如下的题材:

(1)反帝国主义军阀压迫阶级的热情;
(2)天灾人祸(内战)苛捐杂税所加与大众的苦况;
(3)当时的革命斗争和政治事变;
(4)新势力新社会的表现;
(5)过去革命斗争的"史实"(如陈胜吴广洪秀全的革命);
(6)农人、工人的生活;
(7)有价值有意义的"社会新闻";
(8)战争的惨状;
(9)国际诗歌(的改作)。②

三、新诗歌的形式要求:中国诗歌会的同人等在《关于写作新诗的一点意见》一文中将《发刊诗》的意见更具体化为:

(一)创造新格式——有什么就写什么,要怎么写就怎么写,却不要忘记应以能够适当地表现内容为主。要应用各种形式,要创造新形式。但要紧的是要使人听得懂,最好能够歌唱。
(二)采用大众化的形式——事实上旧形式的诗歌在支配着大众,为着教养,训导大众,我们有利用时调歌曲的必要,只要大众熟悉的调子,就可以利用来当作我们的暂时的形式。所以,不妨是:"泗州调""五更叹""孟姜女寻夫""……"。
(三)采用歌谣的形式——歌谣在大众方面的潜力,和时调歌曲

---

① 《关于写作新诗的一点意见》,《新诗歌》创刊号,1933年2月11日。
② 《关于写作新诗的一点意见》,《新诗歌》创刊号,1933年2月11日。

一样厉害，所以我们也可以采用这些形式。
　　（四）要创造新的形式，如大众合唱诗等等。①

　　通观《新诗歌》的《发刊诗》《关于写作新诗歌的一点意见》，以及中国诗歌会成员的理论文章，可以看出，作为从属于中国左翼作家联盟的诗歌社团，中国诗歌会的理论主张与"左联"对当时革命形势的分析与对左翼作家的要求是一脉相通的。

　　从新诗歌与政治的关系来说，中国诗歌会要求诗歌从属于无产阶级的政治，要与无产阶级革命运动保持同一步调，要用诗歌揭露压迫、剥削、帝国主义的屠杀，要用诗歌鼓舞反帝、抗日、一切民众的高涨的情绪。与此相联系，诗歌的题材与内容，则要反映当时的革命斗争和政治事变，反映民族压迫与阶级斗争，甚至是"有价值有意义的社会新闻"，这样就把诗歌与新闻报道、与标语口号混淆起来。中国诗歌会成员在严峻的形势下，以饱满的政治热情介入现实，面对国家、民族的生死存亡，有一种强烈的使命感与责任感，坚持诗人的战士品格，坚持诗歌的大众化，这是值得肯定的。但是他们对诗歌抱着一种急功近利的态度，忽略了诗的本体特征，忽略了诗歌把握世界方式的独特性，忽略了诗歌表现人的心灵世界的丰富性与复杂性，仅仅是用诗歌来充当革命的工具和武器，这看似是对诗歌的重视，长远来讲对诗歌的发展恰恰是一种伤害。

　　在诗歌的形式方面，中国诗歌会成员提出采用大众化的形式，主要是针对当时诗坛上的象征派和新月派醉心于诗的技巧和个人苦闷心境的抒写，而忽略社会现实远离大众的倾向。他们认为在当时，旧形式的诗歌还在支配着大众，因此他们提出的诗歌的大众化，主要就是歌谣化，即"要使人听得懂，最好能够歌唱"，于是诗歌的形式也就限定在大众能听得懂听得惯的歌词小调的范围。比如奇玉（石灵）所写的《新谱小放牛》：

　　　　什么人天上笑嘻嘻？
　　　　什么人地下苦凄凄？
　　　　什么人种稻没得米？

---

① 《关于写作新诗的一点意见》，《新诗歌》创刊号，1933年2月11日。

什么人养蚕没得衣?

大军阀天上笑嘻嘻,
小百姓地下苦凄凄,
庄稼汉种稻没得米,
采桑娘子养蚕没得衣。

　　诗歌的本义是创造,但这样的诗歌完全借用民歌的形式,只是把文字略作改动,以供传唱,只有宣传的作用,而不具创造的价值。时过境迁后,如今流传下来的还是传统的《小放牛》,而这类《新谱小放牛》早已被人们遗忘。中国诗歌会大力鼓吹这类作品,在一定程度上也就否定了五四新诗革命以来对诗歌形式的种种探索与创新。实际上,力求让诗歌走进人民大众之中,让诗歌大众化,这种主张也正是"左联"所提倡的。1931年"左联"执委会在《中国无产阶级革命文学的新任务》的决议中说:"只有通过大众化的路线,即实现了运动与组织的大众化,作品,批评以及其他一切的大众化,才能完成我们当前的反帝反国民党的苏维埃革命的任务,才能创造出真正的中国无产阶级革命文学。"① 这就是说,文学大众化(包括诗歌大众化)并不单纯是个艺术形式问题,而是与无产阶级革命的根本目标相一致的。文学大众化的主张,有其内在的合理性,即强调文学是大众的服务对象,把文学从少数精英阶层的象牙塔中解脱出来,交还给大众,让大众在文学欣赏中得到精神的享受与满足。但"左联"提倡的文学大众化,主要目的在于把文学作为斗争的武器,通过大众化的手段,把人民大众动员起来,从事革命运动。而欲达此功利目的,就要让大众能懂、能接受,就必然要走通俗、浅显之路。就诗歌的整体发展而言,诗歌之美,有各种层次的,诗歌的艺术表现手段,更是丰富多样。如果不问任何题材内容,只要求写得浅显易懂如同大白话,如果诗人的创作仅是对歌词小调的模仿和改造,那么诗人的独特发现,诗的深层含义、内在的韵味,也就荡然无存了,这对诗歌的审美功能与诗歌的健康发展,不能不说是巨大的损失。

　　中国左翼作家联盟高举无产阶级革命文学的旗帜,与国民党反动派的

---

① 《中国无产阶级革命文学的新任务》,《文学导报》第1卷第8期,1931年11月15日。

文化"围剿"进行了英勇的斗争，左翼作家有的被捕，有的壮烈牺牲。左翼作家所做出的创作实绩和他们为革命的献身精神是有目共睹的。但是"左联"时期的无产阶级革命文学运动，也有严重的错误与局限。一方面，这是由于中国左翼作家联盟作为国际作家联盟的一个支部，它要接受国际作家同盟的指导，而苏联"拉普"（俄罗斯无产阶级作家联合会）文学理论，本身就有"左"的东西，自然会对中国左翼作家产生影响。另一方面，也是由于这一阶段中国政治局势的错综复杂，党内的不同路线之间的斗争，不能不对左翼作家产生重要的影响。1927年大革命失败后，由南昌起义、秋收起义到井冈山革命根据地的建立，一条由农村包围城市的道路在形成，党领导的革命武装力量在成长。与此同时，党内的"左"倾冒险主义也在抬头，强调革命形势不断高涨，在城市中大搞游行示威、飞行集会。由于环境的限制，多数左翼作家没有可能到革命根据地参加武装斗争，却看到了城市中的罢工、示威、游行……这便使他们的作品缺少从事实际武装斗争的共产党人的务实与沉重，却染上了某种狂热、盲动的色彩。这是左翼作家的局限，也是那一时代中国诗歌会成员的共同局限。

"七月派"及其理论取向

  1937年7月7日的卢沟桥事变意味着抗日战争全面爆发。抗战爆发后,在全民族爱国激情的催动中,诗人们迅速地聚集在抗日的旗帜下,诗歌成了动员人民的号角,声讨侵略者的战鼓。在国统区,在延安,广泛开展了朗诵诗运动,诗歌成为抗战初期文坛的空前繁荣的文体。然而经历了战争爆发初期的兴奋之后,由于创作时间的仓促,激情没有经过沉淀和发酵,抗战初期诗歌的浮浅、粗糙和标语口号倾向也充分显示出来了。[①] 这种现象引起了诗人们的深思——在民族革命战争中诗人何为?诗歌又如何才能真正完成在这一特定历史阶段的使命?正是在这个背景下,胡风和艾青周围的"七月派"诗人出现了。他们不仅以自己的熔铸着生命和血泪的诗歌为抗战时期的文坛增添了异彩,而且提出了一系列的诗歌主张,为中国新诗理论书写了新的一页。

  卢沟桥事变后,胡风的生命力和创造力,被战争激荡起来,从8月24日到9月4日,十天之内写出一本诗集《为祖国而歌》,内含《为祖国而战》《血誓》《敬礼》《给懦怯者们》等新诗五首。他在这本诗集的"题记"中说:"战争一爆发,我就被卷进了一种非常激动的情绪里面。在血火的大潮中间,祖国儿女们底悲壮的行为,使我流感激的泪水,但也是祖国儿女们底卑污的行为,使我流悲愤的泪水。于是,我底喑哑了多年的咽喉突然地叫了出来。"胡风不仅是用自己的诗歌为祖国而歌,而且创办了文学刊物《七月》。刊名《七月》,很明显是为了纪念以卢沟桥事变为标志的全面抗战的爆发,寄寓着抗战到底的情怀。《七月》于1937年9月11日在上海创刊,作为周刊,出版了3期。1937年10月16日在武汉

[①] 艾青在抗战初期的一封通信中说:"诗人们有技巧的没有内容,有材料的没有技巧。弄得整个诗坛很混乱。尤其是使我难过的是像×××那样的东西也算是诗,简直就连最拙劣的报告也赶不上。"《文艺阵地》第3卷第3号,1939年5月16日。

改出半月刊,至1938年7月16日中止。1939年7月在重庆改月刊,至1941年9月被迫停刊。1942至1943年间,胡风在桂林编辑"七月诗丛",于1942年由南天出版社出版11种,另有7种因战事原因延到50年代初在上海出版。1945年1月,胡风另创《希望》月刊,至1946年10月终止。胡风从1937年9月创办《七月》,到1946年10月《希望》终刊,前后长达9年。《七月》是综合性文学刊物,诗歌占据很重要的位置。在《七月》的周围,聚集了艾青、田间、阿垅、鲁藜、绿原、孙钿、彭燕郊、方然、冀汸、钟瑄、郑思、曾卓、杜谷、胡征、邹荻帆、芦甸、徐放、牛汉、鲁煤、罗洛、化铁、朱健、朱谷怀、罗飞等诗人,形成了"七月诗派"。

"七月诗派"是来自四面八方的年轻诗人在抗战隆隆的炮火声中聚集到《七月》《希望》这两份刊物中来的。这些诗人"当时大都是二十岁上下的青年,没有也不可能经受正式的专门的文学陶冶,现实生活才是他们的创作的唯一源泉。40年代的现实生活空前动荡而又空前广阔,他们有的在解放区,有的在国统区,有的在前线,有的在后方,有的在农村,有的在城市,有的在公开的战斗行列中,有的在秘密的艰苦的地下。"[①] 他们各有各的生活经历,各有各的创作个性,他们通过刊物学习,通过刊物交流,在这一过程中,对他们影响最大的则是艾青、田间的诗歌,以及作为主编的胡风。

尽管艾青、田间的年龄比《七月》的年轻作者大不了几岁,但在这些年轻作者的心目中,抗战前期的艾青、田间,已是非常有影响的诗人了。绿原在《白色花序》中明确指出:"本集的作者们作为这个传统的自觉的追随者,始终欣然承认,他们大多数人是在艾青的影响下成长起来的。不过,接受影响决不等于模仿和因袭;相反,他们从艾青学到的,毋宁说是诗的独创性。"[②] 牛汉也回忆过那时的情景:"事实是,当时的一大批文学青年看了艾青、田间的作品,看了胡风编的《七月》《希望》,在那样的特定的历史条件下受到感染,引起共鸣。那个影响非常深刻、非常强烈的,不但影响了他们的创作,而且影响了他们的人生观和人生道路。记得艾青同志谈过,当时的华北联大让新到解放区来的青年填表:'对你

---

① 绿原:《白色花序》,《白色花》,人民文学出版社1981年版,第1—2页。
② 绿原:《白色花序》,《白色花》,人民文学出版社1981年版,第2页。

思想起很大作用的有哪几本书，有哪几个人？'不少人填的艾青，鲁煤填的就是艾青，这就是诗的'影响'。"① 按照牛汉的说法："'七月诗派'应分为两个时期，前期以《七月》为中心，皖南事变以前；后期以《希望》为中心，抗战胜利前后几年。两个时期的主要作者不一样。到后期，艾青、田间没有在《希望》上发表诗，他们只有诗集列入《七月诗丛》印行过。《希望》上的是另外一些作者，绿原是其中的一个。但作为一个流派，七月诗派从前期到后期，艾青、田间的影响始终占有重要的地位，对这个流派的形成起了深远的不可分割的作用。"②

除去艾青、田间是通过他们的作品给青年诗人以深刻影响外，通过编刊物、组稿、改稿，耳提面命，给"七月派"诗人以巨大影响的则是胡风。

胡风说："我自己编刊物那是完全独立自主，不受任何人影响。"③ 这鲜明地体现了胡风编辑刊物的主体意识和独立精神。的确，胡风是《七月》《希望》的缔造者，也是这两个刊物的灵魂。诗人们团聚在这两个刊物的周围，不单是为了投稿，更是对胡风主编刊物的风格的首肯与对胡风人格的倾慕。绿原说过："众所周知，胡风先生作为文艺理论家，他对于诗的敏感和卓识，以及他作为刊物（《七月》《希望》）编者所表现的热忱和组织能力，对于这个流派的形成和壮大起过了不容抹煞的诱导作用。"④ 他还认为"七月诗派"的形成"只能证明胡风本人是一个精神上的多面体；以这个多面体为主焦点，这个流派的基本成员各自发出缤纷的光彩，在中国新文学史上形成一个罕见的，可一不可再的，真正体现集合概念的群体；虽然如此，离开了胡风及其主观战斗精神，这个群体将不复存在"⑤。彭燕郊在新四军部战地服务团期间，读到了《七月》上艾青、田间的诗。此后，他把一首诗作《不眠的夜里》寄给《七月》，胡风亲自回信，决定采用。后来胡风多次发表他的诗作，并帮他修改长诗《春

---

① 牛汉：《关于"七月派"的几个问题》，《梦游人说诗》，华文出版社2001年版，第129—130页。

② 牛汉：《关于"七月派"的几个问题》，《梦游人说诗》，华文出版社2001年版，第126页。

③ 胡风：《胡风自传》，江苏文艺出版社1996年版，第154页。

④ 绿原：《白色花序》，《白色花》，人民文学出版社1981年版，第3页。

⑤ 绿原：《胡风与我》，《我与胡风》，宁夏人民出版社1993年版，第574页。

天——大地的诱惑》。胡风是彭燕郊诗歌才华的发现者，也是他诗歌创作的引路人。牛汉晚年依然对胡风有充满深情的回忆："从年少时起，不论在感情上还是在理智上，我一直尊敬胡风为先生，叫他'胡先生'。……胡风，在中国是一个大的形象，也可以说是一个大的现象，不仅限于文艺界。至少在我的心目中，半个多世纪以来，他的存在，有如天地人间的大山、大河、大雷雨、大梦、大诗、大悲剧。他给我最初的感应近似一个远景，一个壮丽的引人歌唱的梦境。那时我在荒寒的陇山深处读中学。即使到了后来，我结识他并经常有来往，虽然后来又有二十多年天各一方的阔别，这最初在心灵中形成的庄严的远景或梦境的感觉，仍没有消失和淡化。我一直感受着他穿透我并辐射向远方的魅力和召引，他就像罗丹的'思想者'，是个发光体。尽管面对面交谈，仍感到他的重浊的声音，他的花岗岩似的神态，他的个性的火焰，是从很远的一个境界中生发出来的，有一种浓重的饱含血性的氛围包容着我。上面说的大山、大河、大雷雨……就来自这个近乎人类第二自然的感应。当年作为一个渴求圣洁的人生理想的青年，为什么执迷般向往于他，并不是因为他当年在文艺界的地位，也不是从他不同凡响的理论受到了启迪，而是被他主编的文学期刊《七月》和丛书所体现的热诚而清新的风格所浸润和拂动，从中欣喜地感触到了那个时代的搏动着的脉息。"[①]

正是艾青、田间诗作的艺术感召力和胡风对刊物的精心打造和他独具的人格魅力，使"七月诗派"在保持了每个人不同创作面貌的同时，也显示了某种共同的创作倾向。

第一，"七月派"诗人努力把诗和人联系起来。他们普遍接受胡风"有志于做诗人者须得同时有志于做一个真正的人""只有人生至上主义者才能够成为艺术至上主义者"[②] 的教诲，这些年轻人在民族危机面前，不仅是用自己的诗，而且是投身到抗日救亡的行列中去，从而实现自己的人生价值。徐放在回顾他的诗歌创作历程时说："如果说，在诗歌创作上，我在东北大学度过的，是我一生中'充满着少年风怀和青春情调的

---

① 牛汉：《我与胡风及"胡风集团"》，《我仍在苦苦跋涉——牛汉自述》，生活·读书·新知三联书店2008年版，第107—109页。

② 胡风：《关于人与诗，关于第二义的诗人》，《胡风全集》第3卷，湖北人民出版社1999年版，第74—76页。

黄金时代'，不带有一定的稚气，那么，到了重庆之后，我在诗歌创作上，则进入了一个比较接近于更成熟的时期。胡风先生对我的影响是深重的，特别是关于人与诗，关于第一和第二义诗人的理论。我总记着他'第一是人生上的战士，其次才是艺术上的诗人。'这些话。所以，在重庆这一时期，是我真正直面人生的时期。时间虽不长，但，充满着革命者的气概和英雄般的豪迈之情。"① 徐放的话在七月诗人中是有代表性的。正是在胡风的做一个诗人，首先要做一个真正的人的影响下，许多七月诗人在民族危亡的关头，首先拿起的是枪，直接参加了抗日队伍，与凶残的敌人搏击，并从中发现了崭新的诗情。彭燕郊最早的诗便是在新四军行军的路上和战地上写的。在这种情况下写出的诗自然带着怒火，带着苦难，带着高昂的斗志。这阶段的彭燕郊的诗，是雄浑的、大气的、悲壮的。其中《村庄被朔风虐待着》以意象暗示的笔法，写出在遭受日寇践踏的祖国大地上人民的苦难。《路毙》则以白描手法写一位倒毙在原野里的烈士的遗容，其惨烈悲壮，令人想起蔡其矫的《肉搏》。在抗战期间，彭燕郊首先是以一个战士的身份，用自己的独特的视角去观察，以雄浑、壮阔、厚重的基调，构成了民族危亡时代的多种声部的诗的交响。

第二，"七月派"诗人坚持诗与现实有密切的关系，坚持艺术来源于生活。他们认同胡风所说的"哪里有人民，哪里就有历史。哪里有生活，哪里就有斗争，有生活有斗争的地方，就应该也能够有诗"②。"七月派"是由抗日战争的爆发所催生的一个诗歌流派，其与现实的胶着关系，决定了流派的创作面貌。"七月派"诗人遵循现实主义的创作原则，相信诗歌是诗人在现实环境中长期的生活积累受某种因素的触发而通过富有独创性的意象迸发出来的。牛汉在1942年写《鄂尔多斯草原》时，并没有去过那片草原。但是在他早年的生活中早就有了相关的信息积累："我的童年少年是在雁门关里一块贫瘠的土地上度过的。经常看见从蒙古草地来的拉骆驼的老汉，背抄着手，牵引着一串骆驼，叮咚叮咚从村边经过，至今在我还记得骆驼队身上发出的那种特殊的热烘烘的气味。那种气味，凝聚在我的心灵里，一生一世不会消失。我的祖先是蒙古族，小时候家里有一口

---

① 徐放：《我的诗路历程》，蒋安全编《徐放论》，春风文艺出版社1998年版，第442页。
② 胡风：《给为人们而歌的歌手们》，《胡风全集》第3卷，湖北人民出版社1999年版，第439页。

明晃晃的七星宝剑，说是祖传下来的。我白天扮作武士玩它，夜里压在枕头底下。这口剑，用手弹拨，能发出嗡嗡的风暴声。它是我的远祖在辽阔的草原上和征战中佩带过的，剑口上有血印。我曾祖父曾在鄂尔多斯一带生活了半辈子，祖父也在那里待过。我家有不少乌黑发亮的黄羊角，还有厚厚的有图案的毡子，像拇指大小的铜佛，处处遗留着民族的痕迹。我们村子里，有一半人家都有走口外的人，有经商的，大半当牧羊人，不少人死在草原上，不少人临死之前才拼死拼活返回故乡。我的姐夫在蒙古草原上为庙主牧放了十年牛羊，中年回乡娶了我姐姐；他信佛，极会讲故事，为我讲过他的许多神奇的经历。我的邻居每年冬天总有从口外回来的……有一个我叫他'秃手伯'的，双手从手弯处齐楂楂冻落，他把两只变黑的手从草地上带回家，埋在祖坟里。'秃手伯'为全村挑水，他绘声绘色地为我讲述了许多草地上的情景。说黄昏的沙漠像血海，太阳比关内的大几倍……"[1] 牛汉的自述表明，尽管没有到过鄂尔多斯草原，但是他的生活中已有了相当多的关于这版草原的信息贮存和情绪记忆，1942年初，在他想投奔陕北的理想的驱动下，他写出了《鄂尔多斯草原》，诗中不敢明明白白写陕北，写了他自小神往的鄂尔多斯草原。历史的和现实的情感在他的心胸里交融，潜藏在内心深处多年的诗的情愫被引爆，一篇杰作诞生了。类似牛汉的创作体验，许多七月派诗人也曾有过。曾卓说："诗人敢于面对现实，即使是严峻的或惨淡的现实；他也热情地仰望未来。现实不仅内含着过去，也孕育着未来。如果不孕育着未来，那现实就不成为现实了。如果在现实中看不到孕育着的未来，那么他们也并没有真认清现实。"[2] 也正是在这种想法的推动下，曾卓胸怀对未来的向往，勇敢地面对现实，写出了他的名篇《门》《母亲》《铁栏与火》等。

第三，"七月派"诗人秉承新诗的自由的精神，坚持自由诗的写作。新诗的创始者胡适是把"诗体的解放"与"精神的自由"联系在一起谈的："新文学的语言是白话的，新文学的文体是自由的，是不拘格律的。初看起来，这都是'文的形式'一方面的问题，算不得重要。却不知道形式和内容有密切的关系。形式上的束缚，使精神不能自由发展，使良好

---

[1] 牛汉：《我是怎样写〈鄂尔多斯草原〉的》，《梦游人说诗》，华文出版社2001年版，第22—23页。

[2] 曾卓：《诗人的两翼》，生活·读书·新知三联书店1987年版，第2页。

的内容不能充分表现。若想有一种新内容和新精神，不能不先打破那些束缚精神的枷锁镣铐。"① 胡适还把文艺的复兴与人的解放联系起来："欧洲文艺复兴是个真正的大解放的时代。个人开始抬起头来，主宰了他自己的独立自由的人格；维护了他自己的权利和自由。"② 在胡适眼里，五四新文化运动与欧洲的文艺复兴有着很大的相似之处，那就是对人的解放的呼唤。胡适谈的是诗，但出发点却是人。他鼓吹诗体的解放，正是为了让精神能自由发展，他要打破旧的诗体的束缚，正是为了打破精神枷锁的束缚。正由于"诗体大解放"的主张与五四时期人的解放的要求相合拍，才会迅速引起新诗人的共鸣，并掀起了声势浩大的新诗运动。在"诗体的大解放"的呼唤下，新诗运动如火如荼地发展起来，很快结出了头几批果子。但由于当时更强调的是如何用白话取代文言，如何打破旧诗的藩篱，已有的艺术规范被打破，而新的规范却没有建立起来，一些新诗人只重"白话"不重"诗"，不少白话诗成了分行的白话、分行的散文，初期的白话诗招致了来自诗歌界外部和内部的种种批评。此后一些诗人们开始致力于如何为新诗建立一套新格律的探讨。新月派对新格律诗的倡导，是对早期白话诗"非诗化"倾向的一种反拨，扭转了早期白话诗过于自由散漫，缺少诗味的弊端。不过，新月派对新诗格律的理论探讨及其实践，也产生了某些为人诟病的流弊。新格律理论过分强调诗歌的外在形式，忽略了内在的情绪节奏，创作中过分强调体格上的严整，那些削足适履的"豆腐干诗"、那种千篇一律的麻将牌式的建行，不只败坏了读者的胃口，也是对新诗自由精神的一种扼杀。

　　正是在这种情况下，艾青出现了。艾青是中国自由诗理论的重要构建者。他说："诗与自由，是我们生命的两种最可贵的东西。"③ "诗是自由的使者，永远忠实地给人类以慰勉，在人类的心里，播散对于自由的渴望与坚信的种子。诗的声音，就是自由的声音；诗的笑，就是自由的笑。"④ 出于对诗的自由本质的理解，艾青选择了自由体诗作为自己写作

---

① 胡适：《谈新诗》，《中国新文学大系：建设理论集》，上海良友图书印刷公司1935年版，第295页。
② 胡适：《中国的文艺复兴运动》，《胡适学术文集·新文学运动》，中华书局1993年版，第204页。
③ 艾青：《诗与宣传》，《艾青论创作》，上海文艺出版社1985年版，第377页。
④ 艾青：《诗论·诗的精神》，《诗论》，人民文学出版社1956年版，第134页。

的主要形式,在他看来,自由体诗是新世界的产物,更能适应激烈动荡、瞬息万变的时代。绿原在《白色花》序中说:"中国的自由诗从'五四'发源,经历了曲折的探索过程,到 30 年代才由诗人艾青等人开拓成为一条壮阔的河流。把诗从沉寂的书斋里、从肃穆的讲坛上呼唤出来,让它在人民的苦难和斗争中接受磨炼,用朴素、自然、明朗的真诚的声音为人民的今天和明天歌唱:这便是中国自由诗的战斗传统。本集的作者们作为这个传统的自觉的追随者,始终欣然承认,他们大多数似是在艾青的影响下成长起来的。"[①] 徐放在《我的诗路历程》中坦诚地承认了自己诗风的变化:"我这一时期的诗作,多与过去呈现着一种不同的风采,那便是:我真正地走向了'七月派',一方面在反对着旧的格律的束缚,另一方面也获得了散文的美。而'七月派'的风格特点,我理解,主要是他们的诗,都充满着强烈的、巨大的感情的力量,都充满着蓬勃的生机,极富于感染力、鼓动力和说服力。"[②]

艾青与"七月派"诗人出现,他们以对自由诗理论的提倡与自由诗创作的实绩,接续了五四时期新诗的自由的精神,让自由诗创作大放异彩,并奠定了此后自由诗在新诗中的核心位置。

[①] 绿原:《白色花序》,《白色花》,人民文学出版社 1981 年版,第 2 页。
[②] 徐放:《我的诗路历程》,蒋安全编《徐放论》,春风文艺出版社 1998 年版,第 442—443 页。

在传统与现代间行进的诗学

　　1949年10月，中华人民共和国的诞生标志着历史掀开了新的一页。百年来中国人民遭受的屈辱、苦难终于过去了，中国人民站起来了。诗人和广大人民群众一起都沉浸在对美好未来的憧憬之中，胡风在其长诗《时间开始了》中也发出了热烈的、庄严的呼唤：

　　诗人但丁
　　当年在地狱门上写下了一句金言：
　　"到这里来的，
　　一切希望都要放弃！"
　　今天
　　中国人民底诗人毛泽东
　　在中国新生的时间大门上面
　　写下了
　　但丁没有幸运写下的
　　使人感到幸福
　　而不是感到痛苦的句子：
　　"一切愿意新生的
　　到这里来罢
　　最美好最纯洁的希望
　　在等待着你！"

　　胡风不仅是热情奔放的诗人，而且是见解深邃的诗歌理论家。他有句名言：诗人和战士是一个神的两个化身。他对"第一义"的诗人的强调："有志于做诗人者须得同时有志于做一个真正的人。无愧于是一个人的人，才有可能在人字上面加上'诗'这一个形容性的字，一个真正的诗人决不能有'轻佻地'走近诗的事情。……只有人生至上主义者才能够成为艺术至上主义者。"① 吊诡的是,身兼诗人与诗歌理论家的胡风,在满怀激情写下《时间开始了》不久竟然被他歌咏的对象打成"反革命集团"的首领,银铛入狱,二十余年后才得以平反,恢复了他诗人和文艺理论家的身份和应有的荣誉。胡风的遭遇,无疑地给那个时代的诗人和诗论家的心中投射下长长的阴影,有形无形地制约着中国当代新诗理论的发展。

一

1949年6月,郭沫若在新政治协商会议筹备会上做了充满激情的发言:"我感觉着,今天的新政协筹备会的开幕,正好像在黑暗中苦斗着的太阳,经过了漫漫长夜的绞心沥血的努力,终于吐着万丈光芒,以雷霆的步伐,冒出地平线上来了","这是规模宏大的新民族形式的史诗的序幕,是畸形儿的旧民主主义转换到新民主主义的光荣的开始"②。

1949年7月2日至19日,中华全国文艺工作者代表大会在北京举行,来自国民党统治区与解放区的长期被分割开的两支文艺大军胜利会师了。朱德代表中国共产党中央致辞,周恩来在大会上做了政治报告,毛泽东也亲临会场向与会者致意:"你们都是人民所需要的人,你们是人民的文学家、人民的艺术家、或者是人民的文学艺术工作的组织者。你们对于革命有好处,对于人民有好处。因为人民需要你们,我们就有理由欢迎你们。再讲一声,我们欢迎你们。"③ 大会还成立了中华全国文学艺术界联合会及其所属的中华全国文学工作者协会等其他协会,作为党领导下的全国性的文艺组织。

在这次会议上,毛泽东的《在延安文艺座谈会上的讲话》被确定为新中国文艺的方向。周扬在大会报告《新的人民的文艺》中斩钉截铁地

---

① 胡风:《关于人与诗,关于第二义的诗人》,《胡风全集》第3卷,湖北人民出版社1999年版,第74—76页。
② 郭沫若:《郭沫若在新政治协商会议筹备会议第一次全体会议上的讲话》,《人民日报》1949年6月15日。
③ 毛泽东:《毛主席讲话》,《中华全国文学艺术工作者代表大会纪念文集》,新华书店1950年版,第3页。

指出："毛主席的《在延安文艺座谈会上的讲话》规定了新中国的文艺的方向，解放区文艺工作者自觉地坚决地实践了这个方向，并以自己的全部经验证明了这个方向是完全正确，深信除此之外再没有第二个方向了，如果有，那就是错误的方向。"①

《在延安文艺座谈会上的讲话》对50—70年代中国新诗理论的影响是深远的，是决定性的。此外，毛泽东在延安时期以及新中国成立后，在其书信、谈话和会议发言中，也曾多次谈过他对诗歌的看法，这同样对50—70年代的中国诗坛产生了重要影响。1938年，毛泽东指出："诗的语言，当然要以现代大众语为主，加上外来语和古典诗歌中现在还有活力的用语。大众化当然首先是内容问题，语言是表现形式。要有民族风味，叫人爱看、爱诵、百读不厌。"② 1942年1月31日，毛泽东在给"路社常务委员会"的信中说："问我关于诗歌的意见，我是外行，说不出成片段的意见来。只有一点，无论文艺的任何部门，包括诗歌在内，我觉得都应是适合大众需要的才是好的，现在的东西中，有许多有一种毛病，不反映民众生活，因此也为民众所不懂。适合民众需要这种话是常谈，但虽常谈却很少能做到，我觉得这是现在的缺点。"③ 1957年1月14日，毛泽东在与臧克家、袁水拍谈话中，谈及新诗太散漫，记不住，应该精炼，大体整齐，押大体相同的韵并建议搞一本专为写诗用的较宽的韵书"新诗韵"。④ 1958年3月，在成都召开的中央工作会议上，毛泽东指出，"中国诗的出路，第一条，民歌，第二条，古典，在这个基础上产生出新诗来，形式是民歌的，内容应是现实主义和浪漫主义对立的统一。太现实了就不能写诗了"⑤。毛泽东的成都讲话在全国范围内掀起了前所未有的新民歌运动并随之引发了关于诗歌发展道路的讨论。1965年7月，毛泽东写信给陈毅再次强调自己对新诗的看法："用白话写诗，几十年来，迄无成功。民歌中倒是有一些好的。将来趋势，很可能从民歌中吸引养料和形

---

① 周扬：《新的人民的文艺》，《现代文学史参考资料》，上海教育出版社1979年版，第683页。
② 臧云远：《亲切的教诲》，《新文学史料》1979年第2期。
③ 毛泽东：《致路社常务委员会》，《新诗歌》1942年第8期。
④ 陈晋：《毛泽东与文艺传统》，中央文献出版社1992年，第326页。
⑤ 陈晋：《毛泽东与文艺传统》，中央文献出版社1992年版，第322页。

式，发展成为一套吸引广大读者的新体诗歌"①。

《在延安文艺座谈会上的讲话》和毛泽东的新诗主张，总体上确立了1949—1976年新诗创作与新诗理论的大致走向：即要为无产阶级政治服务、为工农兵大众服务，诗人和文艺工作者要加强思想改造，要深入工农兵的生活，与人民群众密切结合。反映在创作上就是应该坚持革命现实主义和革命浪漫主义相结合，走民族化、大众化的道路，新诗要在民歌与古典诗歌的基础上发展。

二

中华全国文艺工作者代表大会的精神在诗歌界很快就得到了反响。1950年1月，有两家诗歌刊物，一家在北京，另一家在上海，一北一南，同时创刊。

在北京创刊的是《大众诗歌》，其前身是1948年8月由北京大学学生赵立生发起创办的《诗号角》。在赵立生执笔的发刊词《前奏》中，有这样的话："让我们在号音里，循着人民的道路进军。让我们在号音里，对准我们共同的目标射击。"② 这一刊物在北京和平解放前出版了4期，其作者以北京大学、北京师范大学的学生为主体，冯至、李瑛、青勃等曾为刊物撰稿。北京和平解放后，田间、苏金伞、沙鸥等参加了《诗号角》编辑工作，又出版了4期。"在解放后出版的这四期中，可以明显看出当时一些诗人在创作中的困惑。苏金伞在《诗号角》第六期《编后》的一开头就说：'不少的诗歌工作者目前正感到痛苦。原因是：一方面想面向广大工农兵，但对于工农兵的生活，思想，感情又体会不深；一方面对于自己的语言，形式等，早就发生了怀疑，于是，造成了当前一部分诗人的沉默。这种痛苦我们也正在身受。"③ 1949年11月出版了《诗号角》第八期以后，"有些诗人（主要是沙鸥）甚至认为《诗号角》这个刊名也不够大众化，不易为工农兵所理解，于12月改组，成立《大众诗歌》社"，

---

① 毛泽东：《致陈毅》，中共中央文献研究室编《毛泽东诗词集》（附录），中央文献出版社1996年版，第267页。
② 《诗号角》创刊号，1948年8月1日。
③ 赵立生：《我与〈诗号角〉》，《诗探索》1999年第3期。

"由艾青、田间、臧克家、王亚平、沙鸥、晏明、马丁、赵立生等十人组成编委会，王亚平和沙鸥主编"①。

《大众诗歌》的创刊号，编者在《大众诗歌创刊了》一文中说："我们知道写一首被群众喜爱的通俗诗歌，或者说是大众化诗歌，是极其不容易的事情。诗人们多半是知识分子出身，对工农兵大众的生活、思想、情感、语言，懂得不多，体验不够，这里就必须深入具体地认识他们，了解他们，向他们学习，懂得他们怎样用恰当的有光彩的语言表达思想、情感，进一步去提炼一番、加工一番，才能够创造出新形式、新风格。这正是本刊和广大诗歌写作者、爱好者共同努力的一个目标。"② 郭沫若在创刊号上发表了《关于诗歌的一些意见》，指出："诗歌应该是犀利而有效的战斗武器，对友军是号角，对敌人则是炸弹。因此，写诗歌的人，首先便得要求他有严峻的阶级意识，革命意识，为人民服务的意识，为政治服务的意识。有了这些意识才能有真挚的战斗情绪，发而为诗歌也才能发挥武器的效果而成现实主义的作品。"③ 郭沫若还在文中讨论了诗歌的形式问题："形式可以有相对的自由，歌谣体、自由体，甚至旧诗体都可以写诗，总要意识正确，人民大众能懂。但如所谓商籁体，豆腐干式的方块体，不遵守中国的语言习惯分行分节，则根本是脱离大众的东西，是应该摒弃的。"④ 如果我们对照一下郭沫若五四时期给宗白华信中的话："我想我们的诗只要是我们心中的诗意诗境之纯真的表现，生命源泉中流出来的 Strain，心琴上弹出来的 Melody，生之颤动，灵的喊叫，那便是真诗，好诗，便是我们人类欢乐的源泉，陶醉的美酿，慰安的天国。""他人已成的形式是不可因袭的东西。他人已成的形式只是自己的镣铐。形式方面我主张绝端的自由，绝端的自主。"⑤ 不难发现，在新的形势下，郭沫若对诗的内容与形式的看法已发生了根本的改变。

在上海创刊的是《人民诗歌》，由上海诗歌工作者联谊会编辑，中华书局印行。创刊号上发表了劳辛的诗论《写什么与怎样写》，可视为编辑部同人诗歌观念的理论表述："这是诗的时代。一切进军的命令，劳动的

---

① 赵立生：《我与〈诗号角〉》，《诗探索》1999 年第 3 期。
② 《大众诗歌》创刊号，1950 年 1 月 1 日。
③ 郭沫若：《关于诗歌的一些意见》，《大众诗歌》创刊号，1950 年 1 月 1 日。
④ 郭沫若：《关于诗歌的一些意见》，《大众诗歌》创刊号，1950 年 1 月 1 日。
⑤ 郭沫若：《论诗》，《文艺论集》，光华书局 1925 年版，第 330、343—344 页。

热忱,和土地改革运动,这些斗争性的社会活动,都充分表现着诗底内容和诗底韵律的震动。由于广大的劳动群众变成了历史命运的主人,开拓了诗人笔触的领域。过去只抒写个人身边琐事或悲欢离合的东西;今天该要歌唱群众的意志,情感与行动了。""写什么是诗作者的宇宙观和人生观的问题,是创作的思想问题。它决定我们怎样写的一切方法。怎样写是表现的手法,写作的技巧;固然也是思想的问题。就是我们所说的创作的方法。……我们曾接受过西洋诗的一切流派,像自然主义,浪漫主义,与象征主义,等等。现在我们的新诗歌是属新民主主义的艺术,是属于新现实主义范畴的。我们的新诗要具有整洁,明确与朴素的因素。要忠实地反映与描写现实;但切忌流入自然主义的陷阱。要思想明朗与深刻,克服形式主义的概念化的倾向。要把握正确的主题,藉着合理的想象来塑造形象,体显诗的形象思想性,以一种信念和哲学来教育群众。这是积极的浪漫主义与现实主义结合的创作方法。"① 劳辛这些论述,相当准确地阐释了毛泽东诗学思想的主要观念。尤其是这里提出的"积极的浪漫主义与现实主义结合的创作方法",可视为1958年才正式提出的"革命现实主义与革命浪漫主义相结合"创作方法的滥觞。

《大众诗歌》和《人民诗歌》均是诗人自发或诗歌工作者联谊会办的刊物,而且持续的时间不长,前者在1950年底停刊,后者在1951年8月停刊。但是从我们引用的相关文章中,能看到诗人们力求把自己的写作与时代融合起来,刊物的色彩明显地在向当时主流意识形态靠拢。

如果说《大众诗歌》和《人民诗歌》的倾向反映了当时的诗人们在新形势下,调整自己的创作思想和创作方向所做出的努力,那么作为中华全国文学工作者协会机关刊物的《文艺报》,则有意识地贯彻毛泽东《在延安文艺座谈会上的讲话》精神,对当时诗歌创作与诗歌理论的发展予以引导。

1950年3月10日,《文艺报》第1卷第12期刊出专栏"新诗歌的一些问题",发表了萧三、田间、冯至、马凡陀、邹荻帆、林庚、贾芝、彭燕郊、王亚平、力扬、沙鸥等11位诗人的文章。在《编辑部的话》中,编者声称:"诗歌的创作与运动,目前是存在着很多问题的。这人民解放和走向建设的伟大时代,同样冲击着诗歌这一战斗阵地。在运动进展中,

---

① 劳辛:《写什么与怎样写》,《人民诗歌》创刊号,1950年1月15日。

在各种形式的诗歌作品多量发表的情况下，提供出来的问题——关于内容、形式、诗人的学习和修养等等，都引起了广泛的注意。"这组文章中，邹荻帆、王亚平、力扬、沙鸥等人对当时诗歌中偏离《在延安文艺座谈会的讲话》的现象予以了尖锐的批评。萧三在《谈谈新诗》一文中则指出："我总觉得，现在我们的新诗和中国千年以来的诗的形式（或者说习惯）太脱节了。所谓'自由诗'也太'自由'到完全不像诗了。和中国古典的诗脱节，和民间的诗歌也脱节，因此，新诗直到现在还没有可能在这块土壤里生根。"① 当然在这场诗歌讨论中也有些文章还是立足于建设，有相当的学术内涵的。如冯至的《自由体与歌谣体》，对当时流行的自由体与歌谣体做了较为客观的评价："目前的诗歌有两种不同的诗体在并行发展：自由体和歌谣体。这两种诗的形式，歌谣体容易被工农兵接受，诗歌的对象是工农兵，当然以采取他们易于接受的形式为合宜。可是自由诗，近十年来向广大的知识青年发生过很大的鼓舞作用，尤其是在诗歌朗诵的时候；我听过不少年青的文艺学习者说，'我们读歌谣体的诗总觉得不能满足，我们还是爱自由体的。'""歌谣体的诗是有它的优良的成绩的，最显著的例子是王希坚的翻身民歌，作者采取了人民朴素的语言，表现新的内容，通过民歌形式而不受这形式的限制。但是有一部分歌谣体的诗作者并没有做到这一点，只把一些旧社会里产生的歌谣不另选择当作范本去模仿，有时甚至把其中落后的成份也连带着承袭过来，不知不觉蹈入作旧体诗的故辙。所不同的是内容空虚陈腐之外又加上语调的油滑。""至于自由体，它向作者的要求是很大的。它要求作者要有充分把握语言的能力，要有高度的从现实生活里锻炼得来的思想和情感（当然，一切诗都是这样要求着，不过自由体的诗要求得更为迫切）。它没有束缚，适于表现新事物。现在它对于一般的人民大众还是生疏的，但我们不能因此就怀疑它和人民的接近。如今工人中已经有人用自由体写诗，朗诵自由体的诗，它影响的范围已渐渐扩大。不过它的语言应力求精练，结构应力求紧凑，因为诗行过长，形式过于散漫，读起来总是不很自然的。"② 在当时高度肯定民歌、民谣，而自由体新诗屡受指责的大背景下，冯至的判断无疑是公允的、实事求是的。何其芳稍后也在《文艺报》上

---

① 萧三：《谈谈新诗》，《文艺报》第1卷第12期，1950年3月10日。
② 冯至：《自由体与歌谣体》，《文艺报》第1卷第12期。

发表文章指出：不能"因某些新诗的形式方面的缺点而就全部抹煞'五四'以来的新诗，或者企图简单地规定一种形式来统一全部新诗的形式"，"他们忘却'五四'以来的新诗本身也已经是一个传统"①。不过在当时的大背景下，冯至、何其芳等的声音是微弱的，很快就被在古典和民歌的基础上发展新诗的主潮所淹没。

三

1950年《文艺报》组织的诗歌讨论所涉及的对自由诗与格律诗特征的理解，以及相关评价等，在诗歌界一直是有着不同看法的。有鉴于此，1953年12月到1954年1月，中国作家协会创作委员会诗歌组召开了三次关于诗歌形式问题的讨论会。与会者围绕自由诗与格律诗问题各抒己见。倡导格律诗的人或者认为应继承与发展五七言的古典诗歌形式，或者认为格律体主要应从民谣中汲取养分。倡导自由诗的则认为不应对新诗的形式有任何外在的规定，只要达到和谐统一的要求就可以了。这期间以及此后，对新诗的格律建设探讨、思考得最为充分的是何其芳、卞之琳与林庚。

何其芳在1954年发表的《关于现代格律诗》，是中国新诗格律诗的重要文献。该文先论述了建立现代格律诗之必要，他指出并非一切生活内容都必须用自由诗来表现，也并非一切读者都满足于自由诗，因此，如果没有适合它的现代语言规律的格律诗，这是一种不健全的现象、偏枯的现象。这种情况继续下去，对于诗歌的发展也是不利的。那么，该如何建立现代格律诗呢？何其芳认为现代格律诗的建立不是向古典五七言诗的"倒退"，而是要结合现代汉语自身的特点。从五七言诗借鉴的主要是它们的顿数和押韵的规律化，而不是硬搬它们的句法。作者提出了顿的概念："我所说的顿是古代的一句诗和现代的一行诗中的那种章节上的基本单位。每顿所占的时间大致相等。"② 何其芳所说的"顿"与新月诗人所说的"音尺""拍子"等有相近的含义。他不主张用五七言体建立现代格

---

① 何其芳：《话说新诗》，《文艺报》，第2卷第4期，1950年4月。
② 何其芳：《关于现代格律诗》，《关于写诗和读诗》，作家出版社1958年版，第56—57页。

律诗，他认为，从五七言诗可以借鉴的只是顿数整齐和押韵这样两个特点，而不是它们的句法。它们的句法是和现代口语的规律不适应的。他给现代格律诗提的要求可简单地归结为：按照现代的口语写作，每行的顿数有规律，每顿所占时间大致相等，而且有规律地押韵。从顿数上说，可以有每行三顿、每行四顿、每行五顿这样几种形式。在短诗里面，或者在长诗的局部范围内，顿数也可以有变化，只是这种变化应该是有规律的。从押韵上说，只是押大致相近的韵就可以，而且用不着一韵到底，可以少到两行一换韵，四行一换韵，以用有规律的韵脚来增强其节奏性。

何其芳的现代格律诗理论，吸取了五四以来格律诗派的创作经验，继承了中国古代格律诗的内在精神，却又不盲目搬用旧体诗词的格式与句法，是基于民族传统、诗坛现状及诗歌未来的发展方向而提出的。同时，何其芳的现代格律诗理论是开放的，他不是把格律诗与自由诗对立起来，而是认为民歌体、现代格律诗和自由诗都可以存在，都可以成为民族形式。这对新诗格律诗理论的建设是很有意义的。不过，正如何其芳自己所说，"我们应该以作品来建立新诗的形式"①。建立现代格律诗，不但有一些理论问题需要解决，而且更重要的是必须写出许多成功的作品。何其芳的现代格律诗理论的最大的遗憾是缺乏有力的创作实践来印证。何其芳自称："我对于这种格律诗的实践，除了已经发表的四首而外，另外偶尔练习写而没有发表的也不过几首。这实在太少太少了。"② 何其芳本人尚且如此，更何况他人。缺乏成功的作品来印证，使现代格律诗理论成了一座虚幻的空中楼阁。

与何其芳站在同一边的是诗人卞之琳。他在新中国成立初期就曾在《文艺报》发表文章，提出："每一个写诗的人现在在普及基础上提高的原则下，都面对着一些问题，首先是：受过西洋资产阶级诗影响而在本国有写实训练的是否要完全抛弃过去各个阶段发展下来的技巧采取为工农兵服务，纯从民间文学中长成的是否完全不要学会一点过去知识分子诗不断发展下来的技术？"③ 这在实际上是提出要客观对待五四以来新诗已形成的自身传统，而不应一笔抹杀。也正出于这个考虑，卞之琳大致同意何其

---

① 何其芳：《关于诗歌形式问题的争论》，《文学评论》1959年第1期。
② 何其芳：《关于诗歌形式问题的争论》，《文学评论》1959年第1期。
③ 卞之琳：《开讲英国诗想到的一些体验》，《文艺报》第1卷第4期，1949年11月1日。

芳以有规律的"顿"和押韵为基础建立新格律的主张,但着重点有所不同。在 1953 年 12 月到 1954 年 1 月由中国作家协会创作委员会诗歌组召开的三次关于诗歌形式的讨论会上,卞之琳提出了他的新体格律的主张,即诗歌有"哼唱型节奏"(吟调)和"说话型节奏"(诵调)①。卞之琳着重从顿法上分出五七言调子和非五七言调子,五七言一路韵语调子便于信口哼唱,四六言一路韵语调子倒接近说话方式,便于照说话方式来念。卞之琳这样表述他与何其芳在分类提法上的不同:"我不着重分现代格律诗和非现代格律诗,我着重分哼唱式调子和说话式调子。只要摆脱了以字数作为单位的束缚,突出了以顿数作为单位的意识,两种调子都可以适应现代口语的特点,都可以做到符合新的格律要求。而只要突出顿数标准,不受字数限制,由此出发照旧要求分行分节和安排脚韵上整齐匀称、进一步要求在整齐匀称里自由变化、随意翻新——这样得到了写诗读诗论诗的各方面的共同了解,就自然形成了新格律或一种新格律(一种格律不等于一种格式或者体式,因为主要以顿数为单位的这一种格律可以如上面所说的容许各样的格式;而我不想排斥可能从别的标准出发而形成别种格律体系)。"② 卞之琳提出的哼唱式和说话式两种调子的区分是十分新颖而独到的见解,其意义在于是以"顿"数而不是简单地以字数作为格律诗的基本单位。这一说法符合现代汉语的实际,既容纳了以五七言为基础的哼唱型的节奏,又容纳了自由体的说话型的节奏,拓展了新格律体的声律基础。

在 1958 年的关于新诗发展道路问题的争论中,卞之琳和何其芳都强调民歌体和旧格律诗都是有限制的,而应该建立起新的现代格律诗体,而这与当时毛泽东提倡的中国新诗的出路是在古典和民歌的基础上产生出新诗显然是相悖的,因而招致了不少人的批评。

对于新诗的形式进行执着探讨的还有林庚。1950 年 3 月,林庚在《文艺报》上发表《新诗的"建行"问题》,指出"问题的存在是很明显的,文言发展为白话既是一个客观事实,在这个事实面前,过去的传统我们是要接受的,但必然是批判的接受。我们知道五七言是秦汉以来以至唐代的语言文字最适合的形式,而今天我们的语言文字显然不同了,这语言

---

① 卞之琳:《哼唱型节奏(吟调)和说话型节奏(诵调)》,《作家通讯》1954 年第 9 期。
② 卞之琳:《谈诗歌的格律问题》,《文学评论》1959 年第 2 期。

文字上的逐步变化其实从宋元以来就已开始,从那时候起五七言诗的表现所以也就远不如前了。今天我们要接受这一个民族形式就得要把五七言形式的传统同今天语言文字(也即口语或白话)的发展统一起来,我想这就是当前存在的一个问题。"① 这里提出的也正是林庚,以及何其芳、卞之琳探讨新诗格律问题的出发点。1950年7月12日林庚又在《光明日报》发表《九言诗的"五四体"》一文,此文是对《新诗的"建行"问题》一文的深化与扩充。文中对九言诗的"五四体"做了明确的阐释:"九言诗的'五四体'是指一种九言诗行,而在一行之中它的节奏是分为上'五'下'四'的。……五与四各代表着白话与口语的一般性,这便都统一在口语的发展上。"② 林庚认为"五四体"的九言诗可能在传统的五七言诗之后为当代诗歌提供一种新的形式。在此基础上林庚进一步思考,在《关于新诗形式的问题和建议》和《再谈新诗的建行问题》等文中,提出了"半逗律"和"典型诗行"的理论。他认为讲求音步(或顿数),这是西洋诗的基本规律,但是不宜把西洋诗歌中的音步(或顿数)强加之于中国诗行上,因为中国诗行原不是用音步或顿数来构成格律的。林庚认为,中国诗歌的民族形式集中表现在"半逗律"与"典型诗行"上。所谓"半逗律",就是说:"中国诗歌形式从来就都遵守着一条规律,那就是让每个诗行的半中腰都具有一个近于'逗'的作用,我们姑且称这个为'半逗律',这样自然就把每一个诗行分为均匀的上下两半;不论诗行的长短如何,这上下两半相差总不出一字,或者完全相等。"③ "半逗律"可以理解为是一种扩大了的"顿",它不是以单词为基本单位划分"顿",而是兼顾意义与单词,因而点出了汉语诗行构成的一个特征。但是把无论多么长的诗行全划为相对均匀的两半,这种对诗歌格律构成的解释也未免失于笼统与大而无当。所谓"典型诗行",指的是四言、五言、七言这些曾经在中国诗歌史上被普遍使用,产生过无数优秀诗篇的诗行。"一个理想的诗行它必须是特殊的又是普遍的,它集中了诗歌语言上的最大可能。这就是典型诗行。它不是偶然的能够写出一句诗或一首诗,而是通过它能够写出亿万行诗、亿万首诗;这样的诗行,当第一个

---

① 林庚:《新诗的"建行"问题》,《文艺报》第1卷第12期,1950年3月1日。
② 林庚:《九言诗的"五四体"》,《光明日报》1950年7月12日。
③ 林庚:《关于新诗形式的问题和建议》,《新建设》1957第5期。

诗行出现的时候，就意味着亿万个同样的诗行的行将出现，诗歌形式因此才不会是束缚内容，而是作为内容的有力的跳板而便利于内容的涌现。"① 按照这一说法，在中国诗歌史上产生过普遍作用的四言、五言、七言均属于典型诗行。林庚希望新诗也能建立自己的典型诗行，比如他所推荐的"九言诗行"。

林庚的"半逗律"和"典型诗行"理论，在借鉴传统诗歌形式的同时，也照顾到现代汉语自身的特点，既没有沿袭传统的五七言格式，也没有套用西方诗歌的格律。对于新诗格律的探究自有其重要意义。不过，林庚的探讨更多的是在学理层面上展开的，他设计的"九言诗"等，也和何其芳的"现代格律诗"一样，属于空中楼阁，少有人尝试，故影响甚微。

四

1956年4月28日，毛泽东在中共中央政治局扩大会议的总结中指出："艺术问题上的百花齐放，学术问题上的百家争鸣，我看应该成为我们的方针。……讲学术，这种学术也可以讲，那种学术也可以讲，不要拿一种学术压倒一切。你讲的如果是真理，信的人势必就会越来越多。"② 毛泽东提出的"双百"方针给知识分子以巨大的鼓舞，给文学创作带来了一定程度的自由。作家方纪曾这样描写自己的感受：犹如小草感受到阳光、春风和水一样——全身舒畅，跃跃欲试。一些诗人突破禁区，大胆探索，写出了一批干预社会生活、揭示人的情感世界的复杂性和隐秘性的诗篇。正是在"双百方针"的鼓舞下，两个在新中国成立后有重要影响的诗歌刊物诞生了。

1956年11月30日，《文艺报》刊出了《诗刊》创刊的预告："'诗刊'是一个诗歌月刊，定于1957年1月在北京出版。它的任务主要是在'百花齐放'的方针指导之下，繁荣诗歌创作，推动诗歌运动。它的内容包括：诗创作，诗翻译，诗的理论批评，诗歌活动报道等。它将是全国诗

---

① 林庚：《再谈诗歌的建行问题》，《文汇报》1959年12月27日。
② 毛泽东：《在中共中央政治局扩大会议上的总结讲话》，《毛泽东文集》第7卷，人民出版社1999年版，第54—55页。

歌作者和诗歌爱好者的共同园地。"1957年1月25日《诗刊》创刊号在北京出版，刊出了毛泽东《旧体诗词十八首》和《关于诗的一封信》。毛泽东在《关于诗的一封信》中说："诗当然应以新诗为主体，旧诗可以写一些，但是不宜在青年中提倡，因为这种体裁束缚思想，又不易学。"毛泽东"以新诗为主体"的意见与他的旧体诗在《诗刊》创刊号上同时发表，似乎预示着旧体诗不会被新诗所取代，而是在相当长的时间里将与新诗并存。

1957年1月《星星》诗刊在成都创刊。创刊号上的《稿约》表明了编辑部的办刊宗旨："我们的名字是'星星'。天上的星星，绝没有两颗完全相同的。人们喜爱启明星、北斗星、牛郎织女星，可是，也喜爱银河的小星，天边的孤星。我们希望发射着各种不同光彩的星星，都聚到这里来，交映成灿烂的奇景。所以，我们对于诗歌来稿，没有任何呆板的尺寸。""我们欢迎各种不同流派的诗歌。现实主义的，欢迎！浪漫主义的，也欢迎！""我们欢迎各种不同风格的诗歌，'大江东去'的豪放，欢迎！'晓风残月'的清婉，也欢迎！"[①]

"双百"方针的提出迎来了50年代短暂的"百花时代"。《诗刊》和《星星》诗刊，尽管以发表新诗创作为主，但是也辟有理论版面，再加上《人民文学》《文艺学习》等刊物对诗歌理论的关注，诗歌理论在这一阶段也繁荣起来，其中探索富有学理性且影响较大的有沈仁康、叶橹等关于抒情诗的探讨，以及安旗关于叙事诗的探讨。

关于抒情诗，周扬在1956年说过一段很权威的话："我们的抒情诗，不是单纯的表现个人感情的，个人情感总是和时代的、人民的、阶级的情感相一致。诗人是时代的号角——抒情是抒人民之情，叙事是叙人民之事。这就是我们的抒情诗的基本特点。"[②] 对于这一时代主流观点，沈仁康也好，叶橹也好，安旗也好，都只能是认同的。与此同时，他们又在这大的框架之内，又有些独自的发挥，从不同角度阐释了抒情诗与叙事诗的特点。

沈仁康高度强调抒情诗要有诗人独特的发现。在《谈抒情诗的写作》

---

① 《星星》诗刊创刊号，1957年1月1日。
② 周扬：《建设社会主义文学的任务——在中国作家协会第二次理事会（扩大）会议上的报告》，《文艺报》1956年第5—6号，1956年3月25日。

一文中，他指出："抒情诗中，需要有诗人自己发现的独特的构思、诗人自己发掘的新的生活内容、诗人自己的别具风格的艺术表现手法、诗人自己独有的想象、形象、比喻等等。"① 这几个"诗人自己"，不是简单的重复，而是在强调那个时代很少说的诗中的"自我"。他还借巴尔扎克的话说道："巴尔扎克说过这么一句话：'艺术的任务不是在抄袭自然，而是表现它。你不是个可怜的抄袭者，却是一个诗人。'对了，诗人同自然抄袭者有着严格的界限，诗人的诗篇不是照相机里的感光片。诗人的任务不是抄袭现成的表面现象，不能满足于浮光掠影的记录，却是要用自己的思考力去发现现象后面的、生活中内涵的、看来也许并不显眼的东西。"② 基于此点，沈仁康对当时抒情诗中千篇一律的、空泛的、标语口号的现象提出了尖锐的批评："尤其是一些描写大的政治运动及节日的诗篇，往往缺乏艺术性。读了第一行，就没有读第二行的愿望；读到后面，前面就从记忆中消失了。不受欢迎。"③ 沈仁康对当时抒情诗公式化、概念化现象的批评是在50年代，可是即使在60年代、70年代，乃至今天，他对诗坛的这些针砭都并不过时。

此外，沈仁康还写了《抒情诗的构思》《抒情诗的意境》《抒情诗的概括》《抒情诗的含蓄》《抒人民之情》等系列文章，发表在《人民文学》上，后来编成《抒情诗的构思》一书，由长江文艺出版社1959年出版。在这本书中，沈仁康对抒情诗的构思，以及在构思过程中所牵涉的灵感、想象、联想，以及意境等问题都做了较为详细的阐述。在当时诗坛多数论者强调生活而回避谈灵感的情况下，他阐述了构思过程中灵感的作用，这是很有勇气和见地的。他强调意境的重要性："抒情诗因为有了意境才有了艺术氛围、艺术感染力和艺术境界，才有了抒情诗的存在。"④ 沈仁康还指出抒情诗情感的抒发，不应流于直白的叫喊，而应该是含蓄而富有诗意的："含蓄总是和丰富、深厚联系着，总是和单薄、浅陋对立着。"⑤ 这些论述在今天看来近乎常识，但在当时的历史条件下，对抒情诗人的写作却不无启示意义。

---

① 沈仁康：《谈抒情诗的写作》，《人民文学》1956年12月号。
② 沈仁康：《谈抒情诗的写作》，《人民文学》1956年12月号。
③ 沈仁康：《谈抒情诗的写作》，《人民文学》1956年12月号。
④ 沈仁康、黄佩玉：《抒情诗的构思》，长江文艺出版社1959年版，第19页。
⑤ 沈仁康、黄佩玉：《抒情诗的构思》，长江文艺出版社1959年版，第38页。

在抒情诗理论探讨中提出有价值意见的，还有叶橹。1956年他在《人民文学》上发表的《关于抒情诗》，显示了一个青年诗评家的见解与胆识。叶橹指出："正如小说、戏剧、叙事诗等文学形式具有它们本身的特点一样，抒情诗当然也具有它本身的特点。抒情诗的这一特点在于：诗人的主观世界在诗中表现得比任何文学形式都更直接、更突出，诗人总是通过自己的主观感受，以这种或那种的方式来反映现实生活的。"① 这种对抒情诗主体性的描述是十分到位的。同时他也指出，诗人在描写自己的主观感受的时候，不能不受到现实生活的影响和制约。他巧妙地引用别林斯基的话并加以发挥："'伟大的诗人谈着"我"的时候，就是谈着普遍的事物，谈着人类……因此，人们能在诗人的忧郁中认识自己的忧郁；在他的灵魂中认识自己的灵魂，并且在那里不仅仅看到诗人，还看到"人"，是兄弟般和他们互通的"人"。人们尽管看出来这个'人'的生存是无比地高于自己，但同时，他们也会意识到自己和他的血族的关系。'伟大的批评家的这一段话，为我们找到了正确地体会抒情诗所描写的诗人自己的感情的秘诀。"② 叶橹借别林斯基的话，表现出对"人"的尊重与对人与人互相沟通的渴盼，在空前强调人的阶级性的大环境下，是难能可贵的。

　　叶橹在文章中还指出，抒情诗人应该有自己的艺术个性。这是由于每一个诗人都是带着他自己的独特的生活经验走进诗歌创作领域的，诗人的这种独特的生活经验决定了他们在观察生活、体验生活上的各自不同的情况，这就会带来诗人的不同的艺术风格与个性。为了强调这一点，他特别在文中引用了马克思《关于普鲁士最新审查条例的备忘录》中的一段话："法律允许我写作，但是有个条件，就是我须用别人的而不是我自己的风格去写；我有权利露出我的精神面貌，但是我首先须把它安排在指定的表情里！""你们赞赏自然界那种悦人的千变万化，那种无穷无尽的宝藏。你们不要求玫瑰花和紫罗兰要发同样的香气，但是一切中最丰富的东西，精神，却只准生存在一个形式里！我是幽默家，但是法律却命令我要写得严肃。我是大胆的，但是法律却命令我的风格要谨慎谦卑。灰色，更多的灰色，这是唯一的钦定的自由的色彩。太阳映照着的每一滴露珠，都闪耀

---

① 叶橹：《关于抒情诗》，《人民文学》1956年5月号。
② 叶橹：《关于抒情诗》，《人民文学》1956年5月号。

着无穷无尽的色彩，但是精神的太阳可以照彻这样多不同的人与物，而它只准产生一种色彩，官方的色彩。"① 这段引文，二十多年后，又被北岛在《今天》创刊号上的《致读者》中加以引用。叶橹文章的意味深长与超前色彩，可见一斑。

50至60年代，抒情诗是诗坛的主流，但是叙事诗也有了长足的发展。阮章竞的《漳河水》、力扬的《射虎者及其家族》、李季的《五月端阳》《当红军的哥哥回来了》、闻捷的《复仇的火焰》、郭小川的《将军三部曲》等相继出版，并产生了较大的影响。但较之对抒情诗的研究而言，对叙事诗理论的研究甚为单薄。这期间，除去徐迟的《漫谈叙事长诗》、李元洛的《叙事诗的剪裁》等若干文章外，较为集中、专注地对叙事诗创作进行研究与评论的是安旗。五六十年代安旗相继发表关于叙事诗的论文10篇，后收在《论叙事诗》一书中，1962年由作家出版社出版。安旗通过对当时已发表的叙事诗的评论，提出了她对叙事诗创作的基本主张。

在安旗看来，叙事诗的基本特点就是抒情与叙事的高度结合。"叙事诗决不仅仅是叙述故事，它和抒情诗比较起来，只不过抒情诗是诗人直抒胸臆来'展其义'，'骋其情'，而叙事诗是通过一定的故事情节来'展其义'，'骋其情'罢了。我国古典叙事诗的创作中，抒情的色彩总是十分浓厚的，而且抒情和叙事往往达到水乳交融的程度。如《琵琶行》的开头，是叙事——介绍事件发生的时间、地点及缘起，又是抒情——每一行诗都透露出作者的离情别绪。"② 叙事诗要有人物情节，小说、传记文学也要有人物情节，这二者该如何区分呢？安旗指出："叙事诗决不是小说分行押韵，即使写真人真事，叙事诗也必须和传记文学有区别。这区别之处就在于叙事诗在创造人物的情节和细节的选择上必须更求精炼；这区别之处还在于情节和细节的选择上必须注意充分利用和充分发挥诗歌抒情的特点。"③

人物在小说与叙事诗中都居于核心地位。那么叙事诗该如何描写人物

---

① 原注："均引自《文学与艺术》73—74页，《马克思恩格斯原著选集》，刘慧义译，五十年代出版社发行，1953年版。"

② 安旗：《论叙事诗》，作家出版社1962年版，第113—114页。

③ 安旗：《论叙事诗》，作家出版社1962年版，第95页。

呢？安旗总结了当时叙事诗创作中成功的经验与失败的教训，指出"叙事诗中，人物的出现，情节的安排，都必须精心选择，严加控制，选择那最富于表现力的、可以包括'众端'的那一'端'。否则，人物过多，作者势难兼顾，必然有些人物写得不好；人物过多，关系复杂，不免有一些说明性、交代性的笔墨，在这些地方就很难保持充沛的诗意；人物过多，篇幅就不会短，一部叙事诗长达万余行，自然很难逐字逐句地锻炼、推敲，这就势必形成某些语言上的冗杂和粗糙"①。小说要讲故事，叙事诗也要讲故事，那么叙事诗的讲故事与小说的讲故事又有什么不同呢？安旗认为："叙事诗中有一个引人入胜而又合情合理的故事，固然很好。假若没有故事或故事性不强，也不必去刻意追求，勉强编造。与其为了编造一个曲折复杂的故事，情节牵强，漏洞百出，缺乏诗意，弄得小说不像小说，诗不像诗，还不如选择几个便于发挥诗歌抒情特长的情节，写成几个富于诗意的诗章，反映出生活中的几个片段，结构上自然活泼一些，又何尝不好呢？"②基于此点，安旗还批评了当代叙事诗创作中，有些作者过分注意编故事的倾向，企图以情节取胜，而往往忽视了诗歌的基本因素——抒情。

安旗关于叙事诗的这些论述，全是结合对叙事诗作品的评论而阐释的，尽管不够系统、完整，但切中叙事诗创作中的弊端，针对性强，对当代叙事诗理论的建构是有意义的。

五

1958年"大跃进"中展开的"新民歌运动"是由毛泽东提倡，在各级党委、政府的组织、宣传下开展的群众性运动。1958年4月14日，《人民日报》发表社论《大规模地收集全国民歌》。新民歌的创作伴随着"大跃进"运动在全国迅速掀起。同年6月，周扬在《红旗》杂志创刊号发表文章《新民歌开拓了诗歌的新道路》，指出："大跃进民歌反映了劳动群众不断高涨的革命干劲和生产热情，反过来又大大地鼓舞了这种干劲和热情，促进了生产力的发展。新民歌成了工人、农民在车间或田头的政

---

① 安旗：《论叙事诗》，作家出版社1962年版，第37页。
② 安旗：《论叙事诗》，作家出版社1962年版，第95页。

治鼓动诗，它们是生产斗争的武器，又是劳动群众自我创作、自我欣赏的艺术品。社会主义的精神浸透在这些民歌中。这是一种新的、社会主义的民歌；它开拓了民歌发展的新纪元，同时也开拓了我国诗歌的新道路。"①

今天看来，被视为"共产主义文艺萌芽"和诗歌发展方向的新民歌，并非基于"饥者歌其食，劳者歌其事"的民歌传统，而是由上而下策划的群众性运动的产物，为"大跃进"的浮夸风推波助澜，导致背离现实的伪浪漫主义在诗坛泛滥。以至这场运动的发起者毛泽东1958年11月在武昌会议上，也对一些民歌进行了批评："'端起巢湖当水瓢'，这是诗，我没有端过，大概你们安徽人端过。巢湖怎么端得起来？"② 对郭沫若、周扬编的新民歌权威选本《红旗歌谣》，毛泽东看完后也认为"水份太多，选得不精"，并不无惋惜地对周扬说："还是旧的民歌好。"③

围绕着新民歌运动，1958年至1959年展开了一场大规模的关于新诗发展道路的论争。这场论争有两个主阵地。一个是《星星》诗刊。该刊1958年第4期开辟了"诗歌下放笔谈"专栏，雁翼发表了《对诗歌下放的一点看法》（《星星》诗刊1958年第6期），红百灵发表了《让多种风格的诗去受检验》（《星星》诗刊1958年第8期）、《我对诗歌下放的补充意见》（《星星》诗刊1958年第9期），由此引起了激烈的论争。论争主要涉及对过去的新诗成绩的估计，对诗歌形式的看法，以及对民歌和自由诗的看法。另一个则起因于1958年5月《人民文学》发表公木的文章《诗歌底下乡上山问题》，批评何其芳"反对或怀疑歌谣体新诗"。何其芳认为这是无稽之谈，便写了《关于新诗的百花齐放问题》一文，与卞之琳所写的《对于新诗发展问题的几点看法》同时发表在《处女地》1958年第7期上。紧接着，张先箴在《处女地》1958年第10期发表《谈新诗与民歌》，批评何其芳；宋垒在《诗刊》1958年第10期上发表《与何其芳、卞之琳同志商榷》。继而卞之琳在《诗刊》1958年11期上发表回应宋垒的文章《分歧在哪里？》，争论就这样展开了。讨论的阵地也扩展到《文艺报》《人民日报》《文汇报》《文学评论》等重要报刊。

这场论争持续了一年多，许多诗人与批评家都卷入了，涉及的话题也

---

① 周扬：《新民歌开拓了诗歌的新道路》，《红旗》创刊号，1958年6月1日。
② 毛泽东：《毛泽东文集》第7卷，人民出版社1999年版，第447页。
③ 周扬：《〈红旗歌谣〉评价问题》，《民间文学论坛》1982年创刊号。

很广泛。其中争论最集中的是如下几个问题。

第一是对民歌的看法。周扬指出:"民歌是文学的源头,它像深山的泉水一样静静地、无穷无尽地流着,赋予了各个时代的诗歌以新的生命,哺育了历代的杰出诗人。今天的民歌,是新的农民、工人、士兵的作品,它们已经不完全是口头创作,有的作者是很有文化的,因此新民歌不但在内容上,而且在风格上也与旧民歌有所不同了,它们保持了民歌的格调,同时又更多地继承了我国古典诗歌的优良传统,吸取了新诗的长处。它们正像黄河、长江一样,以汹涌澎湃之势,对新诗起着冲击的作用,必将使新诗的面貌为之改观。"[1] 贺敬之则提出新民歌是今天的"诗经":"这些新民歌的伟大价值恰好就在于它是今日的新'诗经'。'不学诗,无以言'。没有这部新诗经,我们的新诗就不能更好地往前发展。现在流传的这一句话是完全正确的:'新民歌开一代诗风!'今天看来,'风'已大大吹起来了。这是诗的东风,诗的正风。风头所向,天地为之一新。在诗坛上曾经残留下的一小股西风、邪风,还有'伤风'……正在消失着,变化着。这已经是人人可见的事实了。"[2] 周扬和贺敬之的话代表了当时对新民歌的主流看法,因而任何与这种主流看法有所不同的文章,都会招致批评。比如红百灵认为民歌是有局限的:"为了发挥它唱的本能,不得不编得短小、句子齐整、韵律严整,才易记易唱。但正由于此,使它不能有更大的容量,其思想、境界、面积是有限度的";"我们大建设的时代需要豪壮的诗歌,除民歌外,还需要一种较大型的诗歌,而这一点是目前的短小的民歌所不能办到的"[3]。何其芳也认为民歌体是有限制的:"民歌体虽然可能成为新诗的一种重要形式,未必就可以用它来统一新诗的形式,也不一定就成为支配的形式。"[4] 卞之琳说:"诗歌的民族形式不应了解为只是民歌的形式。"[5] 红百灵、何其芳、卞之琳等只是客观地指出了民歌的局限,就被说成是"怀疑民歌""轻视民歌"、抬来"洋八股"与新民歌争主流等,受到猛烈的批判。

第二是对诗歌形式的看法。雁翼说:"诗歌下放,主要是指诗歌的思

---

[1] 周扬:《新民歌开拓了诗歌的新道路》,《红旗》创刊号,1958年6月1日。
[2] 贺敬之:《关于民歌和"开一代诗风"》,《处女地》1958年第7期。
[3] 红百灵:《我对诗歌下放的补充意见》,《星星》诗刊1958年第8期。
[4] 何其芳:《关于新诗的百花齐放问题》,《处女地》1958年第7期。
[5] 卞之琳:《对于新诗发展问题的几点看法》,《处女地》1958年第7期。

想内容,至于形式,它只是表现思想内容的一种手段。""民歌和街头诗能够表现人民的生活斗争,自由诗也同样能够。"① 在提倡新民歌已成为压倒之势的情况下,雁翼的说法不过是为自由诗争取生存空间而已,却受到责难。韩郁在《诗歌下放真正的涵义是什么》中说:"并不是所有的各种形式的好诗,都能为工农兵群众所接受,所喜爱。"② 尽管面临种种责难,何其芳还是坚持他的一贯看法。在回答"五七言民歌体是否应该成为今后新诗的统治形式或支配形式?人工地使它成为这样的形式到底是好还是坏?"这一问题时,何其芳指出:"我仍是我的老意见,最好还是从比较自然的发展中去形成一种支配形式,或者同时并存两种以上的主要形式,不要急于勉强地用人工去造成这种形式。勉强地用人工去造成的形式是不能持久的。中国新诗的历史不过四十年,但风行一时的主要形式却变更过好几次了。开头是初期白话体自由诗和小诗。后来是'豆腐干'体诗。后来又是自由诗。解放后最流行的是'半自由体'诗。现在好像是民歌体与半自由体并盛。……如果是用人工提倡的办法使五七言歌谣体统一天下,我看并非好事。道理很简单。如果五七言体就能解决诗歌的发展道路问题,五四新文学运动至少在诗歌方面是毫无意义,多此一举了。五七言体不是在五四以前早就存在吗?不是已经存在了一两千年了吗?……以白话代替文言这样一个文学语言的大改革,在诗歌方面是必然要产生新形式,产生和这种新的文学语言更相适应的新形式的。"③

第三是对五四以来新诗的评价问题。在这场有关诗发展道路的论争中,贬抑和否定五四以来的新诗成就是主调。有人甚至说:"五四以来的新诗革命,就是越革越没有民族风格,越写就越加脱离(不仅是脱离而且是远离)群众。"④ 雁翼不同意这种估计,他认为"过去的诗歌成绩是主要的,方向是正确的,发展也是基本健康的,但仍有些脱离群众的倾向"。⑤ 反对其意见的人则认为雁翼对新诗的缺点估计不够,冬昕在《新民歌是共产主义诗歌的萌芽》一文中说:"过去的新诗恐怕可以说成绩大,但缺点也大,主要表现就是它们并没多少传到工农劳动群众中去,并

---

① 雁翼:《对诗歌下放的一点看法》,《星星》诗刊1958年第6期。
② 韩郁:《诗歌下放真正的涵义是什么》,《星星》诗刊1958年第8期。
③ 何其芳:《关于新诗形式问题的争论》,《文学评论》1959年第1期。
④ 欧外鸥:《也谈诗风问题》,《诗刊》1958年第10期。
⑤ 雁翼:《对诗歌下放的一点看法》,《星星》诗刊1958年第6期。

没有多少真正受到工农劳动群众的喜爱","脱离民族形式和传统","同工农劳动群众的思想感情和语言很有距离"。① 何其芳在《再谈诗歌形式问题》一文中则认为,冬昕的说法是"比较简单一些的"。"不管怎样,五四以来的新诗,就其主要部分来说,仍是形成了自己的传统的。它给我们留下了一些优秀的作品。在今天来看,这个传统是有很大的弱点的,它和我国古代的诗歌传统相当地脱节。但用历史主义的观点来看,却又不能不承认五四以后的新诗对于中国诗歌的发展起了巨大的作用。用郭沫若同志的话来说,就是'起死回生'的作用。我们不能设想,衰敝了几百年的中国古典诗歌不经过这样一次大的革命,大的变化,还可能有什么出路。打破了一切古典诗歌的格律,竟至把诗的句子写得和散文差不多,在当时来说,实在是一种很大胆的创举。后来自由诗很流行,是和五四初期的这种'大破'的传统有关系的。"②

在民歌备受赞扬、新诗饱受责难、诗界权威人士预言民歌体将一统天下的大背景下,何其芳等人坚守自己的艺术良知,挺身而出,捍卫五四精神,肯定新诗诞生的伟大意义,显示了一个诗人的独立精神与担当意识,是难能可贵的。

围绕新民歌的发展而引发的关于诗歌的现代化与民族化的论争,尽管有何其芳、卞之琳、雁翼、红百灵等少数人发出了不同的声音,提出了一些有建设性的观点,但在高扬"三面红旗"的时代语境下,这场论争的结局却是一边倒的,即对诗歌民族化、大众化的唯我独尊式的强调,新民歌被视为诗坛的主流,新诗现代化的倾向受到扼制,新诗发展的道路越来越趋于狭窄。

六

1966年5月中共中央政治局扩大会议上通过由毛泽东主持制定的"五一六通知","文化大革命"爆发。延续十年之久的"文化大革命"对当代诗歌的影响是毁灭性的,许多诗人和学者被打成"黑帮分子""反革命",有的被迫害致死。这期间的诗歌多为群众性创作,强调歌颂"文

---

① 冬昕:《新民歌是共产主义诗歌的萌芽》,《星星》诗刊1958年第9期。
② 何其芳:《再谈诗歌形式问题》,《文学评论》1959年第2期。

化大革命"，强调批判"走资派"。"小靳庄民歌"与"批林批孔"诗歌等政治化写作铺天盖地。"文化大革命"要打破少数"文艺批评家"对文艺批评的垄断，新诗批评的任务主要由工农兵写作组来承担。"文化大革命"期间的新诗理论与批评是畸形的、极端政治化的。围绕张永枚的诗报告《西沙之战》、"小靳庄诗歌"和"西四北小学儿歌"所展开的评论，完全沦为"文化大革命"时期政治斗争的工具；"新诗向样板戏学习"口号的提出，则混淆了不同文体的界限，显示了新诗理论建设的贫乏与困窘。这一历史教训是极其深刻的。

1976年4月爆发的"天安门诗歌运动"标志着一个新的诗歌时代即将开始，诗歌说出了人民的心里话。不过也应看到，"天安门诗歌运动"仍是与当时的政治斗争紧紧纠缠在一起的，对当代诗歌的建设方面所起到的作用，远不及它在政治与社会学意义上的成就那样显著。

总的说来，1950—1976年新中国的新诗理论研究，尽管在诸如现代格律诗建设，以及抒情诗、叙事诗理论等方面的研究有相当的成果，但受那个时代政治环境与主流意识形态影响，更多的时候是呈现出单一化、政治化的美学特征。诗人和诗歌理论家身处巨大的政治漩涡中而难以自拔，很多重要的诗学问题被搁置。但是如果我们把眼光投射到大陆以外的中国台湾诗坛的话，却能发现一片与大陆诗学界全然不同的景观，就整个大中华诗坛而言，这又恰恰构成与大陆新诗理论的互补。

七

20世纪50年代中期，现代主义诗歌潮流开始在台湾涌动。在潮头上扛大旗的是由大陆渡台的诗人纪弦。1956年11月纪弦发起成立了"现代派"，并办起了《现代诗》季刊。纪弦在《〈现代诗〉季刊的宣言》中提出，"我们认为，在诗的技术方面，我们还停留在相当落后十分幼稚的阶段，这是毋庸讳言和不可不注意的。唯有向世界诗坛看齐，学习新的表现手法，急起直追，迎头赶上，才能使我们的所谓新诗到达现代化"。[①] 纪弦认为："自古以来，所有一切的诗，是不断在变的，但是变来变去，本质不变，而只有现代诗，是从根本上发生了变化的：现代诗的本质是一个

[①] 纪弦：《〈现代诗〉季刊的宣言》，《新诗论集》，大业书店1956年版，第51—52页。

'诗想';传统诗的本质是一个'诗情'。19世纪的人们,以诗来抒情,而以散文来思想;但是作为20世纪现代主义者的我们正好相反:我们以诗来思想,而以散文来抒情。现代诗在本质上是一种'构想'的诗,一种'主知'的诗,相对于传统诗天真烂漫的抒情,则显得有一种成熟的大人气。故说:现代诗是成人的诗;传统诗——特别是浪漫派的作品——是小儿的诗。"[1] 纪弦的这些主张,以及他在"现代派六大信条"中提出的"新诗乃横的移植,而非纵的继承""知性之强调"等,在诗坛引起了强烈的反响。比"现代派"晚些出现的蓝星诗社,针锋相对提出不同意见。余光中后来回忆说:蓝星诗社的成立,"是对纪弦的一个'反动'。纪弦要移植西洋的现代诗到中国的土壤上来,我们非常反对;我们虽不以直承中国的传统为己任,可是也不愿贸然作所谓'横的移植'。纪弦要打倒抒情,而以主知为创作的原则,我们则倾向于抒情"。[2] 蓝星诗社的发起人覃子豪则写出长文《新诗向何处去》,系统地、全面地对纪弦的主张加以批驳。针对要向世界诗坛看齐,要横的移植的说法,覃子豪指出:"中国新诗应该不是西洋诗的尾巴,更不是西洋诗的空洞的渺茫的回声,而是中国新时代的声音,真实的声音。……若全部为'横的移植',自己将植根于何处?外来的影响只能作为部分之营养,经吸收和消化之后变为自己的新的血液。新诗目前急需外来的影响,但不是原封不动的移植,而是蜕变,一种崭新的蜕变。"[3] 针对强调知性、排斥抒情的说法,覃子豪斥责道:"尤为愚妄的,竟有人以极放肆的语调,图驱抒情于诗的领域以外。现代诗有强调古典主义的理性的倾向;因为,理性和知性可以提高诗质,使诗质趋醇化,达于炉火纯青的清明之境,表现出诗中的含意。但这表现非藉抒情来烘托不可。浪漫派那种肤浅的纯主观的情感发泄,固不足成为艺术。高蹈派理性的纯客观的描绘缺少情致。最理想的诗,是知性和抒情的混合产物。"[4] 覃子豪的文章,不仅有破,而且有立。他针对纪弦的"现代派六大信条"及当时台湾诗坛的创作状况,提出了新诗的六项创作原则,如"诗的意义在于能给人类一份滋养,一份光亮","要考虑

---

[1] 纪弦:《从自由诗的现代化到现代诗的古典化》,《现代诗》新五号(第35期),1961年8月1日。
[2] 余光中:《第17个诞辰》,台湾《现代文学》第46期,1972年3月。
[3] 覃子豪:《新诗向何处去?》,《蓝星诗选·狮子星座号》,1957年。
[4] 覃子豪:《新诗向何处去?》,《蓝星诗选·狮子星座号》,1957年。

作者和读者之间存在的密切的关系……使读者进入作者的精神境界之中",诗的"实质是诗的生命","寻求诗的思想根源""从准确中求新的表现""风格是自我创造的完成"等。覃子豪提出的这六项创作原则,虽是在论辩中提出的,却也是他丰富创作经验的总结,颇具拨乱反正之意味。

余光中、覃子豪等蓝星诗人的主张,恰恰对纪弦的现代派理论构成一种制衡。这一点在台湾诗歌理论的发展过程中表现得非常明显。萧萧曾谈过:"台湾新诗美学的历史脉络中,呈现出断裂与锻接的特殊现象。……如果仔细探讨台湾新诗美学的发展,在角与角互斗的共构现象中,其实又有着心与心相钩的交叠关系。台湾新诗的发展,无疑受到西方主义流派的刺激,回首检视西方现代主义的发展,现代主义虽然是古典主义的反动,但在现代主义兴盛之时,古典主义、浪漫主义虽消沉而未消失;继之而起的意象主义、表现主义、象征主义、达达主义、超现实主义,交错而出,相互映照,虽有先后之别,但错综复杂的牵涉关系,正是交互叠映的实景呈现……如倡导新诗革命的纪弦以象征主义作为奋斗的目标,撰文著论,侃侃而谈,但仔细观察他的诗作却是道地的浪漫主义作风;20世纪80年代之后,现代主义席卷整个诗坛,凡创作无格律的白话诗篇不能不受其影响,但其中却有席慕蓉者以浪漫的传奇、甜美的语言,获得极大的回响。在西方,现代主义为'反浪漫主义'而来,在台湾,二者却和谐而共存。"①

萧萧所指出的台湾新诗美学发展中的二元对立与多方和谐,对于考察论争激烈,乱象纷呈的台湾诗论界,是很有意义的。

在纪弦的"现代派"解散、《现代诗》停刊后,《创世纪》诗社成了台湾现代主义诗歌创作的大本营。《创世纪》于1954年10月创刊,其核心成员是当时在军队服役的诗人洛夫、张默和痖弦,早期提倡"新民族诗型",影响不大。1959年4月,《创世纪》调整编辑思路,扩充版面,壮大作者队伍,接纳了岛内有创作实力的诗人。为适应此时台湾社会出现的西化趋势,大力借鉴外国诗歌,刊登了梵乐希、里尔克、凡尔哈伦、艾略特、阿波里奈尔等西方现代诗人的作品。在创作思想上,放弃了"新民族诗型"的主张,提倡以"存在主义"为哲学基础的"超现实主义",

---

① 萧萧:《拓展台湾诗学与美学的空间》,《现代新诗美学》,尔雅出版社有限公司2007年版,第365—366页。

强调直觉、感性，致力于潜意识的表现，把梦幻、本能、下意识看作艺术创造的源泉。出现了以洛夫的《石室之死亡》等有代表性，也引起巨大争议的诗作。对"超现实主义"带来的诗坛乱象，余光中提出了尖锐的批评，他把台湾诗坛上的超现实主义诗人称为"恶魔派"，并预言"恶魔派必然崩溃，因为它的哲学是否定的，它的题材日趋狭窄，态度日趋偏差，趣味日趋薄弱。这一派的作品，大致上说来，只能处理人性的变态，不能处理人性的常态；只见生活的丑恶面，不见生活的美好面；只见人生的冲突与矛盾，不见人生的和谐。……在如此狭窄的题材的限制下，恶魔派的作品复倡导暧昧与晦涩，这当然是互为表里的。他们否定经验内在的意义，更支离经验外在的面貌。由于相信人没有意义，他们进一步认为经验是不连贯的，破碎的；因为连贯而完整的经验足以构成人的意义。准乎此，这一派作品的一大特点，便是充满了纷然杂陈，虽甚强烈，却皆孤立的意象。读者但觉目迷五色，耳充万籁，如堕五里雾中，恍兮惚兮，莫知所从"。①

余光中是属于现代主义阵营的，他对台湾"超现实主义"诗人的批评，虽然尖锐，仍可视为是现代诗内部的论争。至于来自现代诗阵营外部的批评，那则是对现代诗的全面否定，要严酷得多了。

1972年2月关杰明在《中国时报·人间副刊》发表《中国现代诗人的困境》一文，对台湾诗坛盲目西化的现象予以锐利的批评："一个人可以把他传统的中国式老屋拆除，改建成一栋现代的西式洋房。可是这种理论不能推演到文学作品上去。只要中国人仍然使用中文，这种与欧美语文毫不相同的语文，那么作家忽视传统的中国文学，只注意现代欧美文学的行为，就是一件愚不可及而且毫无意义的事。不幸的是目前我们很多的作家们却正是如此。中国作家们以忽视他们传统的文学来达到西方的标准，虽然避免了因袭传统技法的危险，但所得到的不过是生吞活剥地将由欧美各地进口的新东西拼凑一番而已。"②

1973年7月，唐文标在《龙族》诗刊评论专号上发表《什么时代什么地方什么人——论传统诗与现代诗》，他称现代诗是廉价的，"诗人最大的错误地方不单只是文字语言问题，而是思想。今日的诗人有什么思想

---

① 余光中：《从古典诗到现代诗——但觉高歌有鬼神　焉知饿死填沟壑》，何欣编选《当代中国新文学大系·文学论争集》，天视出版事业有限公司，第186—187页。
② 关杰明：《中国现代诗人的困境》，《中国时报》1972年2月28、29日。

呢？依我来说，这些思想，是非常唯我独尊的，是晦涩而不近人的，诗人要高高地坐在'象'牙大厦上，要呼吸西方最自由无人的空气，要思想得像个贵族，享受俗人的欢呼，而不要和他们生活在一起。他们是不会走出来的，也永不会写出他们该看到、听到、或觉到以至思想到的东西，他们爱鸵鸟式埋首在艺术沙漠，在古典和西方间漂泊。这些诗人是活在另一个国度里。也罢，让他们走吧。世界上朋友还有很多，没有诗，没有诗人，我们也可以活得好，走得更远"。[1]

关杰明和唐文标对台湾现代诗的全盘否定，引起了诗坛的巨大震动。现代诗人和评论家纷纷写文章反驳。不过在批评与反批评的风浪过去之后，台湾的新诗该走什么道路也就较为明确了。围绕现代诗的论争，使大家看到了现代诗割断传统、崇拜西方、晦涩难懂，远离社会与读者的种种失误与不足，但也看到了现代诗人为推进新诗建设所做出的探索与努力，现代诗不断求新的精神，它对中国新诗艺术思维的更新与创作手段的丰富，也均给人留下了深刻的印象。

70年代以后，台湾新诗重新向现实主义回归。以"笠"诗社为代表的乡土诗人反对盲目西化，强调关怀社会民生；其写作摒弃了洋腔洋调，而是采用带有泥土气息的口语描述时代风云，表达当代人的心态。由新世代诗人组成的"龙族"诗社，则重视对中华文化精神的接续。70年代的台湾诗歌评论强调以民族传统为经、本土社会为纬，从而确定了现实主义的坐标。这种变化，标志着台湾新诗理论界不再强调少数精英脱离读者的精神冒险，而是重视诗歌与大众、与社会的联系，不再忙于急匆匆地向西天取经，而是踏踏实实地向东方回归、向民族回归。这显示台湾诗人在更高层次上的文学觉醒和对台湾社会总体性认识越来越深刻，也为此后台湾诗歌的多元发展、混声合唱，提供了有利条件。

现代主义诗潮在台湾虽有所式微，但地火却越过了台湾海峡，借助大陆改革开放的春风，在对岸燃烧起来，"朦胧诗人"与"第三代诗人"的崛起，则使大陆诗坛在80年代后呈现了全新的景观。

2017年10月28日

---

[1] 唐文标：《什么时代什么地方什么人——论传统诗与现代诗》，《龙族》评论专号，1973年7月。

诗歌：让心灵自由飞翔

2005年在广西玉林举行的一次诗歌研讨会上，一位记者向老诗人蔡其矫提出了一个问题："如果用最简洁的语言描述一下新诗最可贵的品质，您的回答是什么？"蔡老脱口而出了两个字："自由！"蔡其矫出生于1918年，逝世的时候虚岁是90岁，他的一生恰与新诗相伴，他在晚年高声呼唤的"自由"两个字，在我看来，应当说是对新诗品质的最准确的概括。

波兰天文学家哥白尼在公布他的日心说的文章（1540年的《初论》）的扉页上曾引用过阿尔齐诺斯的一句名言："一个人要做一个哲学家，必须有自由的精神。"其实，不只是做一个哲学家，做一个诗人，也一样要有自由的精神。诗歌写作是一种具有高度独创性的心灵活动，常常偏离文化常模，有时还会给世俗的、流行的审美趣味一记耳光，这就要求诗人有广阔的自由的心灵空间。在这个空间里，诗人的思绪可以尽情地飞翔，而不必受权威、传统、习俗或社会偏见的束缚。

伟大的诗人无不高度珍视心灵的自由。屠格涅夫在即将退出文坛的时候，曾向青年作家致"临别赠言"："在艺术、诗歌的事业中比任何地方更需要自由；怪不得连公文套语都称艺术为'放浪的'艺术、即是自由的艺术了。如果一个人的内心受到束缚，他还能'抓住'、'把握'他周围的事物吗？普希金对这一点体会很深，难怪他在那首不朽的十四行诗——每个新进作家都应该把它当作金科玉律，背熟和记牢它——里面说：'……听凭自由的心灵引导你/走上自由之路……'"惠特曼在《〈草叶集〉序言》中也强调了这点："有男人和女人的地方，英雄总是追随着自由，——但是诗人又比其他的人更追随和更欢迎自由。他们是自由的声音，自由的解释。"拜伦在他的长诗《查尔德·哈罗德游记》中也曾充分表达了对自由的热爱，他认为自由思想是诗人的一切精神生活中首要的和不可缺少的基本因素。

新诗在五四时期诞生不是偶然的。郁达夫曾说过,五四运动的最大的成功,第一要算"个人"的发现,从前的人,是为君而存在,为道而存在,为父母而存在,现在的人才晓得为自我而存在了。——由此看来,诗体的解放,正是人的觉醒的思想在文学变革中的一种反映。胡适要"把从前一切束缚诗神的自由的枷锁镣铐,笼统推翻"(《谈新诗》),康白情说:"新诗破除一切桎梏人性底陈套,只求其无悖诗底精神罢了"(《新诗的我见》),这样痛快淋漓地谈诗体的变革,这种声音只能出现在五四时期,他们谈的是诗,但出发点却是人。他们鼓吹诗体的解放,正是为了让精神能自由发展,他们要打破旧的诗体的束缚,正是为了打破精神枷锁的束缚。

艾青则这样礼赞诗歌的自由的精神:"诗与自由,是我们生命的两种最可宝贵的东西。"(《诗与宣传》)"诗是自由的使者……诗的声音,就是自由的声音;诗的笑,就是自由的笑。"(《诗论·诗的精神》)出于对诗的自由本质的理解,艾青选择了自由体诗作为自己写作的主要形式,在他看来,自由体诗是新世界的产物,更能适应激烈动荡、瞬息万变的时代。此后,废名(冯文炳)还做出了"新诗应该是自由诗"的判断:"我的本意,是想告诉大家,我们的新诗应该是自由诗,只要有诗的内容然后诗该怎样做就怎样做,不怕旁人说我们不是诗了。"(《新诗应该是自由诗》)我觉得,对废名"新诗应该是自由诗"中"自由诗"的理解,恐不宜狭窄地把"自由诗"理解为一种诗体,而是看成"自由的诗"为妥,废名这里所着眼的不只是某种诗体的建设,他强调的是新诗的自由的精神。

这些诗人在不同条件下关于心灵自由的论述,给我们留下了深刻的印象。诗人的心灵是否自由,直接关系到诗人的人格能否健全地发展,诗人想象能否自由的展开,以及最终能否写出富有超越性品格的诗篇。有了心灵的自由,才可能有健全的、独立的人格。一个伟大的诗人总是向读者敞开自己的心扉,自己是什么样的人,就承认是什么样的人。他不怕世俗的嘲笑和冷眼,无须乎给自己戴一副假面具,在任何情况下都敢于说真话,不去欺世盗名,不去迎合流俗,不去装神弄鬼,他用不着在帽子上插一枝孔雀毛来装饰自己,更不会昧着良心说谎。俄罗斯诗人叶赛宁坦率地承认:"我并不是一个新人,/这有什么可以隐瞒?/我的一只脚留在过去,/另一只脚力图赶上钢铁时代的发展,/我常常滑倒在地!"郭小川在回顾过去时不回避:"我曾有过迷乱的时刻,于今一想,顿感阵阵心痛；/我曾有过灰心的日子，于今一想，顿感愧悔无穷。"像这样坦率地自责，这样真诚地自剖，只能出自高度自由的心灵。读着这样的诗句，我们绝不会因诗人承认自己的不足而败坏他在我们心目中的形象，相反，正是在和诗人心灵的撞击中，更感到他人格的崇高。有了自由的心灵，诗人才能超越传统的束缚，摆脱狭隘的经验与陈旧的思维方式的拘囿，让诗的思绪在广阔的时空中流动，才能调动自己意识和潜意识中的表象积累，形成奇妙的组合，写出具有超越性品格的诗篇。诗永远是心灵的歌唱。伟大的诗人总是有些"想入非非"，他的灵魂是可以自由地往返于幻想与现实之间的。

保持作家心灵的自由需创造一定的外部条件，即一个社会应鼓励作家自由地畅想，自由地创作，自由地竞争，而不能让作家由于敢于思考，由于写出了富于独创性的作品而遭到危险和迫害。美国心理学家 C. R. 罗杰斯提出过有利于高度创造性活动的两个条件：一是心理的安全，一是心理的自由。这两个条件是紧密相关的，心理的自由在很大程度上是心理的安全的结果。当一个人在心理上感到安全时，他就不怕发展和表现他的异常思维，从而得到心理的自由。与这种主张相近，诗人杜甫早就提出艺术创造要"能事不受相促迫"（《戏题王宰画山水图歌》），这表明有一允许创作自由的社会环境对作家的创作来说是绝对必要的。反过来，如果社会环境缺乏创作自由，作家经常受到不适当的"促迫"，甚至是打击和伤害，动辄得咎，其内心处于不自由的状态，个性受到压抑，创造性的思维受到束缚，就很难有佳作问世了。保持心灵的自由还要有一定的内在条件。这就是说，在外界条件允许的情况下，固然要充分发挥自己心灵的自由，即使外界条件不允许也要尽可能地在内心深处为自己的心灵自由提供一种正常的防卫。这一要有勇气，要有自信。中国有句老话，叫"放胆文章拼命酒，无弦曲子断肠诗。"酒是不能拼命去喝的，文章却要放胆去做。为了保持心灵的自由，诗人应当有勇气直面人生，直面旧的习惯势力和世俗的种种压力，他不会受权威或世俗的限制和束缚，而往往是旧的习惯势力的叛逆者。二要能拒绝诱惑，甘于寂寞。一方面去掉功利之思，不慕繁华，不逐浮名，视功名富贵如浮云；另一方面要坚持自己的创作追求，恪守自己的美学理想，决不随波逐流。有了寂寞之心，才能甘于寂寞做人，才可能祛除杂念，排除内在的与外在的干扰，建立一道心理的屏障。

2014 年 2 月 10 日

新诗形式的底线在哪里？

新诗诞生伊始，其形式问题便成了聚讼纷纭的话题。坚持旧诗立场的论者，认为新诗不定型，没有固定的格律，因而不是诗。新诗阵营内部，对新诗形式的理解也是各执一端。另有一些诗人热心于现代格律诗的设计，希望能对新诗从形式上加以规范与定型，但这些设计最终也因无人追随而流产。进入新时期以后，跨文体写作风行一时，在昌耀、于坚、西川、侯马等人的诗集中，出现了不分行的随感、札记、杂文……从而给人的感觉是，新诗与其他文体的界线越来越模糊。这样，问题就发生了，新诗有没有最基本的形式要求？如果说有，新诗形式的底线在哪里？这些问题有待于通过诗歌界的研讨以取得共识，否则，新诗形式的界线无限扩展，新诗也就会慢慢地迷失、消融在各种文体之中了。

一 新诗唯一的形式是分行

"新诗唯一的形式是分行"，这句话是诗人废名讲的。我最早见到这句话，是在《诗探索》1981年第4期所刊载的《谈卞之琳的诗》，署名为"废名遗作"。文末附有废名侄子冯健男1981年2月26日所写的"后记"，其中写道："这篇文章，是从废名（冯文炳）未发表的遗稿中检出的。此文作于1947或者48年。据作者自云，当时卞之琳同志送给他《十年诗草》，因有此作"。1984年人民文学出版社出版冯文炳《谈新诗》，收进了这篇文章，但题目换成《〈十年诗草〉》，这篇文章比起《诗探索》的版本，在开头还多出了500字，主要是谈写作缘起。在这两个不同的版本中，下边这句话是完全相同的：

> 新诗本来有形式，它的唯一的形式是分行，此外便由各人自己去弄花样了。

废名这句话，给我印象极深。因为不少新诗理论方面的著作，谈起诗的形式大多要从体式、结构、语言、韵律、节奏、分行等谈起，一套一套的，现在废名竟把它简化为只有"分行"二字。由此我还想起冰心在《冰心诗全编》"自序"中的一段话："我在1921年6月23日，给北京《晨报》副刊写了一篇短文《可爱的》。当时的副刊编辑孙伏园先生说：'这篇散文很饶诗趣，把它分行写了，便是一首新诗。'从那时起，我便把我的许多'零碎的思想'分行写了，于是有了如《繁星》和《春水》那样的诗集！"

废名和冰心，这两位在中国现代文学史上有重要影响的诗人，出发的角度不同，却都把分行视为新诗最重要、最基本的形式，此中道理，不能不引起我的深思。

关于新诗的形式，我曾倾向过"分行+自然的节奏"的说法。随着时间的推移，我越来越趋向于认同"新诗的唯一形式是分行"这句话了。我认为，这既对新诗的形式有了一个最起码的规定，同时也给诗人的创作留下了最宽广的自由天地。在新诗创作越来越自由，越来越开放的今天，"新诗的唯一形式是分行"确乎可以作为新诗形式的底线了。

新诗的分行，使之在外形上同古典诗歌有了明显区别。我国古代诗集的体例通常是在诸如"五言古诗""五言律诗""五言绝句""七言古诗""七言律诗""七言绝句"等名目下，列出具体诗题，一题之下，诗句连排卜来，可点断而不分行。以分行的形式写新诗，系新诗人从西文诗歌学来的。闻一多曾充分肯定了这点，他说："新诗采用了西文诗分行写的办法，确是很有关系的一件事。姑无论开端的人是有意还是无心的，我们都应该感谢。"[①] 到现在，分行已成了散文诗以外的各体新诗的最重要的外在特征：一首诗可以不押韵，可以不讲平仄，可以没有按固定顿数组合的规则音节，但却不能不分行。

从心理学上说，分行可以提供一种信息，引起读者的审美注意，并唤起读者阅读新诗的审美期待。审美注意是人的心理活动向审美对象的指向和集中，是人们清晰而完整地认识作品的前提，也是顺利地进行艺术鉴赏的重要心理因素。审美期待则是在主体对审美对象多次定向反射后形成的

---

① 闻一多：《诗的格律》，《闻一多全集》第3卷，生活·读书·新知三联书店1982年版，第415页。

一种心理定势,只要接受某种刺激,便会形成相关的注意类型,为一定的鉴赏活动的展开,做好心理准备。在诸种文学形式中,诗是有其独特本质和与之相联系的一系列独特的表现手段的,比如它的主观性、抒情性、跳跃性、暗示性、象征性,以及高度凝练、往往又有多层含义的语言等。因此欣赏诗歌更需要唤起审美注意,需要意识到自己是在读诗,要用诗的眼光去衡量它。但是诗歌,特别是自由体新诗,每句字数不一,押韵比较自由,接近口语的自然节奏,如果不分行,读者也许不一定能立即判断它是诗,因而不能及时唤起对它的审美注意,就会影响欣赏效果。分行排列,则能给读者一个最醒目、最明确的信息,使读者一望便知这是一首诗,一下子就把新诗与其他的散文作品区分开来,并进而唤起读者的审美期待,意识到所面对的是一首新诗,要用读诗的态度,要从新诗特有的审美特征出发去欣赏它,把握它。这样读起来自然容易领会其中的妙处,获得一种心理上的满足。

　　以上所说分行的意义,是从诗的外部形态而言的。但分行的功能远不止于此。对诗人而言,分行排列的诗句,是诗人奔腾的情绪之流的凝结和外化,它不仅是诗的皮肤,而且是贯通其中的血液;不仅是容纳内容的器皿,而且本身就是内容的结晶。诗是高度集中,高度凝练,抒情性最强,最富于含蓄暗示,给读者留下再创造的天地最为广阔的文学形式。分行在一定程度上可以突出这些特征,增强诗性。新诗的分行,不仅是叙述的需要,更是传达诗人主观情思的有力手段。诗行应当适应诗人的感情波动而产生,并随着诗人情绪的流动、起伏和强弱,而发生或长或短、或疏或密、或整齐或参差的变化。当诗人激情到来的时候,他要突出某个意思,就会把这个关键词置于诗行最重要的位置,甚至一个词就占去一行;或者是利用循环出现的方式,反复吟咏,以示强调。特别是那种自由而不留痕迹的跨行,可使诗行随诗人情绪的流动而变化。因为一行诗不一定和一句话相当,有时一句话需要占用两个或两个以上的诗行。跨行可以使读者在视觉上和听觉上造成短暂的停顿,从而调整自己的欣赏心境,集中注意力去欣赏作者移到下一诗中的词句。这样便可以对最有价值的思想、最有光彩的语言起到强调作用,同时也可打破一行诗是一个独立的意义单位的固定格式,不是使读者的注意力封闭在一句之中,而是引导到一种曲折的流动的东西中去,使读者在鲜明的流畅的自然节奏中感到一种自由的力的流荡。

诗的分行不单是语序的简单显示，通过行与行的组合，它还可以告诉读者一些东西，而这些东西光靠语言自身是表现不出来的。格式塔心理学家认为，整体不是部分的简单总和，不是由部分的简单叠加决定的，而是由这个整体的内部结构和性质所决定的，他们提出了一套完形组织法则，表示人们在知觉时总会按照一定的形式把经验材料组织成有意义的整体。从这种完形组织法则来看，新诗的分行排列，不同于散文上下文的连接。当读者从整体上对诗进行观照的时候，分行自身就带来了一些新的东西。新诗那种或疏朗或稠密、或精短或绵长、或整齐或参差的分行排列，融入了诗人的情绪与体验，带有一定的主观性与跳跃性，因此有可能使行与行并置在一起的时候，迸射出奇妙的火花。在这种情况下，诗行自身的本来意义退居二位，而行与行的组合获得的新的意义倒是最重要的了。

　　新诗采取分行的形式，虽来自西方，却并非是对西洋诗的简单模仿，从根本上说是由汉语诗歌的内在特征决定的。闻一多指出："在我们中国的文学里，尤其不当忽略视觉一层，因为我们的文字是象形的，我们中国人鉴赏文艺的时候，至少有一半的印象是要靠眼睛来传达的。原来文学本是占时间又占空间的一种艺术。既然占了空间，却又不能在视觉上引起一种具体的印象——这是欧洲文字的一个缺憾。我们的文字有了引起这种印象的可能，如果我们不去利用它，真是可惜了。"[①] 诗人林庚也谈过汉字为汉语诗歌增添了非凡的空间艺术性能："语言文字是形成民族文化特征的一个组成部分，汉语的象形文字因此也带来了中国文化上、特别是诗歌上某些突出的特色。由于文字的象形性，很自然地容易唤起视觉上直接的参与，这就有利于语言上形象思维的更为活跃，而语言则原是基于概念的。象形同时又自然地带来了方块字，也就是单音字，尽管语言中也还有些多音词，如牡丹、葡萄之类，但也还是用多个单音字来把它组成，或者说都是由方块字来组成，而方块字本来就是属于空间而不是属于时间的，属于视觉而不是属于听觉的。"[②] 汉字的空间功能揭示了自然、社会与人的某些本质特征，揭示了物与物、人与人、物与人之间的种种复杂关系。每个汉字就其造字的来源和演变而言，都可能衍化为一幅画、一首诗。汉

[①] 闻一多：《诗的格律》，《闻一多全集》第3卷，生活·读书·新知三联书店1982年版，第415页。

[②] 林庚：《汉字与山水诗》，《文学遗产》1995年第6期。

字的笔画与结构可以直接诉诸读者的感官，在给读者鲜明的形象刺激的同时，还可唤醒他对事物自身的认识和感悟，激发他的想象。因此以汉字形态呈现的新诗分行，就其达到的视觉效果而言，应是远在用拼音文字书写的西洋诗歌之上的，也正是立足于此点，闻一多才提出了汉语诗歌所独具的"建筑的美"，而这"建筑的美"主要是通过独特的建行而造成的。

诗的分行是诉诸人的视觉的。从诗人的创作角度谈，分行排列可以把视觉间隔转化为听觉间隔，从而更好地显示诗的节奏。一首诗的内部总要有自然的停顿，这一停顿主要是根据人的呼吸的需要而出现的。诗行中音节的停顿是小的停顿，而诗行与诗行之间则自然出现一个较大的停顿。利用有规律的分行，可以造成视觉的间隔感，视觉的间隔感又可以勾起听觉的节奏感。

新诗的分行有着无限的可能性，给诗人留下了驰骋创造力的广阔空间。新诗与旧体诗词的最大不同，在于旧体诗词的形式是定型的，是有限的，诗人只能在既定的格局中戴着脚镣跳舞。而新诗的分行排列却有着广阔无垠的天地。闻一多曾对比过律诗的建筑美与新诗的建筑美的不同："律诗永远只有一个格式，但是新诗的格式是层出不穷的。这是律诗与新诗不同的第一点。做律诗无论你的题材是什么？意境是什么？你非把它挤进这一种规定的格式里去不可，仿佛不拘是男人、女人、大人、小孩，非得穿一种样式的衣服不可。但是新诗的格式是相体裁衣。……律诗的格律与内容不发生关系，新诗的格式是根据内容的精神制造成的，这是它们不同的第二点。律诗的格式是别人替我们定的，新诗的格式可以由我们自己的意匠来随时构造。这是它们不同的第三点。有了这三个不同之点，我们应该知道新诗的这种格式是复古还是创新，是进化还是退化。"[①] 闻一多所说的格式，正是我们所说的分行。新诗的分行的天地广阔，足以容纳所有的自由诗，以及形形色色的现代格律诗等。诗人可以根据所要表达内容的不同，为每一首诗确定一个独特的分行排列的方式，从而为诗人的想象提供了广阔的空间，为诗人的创作才华的展示设置了一个特大的舞台。

---

① 闻一多：《诗的格律》，《闻一多全集》第3卷，生活·读书·新知三联书店1982年版，第416页。

二 分行与"内在的情绪流"

对"新诗唯一的形式是分行"这一命题，光谈分行对新诗创作的意义还不够，还要从发生学角度，联系诗人的创作心理过程来做进一步的思考。

任何一个事物的形式既有其外在的特征，又有其内在的特征。柏拉图在他的《理想国》卷十中说有三种床：一种是神造的床，即床的理式；一种是木匠制造的床，即现实的床；一种是画家制造的床，即艺术品。前者依次是后者的蓝本，后者依次是前者的摹仿，柏拉图的"理式"并不是对现实事物的抽象与概括，而是超验的、永恒的精神实体。在他看来，"理式"作为万物之"共相"，是原型，是正本，现实界只是对它的摹仿，是副本。理式作为"共相"，是一种派生世界万物的客观精神实体。这种"理式"，并不是指自然物体的形式，而是一种观念形态的形式，自然是一种内形式了。柏拉图的"理式论"尽管有客观唯心主义的一面，但其对于思考形式的不同层次问题，确实能给我们一定的启发。实际上，我们可以把形式约略概括为由内向外、由理性到感性的三个层次：首先是内在观念性本质，其次是与之相联系的组合规则，最后是以物质形态呈现的外形。前二者可归结为内形式，后者即是外形式。比起外形式来，内形式与内容有着更为直接与紧密的联系，而且是很难将二者截然分开的。外形式是包括诗歌在内的一切文学艺术均具备的。绘画、雕塑、音乐等在视觉、听觉上的外在形式是谁都可以接触到的。诗歌作为一种语言艺术，情况要特殊一些，因为诗歌呈现在读者面前的是不同于绘画、雕塑、音乐等具象形态的一组组的语言符号，但是也无疑存在着某种物质的因素。因为我们在接触诗歌作品的时候，首先要经验一种视觉与听觉印象，这种印象是由作用于我们感官的外来刺激物引起的。我们在听别人朗诵诗的时候，我们能感触到一串串抑扬顿挫的音节流；我们在自己读诗时，我们眼中能看到分行排列的，或整齐或参差的文字符号，而在脑海中唤起的仍然是一串串声音的连续。这样看来，在我们接受诗歌的过程中，确实存在着一种客观的，不以主体为转移的客体，这就是用分行排列组织起来的文字（包含语音、韵律、节奏等）。这样看来，新诗的分行自然属于看得见、摸得着的外形式了。

如果从外形式出发，沿着诗人创作过程回溯，就会发现，语言符号唤起的首先是"象"，从心理学意义上说是表象，从诗学角度看是意象，这种"象"是在想象的空间中呈现的，比起现实时空中存在的事物，它不那么具体，不那么稳定，但是却有着可以自由流动与组合的无限可能。"象"的运动与组合则涉及诗人艺术思维的方式，诸如感受方式、提炼方式、构成方式等。与这种"象"相伴的是内在情绪流的消涨，即郭沫若所说的"诉诸心而不诉诸耳"的"内在的韵律"，或宗白华所说的"心灵的节奏"。上述种种，不能被外形式所包容，便是所谓内形式了。

内形式是诗人创造性的标志，也是一种心灵状态的形式，如同宗白华所说："形式里面也同时深深地启示了精神的意义、生命的境界、心灵的幽韵。……心灵必须表现于形式之中，而形式必须是心灵的节奏，就同大宇宙的秩序定律与生命之流动演进不相违背，而同为一体一样。"[①] 内形式的美靠肉眼是看不到的，这是需要用心灵才能把握的美，它所唤起的情感不同于日常生活中的情感，而是一种形式化了的情感，一种超出了现实利害的情感。

从诗人创造的角度看，不能把诗的创造理解为某种外形式的简单选用，再按照这种外形式的要求按部就班地填进内容。也不能从一个先验的经验出发，然后设想一种外形式去套这个先验的经验。诗歌创作的不可预见性表明，对诗的形式应该从发生学意义上去把握。在诗人的创作过程中，是内形式先在诗人头脑中成形，然后才会有外形式的书写。诗人的深厚的生活积累、丰富的想象力在进入创作高潮后，得以尽情地发挥，其丰富的表象在内心情绪流的催动下，不断地运动、碰撞，形成奇妙的组合，"胸中之竹"在诗人头脑中呈现了，诗人运用语言符号把它转化为"手中之竹"，便有了以分行为标志的外形式。古代诗人在把"胸中之竹"转化为"手中之竹"的时候，由于受定型的诗体的局限，只能在划定的圈子中起舞。新诗人在"胸中之竹"转化为"手中之竹"的时候，自由的分行则给他提供了一个极为开阔的空间，真正能做到如刘禹锡所说的"晴空一鹤排云上，便引诗情向碧霄"。诗人运用自由的分行，便如驾着排云而上的仙鹤，可在一个高远的空间尽情翱翔了。

---

① 宗白华：《哲学与艺术——希腊大哲学家的艺术理论》，《美学与意境》，人民出版社1987年版，第108—109页。

在谈及内形式时，很多时候会涉及诸如"内在的韵律""内在的旋律"等提法。郭沫若在1921年就提出"诗之精神在其内在的韵律（Intrinsic Rhythm），内在的韵律（或曰无形律）并不是甚么平上去入，高下抑扬，强弱长短，宫商徵羽；也并不是甚么双声叠韵，甚么押在句中的韵文！这些都是外在的韵律或有形律（Extraneous Rhythm）。内在的韵律便是'情绪的自然消涨'。……这种韵律异常微妙，不曾达到诗的堂奥的人简直不会懂。这便说它是'音乐的精神'也可以，但是不能说它便是音乐"[①]。郭沫若把"内在的韵律"说得很玄妙，实际上就是诗人"内在的情绪流"。诗人创作冲动到来的时候，内心会有一股情绪流在鼓荡，它或是如强烈的不断涌动的海浪，或者如温柔的不停拂动的清风……不同的情绪流会催生不同的意象，这种融汇了诗人的情感与意念的意象一旦出现并运动起来，一首诗的内形式便开始成形，当它通过语言符号转化为外形式的时候，分行便成了首要的也是自然的选择。

艾青在阐述自由诗的审美特征时，强调了两条，一条是自由的分行，另一条是自然的节奏。对此我一直是很认同的。最近反复思考"新诗唯一的形式是分行"，我觉得"自然的节奏"这一条，可以归结到"分行"这一要求中。因为"内在的韵律"属于诗人内心的活动，是看不见、摸不着的。通过"外化"转化为"外形式"的时候，必然要产生节奏感，这种节奏感，不局限于"五七言"。对新诗来说，内在的情绪流的"外化"集中表现在"分行"上。无论是田间式的类似鼓点的精短分行，还是郭小川"赋体诗"式那种绵长的长句，或是马雅可夫斯基楼梯式的排列……其实这些分行的形式中就带着自身的节奏，在不同的"分行"中就已暗寓着不同的节奏要求。因此，"自然的节奏"就不一定单独提出了。至于押韵、平仄、篇有定行、句有定字等要求，尽管也全属于"外形式"的范畴，但在自由诗为主体的新诗中，这些要求均是可有可无的，因此其意义远不能与分行相比。这样看来"新诗唯一的形式是分行"这一命题还是能站住脚的。

[①] 郭沫若：《论诗三札》，《文艺论集》，人民文学出版社1979年版，第204—205页。

三 新诗与散文诗的唯一界线

讨论新诗与散文诗的界线，我意必须把它们放到"大诗歌观"这一语境中。当代诗歌不只是新诗，而且包括旧体诗词、歌词、剧诗（诗剧）、散文诗等，因而可称为"大诗歌"。其中旧体诗词，自新诗诞生以来，就与新诗互相碰撞，争执不休，二者的审美特征不同，区别是明显的。最早的歌词本与诗歌是一体的，但后来歌与诗逐步分离，到现在歌词由于与音乐紧密配合的属性，已成为诗歌大范畴中一个相对独立的诗体，与新诗也有了明显的审美差异。剧诗，是指诗剧中的诗歌，紧密联系剧情而展开，或烘托诗剧的气氛，或展现剧中人物的内心，成为戏剧元素的重要组成部分，与新诗的区别也很鲜明。唯有新诗与散文诗的界线，历来纠缠不清。比如，在散文诗人耿林莽的散文诗集里，可以找到分行写的新诗；而在新诗人西川近年的诗集中，也收了一些不分行的诗。至于诗人、诗论家谈起新诗与散文诗的区别，也是众说纷纭，没有定论。

在我看来，新诗与散文诗都是诗，在诗性的根本要求上，没有区别。因此判断一首诗是新诗还是散文诗，有个简捷的方式，那就是看它是否分行。不管作者是新诗人还是散文诗人，不管作品是收在诗集还是收在散文诗集，只要用分行的尺度一卡，立马就阵线分明：分行写的是新诗，不分行的就是散文诗。

在结束本文的时候，还要再强调一下，说"新诗唯一的形式是分行"，当然不是说"分行"的就是诗。这正像旧体诗词写作中，打着"五律""七律"招牌的，也有大量非诗的东西存在一样。新诗的分行尽管有重大作用，但比起诗性来，它毕竟是第二位的，而不是构成一首好诗的决定性因素。真正的诗不分行，也不能掩盖其诗的本质，非诗的东西分了行，也丝毫不能令其增色。要写出一首好诗必须内外兼修，但决定性的还是诗人的才气、人格、胸怀与对诗性不懈的追求。

2015 年 10 月 27 日

当代诗歌：历史与现状

困惑与解蔽

——关于《中国诗歌通史·当代卷》写作的几点思考

就文学史写作而言，困惑就是面临种种难于破解的文学现象与问题时茫然而苦闷的心态，解蔽就是通过艰苦的资料搜集、梳理与认真的思考，拂去历史的浮尘，从而呈现出某一时段文学真相的过程。应当说，"中国诗歌通史·当代卷"的写作，就是从面临着一系列的困惑开始的。有些困惑在写作过程中是解开了——尽管其中有些可能是我们自认为解开其实却是未必解开的；还有些困惑则是我们感受到却无力解开的，只能先摆出来留给读者去思考，去求解。

先说说本卷命名的困惑。在中国悠久而丰富的诗歌发展史上，1949至2000年的新诗创作留下了弥足珍贵的一页，《中国诗歌通史·当代卷》正是在总结20世纪以来新诗发展历史经验的基础上，对这一阶段新诗进程所做的一个概要的叙述。也许对中国20世纪新诗创作较为恰当的命名应为"20世纪的中国新诗"，按照中国诗歌通史课题组分配的两卷的篇幅，则应为"20世纪的中国新诗上卷"与"20世纪的中国新诗下卷"。但这样一来，就与《中国诗歌通史》前八卷以历史朝代来命名的原则相背离，考虑到这阶段的政治格局与诗歌史的复杂状态，单纯以"民国诗歌"或"共和国诗歌"来命名，也有难于处埋的地方，于是就只好采用20世纪中国文学史所普遍使用的以1949年为界划分为"现代"与"当代"的办法，分成"现代卷"与"当代卷"了。按我们的理解，"当代"应当是当下的文学，处于现在进行时的文学，目前把已过去几十年的诗歌还放在"当代"的名义下来叙述，这只能是一种无奈的选择了。

再说说当代人写当代史的困惑。唐弢先生早就说过当代不宜写史，这话是深刻了解当代文学史写作的局限与难处才说出的，也只有亲自写过当代文学史的人才会对此有强烈的共鸣。《中国诗歌通史·当代卷》不同于《中国诗歌通史》其他各卷的写作，其他各卷都已与所描述的文学时段拉开了较长的距离，所论及的诗人与作品已经受了时间的自然淘汰，执笔者不再受当时政治的、思想的乃至人际的因素所左右，做出的评价相对而言会较为客观与公正。而当代人写当代史，就难免为当下的纷纭复杂的文学现象所干扰，其所论述的诗人诗作能否经得住历史的检验要打相当的折扣。如洪子诚先生所指出的："中国现代诗歌史的建构，从来不只是批评家、诗歌史家的事情；夸大一点说，诗人要更热衷，作用要也更明显。只要注意朱自清、闻一多、废名、袁可嘉、臧克家（还可以包括何其芳、艾青）等的工作，便能明白这一点。不过，像八九十年代这样的情况，那还是不多见的。在这二十余年间，有那么多的诗人通过各种办法参与对当代诗歌史秩序的建构，加入到为诗人、诗歌派别排定座次的活动中。"[①] 的确，这些年来出于"入史"的焦虑，一些诗人在"新诗经典化"的名义下，热衷于推荐最佳诗歌，编辑诗歌选本，编写年鉴、大事记、备忘录……诗人们所做的这些工作，当然有意义，有值得借鉴之处，但是我们也要注意不被某些诗人的宗派情绪所左右，不被那些自我标榜的宣言所迷惑，而是要立足于对史料的全面把握与辩证分析，善于在众说纷纭甚至互相抵牾的叙述中还原历史、发现真相。这对编写者的人格、良知与判断力来说，无疑是巨大的考验。

当然更大的困惑还是来自于如何面对1949至2000年这五十年间中国新诗所走过的曲折而反复的道路，如何处理留存下来的浩如烟海的诗歌文本、丰富而驳杂的诗歌现象。特别是《中国诗歌通史·当代卷》作为"中国诗歌通史"的子项目，不完全等同于一部单独的当代诗歌史，而是要在"中国诗歌通史"的整体框架下，遵循《中国诗歌通史》"多元一体，打通古今"的编写原则，对1949年以来中国新诗发展历程予以描述和总结。这就需要我们在《当代卷》的撰写过程中，注意古代诗歌与新诗的衔接、现代诗歌与当代诗歌的衔接，以彰显出贯穿古今的中国诗歌的独特精神。这需要我们认真把握新诗与古代诗歌的巨大差异及其内在联系，以及新诗在现代与当代不同发展阶段上的特征。我们在撰写中体会到，要破除种种困惑，客观地呈现当代新诗发展的概况，尤其需要妥善地处理好如下几组关系：政治文化与诗学文化的关系，地下写作与公开写作

[①] 洪子诚：《当代诗歌史的书写问题——以〈持灯的使者〉、〈沉沦的圣殿〉为例》，《文学与历史叙述》，河南大学出版社2005年版，第315页。

的关系，大陆诗歌与台港澳诗歌的关系，少数民族诗歌与汉族诗歌的关系等。

第一，政治文化与诗学文化的关系。1949年以后的新诗发展注定了与政治的剪不断理还乱的关系。政治对诗歌的支配性影响在50至70年代到了登峰造极的地步，诗人或是自觉的，或是在权力的引导、诱惑与压制下，把诗歌作为服务于现实政治的手段，宏大的集体性颂歌和战歌成为这些年间中国新诗的主潮。这期间对知识分子的思想改造，尤其是批判胡风集团、反右派、"大跃进"、"文化大革命"等政治运动，把诗歌紧紧地捆绑在政治的战车上，这在文学史上是极为罕见的。面对50—70年代的诗歌，不但要描述这一时期诗歌发展的基本形态，更要着重分析其何以如此，对诗歌背后那只"看不见的手"进行探究。我们在思考这一阶段的诗歌史时，不仅注意到来自外部的权力、体制、宣传机器的巨大压力，更要客观呈现1949年以后诗人在新社会到来之际的复杂心态。为此我们发掘了一些有价值的材料。比如"九叶"诗人辛笛的女儿王圣思曾提到，辛笛1949年到北京出席第一次文代会期间，曾领到一册代表纪念册，他请当时的著名诗人在纪念册上题词，这些题词现在还保留着，诸如："为人民服务，无畏地，无伪地"（胡风）；"歌唱人民"（何其芳）；"我们听到一个响亮的声音：人民的需要！"（冯至）；"过去我们善于歌唱自己，/今后必须善于歌唱人民。/但这种转变并不是容易的，/首先得离开自己，/真正走到人民大众中去"（苏金伞）[①]……正由于这些是写在一本私人纪念册上的话，从中可以看到诗人们此时的心态，他们是由衷地要转变自己的立场，要为新的时代而歌了。而辛笛感到自己的笔很难按新政权的要求写作，回到上海后就此搁笔，转入工业部门去工作了。那些还在坚持写作的诗人，则不得不放弃已形成的艺术个性，改变自己的诗风。再如50至70年代几次重大的政治运动，使得诗歌与政治联系得更为紧密。诗歌史对这些政治运动，重点不在介绍运动的一般过程，而是尽可能揭示这些运动在诗人心中的投影。在"百花时代与诗坛反右"一章中，我们较为详细地介绍了流沙河的《草木篇》被批判的情况。《草木篇》本是一组用象征和隐喻手法创作的散文诗，却被横加指责为"散发着仇视人民，仇视现实的毒素！

[①] 王圣思：《智慧是用水写成的——辛笛传》，华东师范大学出版社2003年版，第183—184页。

是向人民发出的一纸挑战书!"这种不讲道理、无限上纲的批判,不只把诗人从政治上压垮,而且连带着把隐喻、象征等诗歌独特的表现手法也批掉了,既然用隐喻暗示的写法招事,那么大家就只能去写直白单一但政治正确的抒情之作了。这样也就在较深的层次上揭示了50至70年代新诗文体的自律性被忽视,诗歌写作呈现单一化的颂歌与战歌形态的原因。

　　第二,地下写作与公开写作的关系。这是与50至70年代政治环境与诗歌生态密切相关的一组关系。通常的文学史所要处理的是在公开出版物上发表的文学作品,作家没有拿出来的作品自然不会成为论述的对象。50至70年代则不同,在公开出版发行的诗歌作品之外,还有处于地下的、非主流的、被遮蔽的一类诗歌存在。这类疏离于当时的政治化写作的大潮,发自那个时代被压抑的诗人的心底,在民间小范围传播的写作,即是所谓地下写作或潜在写作。从这种带有地下性质的诗歌写作中能够看出那一时代知识分子的多舛命运和精神世界。地下写作的作者可大别为两类。一类是一些已经成名的中老年诗人,在政治运动中遭遇灭顶之灾,被批斗、被流放,完全丧失了写作与发表的条件,但是他们依然在默默地坚持泣血式写作。被打成胡风分子关进监狱的彭燕郊,被发配到干校的牛汉,被打成"右派"、开除公职、押送到北大荒劳动教养、后又被遣返原籍在修建队从事沉重体力劳动的唐湜……这些诗人在巨大的苦难面前仍在默默地坚守着一个诗的梦想。实际上,诗歌写作成了那个苦难时代唯一使这些诗人能坚持活下去的精神力量。他们在寂寞孤独中展开想象的翅膀,在沉重苦难的现实中幻化出美的诗行。另一类是以知识青年为主体的地下诗歌群体。正是在"文化大革命"的愚昧的宗教狂热和怀疑一切、打倒一切的过激行动中,一些一度卷入群众运动的青年最早萌发了怀疑意识与叛逆精神。在城市的角落带有小圈子性质的文艺沙龙、读书小组、诗歌朗诵活动在秘密展开。继之而来的上山下乡,把这些青年抛到了社会的最底层,在那绝望而无告的日子里,他们中一些人找到了诗——这种最简单的也是最有力的宣泄内心情感、寻求心灵与心灵对话的方式。当时他们的作品无从发表,只是靠诗友之间互相转抄、传阅,更无稿费一说。正是在这种没有世俗的诱惑、没有功利的计较的背景下,诗人的心灵得到了净化,诗也回到了它的自身,并孕育了诗歌界一代新人的崛起。其中有代表性的是先驱诗人食指,以及白洋淀诗歌群落、贵州高原诗人群的创作。与当时的主流诗坛相比,那些遭受迫害的老诗人及知青诗人在极为艰难的条件下,冒着风险，以知识分子的担当精神，用诗的形式记录了一代人的灵魂搏斗的历史，代表了那个时代诗人的精神高度与艺术创作的水准，具有较高的诗学价值。

由于有些地下写作的成果是到了新时期以后才公开发表的，因此判断是否是真正的"地下写作"，最重要的是还原历史，鉴别材料的真伪。我们认为，确定是否"地下写作"，不能光看诗人所注明的写作时间，而是要有旁证。比如白洋淀诗群的地下写作，是有不同诗人的回忆可以互相印证的，而且还有一些当年写诗、传抄的本子等实物保留了下来。北岛、芒克主编的《今天》，虽说不是公开出版的，却有当年一册册油印的刊物在，因而可确定为真实的"地下写作"。至于有一些"地下诗歌"，只有诗人自己标注的写作时间，而目前又没有找到其他证据证明是写于那个时代，为了慎重起见，我们就未予采用。

第三，大陆诗歌与台港澳诗歌的关系。两岸四地的中国人同是炎黄子孙，两岸四地的诗歌文化亦是你中有我，我中有你。撰写当代新诗史，理所当然应当包括两岸四地的内容。但是由于政治体制、文化环境等因素，作为当代中国诗歌重要组成部分的台湾、香港、澳门地区诗歌，很难插到1949年以后大陆诗歌的各个阶段来叙述，所以我们单设了最后两章给台湾和港澳诗歌。

台湾与港澳诗歌尽管是单独设章论述，实际上与大陆诗歌是互补而存在的。在30至40年代，大陆曾出现过现代主义的诗歌潮流。但1949年后，这股现代主义的诗歌潮流却在中国大陆大一统的诗歌领域中消失了。然而，这股潮流并没有就此泯灭，而是转移到了台湾等地。曾经是大陆30年代《现代》诗群主要成员的纪弦（路易士），1953年在台湾创办了《现代诗》杂志，很快在这个刊物的周围聚集了一批现代诗的作者。到了50年代末又出现了《创世纪》诗群，把台湾现代主义诗学推到了新阶段。70年代台湾的现代主义诗潮受到乡土诗的挑战，呈现某种衰颓之势的时候，大陆诗坛中断了二十余年的现代主义诗潮却开始涌动了。这里仅以对中国现代主义诗潮的研究为例，表明只有把大陆与台港澳诗歌联系起来考察，才能做出符合实际的结论。

第四，少数民族诗歌与汉族诗歌的关系。中国是由56个民族组成的一个大家庭，不同的民族有不同的语言、不同的文化传统，以及不同的诗歌形态，汇聚在一起才形成了中华民族的丰富壮丽的诗歌史。诗歌创作的核心因素是语言。诗人与世界的关系，体现在诗人和语言的关系中。海德格尔说："诗乃是一个历史性民族的原语言。"[①] 可见诗歌正是源于一个民族的历史深处，而一个民族诗人的心灵，也正是在该民族语言的滋润与培育之下，才逐渐丰富与完美起来的。黑格尔指出："艺术和它的一定的创造方式是与某一民族的民族性密切相关的。"[②] 对于一个民族群体来说，共同的自然条件和社会生活，使他们在世代繁衍过程中，能够自觉地根据有利于群体生存发展的原则来行动，形成在观察处理问题时的特殊的视点、思路和心理定势，表现出共同的心理素质。这种共同的心理素质通过一代一代的实践积淀于心理结构之中，又会作用于民族成员的一切活动，包括诗歌创作活动。在长期的民族融合过程中，今天的中国诗坛，就语言方式说，已形成了以现代汉语为主体，以其他民族语言为辅的诗歌写作局面。限于条件，我们无法阅读以少数民族语言书写的优秀诗歌，因此也就无法把这部分诗歌写入我们的当代诗歌史了。所幸的是，随着各民族地域经济的快速发展，各民族文化的交流与融合，采用现代汉语写作的少数民族诗人越来越多。少数民族诗人使用主流民族的语言写作，并不意味着其民族特点的丧失。一个少数民族诗人的民族性，主要表现在长期的民族生产方式和生活方式下形成的观察世界、处理问题的特殊的心理定势和思维方式，那种烙印在心灵深处的民族潜意识，那种融合在血液中的民族根性，并不会因说话方式的不同而改变。相反，借助于主流民族语言的宽阔的平台，少数民族的特殊的民族心理和民族性格反而能得以更充分的表现。

少数民族诗歌是中国当代诗歌的极为重要组成部分。鉴于《中国诗歌通史》已设置少数民族诗歌卷，当代卷就没有为少数民族诗人列专章论述，而是穿插在各章中对当代重要的少数民族诗人做了介绍与评述，涉及牛汉、纳·赛音朝克图、克里木·霍加、巴·布林贝赫、饶阶巴桑、金哲、晓雪、查干、高深、木斧、吉狄马加、巴音博罗、冉冉、吉木狼格等。其中像牛汉这样重要的少数民族诗人，根据他的贡献和诗歌成就，我们在诗歌史上给了他与汉族最优秀诗人完全相当的地位和篇幅来加以

[①] ［德］海德格尔：《荷尔德林和诗的本质》，《荷尔德林诗的阐释》，商务印书馆 2000 年版，第 47 页。

[②] ［德］黑格尔：《美学》第 1 卷，商务印书馆 1979 年版，第 362 页。

论述。

　　最后要说明的是，作为《当代卷》的执笔者，我们不是法官也不是史官，而只想以同代人的身份，对当代的诗歌创作按照我们的理解予以梳理和描述，一方面求教于同代的诗人与读者；另一方面则是为后人书写这一段诗歌史提供一些较原始的资料，并贡献当时人的一种见解而已。而且我们相信，书写一定时代的文学史，可以有不同的立场，不同的角度，这里所提供的仅是我们个人的一种立场与角度，也许正是在不同立场、不同角度的碰撞与交流之中，对一段文学史的描绘才能更确切与清晰起来。

《中国诗歌通史·当代卷》绪论

中国是个有着五千年文明史的古国,也是诗的泱泱大国。五千年的灿烂文化,辽阔的地理空间,中华民族独特的审美心理结构,使中国这片土地上呈现了不同于世界上其他民族地域的诗歌景观。中国诗歌是与西方文明相抗衡的东方文化精神的鲜明体现与集中代表。中华民族在这片苦难的大地上生生不息的追求,他们对这片土地的刻骨铭心的热爱,他们在真善美与假恶丑的矛盾抗争中显示的崇高的精神风范,他们作为支撑中华文化的栋梁与杠杆所发挥的作用,无不在中国诗人的笔下显露出来。五四前后,中国诗歌受到来自西方文化的剧烈冲撞,新诗诞生了。新诗无论思想情感内涵还是外部形态都与古典诗歌有明显差异,但是民族的心理定势、诗歌文化的固有传统、积淀在中国历代诗人意识与潜意识中的诗歌审美观念的共性成分,使新诗与古典诗歌之间依然有着割舍不断的内在联系,贯通着发展了的但又有着同一性的诗歌精神。1949年,中华人民共和国的成立,不仅掀开了中华民族历史崭新的一页,而且对此后中国文学艺术事业的发展产生了深远的影响。1949年以后的中国新诗,无论其生存环境还是发育形态,无论是传达的内容还是表现的手段,都打下了独特的时代的印痕。如今已进入了新世纪,在这段历史渐行渐远,中国的政治环境与文化环境发生了重大变迁的背景下,回顾一下中国新诗在20世纪后半期所走过的道路,对这些年间新诗创作、理论、流派、思潮等做一梳理与反思,并对这一时期诗歌创作中提出的某些规律性的东西予以初步的探讨,正是当代的诗歌研究者所应负的历史责任。

1949至2000年的中国新诗,在中国悠久而丰富的诗歌发展史上留下了弥足珍贵的一页,《中国诗歌通史·当代卷》则是对这一段诗歌发展的简略叙述。也许对中国20世纪以新诗为主体的诗歌创作较为恰当的命名应为"20世纪的中国新诗",按照中国诗歌通史分配的两卷的篇幅,则应为"20世纪的中国新诗上卷"与"20世纪的中国新诗下卷"。但这样一来，就与《中国诗歌通史》前八卷以历史朝代来命名的原则相背离，考虑到这段诗歌史的复杂状态，单纯以"民国诗歌"或"共和国诗歌"来命名，也有难于处理的地方，于是就只好采用20世纪中国文学史所普遍使用的以1949年为界划分为"现代"与"当代"的办法，分成"现代卷"与"当代卷"了。按编者理解，"当代"应当是当下的文学，处于现在进行时的文学，目前把已过去几十年的诗歌还放在"当代"的名义下来叙述，这只能是一种无奈的选择了。

一 与政治的无休止地纠缠

中国诗歌由古典诗歌向现代诗歌的转换大致发生在20世纪的10年代与20年代之交，新诗作为自由的精灵，在冲决了旧诗的藩篱后，渴望在广阔无垠的天宇中自由自在地翱翔，无奈在中国五四以来的特殊社会环境与时代氛围下，新诗与政治的无休无止地纠缠，新诗与传统的审美习惯的冲撞，就像一双沉重的翅膀拖着它，使它飞得很费力、很艰难。这一点在1949年以后的诗歌中，表现得尤其明显。当代诗歌注定了与政治的剪不断理还乱的关系。一方面是政治对新诗的制约，诗人或是自觉的，或是在权力的引导、诱惑与压制下，把诗歌作为服务于现实政治的手段；另一方面，80年代以后部分诗人或出于构建"纯诗"的幻想或出于对诗歌从属于政治的逆反心理，有意识地使诗的创作与现实的政治疏离，却未尝不可以看作是对另一种形态的政治的趋近。

中国新诗诞生与成长的过程，是与救亡图存、抵御外来侵略和国家统一的斗争紧紧交织在一起的，这使其无法成为一场纯粹的艺术变革。在民族矛盾尖锐、国难当头的情况下，诗人自觉地把自己的责任与民族解放、民族兴亡联系起来。诗人们走出了书斋，走向了前线。诗歌则向"广场艺术"靠拢，不只是浪漫的抒情被放逐，连五四以来的新诗创作"纯诗"的尝试、精致的音律的寻求等也被搁置了。这是诗人对政治的主动的感应，也是中国古代诗人关心国计民生的人文情怀的延续。这一点在后来的天安门诗歌运动、在新时期诗人所做出的历史反思中，均有鲜明的表现。

除去诗人在国难当头和面临社会重大变革的时候，对自己的创作自觉地做出的调整外，政治对诗歌的影响，又尤为鲜明地表现在权力与主流意识形态对诗歌的干预上。在战争时期，解放区的诗歌从现实的政治需要出发，强调诗歌的社会功利性，把诗歌作为教育人民的工具、打击敌人的武器。文艺整风则使诗人放弃了自己的知识分子身份，如田间所说："我要使我的诗成为枪，——革命的枪。"[①] 如严辰所说："在未来的新社会里，及在今天的新环境里，已经完全是集体主义了。只有集体才有力量，只有集体才能发展，非个人时代可代替的。在诗歌上发现个人的东西，早已不再为人感到兴趣，从天花板寻找灵感，向醇酒妇人追求刺激的作品，早就被人唾弃，早就没落了。只有投身在大时代里，和革命的大众站在一起，歌唱大众的东西，才被大众所欢迎。"[②] 很明显，在这种高度张扬集体主义的大环境中，诗人的自我被放逐，诗越来越偏离它的本质，而成为政治宣传的工具。从此，随着革命战争的节节胜利，政治化的现实主义成为诗歌创作的唯一指导原则，政治化的意识形态标准成为评价诗歌的唯一标准。强化这种诗学形态，坚决抵制一切与之不符的思潮与理论，成为由解放区刮起的一股强劲的旋风，一直吹到新中国成立以后。

从50年代到70年代，诗歌受到政治的严格的制约，这既表现在诗人的选材、取象、抒情方式、语言风格上，也表现在诗歌的生产机制、传播方式，以及诗歌批评与诗歌论争上。这一时期的诗歌，不断地被政治性的意识形态所同化，颂歌与战歌成为主流，诗人的自我形象消失，创作日益走向一体化。到了"文化大革命"期间，"小靳庄民歌"与"批林批孔"诗歌等政治化写作铺天盖地，诗歌一度沦为"四人帮"篡党夺权的舆论工具，这一历史教训是极其深刻的。

粉碎"四人帮"后，随着"实践是检验真理的唯一标准"的讨论，随着思想上、政治上的一系列拨乱反正，诗人们从噩梦中醒来，在讲述了一个个"在漫长冬夜等待春天的故事"[③] 之后，开始对前一时期的诗歌创作与诗歌理论进行反思，对极端政治化的伪现实主义与矫饰浮夸的伪浪漫主义予以尖锐的批评。针对多年来诗坛上只有颂歌与战歌，针对那种把诗歌作为政治工具的倾向，诗人们说："诗总是诗，革命诗歌不是革命口号，不能成为单纯的时代精神的传声筒。"针对诗坛上多年来流行的假

---

① 田间：《拟一个诗人的志愿书》，《抗战诗抄》，新华书店1950年3月发行。
② 严辰：《关于诗歌大众化》，《解放日报》1942年11月2日。
③ 白桦：《五点和诗有关的感想》，《诗刊》1979年第3期。

话、大话和空话，诗人们提出"诗人必须说真话"，"应该受自己良心的检查"。① 正是在这种背景下，五四时期的新诗的自由精神得以一定程度的回归，新时期的诗坛呈现了前所未有的繁荣景象。

尽管如此，诗歌依然未能摆脱与政治的纠缠。政治一打喷嚏，诗歌就咳嗽，一些应景的节日诗、表态诗、宣传诗、教化诗依然存在，只不过这类诗在新时期已难有大的影响了。值得一提的，倒是这时期诗与政治的关系的另一种走向。80年代中期以后，部分年轻诗人中，有一种明显的疏离政治的倾向，他们把诗看成是与政治绝对无关的、纯而又纯的东西，于是在"个人化"写作的旗号下，写感觉、写本能、写欲望、展示琐屑的生活流……从文学的规律上看，这种对自我的回归，有其一定的必然性与合理性，是对长期以来的把诗歌绑在政治的宣传车上的反拨。但龟缩于个人的小天地，把一个诗人的责任、良心、承担完全置之度外，刻意回避与社会、与他人、与时代的关系，把本可多向度呈现的诗歌引向另一种窄狭，也并非诗之幸事。诗歌的特质是多元的，审美是其基元，同时也内蕴着多向展开的可能。诗歌有强大的胃，可以消化一切，不管是肉、是草，还是石头、土块。凡人文领域涉及的东西，诸如哲学、政治、宗教、伦理……诗没有不可以介入的，当然不是作为哲学、政治、宗教、伦理等的直白宣示，而是以诗歌的把握世界的独特方式，把它们融化、再造，转化为诗人生命的一部分，成为诗的有机体。把诗仅仅局限于个人的狭小空间，忽视了广阔的宇宙，并非诗之坦途。对一位真正的诗人来说，如何在最具个人化的叙述中容纳最为丰富的历史与哲理内涵，如何把自由精神与人文关怀融为一身，这才是对一个诗人的才华与创造力的检验。

进入90年代以后，中国社会的政治文化发生了重大的转型，随着以广告为运作基础、以提供娱乐为主要目的的大众文化传媒日益取代了以诗为代表的高雅文化的影响力，随着人文知识分子的日益边缘化，诗的自由精神面临严重的挑战。那些想以诗的高贵来装点自己的诗人开始从诗坛撤离，或直接"下海"，到商品经济的领域去施展拳脚；或受经济利益驱动，成为地摊文学或企业文化的写手……然而就在一些人或永久或暂时地弃诗而去的时候，偏偏有另一些人对诗痴情不改。他们凭藉自由精神所赋

---

① 《诗刊》记者：《要为"四化"放声歌唱——记本刊召开的诗歌创作座谈会》，《诗刊》1979年第3期。

予的独立的价值判断，在重商主义与大众文化的红尘中傲然挺立，心甘情愿地充当寂寞诗坛的守望者。他们恪守的不只是诗人的立场、诗人的人格，同时也在恪守五四以来新诗的自由的精神。在他们身上，体现着诗的未来，诗的希望。

二 与传统的审美习惯的冲撞

新诗在当代处境的艰难，还来自于新诗与传统的审美习惯的冲撞。中国古代诗歌有悠久的历史，有丰富的诗学形态，有光耀古今的诗歌大师，有令人百读不厌的名篇。这既是新诗写作者的宝贵的精神财富，同时又构成创新与突破的沉重压力。面对中国古典诗歌的悠久的传统，中国现代诗人的情感是复杂的。五四时期的新诗缔造者们，以一种不容置辩的态度揭竿而起，为了冲破中国传统诗学的沉重压力，他们选择的是面向外国寻找助力，从异域文学中借来火种，以点燃自己的诗学革命之火。但与此同时，不时流露出的则是由他们骨子里的民族文化的基因所决定的对古代诗歌意境与表情方式的欣赏，对博大精深的古代诗歌美学的眷恋。正是对待传统的复杂心态，使他们无法摆脱"影响的焦虑"，就如布鲁姆所说："诗的影响已经成了一种忧郁症或焦虑原则"，"一部成果斐然的'诗的影响'的历史——亦即文艺复兴以来的西方诗歌的主要传统——乃是一部焦虑和自我拯救之漫画的历史"。① 焦虑留给诗人的不仅是痛苦的经验，而且有可能使诗人对诗的创作前景怀有恐惧、丧失信心。为了摆脱这种焦虑，诗人们往往采取与前人"对着干"的态度，所谓"做迥然相反的事也是一种形式的模仿"，"面对着'伟大的原作'，诗人不得不去吹毛求疵以找到那实际上并不存在的缺点，而且是在仅次于最高级的想象天才的核心中去寻找"②。五四时期，新诗的缔造者们对旧诗的传统发起的抨击，有一些明显是情绪化的，是过火的："五七言八句的律诗决不能容丰富的材料，二十八字的绝句决不能写精密的观察，长短一定的七言五言决不能

---

① [美]哈罗德·布鲁姆：《影响的焦虑》，徐文博译，生活·读书·新知三联书店1989年版，第6、31页。
② [美]哈罗德·布鲁姆：《影响的焦虑》，徐文博译，生活·读书·新知三联书店1989年版，第32页。

委婉达出高深的理想与复杂的感情。"① 像这样不加区分地把近体诗的形式一概打倒，以及把古典诗歌归结为"贵族文学"云云，无疑都是简单化的。至于胡适所提倡的"诗体大解放"，其实应涉及诗的审美本质、诗歌把握世界的独特方式、诗人的艺术思维特征、诗歌的艺术语言等多层面的内容，但胡适仅仅从语言文字的层面着眼，他要建立的是"白话诗"，在这里，诗人的主体性不见了，诗人的艺术想象不见了，而"有什么话，说什么话；话怎么说，就怎么说"②则取消了诗与文的界限，取消了诗歌写作的技艺与难度，诗歌很容易滑向浅白的言情与对生活现象的实录。胡适对新诗的这种认识，不光使他自己的诗歌成就大打折扣，而且也影响到新诗草创时期的部分诗人，导致有些诗作铺陈事实，拘泥具象，缺乏想象的飞腾，淡而乏味，陷入"非诗化"的泥淖。诗是自由的精灵，强调的是诗人精神的解放，个性的张扬，艺术思维的宽阔辽远，至于落实到写作上，却不能不受媒介、诗体等的限制，即使是自由诗，也并非不要形式，只是诗人不愿穿统一的制服，不愿受定型的形式的束缚而已，具体到每一首诗的写作中，他仍要匠心独运，为新的内容设计一个新颖而独特的形式。正如艾略特说的："对一个想要写好诗的人来说，没有一种诗是自由的。谁也不会比我更有理由知道，许许多多拙劣散文在自由诗的名义下写了出来。"③ 实际上，五四时期许多诗人就已看出自由诗并不好作："一面是解放，一面却是束缚，一面是容易写作，一面却是不容易作好。"④ 俞平伯也认为："白话诗的难处，正在他的自由上面。他是赤裸裸的，没有固定的形式的，前边没有模范的，但是又不能胡诌：如果当真随意乱来，还成个什么东西呢！所以白话诗的难处，不在白话上面，是在诗上面；我们要紧记，做白话的诗，不是专说白话。"⑤

新诗与传统的审美习惯的冲撞，还鲜明表现在新诗人与持有旧的诗学观念的读者身上。恐怕没有任何新的文学形式的诞生像新诗的诞生遇到那样大的阻力。新诗一出现就面临着强大的反对声浪，质疑与责难的声音始

---

① 胡适：《谈新诗》，《星期评论》"双十节纪念号"第五张，1919年。
② 胡适：《〈尝试集〉自序》，《胡适文存》，黄山书社1996年版，第148页。
③ [英] T. S. 艾略特：《诗的音乐性》，《艾略特诗学文集》，王恩衷编译，国际文化出版公司1989年版，第186页。
④ 康白情：《新诗底我见》，《少年中国》第1卷第9期，1920年3月15日。
⑤ 俞平伯：《社会上对于新诗的各种心理观》，《新潮》第2卷第1号，1919年10月。

终伴随着新诗的成长不绝于耳。所谓给多少块大洋也不读新诗云云,是不讲前提的,不问新诗的好坏一律加以拒斥。这是因为新诗动摇了旧诗的根基,违背了传统的审美习惯,因而引起了某些读者的反感。70年代末80年代初,伴随着"朦胧诗"的出现而发生的那场诗歌论争,首先也是由于年轻诗人的艺术探索与某些持有传统诗观念的批评家审美习惯发生冲突的结果。诗歌鉴赏,从现代认知心理学看来,是一种信息的交流活动。由诗作发出的信息,只有与主体的审美心理结构相适应,才能被接收、被加工。审美心理结构与审美对象输入的信息相遇,不仅能决定主体感知理解的内容,而且能决定是否产生愉悦的审美体验。诗歌读者的审美心理结构的形成,从宏观来考察,是人类世世代代审美经验的积淀;从微观来考察,则是个人有生以来的审美经验的总和。美国美学家托马斯·门罗指出:"从根本上说来,人们对艺术作品的反应也同对其他事物的反应一样,取决于从婴儿起就开始形成的长期习惯。"[①] 以我国读者的诗歌审美观念来说,它的源头可以上溯到三千多年前我国的古典诗歌开始出现的时候。先秦时代形成的"风、雅、颂、赋、比、兴"即所谓诗之"六义",其影响一直绵延到今天。我国古典诗歌到唐代进入鼎盛时代,各种诗体备具,形成了完整的格局。自此以后,古典诗歌代代相传,形成了一种超稳定性,即使是新诗诞生多年以后,旧体诗还有相当大的读者群以及数量可观的作者。

　　与有着三千年辉煌历史的古代诗歌相比,新诗只能说是步履蹒跚的小孩子。新诗的艺术上的创新与完美固然有待时日,读者的诗歌审美心理结构的改变也是个漫长的过程。为弥合新诗尤其是自由诗与传统的审美方式距离过远,新诗人也做了不少工作,诸如何其芳、林庚等为构建与古典诗歌格律有所衔接的新体格律诗的努力,尽管收效不大,但这种尝试精神却是可贵的。从新诗发展的历程来看,新诗的草创阶段,那些拓荒者们首先着眼的是西方诗歌资源的引进,但是当新诗的阵地已巩固,便更多地回过头来考虑中国现代诗学与古代诗学的衔接了。卞之琳说:"在白话新体诗获得了一个巩固的立足点以后,它是无所顾虑的有意接通我国诗的长期传

[①] [美]托马斯·门罗:《走向科学的美学》,中国文艺联合出版公司1984年版,第107页。

统,来利用年深月久、经过不断体裁变化而传下来的艺术遗产。"① 自 20 世纪 90 年代以来,我们明显地看到了新诗人正在清除对自己文化传统的轻视和自卑的偏见,深入地挖掘中国诗学文化的优良传统,结出了一批植根在民族文化之树上的诗的果实。

三 中国大陆当代诗歌发展脉络

在中国悠久而丰富的诗歌发展史上,中国当代诗歌(1949 至 2000 年)留下了弥足珍贵的一页,《中国诗歌通史·当代卷》正是在总结 20 世纪以来新诗发展的历史经验的基础上,对中国新诗当代进程所做的一个概要的叙述。《当代卷》在"导言"之外,共设十七章,描述了 1949 年到 20 世纪末中国新诗的发展概况。根据不同历史时期诗歌的内容与艺术形态的变化,中国大陆的诗歌发展大致可划分为如下几个阶段。

第一个阶段是 50—70 年代,这是以颂歌和战歌为基调,诗歌写作高度政治化的时期。

新中国成立前夕召开的第一次文代会上,重申了毛泽东《在延安文艺座谈会上的讲话》提出的文艺为工农兵服务、为无产阶级政治服务的方针,也就为当代新诗确立了诗学规范。在此后连续不断的针对知识分子的思想改造运动中,不同经历的诗人,不管是郭沫若、艾青、臧克家、田间、冯至、何其芳、胡风这些早在 1949 年以前就已经成名的诗人,还是像郭小川、贺敬之、李季、闻捷等在 1949 年以前虽已开始诗歌写作但 1949 年以后才成为诗坛主力的诗人,甚或像李瑛、未央、公刘、顾工、邵燕祥等更为年青的诗人,全主动或被动地加入集体性的合唱当中。这一时期的诗歌,不断地被政治性的意识形态所同化,诗人的个体主体性被消弭,表现的情感领域趋向单一,颂歌与战歌成为主流。

1956 年"双百"方针的提出给诗坛的创作带来了一定程度的自由,一些诗人突破禁区,大胆探索,写出了一批干预社会生活、揭示人的情感世界的复杂性和隐秘性的诗篇。但是 1957 年展开的全国范围的"反右"运动使诗坛短暂的"解冻"终结,一些诗人在运动中落难,诗坛一片萧条。诗人们更加小心翼翼,或沉默停笔,或配合政治运动的需要去写作。

---

① 卞之琳:《戴望舒诗集序》,《戴望舒诗集》,四川人民出版社 1981 年版,第 3 页。

1958年"大跃进"中展开的"新民歌运动"是由毛泽东提倡,在各级党委、政府的组织、宣传下开展的群众性运动。被视为"共产主义文艺萌芽"和诗歌发展方向的新民歌,实际上违背艺术规律,为"大跃进"的浮夸风推波助澜,导致背离现实的伪浪漫主义在诗坛甚嚣尘上。

延续十年之久的"文化大革命"对当代诗歌的影响更是毁灭性的,许多诗人被打成"黑帮分子""反革命",有的被迫害致死。在极端政治化的语境下,强调诗歌歌颂"文化大革命",强调"新诗也要学样板戏","小靳庄民歌"与"批林批孔"诗歌等政治化的写作则让诗歌一度沦为"四人帮"篡党夺权的舆论工具。然而在雪压冰封之下,一些年轻人也在默默地寻求一种心灵对话的方式,一种与文革主流意识形态截然不同的新型的诗歌也在潜滋暗长。

1976年4月爆发的"天安门诗歌运动"标志着一个新的诗歌时代即将开始,诗歌说出了人民的心里话。不过也应看到,"天安门诗歌运动"对当代诗歌的建设方面所起到的作用,远不及它在政治与社会学意义上的成就那样显著。

第二个阶段是70年代末至80年代前期,以启蒙和五四精神的复归为主要特色。

发生在1976年10月的粉碎"四人帮"的事件,不仅改变了我国历史的政治进程,而且对当代诗歌产生了深远的影响。伴随着思想解放运动的春雷,新诗冲破了禁锢诗坛的藩篱,它以顽强的生命力穿透板结的土壤,瑰美的鲜花与丛生的野草同时呈现到阳光下面。新诗继五四时期的辉煌之后,又迎来了一个金色的季节。新时期诗歌是以思想的启蒙和现实主义精神的回归开始了它的行程的。十月的惊雷结束了一个噩梦般的时代,诗歌由此成为宣泄劫后的亿万人民的情绪与愿望的最便捷的渠道,抒发重获解放的喜悦和对专制暴政的切肤之痛,是这一时期诗歌的情感倾泻重心。与此同时,诗歌创作队伍开始重新集结,并形成如下的三个方面军。

一个方面军是"归来诗人群"。一批在1949年后因政治上或艺术上的原因而被逐离诗坛二十几年的老诗人,在粉碎"四人帮"后唱着或忧郁苍凉、或炽热凝重的歌声"归来"了。这里有因1957年反右扩大化而被迫沉默的诗人,像艾青、公刘、邵燕祥、流沙河、白桦等;有在50年代前期因"胡风反革命集团"案而受到牵连的"七月"派诗人,如曾卓、牛汉、绿原、鲁藜、彭燕郊等;有因艺术个性不见容于新形势而在中华人民共和国成立之初就受到冷落的诗人，如"中国新诗派"（即因 1981 年出版了诗合集《九叶集》，后又被称作"九叶派"）的成员辛笛、郑敏、陈敬容等，此外还有如蔡其矫这样的因艺术的独特追求而长期遭受批判的诗人。这些归来的诗人，以其饱经沧桑的经历，以其百折不回的人生信念，向一段荒谬绝伦的历史发出了令人战栗的控诉，民族的悲剧与个人的身世之感交揉在一起，给诗歌带来了一种沉静落寞、百转回肠的情味，这也是 1949 年以来的以颂歌战歌为主流的诗歌现象中所难以见到的。

另一个方面军是开放的现实主义诗群。这一批诗人年龄介于归来诗人与朦胧诗人之间，一般没有遭受归来诗人所受过的政治迫害，也没有朦胧诗人多数有过的上山下乡的特殊经历。这是一些以激情、思想或才智见长的诗人，一般很难把他们纳入某一具体的诗派。这些诗人年富力强，思想敏锐，情感充沛，正处于人生与事业的巅峰阶段。他们长时间生活于极"左"政治的压力之下，在"文化大革命"以及历次政治运动中不同程度地身受创痛，更目睹国家和人民在一场政治浩劫中的深重苦难，他们内蕴已久的激情在思想解放潮流的推动下迸发出来，并在全民性的历史批判中经过理性的过滤，上升为对瞒和骗的文艺的自觉的反叛。这些诗人的作品突出显示了对极"左"政治、对现实中的邪恶势力和腐朽现象的揭露与批判。其中雷抒雁的《小草在歌唱》、李发模的《呼声》、叶文福的《将军，不能这样做》、熊召政的《请举起森林般的手，制止！》、曲有源的《关于入党动机》和《打呼噜会议》等，揭示了"文化大革命"造成的一幕幕人间悲剧和在今天的现实中存在的丑恶现象，矛头直指极"左"政治和在这一背景下形成的种种腐朽事物。与此同时，这些诗人也表达了对未来的向往，对四化的呼唤，这当中骆耕野的《不满》、张学梦的《现代化和我们自己》等，都是引起强烈反响的作品。

第三个方面军是朦胧诗群。还是在"文化大革命"当中，愚昧的宗教狂热和怀疑一切、打倒一切的过激行动，使一些一度卷入运动的青年最早萌发了怀疑意识与叛逆精神。继之而来的上山下乡运动，把这些青年抛到了社会的最底层，在那绝望而无告的日子里，他们中一些人找到了诗——这种最简单的也是最有力的宣泄内心情感、寻求心灵与心灵对话的方式。当时他们的作品无从发表，只是靠诗友之间互相转抄、传阅，更无稿费一说。正是在这种没有世俗的诱惑、没有功利的计较的背景下，诗人的心灵得到了净化，诗也回到了它的自身，并孕育了诗歌界一代新人的崛起。随着"四人帮"被粉碎,随着思想解放潮流的涌动,这一群名不见经传的青年,带着"文化大革命"中心上的累累伤痕,带着与黑暗动荡的过去毫不妥协的决绝情绪,带着刚刚复苏的人的自我意识和被遏制多年的人道主义思潮,带着强烈的社会批判意识和使命感,在赞扬与诅咒交加、掌声与嘘声并起、鲜花与臭鸡蛋同时抛来的情况下,走上了诗坛。他们的诗一反过去的直白议论与抒情,着意将生活的秘密溶解在意象中,将深挚而多层次的情感寄寓在冷隽的暗示与象征中,不再按现实的时空秩序,而是按诗人情感的流向和想象的逻辑来重新安排世界。诗中的意象不再是客观事物的直接反射,而是经过诗人心灵世界的过滤与改造,有所模糊、有所省略、有所变形。于是"朦胧诗"这一带有戏谑与调侃色彩的非正式的名称竟成了这些青年诗人作品的代称流传下来。数年之内,风靡一时,占尽风骚,对整个新时期诗坛,尤其是对青年诗歌创作产生了深远影响。朦胧诗人以白洋淀诗歌群落和民办刊物《今天》的主要作者为主体,主要代表人物有食指、北岛、多多、芒克、舒婷、江河、顾城、杨炼、根子、方含、林莽、严力、晓青等。还有些青年诗人虽没有同白洋淀诗群和《今天》有过直接关系,但是他们却不约而同与朦胧诗人有着相近的生活经历与艺术的价值取向,这中间较有影响的有梁小斌、王小妮等。面对一群名不见经传的新人,面对他们的与传统的颂歌、战歌面貌截然不同的作品,评论界掀起了轩然大波。从1979年10月公刘发表《新的课题——从顾城同志的几首诗谈起》,围绕朦胧诗的论争长达五六年之久,这里既有不同艺术观念的交锋,又有对新诗发展道路及新诗审美特征的探讨。以谢冕为代表的较为新潮的批评家,以对新生事物的敏感,以理论家的良知,对"朦胧诗"这一刚刚出世的丑小鸭予以热情的肯定与扶植,为它争来了较大的生存空间。这场论争当然不可能就诸多的理论问题达成共识,但客观上却起到了把刚刚崭露头角的朦胧诗人推向诗坛前沿的作用。这些诗人没有因为指责与批判而销声匿迹,反而因论争而扩大了影响。

第三个阶段是80年代中后期,这一时期的诗坛充满了喧哗与躁动。

"朦胧诗"在70年代末80年代初形成了一个颇有声势的文学运动,到了80年代中期便明显地退潮了。当年的朦胧诗人似乎功成名就,出洋的出洋,搁笔的搁笔,还在辛勤笔耕的也陷入散兵作战,不复有当年的阵势了。与此同时,在他们披荆斩棘开拓出的道路上,一批批更年轻的诗人嘈杂着、呼啸着涌现了。应当说，还是在朦胧诗人最为风光的 80 年代头几年中，一些受到朦胧诗人启蒙而又不甘心步朦胧诗人后尘的更为年轻的诗人，就已经在寻找、开辟属于自己的道路了。初期的新生代诗人尽管发出了稚嫩的不谐和的声音，但他们依然被笼罩在朦胧诗人的光圈之下，一时难于崭露头角。直到 1986 年，他们才结束了散兵游勇的状态，而以集群的形式出现在诗坛，并引起人们的瞩目。

这些诗人，在"文化大革命"时大多数还是孩子，本身没有受过很重的"文化大革命"创伤，他们刚刚懂事的时候面对的已是一个正在开放的世界，种种思潮与理论，五光十色的文学作品一股脑儿地堆在他们眼前。与朦胧诗人相比，他们集团意识有所减弱，个体意识有所增强；英雄意识有所减弱，平民意识有所增强；审美意识有所减弱，审"丑"意识有所增强。他们的诗，或写"生活流"，强调口语化；或进行"超语义"的试验，流派蜂起，宣言杂沓，形成了被称为"新生代""第三代"或"后新诗潮"的巨大的诗歌浪潮。诗人们不再像朦胧诗人那样强调诗人的使命感和忧患意识，不再像朦胧诗人那样构筑一个理想化和宗教化的诗的王国，而是将探索的笔触深入更深邃的心理层次，包括潜意识的层次，将至深的，哪怕不符合传统道德规范的心理隐秘，以或神秘、玄妙的整体建构，或躁动不安、愤世嫉俗的长嚎，或淡泊平和的平民化叙述展示出来。他们的作品不仅进一步荡涤着那些功利的、教条的、非艺术的泥沙，而且也对他们的直接启蒙者——朦胧诗人构成了强大的挑战。

这一阶段涌现的主要诗歌群体有"他们""非非""莽汉"等，有一定影响的诗人有韩东、于坚、李亚伟、杨黎、欧阳江河、海子、西川、骆一禾、翟永明、伊蕾等。这些诗群与诗人，其艺术主张具有实验性、探索性，甚至破坏性与反叛性的特色，它们不再是规范的、划一的、限定的、凝固的，而成为任意的、多样的、随机的、流动的。它们变化迅速，来去匆匆，彼此抵牾，各执一端，在表面的热闹、丰富、充满自信的背后，也隐藏着理论上的混乱、贫瘠与盲从。想把这一阶段各家诗观统一在一种理论体系下表述出来，是不可能的。但是如若把各家主张综合起来考察一下，还是可以发现其中具有共性的、有较大覆盖面的某些倾向。

一是从群体的社会意识转向个体生命意识的倾向。较之朦胧诗人的集团意识、历史使命感和普度众生的愿望，后新诗潮的诗群与诗人则更加强调个体生命的价值。在他们看来，诗乃生命的一种形式，诗人的本领即在于把那些无法直接观察的内在生命力的涌动转化为一定的语言形态，把生命深处蕴藏的力量发掘出来，并借此去激发并唤醒读者的内在生命。他们所推崇的生命意识，代表了个体生命的潜能和实现这潜能的欲望，标明了个体对生命的自觉。恪守诗源于生命并表现生命这一原则的新生代诗人，绝不肯为传统的习俗或社会角色的面具而牺牲自己的信念，放弃自己的追求，于是由朦胧诗到新生代，诗歌由内容到形式发生的一系列变化，诸如从崇高走向平凡，从英雄走向平民，从悲剧色彩走向喜剧甚至闹剧色彩，从迷恋自我走向亵渎自我，从理性走向荒诞，从优雅走向粗鄙……这一切也就不难理解了。

二是回归语言的倾向。20世纪上半叶，俄国形式主义、英美新批评、结构主义和符号学等批评流派提出文学应该研究自身之所以成为文学的独具的内在特征，文学应被视作本文的集合，文学活动本质上是一种语言活动。语言则不能再仅仅视为交际的工具，而且是人存在的一种方式。人通过语言而把握世界，世界则通过语言而呈现在人的面前，语言几乎可以涵盖文学活动的所有方面。这种文学研究的"语言论转向"，对新生代诗人造成了深刻影响。尽管不同的新生代诗人回归语言的着眼点和操作手段不尽相同，但他们对传统诗歌观念的冲击确确实实都是从语言开始的。他们打破了诗的表层语言与深层内涵相统一的传统看法，认为诗既然回到语言本身，语言也就不能再简单地视作某种意义的载体，而是一种流动的语感，读者虽难于给予确切的解释，却可以像体验生命一样体验出它们的存在。

第四个阶段是90年代，这一时期的诗坛呈现了一定程度的向传统和现实回归的倾向。

在90年代商品经济和大众文化的红尘滚滚而来，一些人或永久或暂时地弃诗而去的时候，偏偏有另一些人对诗痴情不改，为捍卫人类的最后的精神领地而搏斗着，心甘情愿地充当寂寞诗坛的守望者。他们恪守自己的审美理想与做人原则，排除种种俗念的干扰，在心灵中保持了一块净土，他们的诗作褪去了80年代诗歌的浪漫激情和狂欢色彩，在寂寞的心态中，坚持个人化写作，以自己的辛勤劳作为90年代的诗坛播撒了片片新绿。

历史总是有它的自身的逻辑，不以人的主观意志为转移。中国诗坛由80年代竞相引入西方各种各样的现代诗歌流派，到90年代向传统的一定程度的回归，是有其自身的根源的。实际上，还是在80年代中期，一些青年诗人就表现了在一定程度上向传统回归的倾向。进入90年代以后，这种趋势就愈加明显了。90年代的诗坛，由青春期的躁动与张扬，进入了成年期的冷静与沉思；由集群式的不同流派的合唱，转向了超越代际的个人歌吟；由向西方现代派的咿呀学语，转向了向中国传统文化汲取养分。与此相应，在诗歌创作上也出现了不同于80年代的新景观，诸如：个人化写作的涨潮、平民化倾向的出现、先锋情结的淡化、与传统的对接，以及在艺术手法上的某些变化，像叙事因素的强化，戏剧性因素的介入等，表现在总体风貌上，思绪由浮泛转为深沉，情感由激烈转为平和，风格由张扬转为内敛，从而使当代诗歌写作出现了新的转型。这些均有待于诗人和评论家做进一步的观察与研究。

四　台湾、香港、澳门诗歌概观

　　以上我们粗线条地梳理和描述了1949至2000年中国大陆当代诗歌发展的几个阶段。由于政治体制、文化环境等因素，作为当代中国诗歌重要组成部分的台湾、香港、澳门地区诗歌很难插到前面的几个阶段来叙述，所以我们单设了第十六、十七两章给台湾和港澳诗歌。

　　台湾当代新诗本应从1945年日本投降后算起，但鉴于光复后国民政府在台湾禁止日文和闽南话、客家话的使用，以致台湾本土诗人面临从日文转向中文的难题，多数人不适应，而众多大陆赴台诗人又还未踏上宝岛，故这一时期的诗坛极不景气，只能看作是荒芜期。

　　50年代，台湾在戒严体制下，无论是经济、教育，还是文学艺术的发展，都受"反共复国"方针的钳制。在意识形态上，台湾尽管和大陆针锋相对，但两岸文艺界的主导者均信奉"工具论"，大陆这边主张文艺为政治服务、为阶级斗争服务，台湾这边则是为"反共抗俄"服务，并无质的差异。这一阶段的台湾诗坛主体是军人和流亡学生，各诗刊在创刊时均标榜自己在为国家民族的困苦艰危、兴亡绝续而歌，具体说来是为"反共复国"而呐喊，但以后的情况有了改变，反共高调逐渐稀落。洛夫、张默、痖弦、商禽、辛郁、碧果等诗人，借鉴超现实主义的艺术手法，突破了现实的政治封锁，从呼喊走向内心，为开启一代诗风，做出了贡献。这一阶段可视为台湾现代诗的播种奠基期。

60年代的台湾新诗，深受西方现代派诗歌的影响，现代主义居主流地位，可视为"西天取经期"。这是由于这一阶段，台湾社会呈现西化的发展趋势，诗歌界对50年代"战斗文学"思潮由厌倦而生反叛。特别是那些渡海来台的青年，大都经过生死乱离的严酷考验，而台湾的戒严政治则使他们产生幻灭之感，这使他们只能向内转，进入个人的内心世界，包括潜意识和梦的世界，这样的心态与西方现代主义诗歌一拍即合，于是移植和借鉴西方现代主义的暗示、象征、隐喻、反讽等手法，表现他们对封闭环境的恐惧不安，以及对生命的荒谬、死亡的诱惑等复杂的感受。创世纪诗社就正是60年代台湾现代主义诗歌创作的大本营。不过，当现代主义诗歌狂飙突进、风行一时的时候，也有温和的现代主义者如余光中强调中国新诗在向西天取经时，不应忘记回家的声音。与此同时，一股反现代主义的力量也在潜滋暗长，特别是由本土诗人组成的"笠"诗社，以强劲的势头抵制现代主义，要求新诗必须具有传统的真实和明朗可懂的内涵，意味着乡土文学的重新出发。

70年代，现代主义受到猛烈抨击，台湾新诗重新向现实主义回归。以"笠"诗社为代表的乡土诗人反对盲目西化，强调关怀社会民生；由新世代诗人组成的"龙族"诗社，强调对中华文化精神的接续。这种变化，标志着台湾新诗从以个人为本位走向社会为本位，从为少数精英服务转向为社会大众服务，从向西天取经转为向东方回归、向民族回归，这显示台湾诗人在更高层次上的文学觉醒和对台湾社会总体性认识越来越深刻，因此，70年代的台湾新诗可称为回归期。

80年代的台湾新诗为多元发展期。进入80年代的台湾，有了一个新的社会环境与人文氛围。随着戒严令的废除，社会呈现前所未有的开放与民主，各种政治力量互相角力，经济的起飞让企业家有了更大的发言权，新的资讯手段为思想文化的多元化推波助澜，各种民间社团蜂起，新的诗刊纷纷诞生……这一切为文学上的多元发展、混声合唱，提供了有利条件。80年代的台湾新诗，可分为两段，1987年以前为前半段，其特征为现代主义和乡土诗的对立与融合。1987年7月解除戒严后至1989年为后半段，其基本走向为本土诗与后现代诗并存。

90年代的台湾，李登辉抛出"两岸是特殊国与国关系"的"两国论"，导致台湾社会剧变，统独斗争日趋尖锐，本土化、"去中国化"思潮铺天盖地而来。再加上整个文化商业机制对文学的挤压，台湾新诗受到各种大众媒介的强烈冲击,逐渐被读者所冷落。在诗坛内部,新老诗刊争主流地位,某些大牌诗人热衷于进文学史,某些年轻诗人则把搞怪作为前卫的同义语,网络诗、情色诗、超短诗、公车诗、隐题诗、宗教诗、台语诗、原住民诗、"新文言诗"纷至沓来,构成了这一时期台湾诗坛乱象丛生、混乱无序的景观。

对台湾诗歌,有一种看法认为,台湾现代诗史实际上是诗刊出没史,或诗社兴亡史。这诚然有一定道理,但我们不想完全按诗社诗刊的起落为经纬进行论述,而主张兼顾诗潮更替、文体变迁和诗刊诗社以外的作家作品,从而形成现在的叙述方式。

香港由于其独特的地理位置与政治体制,新诗的发展既受大陆和台湾文化的影响,又有其不同于大陆和台湾的发展轨迹。

50年代的香港诗歌带有浓重的"难民文学"的味道。1949年随着中国革命的胜利和中华人民共和国的诞生,众多左翼人士回大陆参加建设,另有大批对新政权怀有疑惧的难民逃亡香港,"难民文学"应运而生,然而左翼诗歌也并没有烟消云散。50年代的香港,在"美元文化"的笼罩下,"难民文学"与左翼文风对峙,写实与浪漫共存,现代与传统抗衡,港台两地诗风互为激荡,体现了香港作为自由港的写作特征。

60年代的香港诗歌则在左右政治的夹缝中寻找新的出路。60年代的香港已从国共内战及50年代初抗美援朝的动荡中安定下来,但在冷战的大的国际背景下,左派和右派依然在华文社会争夺意识形态阵地。在这场争夺战中,港英当局基本上奉行不介入政策,这使得左右两翼的政治势力及其文化活动,均可以得到宽广的发展空间,再加上资讯的先进,使香港接触外来新思潮有更为便利的条件。60年代的香港新诗,受西方现代主义诗歌的影响,诗人们致力于向内心探索,虽不能与隔海的风靡一时的台湾现代诗相抗衡,但也认识到在左右政治夹缝中寻找新的出路的重要。

70年代的香港,随着经济的起飞,金融业、地产业、旅游业迅猛发展,社会福利的改善和言论的充分自由,一种将香港与海峡两岸的文化加以明确区分的香港意识得以滋生。香港诗人开始为自己寻找文化身份的认同定位,年轻一代对香港本土的深情,以及左右两翼刊物的式微,促使本土诗刊诗社迅速成长。70年代的香港新诗,不同于50年代的"难民文学",也不同于60年代的对现代主义的追风,而是以香港为立足点,关注中华民族的命运,具有本土意识的诗刊及其诗作得到蓬勃发展。

80年代的香港作为国际金融大都会，成为名副其实的东方之珠。香港的经济神话进一步催生并强化了香港意识，都市诗成为香港新诗的主要门类，资讯时代和媒体社会，则成了滋生后现代主义诗歌的土壤。1984年中英两国《关于香港问题的联合声明》草签，香港回归、实行"一国两制、港人治港"已成定局。由此香港诗人更关心祖国的命运和前景，诗歌中渗透着中国的历史文化，使香港诗坛成为两岸甚至中西诗脉贯通的桥梁。

90年代以来的香港诗坛并未因九七回归导致香港新诗主体性的消失和创作自由的失落，香港新诗没有纳入体制内，没有图书审查制度，诗人们均以个体为单位进行艺术创造，保留了结社出刊的充分自由，再加上有1994年成立的"艺术发展局"的资助，诗刊、诗集的出版显得更加多元，诗体建设更为丰富。香港新诗以自由的独特风姿屹立在新世纪的两岸四地诗坛中。

澳门曾是西方文化进入中国的前沿阵地，葡萄牙殖民者在那里统治了四百年。但是由于中华文化是一种强势文化，已在澳门深深扎根，葡萄牙语作为澳门的官方语言，很难渗透到华人学校。澳门不像香港全方位开放而是半开放半封闭，诗人们的创作深受内地影响，现实主义一直占主流地位。澳门诗歌与香港诗歌有相同的一面，也有不同的地方。澳门诗坛的特色主要表现为：一是写实诗与现代诗并存；二是新诗与旧诗共荣；三是华文作家与土生诗人互补。1999年回归后，澳门文学在"澳人治澳，一国两制"的背景下，加强了与内地交流，扩大了新诗的文化市场，诗人们保持了强烈的自主性，一方面有大量诗歌写家庭、写爱情、写景物、写个人命运；另一方面也出现了一些体现时代精神，有深重忧患意识的作品。在保持其地域性特点的同时，呈现出更加绚丽多姿的诗歌景观。

回顾与思考：改革开放以来的中国新诗

1978年我们的党和国家吹响了改革开放的号角，不仅改变了中国历史的进程，而且对我们的文学艺术事业产生了深远的影响。伴随着思想解放运动的春风，中国新诗以顽强的生命力穿透了板结的土壤，挺拔的枝叶、瑰美的花冠与丛生的野草奇葩同时呈现到阳光下面。改革开放四十年来，几代诗人——他们的笔和他们的性灵，从严酷的禁锢中解脱出来，诗歌艺术的巨大变革和诗人队伍集群式的崛起，奇迹般地刷新了诗坛面貌。新诗继五四时代的辉煌之后，又迎来了一个金色的季节。

思想的启蒙和现实主义精神的回归

在思想解放运动春潮的鼓舞下，1979年1月《诗刊》社在北京召开诗歌创作座谈会，这是粉碎"四人帮"后第一次盛大的诗人聚会，也是拨乱反正的大会，胡耀邦亲自到场。会议围绕时代与歌手、诗歌与民主、歌颂与暴露等进行了热烈的讨论，对前一时期的诗歌创作与诗歌理论进行了反思。人道主义思潮的勃兴、诗人主体意识的高扬，成了这一时期诗坛的主旋律。其中艾青的《鱼化石》、白桦的《阳光，谁也不能垄断》、李瑛的《一月的哀思》、雷抒雁的《小草在歌唱》、叶文福的《将军，不能这样做》等，揭示了"文化大革命"造成的一幕幕人间悲剧和今天的现实中存在的丑恶现象。与此同时，这些诗人也表达了对未来的向往，对"四化"的呼唤，这当中骆耕野的《不满》、张学梦的《现代化和我们自己》等，都引起了强烈反响。与此同时，一批在1949年以后因政治或艺术的原因而被逐离诗坛二十几年的老诗人，在粉碎"四人帮"后唱着或忧郁苍凉，或炽热凝重的歌声"归来"了。这里有因1957年反右扩大化而被迫沉默的诗人，像艾青、公刘、邵燕祥、流沙河、白桦、昌耀等；有在50年代前期因"胡风反革命集团"案而受到牵连的"七月"派诗人,如曾卓、牛汉、绿原、鲁藜、彭燕郊等;有因艺术个性不见容于新形势而在中华人民共和国成立初就受到冷落的"九叶"派诗人辛笛、郑敏、陈敬容、杜运燮等。这些"归来的诗人",以其饱经沧桑的经历和百折不回的人生信念,向一段荒谬绝伦的历史发出了令人战栗的控诉,民族的悲剧与个人的身世之感交揉在一起,给诗歌带来了一种沉静落寞、百转回肠的情味。

诗歌主体性的重建与强化

新诗诞生的时代,是一个思想解放的时代,也是一个大变革、大动荡的时代。打开国门以后,伴随着思想启蒙与"人的解放"的呼唤,拜伦、雪莱、济慈、普希金等西方诗人,以其鲜明的主观色彩和强大的生命力,对中国几代诗人都产生了重要影响。此后,诸种现代主义流派的引入,更是强化了诗歌的主观色彩;而注重主观的表现与内在情感的抒发,又恰恰是中国古代诗歌的特色,因之,在中、西诗学观念的撞击、融合中,20世纪的中国新诗人自我意识越来越鲜明,呈现出主体性强化的倾向。五四时期诗人们高扬的主体性,在后来的战争环境下被约束、被扼制了。1949年以后,在连续不断的针对知识分子的思想改造运动中,诗人的个性被压抑,诗歌的主体性被消弭,表现的情感领域趋向单一。粉碎"四人帮"后,随着"实践是检验真理的唯一标准"的讨论,随着思想上的解放,诗的主体性再次被诗人和评论家所强调。谢冕把"朦胧诗"的崛起,看成是对五四诗歌传统的一种回归。他以一种神往的语气描述五四时期的诗人:"我们的前辈诗人,他们生活在一种无拘无束的自由开放的艺术空气中,前进和创新就是一切。他们要在诗的领域中丢掉'旧的皮囊'而创造'新鲜的太阳'。"(谢冕《在新的崛起面前》)舒婷说:"今天,人们迫切需要尊重、信任和温暖。我愿意尽可能地用诗来表现我对'人'的一种关切。"(舒婷《诗三首小序》)从这些声音中,我们能切实地感受到理论家与青年诗人心灵的共鸣,那就是在变革时代对诗歌主体性的呼唤。实际上,作为社会的精英,诗人若想避免与流俗合流,保持自己的精神自由与人格独立,就必须在创作中强化自己的"个人"色彩,也就是说,透过诗人独具的话语方式,让诗人自身的形象兀立起来。这种主体性的强化,也导致了青年诗人对80年代拉帮结派式的诗歌运动的逆反心理,直接促成了90年代诗歌写作的"个人化"取向。诗人们冲破了集体命名对个人的遮蔽，各自按自己的诗学观念去写自己的诗，强调的是既与以往的文化潮流不同，又与其他诗人相异的一种个人独特的话语世界。

朦胧诗人的崛起与围绕朦胧诗的论争

还是在"文化大革命"当中，愚昧的宗教狂热和"怀疑一切""打倒一切"的过激行动，使某些一度卷入群众运动的青年最早萌发了怀疑意识与叛逆精神；继之而来的上山下乡运动，把这些青年抛到了社会的最底层，在那绝望而无告的日子里，他们中一些人找到了诗——这种最简单的也是最有力的宣泄内心情感、寻求心灵与心灵对话的方式。他们的作品无从发表，只是靠诗友之间互相转抄、传阅，更无稿费一说。正是在这种没有世俗诱惑、没有功利计较的背景下，诗人的心灵得到了净化，诗也回到了它的自身，并孕育了诗歌界一代新人的崛起。随着"四人帮"被粉碎，随着思想解放潮流的涌动，这一群名不见经传的青年，带着"文化大革命"中心上的累累伤痕，带着与黑暗动荡的过去毫不妥协的决绝情绪，带着刚刚复苏的人的自我意识，带着强烈的社会批判意识和使命感，走上了诗坛。他们的诗一反过去的直白议论与抒情，着意将生活的秘密溶解在意象中，将深挚而多层次的情感寄寓在冷隽的暗示与象征中，不再按现实的时空秩序，而是按诗人情感的流向和想象的逻辑来重新安排世界。于是"朦胧诗"这一带有戏谑与调侃色彩的名称竟成了这些青年诗人作品的代称流传下来。数年之内，风靡一时，占尽风骚，对整个新时期诗坛，尤其是对青年诗歌创作产生了深远影响。朦胧诗人以白洋淀诗歌群落和民办刊物《今天》的作者为主体，主要代表人物有食指、北岛、舒婷、芒克、多多、根子、江河、顾城、杨炼、林莽、梁小斌、王小妮等。面对一群名不见经传的新人，面对他们与传统的颂歌、战歌面貌截然不同的作品，评论界掀起了轩然大波。围绕关于"朦胧诗"的论争，把批评的触角深入诗歌美学领域，呼唤人道主义精神和个性的复归，呼唤批评家主体意识的复归，推动了诗歌批评民主化的进程，这是新时期诗歌理论发展史上一次极有意义的学术争鸣，其波及的范围绝不仅限于诗歌领域，对整个新时期文化思潮都有重大影响。

新生代诗歌群体的喧哗与躁动

还是在朦胧诗人最为风光的 80 年代头几年中，一些受到朦胧诗人启蒙而又不甘心步朦胧诗人后尘的更为年轻的诗人，就已经在寻找、开拓自己的道路了。初期的新生代诗人尽管发出了稚嫩的不和谐的声音，但他们依然被笼罩在朦胧诗人的光环之下，一时难于崭露头角。直到 1986 年，他们才结束了散兵游勇的状态，而以集群的形式出现在诗坛，并引起人们的瞩目。与朦胧诗人相比，他们集团意识有所减弱，个体意识有所增强；英雄意识有所减弱，平民意识有所增强；审美意识有所减弱，审"丑"意识有所增强。他们的诗，或写生活流，强调口语化；或进行"超语义"的试验。流派蜂起，宣言杂沓，形成了被称为"新生代""第三代"或"后新诗潮"的巨大的诗歌浪潮。诗人们不再像朦胧诗人那样强调诗人的使命感和忧患意识，而是将探索的笔触深入更深邃的心理层次，包括潜意识的层次，将至深的，哪怕不符合传统道德规范的心理隐秘，以或神秘、玄妙的整体建构，或躁动不安、愤世嫉俗的长嚎，或淡泊平和的平民化叙述展示出来。他们的作品不仅进一步荡涤着那些功利的、教条的、非艺术的泥沙，而且也对他们的直接启蒙者——朦胧诗人构成了强大的挑战。

这一阶段涌现的主要诗歌群体有"他们""非非""莽汉""整体主义""撒娇""圆明园诗社"等；有一定影响的诗人有韩东、于坚、李亚伟、杨黎、周伦佑、张枣、欧阳江河、柏桦、翟永明、海子、西川、骆一禾等。这些诗群与诗人，其艺术主张具有实验性、探索性、反叛性，它们不再是规范的、划一的、限定的，而成为任意的、多样的、随机的。它们彼此抵牾，各执一端，在表面的热闹、丰富、充满自信的背后，也隐藏着理论上的混乱、贫瘠与盲从。诗歌评论界对"新生代""第三代"诗人做了追踪考察，指出这些诗人具有从群体的社会意识转向个体的生命意识的倾向、回归语言的倾向等。在对这一时期的诗歌考察中，也发现了某些"新生代""第三代"诗人急功近利、好走极端，脱离中国国情，一味"反传统"、盲目摹仿西方等弊端，结果从反面促成了 90 年代后对传统的重新审视与回归。

"个人化"写作的涨潮与重建诗的良知

对80年代拉帮结派式的诗歌运动的逆反心理，直接导致了90年代诗歌写作的"个人化"取向。诗人们冲破了集体命名对个人的遮蔽，各自按自己的诗学观念去写自己的诗，强调的是既与传统的文化潮流不同，又与其他诗人相异的一种个人独特的话语世界。同时，"个人化"写作也是对90年代以后商业化社会的一种反抗。商品经济大潮的冲击，社会围绕物质轴心的旋转，给诗人带来强大的精神压力与生存压力。作为社会的精英，诗人若想避免与流俗合流，保持自己的精神自由与人格独立，就必须在创作中强化自己的"个人"色彩，也就是说，透过诗人独具的话语方式，让诗人自身的形象兀立起来。

如果说80年代涌现的年轻诗人颇得力于群体造势的话，90年代涌现的新人则主要是凭借对个人化写作的坚执。以创作贯穿八九十年代的王家新来说，80年代的王家新始终未摆脱朦胧诗人的影响，进入90年代后，他强化了个人化写作的力度，透过《帕斯捷尔纳克》《简单的自传》等诗，完成了他孤独的精神历险。此外还有更多的年轻诗人，如吉狄马加、雷平阳、杨键、臧棣、西渡、伊沙、侯马、陈先发、李琦、蓝蓝、荣荣、路也、杜涯、张执浩、卢卫平、江非等，均起步于80年代，进入90年代后他们的创作个性才一步步凸显出来。

与此同时，也应注意到90年代以来，随着消费主义与大众文化盛行，社会上形成某种"价值中空"。一些作者在"个人化"的掩盖下，把诗歌视为个人的语言狂欢，不顾现实，不管读者，只管自顾自地跳着自己的小步舞，在写作中寻找刺激，游戏人生。这一切可以归结为对诗的人文理性内涵和诗性内涵的消解。所幸的是，当一些诗人在自顾自地陶醉于语言狂欢，一些诗人弃诗"下海"的时候，偏偏有另一些诗人对诗痴情不改，他们恪守自己的审美理想，葆有诗人的良知。这里不仅有郑敏、牛汉、李瑛、屠岸这样的坚持终生写作的老诗人，更有不少青年诗人在商潮涌动、金钱诱惑面前表现了自己的操守。正是这样的诗人在极端窘困的状态下的精诚劳动，90年代后的诗坛才出现了一批扎扎实实的作品并涌现了一些新人。2003年的SARS疫情，2008年的汶川大地震，均是猝不及防的大众灾难。灾难考验着每个民族的凝聚力与生存智慧，也考验着每个人的意志与品德。令人感到欣慰的是，我们的诗人不仅经受了严峻的考验，而且在与灾难的斗争中发出了自己的声音。面对SARS疫情，女诗人康桥写出长诗《生命的呼吸》，以史诗般的文字记下了这场特殊的战争，献给被SARS的风刀霜剑所磨砺的人。在汶川地震的第二天，诗人梁平就写出了诗歌《默哀：为汶川大地震罹难的生命》，抒写一种大悲悯的情怀，并大胆地写下了："我真的希望/我们的共和国/应该为那些罹难的生命/下半旗志哀"。到5月19日，全国遵照中央的指示，果然下半旗悼念遇难者。这就是诗人发出的带有预言性质的声音。重建诗歌的良知，还表现为对社会上弱势群体的关注，"草根诗人""底层写作"等就是在这种情况下应运而生的。一些来自社会底层的诗人，带着挥洒在乡间的汗水，带着流淌在工地和流水线上的血痕，带着野性的发自生命本真的呼唤，借助互联网信息传达的快捷与高效，登上了诗坛，他们自身也成了值得关注与研究的文学现象。

对世界敞开与中外诗歌文化交融

新诗在五四时期诞生，除去是中国诗歌发展的内在要求外，最主要的是受到外国诗学文化影响。改革开放以来，紧闭的国门打开，外国诗歌作品和诗学思潮再次涌入。当时的青年诗人饥不择食、饕餮一番后，难免消化不良，那些迅速打起而又快速消失的各种主义与旗号，多数是摹仿西方现代主义与后现代主义诸多流派的产物。在眼花缭乱的诗歌现场，仅仅固守陈旧的诗歌解读方式，已经越来越难于对诗坛现状有清醒认识、对诗的运动规律有恰如其分的把握。因此，诗歌研究的思维方式与方法，必然要不断更新。

20世纪80年代以来，在改革浪潮推动下，思想理论界力图冲破过去陈陈相因的封闭式研究模式的拘囿，开拓新的思维空间，掀起方法论讨论的热潮。这也为诗歌理论家在传统的批评方法外，提供新的参照系，有助于多元化批评格局的形成。评论家队伍也发生很大变化，新时期培养出来的青年评论家陆续成长起来，他们思维更活跃，知识结构更新，呈现出思想的敏锐和视野的宏阔。这一切，使这一阶段的诗歌理论更具实验性、探索性，呈现出丰富错落、异彩纷呈的批评格局。正是在这种合力作用下，90年代后的诗坛，由青春期的躁动与张扬，进入成年期的冷静与深思；

由向西方现代诗派的咿呀学语，转向面向中国传统文化汲取养分。外国诗学文化与本土诗学文化的冲撞与交流，是改革开放以来中国诗学发展中新的景观。这种冲撞与交流导致一种新的诗学文化的诞生。这种新的诗学文化来自传统母体又不同于传统，受外来诗学文化触发又并非外来文化的翻版，它植根于文脉的传承，更立足于现代的追求，体现了对传统诗学文化与外来诗学文化的双重超越。

语言观念的变革与形态的出新

诗歌是语言的艺术。改革开放以前，诗坛上流行的是抒情风格的语言，追求诗句整齐、语调铿锵、明朗好懂。改革开放以来，中国诗人和评论家的语言观念有了重大变化。卡西尔在《语言与艺术》中指出，在索绪尔所提出的那个日常的、实用的语言世界之外，还有一个艺术的符号世界，这就是艺术世界：音乐、诗歌、绘画、雕刻和建筑的世界。在同一个民族内部，诗歌语言和实用语言使用相同的语言符号，它们之间有一定的共同性，但由于诗歌作为一种特殊的把握世界的方式，在创作与鉴赏上有其特殊规律，因而诗歌语言与实用语言相比，又不能不有明显区别。这种区别，主要表现在实用语言强调实用，其目的在于"知解"，而诗歌语言则不求实用，其目的在于审美。实际上，诗的语言，不是日常语言工具，而是与"存在"同在、与生命同在的语言。由于诗歌象征含义的个人性、不确定性与随意性，使诗的语言符号与常规的语义之间产生偏离。诗的语言符号越来越失去其在实用情况下的指称、描述意义，其常规语义退后了，让位于诗歌自身的音响功能和结构功能。正是基于这种认识，新时期的诗人们在语言运用上做了大量实验与创新。除传统的抒情、叙事、比喻、白描等手法外，大量运用象征、隐喻、通感、反讽、互文、跳跃、粘接、闪回、叠印、戏谑、吊诡、荒诞等手法以增强语言的张力，使诗歌的语言世界呈现全新风貌。曾卓的《悬崖边的树》、郑敏的《诗人与死》、牛汉的《华南虎》、邵燕祥的《五十弦》、张烨的《鬼男》、西川的《在哈尔盖仰望星空》、海子的《亚洲铜》、李小洛的《省下我》等诗作，在诗意上有崭新发现的同时，在语言运用上也给人以新鲜、灵动之感。

激活古典诗学传统与树立文化自信

历史总是有它自身的逻辑，不以人的主观意志为转移。对80年代竞相引入西方各种现代诗歌流派，对某些年轻人的数典忘祖现象，老诗人郑敏表示了深深的忧虑，她郑重地提出："21世纪的文化重建工程必须是清除对自己文化传统的轻视和自卑的偏见，正本清源，深入地挖掘久被埋葬的中华文化传统，并且介绍世界各大文化体系的严肃传统……应当大力投资文化教育，填补文化真空，使文化传统在久断后重新和今天衔接，以培养胸有成竹的21世纪文化大军。"（郑敏《世纪末的回顾：汉语语言变革与中国新诗创造》）。与此同时，青年诗人也纷纷对传统进行新的思考，诗人一平说："创造是以传统为背景的，其相对传统而成立。没有传统作为背景和依据，就没有创造，只有本能的喊叫……由此看来在现时的中国最大的创造就是对传统的继承"。（一平《在中国现时文化状况中诗的意义》）。

自20世纪90年代以来，我们明显地看到诗人们正在清除对自己文化传统的偏见，自觉汲取中国诗学文化的养分，收获了一批植根在民族文化之树上的诗的果实。仅以对史诗的追求而言，80年代诗人喜欢从西方文化中寻找题材，喜欢使用希腊传说和圣经典故。进入90年代以后，"史诗"的追求有增无减，但诗人的着眼点却从西方转移到了东方。大解的《悲歌》、叶舟的《大敦煌》、梁志宏的《中华创世神歌》等，均以恢宏的气势、雄浑的意象，把古老的东方文化与现代人的意识糅合在一起，在一定程度上完成了民族文化心理结构的重建。

当我们回顾改革开放四十年中国新诗所走过的道路的时候，正赶上新诗诞生一百周年。百年交替，对于新诗来说，不仅仅意味着时序的流转，同时也给人留下了巨大的想象空间。今天我们的新诗还有许多不尽如人意之处，相信再过一百年，我们的新诗将如火中凤凰一样，以璀璨夺目的形象获得重生！

2018年11月12日

在"新时代与 90 后诗歌研讨会"上的讲话

刚才谢冕老师从《诗刊》对年轻人关注的角度,谈了他的感受,我非常赞同,我也是在《诗刊》的关怀下成长起来的,但是今天就不讲我个人了,以后有合适机会再说。我觉得《我听见了时间——崛起的中国 90 后诗人》(上、下册),由中国青年出版社推出,是我们当下诗歌创作的一个重要收获,而今天《诗刊》召开的这个会,又集中地把"90 后"一代诗人,推到了文坛的前沿。在前些年,我们读到"90 后"诗人的作品,还基本上是在刊物的一些边边角角上。我记得当时的《诗选刊》,"年度诗人"栏经常按出生年月来排,排到 90 年代,就很少几个人了。据我所知,"90 后"诗选,《我听见了时间》还不能算头一部,去年 11 月份马晓康已编了一部《中国首部 90 后诗选》,由北岳文艺出版社出版。那里头有很多在座的诗人也入选了。接连出版的两部"90 后"诗选,100 多位"90 后"诗人集体亮相,表明"90 后"已经大踏步登上了我们的诗坛,我为"90 后"的诗人感到高兴,也为他们感到骄傲。

我觉得"90 后"的诗人跟他们的父辈——"60 后"的诗人,有着很多的不同之处,诗集里面收了玉珍的一首诗,叫《1966——给我的母亲》,原诗比较长,我就选念几句:

  1966,一个伟大的年成
  我从世界那儿收获了我的母亲
  正是杨梅灿烂的晚春
  我的母亲从崇山峻岭中来到寂静的世界
  外婆从峡谷中扛回一筐子杨梅
  那儿的杨梅真大啊,殷红如鲜艳的血

这就是玉珍对 1966 年她母亲诞生时的想象。1966 年恰恰是与她父母同代的诗人，如伊沙、雷平阳等出生的年份，这些诗人可说是"90 后"的父辈诗人。如果把"90 后"与他们的父辈诗人比较一下，能看出"90 后"诗人的某些特点，当然也包括他们的某些不足。

我觉得如果拿玉珍对 1966 年的想象，与我所经历的 1966 年对照一下，就绝不是她这种感受了。1966 年，它伴随着不同人有不同的记忆：造反派是一种感受，被批斗抄家的人是一种感受，家人被打死的人是一种感受，所以是非常复杂的。就我个人的感受说，有过一些狂热的东西，但主要的还是恐惧，不知道这运动会把人带到什么地方，不知道运动中还会有多少人被打成"反革命"、多少人死去。但是在玉珍的诗歌当中，这一切都消失了。不能怪玉珍，因为她没有经历过那个时代，但是她父母这一辈确实是经历过那个时代的。"60 后"一出生，三年饥荒还没有过去；接着就是"文化大革命"，复课闹革命，学到的知识非常可怜；接着粉碎"四人帮"，思想解放运动，改革开放；接着 90 年代后的经商下海……他们这一代所经历的是"90 后"一代绝难想象的。"90 后"的诗人呢，多是独生子女，他们的生活条件与受教育的条件，比他们的父辈要好得多。论学历，大部分是大学毕业，相当一部分有硕士、博士学位，还有一些人有留学经历。无论是知识结构、外语水平、阅读范围，普遍都超过他们的父辈。从诗歌写作来说，他们的起点相当高，就我看到的这部选集，大部分作者诗艺已经相当成熟，而不是初出茅庐小伙子的生涩之作，他们对于古代诗歌和西方诗歌的熟悉程度，也是他们父母一辈所达不到的。

在我看来，"90 后"诗人的写作，由于年龄关系，他们的写作从总体来看，还是以青春写作为主。诗集里边大量的爱情诗写作，实际上是青春的抒怀。可以说"青春"呈现了"90 后"写作的底色，但诗人们的写法却是见仁见智，各有不同，有的是通过写一个意象，直接抒发自己的青春感悟；有的则植根于青春，却又大大扩展了视野，使诗歌中充满了厚重的人性内涵。像玉珍，刚才我举例说她的《1966——给我的母亲》在对 1966 年的想象上有局限，但是她这首诗写母亲一生的命运，以及两代人的关系却是深切感人的。此外，如张晚禾写的《父亲的假牙》、丁鹏的《我想成为一束光》、大树的《宽恕》、徐晓的《刀刃上的时光》、彝族诗人阿卓日古的《回忆是一种失落》等，这些诗歌当中都体现了青春写作的基调，但又是充分个人化的，有丰富的心理与哲理内涵可以追寻。

由于诗与青春有必然的联系，年轻人从写青春起步是很自然的。不过，要想写好青春却不那么简单，应当有独具慧眼的发现和全新的角度。中央电视台近来推出一个大型节目，叫《经典咏流传》，首期便推出一首清代诗人袁枚的诗《苔》："白日不到处，青春恰自来，苔花如米小，也学牡丹开。"写万紫千红的春天，大多数人会着眼于牡丹芍药，但袁枚却写了一个极其不起眼的，像小米那样小的花——苔，看出袁枚不同寻常的审美眼光。这首诗写出来之后，三百年过去了，文学史上没人提，也没人读。直到三百年后的今天，被一个贵州的老师发现了并谱曲，在中央电视台上播出，一下子传遍了全国。这说明诗写出后传与不传有很多偶然因素，但只要是好诗，在一定的机缘下，总会被人记起的。

关于"90后"的诗，大家还会有更详细的讨论，我就不多说了。我要指出的一点是，"90后"尽管已在诗坛崭露头角，他们中有些人已显示了很好的写作潜力，但就目前而言，"90后"一代所取得的成就，还远不能和他们的父辈"60后"一代相比。我觉得到目前为止，"60后"诗人还是支撑我们当代诗歌大厦的顶梁柱，是我们诗坛的脊骨。"60后"诗人的诗歌境界非常开阔，他们的真感情、真歌哭打动了我们。而"90后"的诗人当中，涉及的历史变迁、民族苦难、人性开掘这些东西毕竟还是太少了。这不怪他们，是因为他们的经历。"60后"诗人的创作则植根于他们特殊的体验和承受的苦难，他们把这种体验与苦难转化成自己创作的源泉。诗是哭泣的情歌。德国有一个诗人叫麦克尔，他说过这样的话：诗歌不是天使的栖息之所，而是苦难的编年史。我觉得这说法是非常深刻的。我国宋代大诗人陆游有一首诗谈的是屈原："天恐文人未尽才，常教零落在蒿莱。不为千载离骚计，屈子何由泽畔来？"这就是说，屈原如果没有受到迫害，没有承受苦难，没有在江南流浪，便不会有《离骚》的诞生。"90后"出生在一个生活稳定、没有战乱的和平年代，而且大多数是独生子女。这种生存环境和家庭的期望，使"90后"的生活相比他们的父辈优越很多，因而会缺少苦难意识。但我觉得，生活上的优越，却不一定导致苦难意识必然缺乏。托尔斯泰，屠格涅夫，他们本身都是贵族，可恰恰表现了对他们那个时代最底层的农奴的同情。此外，大家知道，九华山有一个地藏王菩萨的化身叫金乔觉，金乔觉是新罗的王子，他这个地位是很优越的。但是他24岁来到中国，在九华山出家，出家后过的是一种非常苦的日子，僧多米少，每天吃饭，经常拌上观音土（白土）来吃。在这种苦难的修炼生活中，他一直活到99岁圆寂，尸身不腐，供入了石塔，刷上金粉，尊为"金地藏"。他的誓言是什么，就是"众生度尽，方证菩提，地狱未空，誓不成佛"。这样一位地位优越的人，情愿去做苦难的修行，最终就是为了普度众生，这确实是一种胸怀。当然他是一位宗教人物，诗人不见得要与他攀比，但是有没有这样一种胸怀却是大不一样的。

我觉得，在商品经济高度发达，大众文化的红尘滚滚而来的今天，我们更应该要求我们的诗人有一种胸怀，有一种承担。我想念两段语录，一段是俄罗斯诗人涅克拉索夫的："谁要是在受着苦难的兄弟的病床前，／不流眼泪，谁要是心里没有一点同情，／谁要是为了黄金而把自己出卖给别人，／这种人就不是诗人！"我觉得这是诗人一百多年前说的，但完全适用今天。我们中国确实是太大了，在北上广深这几个大城市，尤其中产阶级以上的生活，跟西方的一些中产阶级已相当接近，尽管收入总体不如他们，但买房、买车、旅游、出国都可以做到了。但看看我们西部的农村，我前天刚从青海回来，去了青海湟源县一个山村，还是那么贫穷、落后，真是无法和华西村相比，和发达的东部农村相比。作为一个诗人，怎能够忘掉我们国家还有这些受苦受难的兄弟呢。

我再念当代一位作家的一段话，他说："最大的黑暗，是人们对黑暗的适应；最可怕的黑暗，是人们在黑暗中对光明的冷漠和淡忘。"另一位凤凰卫视《冷暖人生》主编季业说："如果天空是黑暗的，那就摸黑生存；如果发出声音是危险的，那就保持沉默；如果自觉无力发光的，那就蜷伏于墙角。但不要习惯了黑暗就为黑暗辩护；不要为自己的苟且而得意；不要嘲讽那些比自己更勇敢更热情的人们。我们可以卑微如尘土，不可扭曲如蛆虫。"这才是我们这个时代的正义的声音。但是发出这些声音的是一位作家和主编，而不是我们诗人，这也正是我感到遗憾的。我就说这么多，谢谢大家。

2018年6月27日

当下中国的诗歌生态

21世纪以来,以数字技术、网络技术为传播手段的新媒体空前发达,包括博客、微信、微博等私人化、平民化的自媒体平台迅猛增加,这一切使得中国当代诗歌的生产机制、传播渠道,诗人的写作姿态与身份认同,以及诗歌的认定与评价体系都发生了许多新的变化。多元共生,众声喧哗,向上的精神提升与向下的欲望宣泄、严肃的探寻与低俗的恶搞并存,成为这些年诗坛的基本格局。针对这种情况,对21世纪以来诗歌生态予以考察,便成为当下诗歌评论的应有之义了。

新媒体的发展与当代诗歌的新变

21世纪诗歌出现的新变,与新媒体的迅猛发展有密切关系。媒体的更新不只是传播手段的改变,更带来了诗歌创作主体的变化。网络诗歌的出现取消了发表的门槛,模糊了普通诗歌习作者与诗人的界限,使青年诗人脱颖而出成为可能,从而彻底改变了专业作家控制诗坛的局面。按照福柯的"话语即权力"的说法,这实际上是对于诗坛固有格局的挑战和消解,是对诗歌界资源与权力的再分配,年轻诗人有可能利用网络"去中心"的作用力,消解官方文学刊物的话语霸权。

网络诗歌创作主体的无限性,以及个人情感体验的丰富性和审美趣味的多样性,使当代诗歌的发展更不确定,呈现出多种可能。网络是属于大众媒体范畴的。由于大众媒体是相对独立的体系,因此往往表现出与专业媒体不同的理念与不同的价值取向。网络媒体所关注的通常不一定是主流艺术的焦点,当下的网络诗歌更为偏重新奇性、偶发性、狂欢性,表现为选材的个人化,风格的时尚化,语言的流俗化,趣味的极端化,等等。这一切难免会与主流艺术的导向发生冲突。网络媒体在艺术领域表现出与主流媒体在导向上的分离,这在现阶段不仅成为主流媒体的一种补充,而且也为诗歌艺术的多元发展开辟了路径。

网络诗歌写作给了诗人充分的自由感，他们以"个人"的面目出现于网络与微信、微博的现场。作者写作主要是出于表现的欲望，甚至是一种纯粹的宣泄与自娱，一种不得不然的率性而为。在网上写诗、谈诗，用鼠标和键盘寻找自己的知音和同道，寻找自己心灵栖息的场所，这已成为网络诗人生命的一部分。当然，也要看到，网络诗歌发表没有门槛限制，导致信息资源的爆炸与过载，某些网络诗作者滥用了网络提供的自由，消解写作难度，不加节制地放纵情感，宣泄欲望，出现了一批浮泛滥情、泥沙俱下、品格低俗的"口水"之作，制造了大量文字垃圾。这表明在网络上同样需要诗人的自我调节与自我约束。

大国崛起与当下的诗歌热

21世纪诗歌出现的新变，从根本上说是中国社会在新世纪以来政治、经济、文化等领域出现的变化所决定的。改革开放以来，中国在崛起。中国经济快速增长，人民普遍解决温饱之后，有着一种表现诉求的心理需要，社会也急需确立一种精神价值，于是一股诗歌创作与传播的热潮开始在中国大陆兴起。新世纪以来，由各诗歌刊物以及民间文化团体策划的诗歌活动层出不穷。《诗刊》社发起的全国性大型公益活动"春天送你一首诗"从2002年起成功地举办了多届，遍及十几个省市自治区，把诗的种子撒遍了全国数十个城市和地区。围绕新诗诞生百年，江苏省作家协会策划的"中国新诗百年论坛"，2015年5月在无锡正式启动，此后相继在江苏扬州、陕西商洛、浙江丽水、广西南宁和新疆阜康等地举行了系列研讨会，对中国新诗百年的历史经验予以系统地回顾与总结。2016年3月，中国诗歌学会发起"我们与你在一起"大型诗歌公益活动，号召全国诗人积极行动起来，去偏僻农村、城市角落，关注那些留守儿童、老人、妇女以及城市流浪儿童，让诗歌跳出个人的小天地，为拓展汉语诗歌创作空间提供机遇。此外，新世纪有了由文化部和中国作家协会主办的"中国诗歌节"，先后在安徽马鞍山、陕西西安、四川绵阳举行了三届。青海湖国际诗歌节已办了五届，成了中外诗人向往的盛会。一些省市也办起了自己的诗歌节。至于形形色色的诗歌评奖、诗歌研讨会、诗歌朗诵会更是此起彼伏、络绎不绝。这表明一股诗歌热正在中国大地掀起，这股诗歌热没有人振臂一呼特别发动，也没有声势浩大的群众行为，只是在辽阔的大地上、在诗歌的作者与读者中自然地涌动。也正由于此，持续的时间也会更长。

新世纪诗人的介入意识

就诗人与世界的关系而言，如果说80年代的年轻诗人充满一种理想情怀和舍我其谁的担当精神，90年代后部分诗人回归个人的小宇宙，醉心于纯美的艺术追求，那么进入21世纪的诗人则力图突破封闭的自我，"介入"的意识相当明显。这表现为对时代的关注，特别是面对灾难或重大社会问题，诗人发出了自己的声音。从古至今，各种各样的灾难就与人类相伴，因而也必然成为文学创作的重要母题。一场突发的重大事件或灾难，常常会唤醒某些沉睡的思维或精神。人们似乎是随着美国世贸大厦双子星座的倒塌而进入21世纪的。这些年来，仅就中国大陆而言，从SARS危机，低温冰雪灾害，到汶川大地震、玉树大地震……在这一系列灾难面前，诗人没有沉默，而是用带血的声音发出了生命的呼唤。

面对2003年春天的SARS疫情，诗人康桥写出长诗《生命的呼吸》，以史诗般的庄严文字记下了这场特殊的战争，献给在非典时期被SARS的风刀霜剑所磨砺的人。而更重要的是，诗人们的探索并未局限于抵御SARS本身，而是由此思考到我们社会生活中存在的一些更根本的问题。诗人刘虹在SARS肆虐期间写过一首题为《人物·一座山——致抗"非典"英雄钟南山》的诗，她不是一般意义上对英雄唱赞歌，而是从钟南山的身上悟出了诚信、公开与透明对一个社会、一个政党、一个国家的重要。

2008年汶川大地震不仅震动了中国，震动了世界，也给中国诗坛带来了巨大的冲击波。大地震发生十几个小时后，网络上就广泛流传《孩子快抓住妈妈的手》，与此同时李瑛、屠岸、灰娃、王小妮、王家新、朵渔等中老年诗人纷纷用诗歌抒写面对这场巨大的灾难诗人悲痛的胸怀。5月12日地震，5月17日，中国诗歌学会编辑的《感天动地的心灵交响》就已出版，5月19日中央电视台赈灾晚会上就选用了其中的部分诗歌朗诵播出。诗人不仅写诗，而且身体力行，奔赴灾区，冒着余震、泥石流、山体滑坡等危险参与救灾，他们是志愿者，又是诗人。这次地震诗歌，不只是达到全民的情绪宣泄的作用，它更多地还有反思，特别是体现了人的价值高于一切的理念。5月12日发生大地震，第二天四川诗人梁平就写了一首《默哀：为汶川大地震罹难的生命》，在这首诗的最后，诗人写下了："我真的希望/我们的共和国/应该为那些罹难的生命/下半旗志哀"。到5月19日，全国正式下半旗悼念遇难者。这就是诗人，面对灾难、面对生命被吞噬时做出的回答。他们站在时代的潮头，说出了当时人们心中所想，却尚未表达或无从表达的意愿。可见，诗人对灾难这一主题的追逐，明显超出了这一主题本身，灾难改变了现实生活，与灾难的抗争则改变了我们的诗人。

对弱势群体的关注与底层写作

诗人的"介入"意识，还表现为对社会上弱势群体的关注。80年代的青年诗人多是理想主义者，侧重探索诗、实验诗的写作，即使有舒婷的《流水线》这样反映女工生活的诗歌出现，也是个别的，何况此诗一写出来，就招致守旧批评家的指责，认为这是丑化社会主义现实，是对女工精神面貌的歪曲。进入新世纪以来，"草根诗人"大量涌现，描写打工群体的诗作，层出不穷。这种现象不只要从诗歌自身的发展思考，而且有着更为深刻的社会原因。改革开放初期提出的各种改革措施，包括"让一部分人先富起来"的口号，调动了人们的积极性，使整个中国的经济与政治面貌发生了重大变化。但随着改革的深入，一些隐藏在深处的社会矛盾也逐渐显现。"先富起来"的人，并没有带动劳动者共同富裕，反而加剧了两极分化。大面积的官场腐败，"三农问题"，冤假错案，导致越级上访、暴力维权等群体现象层出不穷。如今，以农民工、下岗工人为代表的弱势群体越来越庞大，他们要社会重视自己的存在、要改变自己的处境，就要发出自己的声音。"草根诗人"、底层写作就正是在这种情况下应运而生的。一些来自社会底层的诗人，如白连春、谢湘南、郑小琼、笨水、郭金牛、曹利华、许立志、于秀华……他们带着挥洒在乡间的汗水，带着流淌在工地和流水线上的血痕，带着野性的发自生命本真的呼唤，借助互联网信息传达的快捷与高效，登上了诗坛，他们自身也成了值得关注与研究的文学现象。

除去这些打工诗人，一些在八九十年代有影响的先锋诗人进入新世纪后，写作重心出现了变化，开始把眼光投射到社会的弱势群体身上，用内心充满人文关怀的光芒去照亮世界的暗处。翟永明的《老家》和沈浩波的《文楼村纪事》，均触及了河南农村由于贫困而卖血的令人震惊的情景；王小妮的《背煤的人》和蓝蓝的《矿工》，则透过矿工匍匐的身体、浑浊的眼睛揭示出他们在黑暗中的灵魂；荣荣的《钟点工张喜瓶的又一个春天》和尹丽川的《退休工人老张》，写出了底层的艰苦生活对劳动者造成的身体上和精神上的戕残。而诗人们关注底层的生活状态，不是仅仅停留在底层生活场景的展览上，而是把生活中的原生态的东西加以提炼，予以意象化或象征化的处理，从而使平凡的场景和意象散发出诗的光芒。"卖肾"，光听到这两个字就会让人心惊肉跳，诗人却对这一残酷的悲剧场景予以意象化的处理：

　　一只微弱的萤火虫要出卖它的一半光亮/一只艰难飞翔的小鸟要出卖它的一面翅膀/墙的表情木然/我走出医院的大门/又是春天了啊/春天里两个字刺疼我的眼睛/春天里的一只肾　已经或就要离开它的故乡？

　　（丁可：《卖肾的人》）

重视日常经验写作，贴近世俗人生

　　新世纪诗人的"介入"意识，除去表现为对弱势群体的关注外，还表现为重视日常经验写作，让诗歌贴近世俗人生。荣荣在 2003 年《诗刊》第 6 期上发表过一篇文章，题目叫《让诗歌拥有一颗平常心》；蓝蓝也写过一首诗，题目叫《让我接受平庸的生活》。我认为，这两个题目不仅代表了荣荣和蓝蓝，也代表了新世纪以来相当一部分诗人写作的一种姿态，那就是摒弃浮躁，摒弃急功近利。这既是对 80 年代以来青年诗人中普遍存在的"先锋情结"的反拨，同时也是在消费时代诗人的一种自我保护。由 80 年代起步的诗人都曾经过那么一个阶段，你"先锋"，我比你还"先锋"；你"第三代"，我就"第四代""第五代"……由于纠缠于先锋情结，迷恋于时间神话，使有些诗人在层出不穷的诗歌实验和追风写作中迷失了自我。新世纪的诗人，对这种情况不约而同地进行了反思。

侯马说："我就是要做这样一个彻头彻尾的在场者，做一个彻头彻尾的当下历史的创造者和见证者，我要代一代人，首先代我自己，活着，感受以及表达。"① 陈傻子说："写了许多年的诗，受了许多观点的蒙蔽，曲曲弯弯走了许多岔路，前几年才明白，最基本也是最重要的是，自由，自然，自在。"② 王小妮在接受《南方都市报》记者采访时说过一句话："生活不是诗，我们不能活'反'了。我们要先把自己活成一个正常人。"③ 对王小妮而言，她最看重的是自由。她要按自己的本性去生活，去写作，"无声地做着一个诗人"。路也主张写细微而具体的日常生活，她批评那些远离生活的诗作："一个诗人不该把自己架空，跟看不见摸不着的未来呀岁月呀流浪呀马呀月光呀荒原呀梦呀心中的疼呀黑暗呀永恒呀搅和在一起，我害怕那种诗，在那种诗里生命大而无当，连谈一场恋爱都那么虚幻，没有皮肤的触摸的快感，仿佛爱的对象是万米高空上的云或者峰顶上的雪莲——写诗的目的难道是为了离地球越来越远，而离火星和天王星越来越近么？"④ 她的诗纯情、自然，她喜欢通过具体的事物来展示其生命的底蕴。她的《单数》，从身边事物出发，写尽了一个单身女人的心境，是当代女性诗歌不可多得的佳作。荣荣则以女性最熟悉的厨房生涯为题材，写出了一首《鱼头豆腐汤》：

> 用文火慢慢地熬/以耐心等待好日子的心情/鱼头是思想　豆腐是身体/现在　它们在平凡的日子里/情境交融　合而为一/像一对柴米夫妻/几瓣尖椒在上面沉浮/把小日子表达得鲜美得体/当然　鱼最好是现杀的/豆腐也出笼不久/像两句脱口而出的对话/率真　直白　本色/最耐得住时间和火/身在异乡时　鱼头是个故己/豆腐像心情落寞/别上这道菜啊　否则/有心人会将餐桌上那种吸溜/误认作抱头痛哭声

一道寻常的菜，两种普通到极点的事物：鱼头和豆腐，经诗人精心的调制，竟成了一首颇有特色的诗。你不能不佩服诗人的眼光，她偏能在最

---

① 中岛：《侯马访谈录》，《诗歌月刊》2009年第1期上半月刊。
② 陈傻子：《诗观》，《诗刊》2003年第5期下半月刊。
③ 王小妮：《诗不是生活　我们不能活反了——答〈南方都市报〉记者田志凌问》，《王小妮的诗·半个我正在疼痛》，华艺出版社2005年版，第223页。
④ 路也：《诗歌的细微和具体》，《诗刊》2003年第8期上半月刊。

琐屑的生活中，在一般人认为最没有诗意的地方发现诗意。这也正印证了荣荣的诗观："这么些年的坚持，是缘于内心对诗歌的热爱，因为这份爱，便特别喜欢那种由心而生的随意的诗歌，自然的诗歌，技巧总要退而居其次……"①

日常经验写作，是要把诗歌从飘浮的空中拉回来，因此更需要诗人有独特的眼光，把掩埋在日常经验中的诗意发掘出来，要在灵与肉、精神与物质的冲突中，揭示现代社会的群体意识和个人心态，让日常经验经过诗人的处理发出诗的光泽，让平庸的生活获得一种氤氲的诗意。滚铁环，这是王家新儿时与许多孩子共有的人生经验，多年以后他对这一游戏有了新的体悟：

> 我现在写诗/而我早年的乐趣是滚铁环/一个人，在放学的路上/在金色的夕光中/把铁环从半山坡上使劲往上推/然后看着它摇摇晃晃地滚下来/用手猛地接住/再使劲地往山上推/就这样一次，又一次——
>
> 如今我已写诗多年/那个男孩仍在滚动他的铁环/他仍在那面山坡上推/他仍在无声地喊/他的后背上已长出了翅膀/而我在写作中停了下来/也许，我在等待——/那只闪闪发亮的铁环从山上/一路跌落到深谷里时/溅起的回音？
>
> 我在等待那一声最深的哭喊
>
> （王家新：《简单的自传》）

在诗中，滚铁环不再单纯是一种寻常的游戏，而被赋予了象征内涵。滚铁环的男孩，就像不停地推石上山的西西弗斯一样，为了理想永不言弃，这也是诗人内心世界的写照。在这个滚铁环的孩子身上我们看到了诗人对诗的钟爱，对诗人使命的理解，以及把诗歌与生命融为一体的人生态度。

---

① 荣荣：《诗观》，《诗刊》2003年第5期下半月刊。

诗歌事件频频出现

伴随着新媒体的迅猛发展，新世纪诗歌的一个重要现象就是诗歌事件频频出现。在百年新诗史上，诗人主要是伴随着他的作品出现在诗坛，并逐步为读者所认识的。而近年来，一些诗人暴得大名却是通过网络事件、通过媒体炒作而实现的。如"梨花体"的炒作推出了赵丽华、"羊羔体"炒作推出了车延高、鲁迅文学奖申报与评奖过程中的炒作推出了柳忠秧与周啸天、在"脑瘫诗人"及"穿过大半个中国去睡你"的博文炒作中推出了余秀华……在这一轮轮的炒作中，当代诗歌的核心价值被解构，越来越沦为大众娱乐的工具。

以对河北诗人赵丽华的炒作而言，赵丽华写诗多年，曾担任过鲁迅文学奖初审评委，但一般读者对其人其诗了解的并不多。2006年9月，她的一些写生活流的作品（诸如《一个人来到田纳西》："毫无疑问/我做的馅饼/是全天下/最好吃的"；《我终于在一棵树下发现》："一只蚂蚁，另一只蚂蚁，一群蚂蚁/可能还有更多的蚂蚁"；《傻瓜灯——我坚决不能容忍》："我坚决不能容忍/那些/在公共场所的卫生间/大便后/不冲刷/便池/的人"等）被好事者发到网上，被无数网友嘲笑，称之为"梨花体"，并引发了表示讥讽和轻蔑的模仿热潮，而赵丽华则一举成名，被戏称为"诗坛芙蓉姐姐"。"梨花体事件"，成了新世纪以来网络上影响最大的一个文化事件。在这一事件中，赵丽华被"恶搞"，折射了后工业时代语境之下诗歌与商业社会"娱乐至死"的龃龉与冲突。

这接连而至的一场场诗歌事件，这一幕幕的喜剧和闹剧，说明了在当下的商业社会，一切都在娱乐化。然而，当诗歌成了娱乐的道具的时候，就更需要诗人在寂寞中的坚守。诗人李轻松说得好："在这个任何东西都可以牺牲，连最后的底线都能够突破的时代，连神都被娱乐化，诗歌也没什么特殊的。但是诗歌在我心目中依然是清高的，纯粹的，它只与我的精神追求相关。20多年来，我做了太多的事情，唯独诗歌不能给我带来现实的利益。我与诗歌是互相选择，彼此负责。我永远都会坚持我自己的判断，不会被任何潮流所左右。"①

  观察 21 世纪的中国新诗角度很多，以上只是我对新世纪诗歌生态的极粗疏的一种描述。从中可以发现在新世纪诗歌的良莠不齐、杂乱无序、众声喧闹之中，新的诗歌形态、新的诗歌观念在潜滋暗长，诗歌界的价值取向也在调整之中。越来越多的诗人坚信，来自诗歌的本真的、自然的、充满人性化的声音，正是一个健康的、向上的社会所需要的。诗人的职责就在于通过富于个性化的、独创性的写作发出自己的声音，引领时代的风尚。

2017 年 5 月 18 日

---

① 霍俊明：《"爱上打铁这门手艺"：李轻松访谈录》，首都师范大学中国诗歌研究中心编《首都师范大学驻校诗人李轻松诗歌创作研讨会论文集》。

余秀华与当下的草根诗人现象

这些年网络对诗歌的炒作大多是偏于负面的，如"梨花体""羊羔体"、方方与柳忠秧之争、周啸天诗词之争……在这一轮轮的炒作中，当代诗歌的核心价值被解构，越来越沦为大众娱乐的工具。然而近来余秀华在网络的走红却全然不同，余秀华现象更多地体现了网络的正能量，体现了对弱势群体的关注，也体现了网民对当代诗歌的理解逐渐趋于理性。

网络让余秀华一举成名

余秀华在网络上出名了，这并非单纯炒作的结果。从余秀华的诗歌创作看，她确实属于底层写作的一位佼佼者。比起当下在报刊上、网络上招摇过市的伪诗人，余秀华称得上是真诗人。她坎坷的生涯，病残的身体，不幸的婚姻，正应了陆游的那句诗："天恐文人未尽才，常教零落在蒿莱。"她在孤独的处境与艰难的日子里，寻求一种与心灵对话的方式，她用自然明净的语言真诚地展示自己的内心，毫不造作。她的写作是超功利的，用她的话说，是"为了自己安心"。当然，受生存环境与知识结构的限制，余秀华的视野尚不够开阔，作品尚缺乏大诗人所应有的历史深度与哲理内涵，这也是无可讳言的。面对网络炒作，她的态度是清醒的，认为这种炒作很快就会过去。她在网上留言说："现在关注我的人多了，说我诗歌好的有，说不好的有，这都没有关系，我只能按照我自己的心意写这些分行的句子，是诗也好，不是也罢，不过如此。我身份的顺序是这样的：女人，农民，诗人。这个顺序永远不会变，但是如果你们在读我诗歌的时候，忘记我所有的身份，我必将尊重你。"

然而并不是身处底层的诗人都有余秀华这样的机会的。余秀华走红，这符合了网络要求传播对象具有新奇性的特征。2014年11月10日《诗刊》社"微信公众号"以"摇摇晃晃的人间——一位脑瘫患者的诗"为题选发了余秀华的一组诗,这是余秀华首次在网上露面。在底层生活的诗人常有,但在底层生活又有残疾的诗人不常有,尤其是被贴上"脑瘫"标签的诗人更为罕见。诗歌创作毕竟是高度耗费脑力的事情,所谓"吟安一个字,捻脱数茎须"。现在一个人"脑瘫"了,竟然还能写诗,还能写出不错的诗,这本身就构成谈资,并唤起读者的好奇。这带来了可观的点击量,但此时尚未到达更火的地步,要更火还有待于进一步的包装。2015年1月13日沈睿给余秀华写的博文题目是《什么是诗歌?:余秀华——这让我彻夜不眠的诗人》,给了余秀华诗以高度评价。紧接着,一个叫王小欢的网友,写信给沈睿,问能不能转她的博文,沈睿表示同意。王小波便把沈睿的原博文题目改为《余秀华:穿过大半个中国去睡你》。这是个充满了性想象的标题,非常醒目。这位脑瘫的农妇的呼唤,不仅引起男性读者的好奇,更受到女权主义者的追捧。余秀华把个人的情欲与当下中国的现状交织在一起,写法有些骇世惊俗,也正如余秀华自己所言:"那首诗里有些辞藻用得太大了,不够克制。"① 其实仅就写性而言,余秀华在《我养的狗,叫小巫》中写她不幸的夫妻生活,更为真切动人。不管怎样,使用"余秀华:穿过大半个中国去睡你"这个标题,夺人眼球这个目的达到了。紧接着挺余秀华的沈睿与贬余秀华的沈浩波的"二沈"之争,又进一步把余秀华推到网民和公众的面前。余秀华这位多年来默默无闻的湖北农妇,就这样被推上了当代诗坛,网络让人一举成名的神话再度出现。

草根诗人现象:当下诗歌生态不容忽视的一个话题

其实,网络上关于余秀华诗歌的热炒,很快就会过去的。但是余秀华现象引发的对"草根诗人"的关注,倒是触及当下诗歌生态的一个不容回避的话题。

回顾新诗发展史,新诗的策源地在北京大学,最早的新诗作者多是留学生、教授、学者,真正底层出身的写作者极少。在毛泽东的《在延安文艺座谈会上的讲话》发表之后,40年代的革命根据地,50年代的中国大陆,涌现了一批来自底层的工农兵作者,但在文学为政治服务的背景

---

① 新京报记者伍勤:《如果她是沉默的》,《新京报》2015年1月24日。

下，他们写的是洋溢革命豪情的颂歌与战歌，与底层的生存处境是无关的。新时期以来，较早触及底层生存状态的诗歌，是舒婷的《流水线》。舒婷以流水线女工的亲身经历，真实地写出流水线上工人被机器捆绑，失去自我的感受。然而这首诗发表后，却遭到严厉的批判，认为诗人没有写出社会主义时代工人阶级的战斗豪情，情绪阴暗。就朦胧诗人整体而言，有一种强烈的精英意识与使命感，更多地采用了象征主义与意象派的表现方式，呼唤人的尊严，呼唤自由，像《流水线》这类诗歌的写作属于特例。此后的"第三代"诗人，醉心于形形色色的语言实验，诗歌中充满了困惑与焦虑、喧哗与躁动，在他们的笔下，直面底层的写作也不多。

底层写作渐成声势，草根诗人不断涌现，应当说是始自90年代，到新世纪则成为一股不可忽视的创作潮流了。一些来自社会底层的诗人，如白连春、杨键、谢湘南、郑小琼、刘年、笨水、郭金牛、曹利华、王单单……他们带着挥洒在乡间的汗水，带着流淌在工地和流水线上的血痕，带着野性的发自生命本真的呼唤，借助互联网信息传达的快捷与高效，跻上了诗坛，他们自身也成了值得关注与研究的文学现象。

我认为，草根诗人的大量涌现，不只要从诗歌自身的发展思考，而且有着更为深刻的社会原因。改革开放初期提出的各种改革措施，包括"让一部分人先富起来"的口号，调动了人们的积极性，使整个中国的经济与政治面貌发生了重大变化。但随着改革的深入，一些隐藏在深处的社会矛盾也逐渐显现。"先富起来"的人，并没有带动劳动者共同富裕，反而加剧了两极分化。官员腐败、"三农问题"等，导致越级上访、暴力维权等群体现象层出不穷。以农民工、下岗工人为代表的弱势群体越来越庞大，他们要改变自己的处境，要发出自己的声音，草根诗人就正是在这种情况下应运而生的。

有一种说法，底层是沉默的大多数，根本不具备表达能力。这是一种似是而非的理论。即使在底层普遍被剥夺了文化权利的时代，底层也从来不是无声的。发出"王侯将相宁有种乎"的陈胜吴广，算不算底层？历来的民歌、今天广泛流行的段子，不就是底层人民的心声吗？历史上，出身底层的诗人层出不穷。乌克兰的诗人谢甫琴科，本身就是农奴，但他同时也是大诗人。更何况今天，随着教育的普及，即使是在底层，完全没有受过教育的文盲，也是越来越少的了。这些年来，在工厂、农村的知识青年中涌现了一大批像谢湘南、郑小琼这样的打工诗人，像曹利华、余秀华这样的农民诗人，难道可以视而不见吗？

底层写作不仅牵涉诗人的写作倾向，而且关系诗歌的内在素质。诗是哭泣的情歌。大凡留传后世的伟大诗篇，都不是为统治者歌舞升平、为豪门描绘盛宴之作，而恰恰是与底层人民息息相关的。这绝非偶然。底层总是与苦难相伴，而苦难则往往孕育着伟大的诗。所以德国诗人麦克尔才说："诗歌不是天使栖身之所"，"诗是苦难的编年史"。

就草根诗人自身而言，诗歌是他们获取精神自由的一种寄托，是实现灵魂自我拯救的一种手段。对他们来说，在苦难的现实世界中生活是一个世界，但诗歌给了他们放飞理想的另一个世界，正是通过诗歌，他们找到了自我，提升了自我，也找到了生活下去的理由与勇气。

草根诗人之所以在21世纪不断涌现，也得力于互联网时代为他们提供的平台。在网络上，在自媒体世界里，每个人都可以成为信息的发布者，每个人都可以通过信息的发布表现自己的个性。网络造成了创作主体的大众化与普泛化，特别是为名不见经传的草根诗人找到了一个全新的大舞台。按照福柯的"话语即权力"的说法，这实际上是对于诗坛固有格局的挑战和消解，使诗歌进一步走上平民化的道路。

最后，我要说的是，底层不是标签，草根诗人也不是什么桂冠。底层写作，不应只是一种生存的呼求，写出的首先应该是诗，也就是说，它应遵循诗的美学原则，用诗的方式去把握世界、去言说世界。苦难的遭际、悲伤的泪水不等于诗。诗人要把底层的生命体验，在心中潜沉、发酵，并用美的规律去造型、去升华，达到真与善、美与爱的高度谐调与统一，这才是值得草根诗人毕生去追求的。

2015年2月11日

抗疫诗歌：良知的呼唤与人性的考量

2020年，充满悲怆的春天，新冠肺炎疫情突袭神州大地。在这场特大的灾难面前，中国诗人没有退却，没有沉默，疫情唤起了他们的良知，面对倒下去的同胞，面对奋不顾身逆行的抗疫勇士，面对举国上下齐心抗疫的动人场景，他们的诗情在燃烧，不由得拿起笔来，发出了风雨同舟、共克时艰的呼唤。抗疫诗歌通过互联网、手机短信、微信，也包括平面媒体，迅速传播开来，其影响力，其创作的数量及传播的范围，已远远超过2008年的抗震诗歌。随之而来，也引发了对抗疫诗歌的不同评价。

在我看来，抗疫诗歌不是由谁号召、由谁引导而生成的，而是一种全民的、自发的创作行为，迅猛暴发的疫情就是无形的动员令。当特大灾难降临时，人们需要情感宣泄的通道，诗歌便是其中最便捷、最迅速的一种。中国有不同于西方的国情。过去蔡元培曾有"美育代宗教"说，林语堂则把这一思想具体化为："中国诗在中国代替了宗教的任务。"（林语堂《诗》，见《吾国与吾民》）所以凡有特大灾难发生的时候，中国人不是去教堂，而是倾向于用诗来抒发自己胸中之块垒。2008年汶川大地震发生后，中国很多人不管是不是诗人，都在平面媒体或在网络、短信中写诗、传播诗，借此表示对遇难者的哀悼。这次新冠肺炎疫情的暴发，很自然地又带来了一波更大范围的诗歌热。我们不必过多地介意这些诗歌水平的参差不齐，只要把它们看成是面对巨大灾难的长歌当哭，看成是郁积的痛苦的群体性宣泄，看成是心理疏导与治疗的一种手段就可以了。当铺天盖地的诗歌浪潮退去之后，泥沙归于泥沙，真正的诗歌却像经得住海浪淘洗的礁石一样，清峻而顽强地挺立在那里。

这里，泥沙与礁石的区别，就在于前者是一般化、同质化的情绪呼唤，后者则是以诗歌把握世界的独特方式处理现实，让情绪与理智相融合，把真与美结为一体，提炼出诗人独具的意象，结成植根于诗人生命深处的心花。

从诗歌伦理的角度而言，优秀的抗疫诗歌不是仅仅停留于痛苦情绪的抒发，不是仅仅着眼于抗疫事迹的报道，而是以一种大悲悯的胸怀，把神州大地发生的这场惊天地、泣鬼神的对疫情的抗争，放在一个宏观的大背景之下，创造出一个独特的诗的艺术世界，显出一种大情怀、大气魄、大格局。

珍惜生命，是人的本能，不是哪位天使都渴望折断翅膀。然而当无辜的生命接连倒在瘟神的脚下，当无数的感染者渴望救治的时候，真正的勇士只有前仆后继地奔向抢救他人的战场，显示了牺牲自我，拯救他人的博大爱心。诗人总是走在时代前沿，以其特有的敏锐感知，密切关注抗疫战场，以饱满的激情讴歌抗疫前线的英雄——他们是巍然屹立的大山，是最早的吹哨者，是普通的医生护士，是街区的守护者，是执勤的士兵……这不是廉价的赞扬，而是对高贵灵魂的仰望，是特殊的春天里时代精神的高扬。

抗疫，不只是人与冠状病毒的搏斗，更是人性的较量。疫情的沉重，生命的消亡，对人类心灵的撼动是空前的，美丽的人性在闪耀，丑恶的人性也在暗涌。面对焦灼与欣慰、恐惧与希望、逃离与坚守、泪水与微笑交织而成的社会百态，诗人做出了独立的判断。对疫情期间出现的丑恶与不端，诗人仗义执言。对最早的吹哨人，诗人发出了深情的礼赞："悲惨的世界因为有你，我已不再恐惧/也并不孤单，苦难的历程总有人/与我共同穿越，黑暗中总有举火者/握在掌心的爱让它不断传递/夜火指引的路，把病毒逼退/我已不再恐惧，因为有你同行。"（程维《举火者》）

优秀的抗疫诗歌，不只是诉诸人们的感情，还要诉诸人们的理智，总能呈现一种反思的精神，特别是强调人的价值高于一切的理念，强调终极关怀，从而彰显出生命的尊严。诗人北野武写道："灾难并不是死了两万人或八万人这样一件事，/而是死了一个人这件事，/发生了两万次。"这首小诗在网络上迅速传播、转发，得到读者的认可，就在于突出了"个人"的本位，是对疫情肆虐情况下"人的价值"的深度阐释。诗人王单单疫情期间，正在农村扶贫，他以自己的真实体验，反思了疫情传播期间信息透明的必要。在《花鹿坪防疫记》中，他真实地记录了一件小事："很多时候，只有讲出真相/你才能看到/里面藏着一线生机/从李崇福家排查离开后/他又追上我/道出高铁经过武汉时/他停留了十分钟。"面对农民的诚实，他写出了自己的感悟："好的口罩，/当具备两点：/一是把病毒挡在嘴外/二是把谎言挡在嘴里";"朋友们都在写诗/而我固执地认为：/疫情肆虐之日/形势严峻之时/真相即诗/生命即诗/除此之外的抒写/都是可疑的行为。"（《来自一个青年诗人的新冠疫情一线的防控报告》）"真相即诗，生命即诗"，说得真好，这也恰好印证了加缪在《鼠疫》中所说的："这一切里面并不存在英雄主义，这只是诚实的问题。与鼠疫斗争的唯一方式只能是诚实。"

我记得，2008年5月12日汶川大地震爆发后，第二天四川诗人梁平就写了一首《默哀：为汶川大地震罹难的生命》。在这首诗的最后，诗人写下了："我真的希望/我们的共和国/应该为那些罹难的生命/下半旗志哀。"到5月19日，全国正式下半旗悼念遇难者。这就是诗人，他总是站在时代的潮头，有着悲天悯人的情怀，从而才能写出带有预言性质的诗篇。2020年清明节那天，全国再度降半旗，向抗击新冠肺炎疫情而牺牲的烈士和逝世的同胞们默哀。诗人葛诗谦当晚写出《清明》，开头便是："一座山蹲在今天的日历上/风，怎么使劲也拽不动/一泓泉悬在眼睛和鼻翼之间/没向上滚，也没往下涌/等这一天，众者公祭/怕这一天，愧者无容/黑白谁翻译，雾绕岭上松……"用"一座山"象征为人间大义而牺牲自我的烈士，用"一泓泉"暗喻幸存者的感恩和痛惜，用"雾绕岭上松"渲染公祭的气氛。全国默哀日亿万人民化悲痛为力量的情怀，就这样传神地表达出来了。

随着疫情在世界范围的传播，随着新闻媒体上每天报道的确诊人数和死亡人数的递增，中国的诗人前所未有地感受到病毒是对世界各国人民的共同威胁。在这样一个时刻，生活在同一个地球村的人们，更应超越种族，超越国界，为战胜新冠病毒这一世界人民共同的公敌做出贡献。这就要求诗人有一种全球意识。吉狄马加的长诗《裂开的星球》就是希望诗人承担起引领人类精神的崇高使命，把捍卫自由、公平和正义作为自己的责任，从而用诗歌去打破任何形式的壁垒和隔离，为构建人类命运的共同体，为构建一个更加公平、合理和人道的世界做出贡献，这就对诗人提出了更高的要求，也把诗人对新冠肺炎疫情的思考提升到了一个新的境界。

诚然，由于疫情的突发，时间的紧迫，全民的参与，抗疫诗歌大多属于急就章，人云亦云、粗糙平庸的作品比比皆是。但我们更应看到的是，在灾难来临的时刻，这些作者爱心的涌动，他们发出了真情的呼唤，用诗歌留下了这个时代的回响。也许灾难过后，绝大多数抗疫诗歌不再被提起，但它们有自身存在的合理依据与映照时代与人心的历史价值。诗歌的确是不能挽回罹难者的性命，但是诗人在灾难面前发出的呼唤与反思，却可以对亲历这场灾难的人们造成影响，使他们扪心自问：我的良知何在？从而激励自己，做一个诚实的人，做一个纯洁善良的人，做一个有博大爱心的人。

2020 年 10 月 16 日

全球化语境下土著民族
诗人的语言策略

诗歌创作的核心因素是语言。诗人与世界的关系，体现在诗人和语言的关系中。海德格尔说："诗是一种创建，这种创建通过词语并在词语中实现。"① 他还指出："诗乃是一个历史性民族的原语言。"② 可见诗歌正是源于一个民族的历史深处，而一个民族诗人的心灵，也正是在该民族语言的滋润与培育之下，才逐渐丰富与完美起来的。

民族的语言对于一个诗人的成长及其作品的面貌起着决定性的作用。民族的血缘，是奇妙的，在诗人出生之际就已铭刻在诗人的基因之中，此后在漫长的创作生涯中，它又时时在召唤着诗人。黑格尔指出："艺术和它的一定的创造方式是与某一民族的民族性密切相关的。"③ 对于一个民族群体来说，共同的自然条件和社会生活，使他们在世代繁衍过程中，能够自觉地根据有利于群体生存发展的原则来行动，形成在观察处理问题时的特殊的视点、思路和心理定势，表现出共同的心理素质。这种共同的心理素质通过一代一代的实践积淀于心理结构之中，又会作用于民族成员的一切活动，包括诗歌创作活动。

一个国家或地区的主流民族诗人与土著民族诗人，都是在本民族语言的环境下成长起来的，也都面临着运用哪种语言写作的问题。对于主流民族诗人来说，问题比较简单，只要按照自己从小习得的并在后来的创作实践中得心应手的语言去写就是了。土著民族诗人的情况要复杂一些。有些诗人从小生活于土著民族地区，精熟本民族的语言，他们终生都用本民族

---

① ［德］海德格尔：《荷尔德林和诗的本质》，《荷尔德林诗的阐释》，商务印书馆2000年版，第44页。
② ［德］海德格尔：《荷尔德林和诗的本质》，《荷尔德林诗的阐释》，商务印书馆2000年版，第47页。
③ ［德］黑格尔：《美学》第1卷，商务印书馆1979年版，第362页。

的语言写作。随着全球化的进展，各民族地域经济的快速发展，各民族文化的交流与融合，完全使用土著民族语言写作的诗人越来越少，而采用当地主流民族语言写作的土著民族诗人则越来越多。这是由于在全球化的今天，一成不变地维持传统的生产方式与生活方式的土著民族越来越少，在一个开放的社会当中，土著民族已融入现代化的浪潮之中，现代化的生产方式与生活内容，使土著民族诗人的写作不再同于他们的前辈，而呈现了开放性。这种开放，一方面表现为在全球化背景下土著民族诗人所涉及的题材、所选取的意象、所表现的情感，与不同种族、不同肤色的人们所共同关切问题的贴近；另一方面则表现在他们的语言策略上，那就是相当多的土著民族诗人不再坚持用土著民族的语言写作，而采用主流民族的语言写作。

土著民族诗人使用主流民族的语言写作，并不意味着其民族特点的丧失。一个土著民族诗人的民族性，主要表现在长期的民族生产方式和生活方式下形成的观察世界、处理问题的特殊的心理定势和思维方式，那种烙印在心灵深处的民族潜意识，那种融合在血液中的民族根性，并不会因说话方式的不同而改变。相反，借助主流民族语言的宽阔的平台，土著民族的特殊的民族心理和民族性格反而能得以更充分的表现。在这方面取得成功的土著民族诗人很多，吉狄马加就是一个杰出的范例。

吉狄马加是一位彝族诗人，他熟悉本民族的语言，但是在诗歌创作中却采用了中国的主流民族语言——汉语。这是一个彝人的后代在世界进入全球化时代，在彝人社会已随着整个中国现代化的步伐而发生了重大变化的今天，所做出的重要的选择。

作为用汉语写作的彝族诗人，吉狄马加既不同于用汉语写作的汉族诗人，又不同于用彝语写作的彝族诗人。作为彝族诗人要用并非自己母语的汉语写作，平添了写作的难度，他承受的语言痛苦，要远远大于一般汉族诗人承受的语言痛苦，然而诗歌创作带给诗人的快感之一，就是在征服语言痛苦中诗情的迸发与诗思的精进。吉狄马加对于少数民族诗人采用汉语写作，是有着自己的深切理解的，他认为阅读少数民族诗人用汉语写作的诗歌，"使人置身于一种相互交织的语境之中。少数民族作家的作品不能只在现代主义的修辞风格框架内解读。因为他们既置身于汉语写作的场域，又显然植根于本民族经书、神话、民间故事的地方传统。这似乎是一种考验，因为他既要在很高的层面上把握汉语言的真谛，又要驾驭两种语言、两种思维方式的碰撞和交融。"①

当然，运用非母语写作，不仅是增大了写作难度，增添了诗人的语言痛苦，同时又给诗人运用语言开辟了新的天地。把彝人的体貌、性格、心理用汉语传达出来，为当代诗歌带来新的场域、新的气息，这是一个方面；另一方面，吉狄马加用汉语写作，又直接激发了他对汉语的深层次的学习与把握。吉狄马加说："我的思维常常在彝语与汉语之间交汇，就像两条河流，时刻在穿越我的思想。我非常庆幸的是，如果说我的诗歌是一条小船，这两种伟大的语言，都为这条小船带来过无穷的乐趣和避风的港湾。作为诗人，我要感谢这两种伟大的语言。是因为它们，才给我提供这无限的创造的空间。"②

吉狄马加是语言天赋很强的诗人。彝语与汉语这两种各有其独特的文化内涵与不同的语言构造的语言，竟能在他的头脑中自由地融汇在一起，互相渗透，互相交融。当然，由于吉狄马加最后是用汉语把诗写出来的，我们不太可能窥见他头脑中两种语言方式的冲撞与融合，但是就他的作品而言，尽管是汉语写出的，但其格调、韵味却又不同于一般的汉语，而是彝人化的汉语。这是他笔下的岩石：

　　它们有着彝族人的脸形
　　生活在群山最孤独的地域
　　这些似乎没有生命的物体
　　黝黑的前额爬满了鹰爪的痕迹

这不只是孤独的群山中的岩石，更是彝人的民族精神的写照。尽管是用汉语写出来，但透露出的生命气息绝对是彝人的。如果对比一下艾青的名篇《礁石》，两个民族的优秀诗人的不同胸怀与境界立刻就显示出来了。此外，在《往事》《彝人梦见的颜色——关于一个民族最常使用的三种颜色的印象》《故乡的火葬地》《史诗和人》《告别大凉山》《色素》等诗作中，均能发现在汉语写作后面的一位彝族诗人的民族性与独特的

---

① 吉狄马加：《中国西部文学与今天的世界》，《鹰翅和太阳》，作家出版社2009年版，第436页。
② 吉狄马加：《一个彝人的梦想》，《鹰翅和太阳》，作家出版社2009年版，第396页。

灵魂。

　　吉狄马加是彝人的优秀的儿子，但不是仅仅龟缩于古老的彝族文化传统中的守成者，他意识到，每一种文化都是一条河流，它们可以平行，也可以交汇。因此他在自觉地开掘民族文化传统的同时，又敞开胸怀，去学习与吸收汉族文化，拥抱世界文化，从而为他创建的诗国投射进几缕明丽的阳光，更显得雄奇瑰丽。

苏轼对今天的三点启示
——三亚国际诗歌节有感

时值深秋，北京已经是秋风萧瑟，落叶满阶了。但是来到三亚，蓝天白云，椰风海韵，诗意海角，浪漫天涯，给我留下了深刻的印象。特别让我感动的是晚上在大东海广场举行的群众诗会，家庭妇女，复转军人，退休职工，一个个登上台来，尽情朗诵他们喜爱的诗篇。三亚这颗海南明珠所充溢的浓浓的诗意，令我惊奇，也令我深思。是谁在海南人心中播撒了诗的种子？

我的思绪回到了九百多年前。那时候，有一位诗、词、文、书法俱佳的大诗人被贬到海南，也把诗歌带到了海南，这位诗人就是苏轼。那年他已六十二岁，自认生还无望，他在给弟弟的一首诗中说："他年谁作舆地志，海南万古真吾乡。"那时的海南还未脱蛮荒，苏轼说这里是食无肉，病无药，居无室，出无友。尽管生活条件极为艰苦，但苏轼依然"超然自得，不改其度"，写下了大量的诗篇。不仅如此，他在海南还培养后学，从他的学子有海南人，还有从内地不远千里追随而来的。苏轼向学子讲授为人之道与作文之法。宋朝建国百年来，海南从未有人进士及第。但苏轼北归不久，就有人举乡试，苏轼题诗鼓励他："沧海何曾断地脉，珠崖从此破天荒。"《琼台记事录》对苏轼的贡献有过这样的评价："宋苏文忠公之谪儋耳，讲学明道，教化日兴。琼州人文之盛，实自公启之。"

苏轼来到海南，给这片蛮荒的土地播撒了诗的种子，他的人生态度，他的诗学思想，到今天依然能够给我们以深刻的启示。

对我来说印象最深的，首先是苏轼那种独立、健全的人格。由于坚持独立的人格，苏轼在新党旧党无论谁执政时，总是不得好，于是一贬再贬，晚年一直被贬到海南。苏轼仕途坎坷，未能在政治舞台上充分施展自己的抱负，却成就了一位优秀的诗人。钱锺书编《宋诗选注》，苏轼名下第一首诗选的是《和子由渑池怀旧》："人生到处知何似，应似飞鸿踏雪泥；泥上偶然留指爪，鸿飞那复计东西。老僧已死成新塔，坏壁无由见旧题。往日崎岖还记否，路长人困蹇驴嘶。"这首诗可说是苏轼一生的浓缩写照，他不断地遭受打击，不停地被贬官，他把这些体验凝聚成一位在崎岖山道上骑着瘸驴、不停奔波的旅人形象。而诗中的"雪泥鸿爪"，早已成为一个成语，是对漂泊人生极富哲理的概括。实际上，没有困顿坎坷的人生经历与达观健康的人生态度，就不会有《和子由渑池怀旧》这样杰出的诗篇。陆游晚年的一首诗就讲到了这种现象："天恐文人未尽才，常教零落在蒿莱。不为千载离骚计，屈子何由泽畔来。"正是由于屈原在政治上不能实现自己的理想，行吟泽畔，才成就了《离骚》这首伟大的诗篇。晚唐诗人司空图也说过："自古诗人少显荣，逃名何用更题名。"要做一个诗人，就不要想着高官厚禄；要保持诗人的高洁，就不能汲汲于世间的俗名。所以，对于我们今天的诗人来说，当你的愿望和理想无从实现的时候，那么就把你的爱，把你的潜能，把你的全部才华通过诗的渠道释放出来吧。诗歌写作到一定程度，拼的不是技巧，不是修辞，而是人格。正如清代诗人沈德潜说的："有第一等襟抱，第一等学识，斯有第一等真诗。"俄罗斯诗人叶赛宁坦率地承认："我并不是一个新人，/这有什么可以隐瞒？/我的一只脚留在过去，/另一只脚力图跟上钢铁时代的发展，/我常常滑到在地。"郭小川在晚年所写的《秋歌》中说："我曾有过迷乱的时刻，于今一想，顿感阵阵心痛；/我曾有过灰心的日子，于今一想，顿感懊悔无穷。"像这样坦率的自责，这样真诚的自剖，只能出自一个高贵灵魂的笔下。因此，作为一个诗人，首先应该做一个真正的人，做一个有独立的、健全的人格的人，这是苏轼给我们的第一点启示。

第二点启示，就是苏轼的与天地融合在一起的自由的心灵。苏轼在从政的时候奉行的是儒家的理论，在个人生活方面则更多地体现了道家的精神。所谓齐得丧、忘祸福、混贵贱、等贤愚，同乎万物而与造物者游，这种境界在他身上表现得非常明显。他的代表作《水调歌头·明月几时有》，之所以被千古传诵，就在于它传达了一种宇宙人生的旷漠之感，那种对时间的永恒和生命的有限所发出的深沉的喟叹，那种超然旷达、淡泊宁静的心态，成为古代诗学的最高境界。苏轼被贬黄州后，自述"得城南精舍曰安国寺，有茂林修竹，陂池亭榭。间一二日，辄往焚香默坐，深自省察，则物我相忘，身心皆空……一念清净，染污自落，表里儵然，无所附丽。"（《黄州安国寺记》）这种在逆境中淡然处之的人生态度，使他写出了一系列的名篇。诗歌写作是一种具有高度独创性的心灵活动，常常偏离文化常模，有时还会给世俗的、流行的审美趣味一记耳光。这就要求诗人有广阔的自由的心灵空间，在这个空间里，诗人的思绪可以尽情地飞翔，而不必受权威、传统、世俗和社会偏见的束缚，才能调动自己意识和潜意识中的表象积累，形成奇妙的组合，写出具有超越性品格的诗篇。当代诗人中，像年过九旬的郑敏先生，在她的晚年，她的某些诗歌就进入了这样的天地至境。进入新世纪之后，郑敏在《诗刊》上发表了《最后的诞生》：

> 许久，许久以前/正是这双有力的手/将我送入母亲的湖水中/现在还是这双手引导我——/一个脆弱的身躯走向/最后的诞生……/一颗小小的粒子/重新飘浮在宇宙母亲的身体里/我并没有消失，/从遥远的星河/我在倾听人类的信息

面对死亡这一人人都要抵达的生命的终点，诗人没有恐惧，没有悲观，更没有及时行乐的渴盼，而是冷静地面对，她把自己肉体生命的诞生，看成是第一次诞生，而把即将到来的死亡，看成是化为一颗小小的粒子重新回到宇宙母亲的身体，因而是"最后的诞生"。诗人把生与死看得很透，个人肉体生命结束了，但是精神却超越了有限的自我，和宇宙融合在一起，这是人生的最高境界。

第三点启示，就是苏轼对诗歌独特的把握世界方式的阐释。苏轼有一首诗说："论画以似形，见与儿童邻。作诗必此诗，定知非诗人。"就是说，对画的判断不是以画得像不像为标准。至于写诗，抱住一个题目去硬写，不知道超越，不知道发挥想象，那一定不是个诗人。这和清代诗人袁枚所说的"诗含两层意，不求其佳而自佳"意思相仿佛。这些话的主旨都是强调要超越所写事物的表层意象，而对事物的内涵做出深入的开掘。

在当下的诗坛，确实有一些人对苏轼所谈的这一点缺乏理解。在我们的网络上、诗刊上出现过很多平铺直叙的作品，无难度，无深度，无内涵，把生活现象分行排列下来，就认为是诗，其实是对诗歌的一种误解，因为你把不是诗的东西当作诗歌陈列出来了。而写得好的描述生活现象的诗歌，后面一定有让我们思考、琢磨的东西。像雷平阳的《杀狗的过程》，可以说写的也是生活现象，但是读完之后，就会觉得里面体现着对

人性非常深厚的理解和开掘,就是说后面有东西。我觉得,我们谈苏轼的诗及其对我们影响的时候,首先就要考虑到这点。我们现在很多年轻人都感觉,自己的诗不能突破,原因在哪里?日本作家高田敏子也曾经历过这样的阶段,往下写,写不下去了。她就向一位朋友请教。朋友指着面前盛着咖啡的玻璃杯问,你看这是什么,高田敏子说是玻璃杯。朋友说,你再看看它是什么,她没有看出别的东西,回答还是玻璃杯。朋友问了第三次,你再仔细看看它是什么,她看了半天,真的不是别的,所以回答仍是个玻璃杯。朋友说:"所以你不行!你现在看它装着咖啡是玻璃杯,可如果把咖啡倒了,插上一枝花,它就是花瓶,把花拿掉插上一支笔,它就是个笔筒。你为什么只能看出它是玻璃杯呢?"实际上高田敏子的思路是被思维定势局限住了。苏轼关于"作诗必此诗,定知非诗人"的提法,就是让我们打破陈旧的思维定势,让诗的思绪自由地翱翔。清代有位诗人讲过,凡人作诗,一题到手,必有一种供给应付之语,老生常谈,不召自来;若作家必如谢绝泛交,尽行麾去,心精独运,才能写出佳作。这话说得很实在,诗贵发现,重要的是要有自己的声音,诗人不写则已,要写就要求新求变,让诗作有独自的神思,独自的风姿,"不践前人旧行迹,独惊斯世擅风流"。

2014 年 10 月 15 日

对如何建设中原诗群的几点建议

我们这次论坛的关键词是"中原诗群",杨匡汉老师对这个问题发表了系统的看法,他讲得很好。下面我主要从操作层面上对建设中原诗群提出几点建议。

第一点,中原诗群打的是中原旗号,所以我们需要对中原文化的内涵是什么、精神是什么以及历史上中原文化的特点是什么,能够做进一步理论上的探讨。刚才听杨炳麟先生说到"河南诗人年度奖"最早的动议是想用杜甫冠名,后来没有用,我感到非常遗憾。我觉得,作为中原诗人的奖项,如果能以祖籍河南的诗人杜甫为名,那将是获奖诗人的光荣,至于说跟什么奖重名,我认为那是次要的。我觉得实际上中原诗歌、中原诗人,最集中最重要的代表人物就是杜甫。今年是杜甫诞辰1300周年,在杜甫诞辰1250周年的时候,当时北京开了一个很高规格的会议,是在政协礼堂,主报告人是原北大教授、时为中国科学院哲学社会科学部外文所所长的冯至先生,他做了"伟大的诗人——杜甫"的学术报告。参加会议的有陈毅副总理,以及郭沫若(他当时也是副总理)。这个会议在冯至先生的报告结束之后,还有俞振飞和言慧珠演出的昆曲《小宴惊变》。我当年是以一个大学一年级学生的身份参加的,第一次参加这么一个高水平的学术活动,这对我年轻的心灵是受益匪浅的。我觉得后来我在学习诗歌、研究诗歌当中,杜甫无形中就是一个非常高的尺度,非常重要的参照。我觉得在杜甫身上体现了一种深厚的人性关怀,忧国忧民,当然还有忠君爱国,他诗歌当中对弱者的同情和深厚的人道主义体现得非常明显。而杜甫的胸怀,我觉得特别值得当下年轻人借鉴。当下某些年轻作者,总是想如何炒作、快速出名等。杜甫则"不薄今人爱古人,清词丽句必为邻。窃攀屈宋宜方驾,恐与齐梁作后尘。"杜甫之所以成就为伟大诗人是因为他宽阔的胸怀。杜甫是中华诗人的杰出代表,而这样一个伟大的诗人就在河南,所以我认为中原诗群应当高扬杜甫的旗帜,应该全方位地继承杜甫的精神。

　　第二点，我觉得一个诗群应当有一个甚至几个有重要影响的诗坛领袖。诗坛领袖不是自封的，也不是官方指派的，而是自然而然形成的。一个诗群没有几个真正能在诗坛上站得住脚的诗人，那我想这个诗群是立不起来的。比如说围绕着魏国的曹丕，当年在河南一带，有一个"建安七子"创作群。曹丕是一个皇帝，是一个政治家，可是他确实有一种胸怀。你看他的《典论·论文》，对七子不但有很中肯的评价，而且消解了自己的帝王身份，完全是一种文人之间的平等的品评。所以我觉得，我们现在的领袖也要有这样一种风范，今天谁能成未来中原诗群的领袖，我想要靠自然形成，但是我们也寄希望于现在的马新朝。这些年来我觉得马新朝诗歌所呈现的变化，显示了他创作的潜力，那种内在的动能，使他有成为优秀诗人的可能，当然我们还要观察和考验。杨炳麟先生对诗歌的热爱，为中原诗群做出的贡献，为中原诗群未来的发展奠定了一个非常好的人脉基础，这当中也有可能涌现出一些真正能够领军于河南甚至在全国产生重要影响的大诗人。

　　第三点，从领导来讲，要给诗人以自由创作的空间。我们总结这些年的教训，领导的开明非常重要，我们不指望领导给诗歌多少具体的支持，比如拿出多少钱干点什么，这都是次要的，最重要的是不要干预，要给诗人以充分的、心灵自由活动的空间。对诗人来说，他们要有心理安全，没有心理安全他们就没有自由感。安全感是在当地的政治环境下造成的。这些年来，也就是新时期以后，作家获得了广泛的精神自由。但我个人觉得这几年确实有一些往回走，拨乱反正中批判的"主题先行"等，现在堂而皇之用来引导作家的写作。比如重点作品扶持等，先提出几个题目，让作家认领，实际是运用经济杠杆来干预作家写作，这样做是否符合艺术规律，我非常怀疑。作家诗人写什么、怎么写，应当完全由作家诗人自己决定。开明的领导就是对作家诗人的创作不予干涉的领导，只要不干涉，就是对创作的贡献了。

　　第四点，就是一个诗群的形成一定要有稳定的、高水平的发表阵地，就是刊物。刊物对一个诗群的形成在某种意义上甚至起到决定性作用，因为在刊物周围可以团结一批作家，团结一批诗人，刊物是凝聚诗群的最重要的方式。而现在中原诗群有《河南诗人》，有《大河诗歌》，目前就有两家刊物，而且刊物与诗群之间是一种互动关系。刚才杨炳麟在汇报当中说他的着眼点不仅仅是刊物,里面还有一系列活动设计,我觉得这一点对未来中原诗群的建立奠定了非常好的基础。

第五点,就是要在扶植青年诗人上下工夫。诗和青春有相通的含义,这是毫无疑问的。尽管当下有很多优秀诗人能够做到终身写作,但是诗歌写作的最好年华是在青年。所以从诗群的组织者或者《河南诗人》来讲,如何把重点放在对下一代青年诗人的培植和挖掘上,是个重要课题。现在已有多种形式,比如开专栏、专业辅导、评奖等,这些工作应坚持下去,并下大力量做好。

第六点,就是普及诗歌教育,因为中原诗群的建设不是一蹴而就的事情,而需要相当长时间的努力。它甚至不是在一代人手中就能完成的,包括这个诗群能不能在文学史上站得住,需要一代人乃至几代人的努力,所以我们要下大力普及诗歌教育。我现在对中小学教育阶段对诗歌的漠视感到忧虑,现在高考作文题通常会标注"除诗歌外文体不限",这就导致很多学生认为诗歌与高考,与我们人生最重要的阶梯没有关系,也导致某些教师对诗歌的忽视,实际上这贻害无穷。从目前来看,从小学到中学对古代诗歌的介绍相对来讲还多一些,但是对新诗就相当忽视了。我们做过一个统计,教材中的新诗,小学三首,中学不过七八首,这两年略有好转。我个人觉得除了教材编写者外,我们中原诗群如何利用自己的影响,力所能及地在普及诗歌教育当中做一些事情,也就是说要把诗歌作为人文精神培养的重要内容。在北京门头沟区有一所普通中学,建立了诗歌特色校,已经建立了三年。我看过他们一些学生写的作品,初一、初二的小孩经过一年诗歌特色课的培养,写出了很不错的诗。实际上我们的孩子,如果你让他写古诗,难度会很大,但是学新诗进步就会很快,因为它比较自由,开始可以是模仿,以后来可以一步一步激发他的创造性。所以应该从中原诗群角度,从《河南诗人》角度在普及诗歌教育上下大力量,这才是为未来中原诗坛培养人才的重要途径。

第七点,就是要估计到中原诗群崛起的艰巨性,它不是一代人的事情,也不是谁能预设的。最后的评判是在文学史上。一个诗人,要调整心态,从我做起,不急功近利。澳大利亚有一个现代主义的美学家库班恩,他提到"先锋"的特质是什么,不在乎追求古怪的东西,而真正的先锋一定要不为名,不为利,不与他人争高低。他只以艺术作为自我实现的手段,他的生命跟艺术融合在一起。所以我们写诗就一定不是去秀,不是去表演，不是为吸引人的耳目，更重要的就是把生命融进去。我觉得有这样一种精神，那他就能够耐下心来。中原诗群有可能在若干年内得不到人们的承认，但是如果每个人都踏踏实实这样做，中原诗群自然就会健康成长起来，总有一天在中国文坛当中获得它应有的地位。

2012年9月7日在"中原诗群高峰论坛"上的发言

诗歌评论家群像

蒋光慈：革命的罗曼谛克

蒋光慈是左翼文学潮流中第一位有重要影响的诗人。原名蒋如恒，又名蒋光赤。安徽金寨人。1921年至苏联莫斯科共产主义劳动大学学习，同时开始文学创作。1924年秋归国至上海大学社会学系任教。1925年他将在莫斯科所写的诗歌带回到中国出版，这就是诗集《新梦》，书前有一句献词："这本小小的诗集贡献于东方的革命青年"，表明了诗人主旨，他的诗要服务于中国革命。蒋光慈回国后参加了创造社。1928年又与钱杏邨等人成立太阳社，主编《太阳月刊》等文学刊物。1929年因病赴日本疗养，主持成立太阳社东京支部。回国后参与中国左翼作家联盟的筹备工作。1930年"左联"成立时被选为候补常务委员。1931年8月病逝于上海。著有诗集《新梦》《哀中国》，小说《少年飘泊者》《短裤党》《咆哮了的土地》等。

蒋光慈对自己的诗歌创作有很高的期望："此生誓勉成一东方诗人，不达志愿不已。"[①] 他主要致力于诗歌与小说创作，理论方面的著述不多，主要是从苏联回国后在上海大学任教期间所写的《十月革命后的俄国文学》，在《太阳月刊》上发表的《现代中国文学与社会生活》《关于革命文学》，以及他起草的《普罗诗社成立宣言》，此外在他的某些诗作中，也曾用诗的形式，表述了他的诗歌观念。

蒋光慈由于有留苏背景，受苏联十月革命后的文学影响很深，所以在中国倡导普罗诗歌时，首先引入了"革命罗曼谛克"的概念，这是他在介绍苏俄诗人布洛克时提出的：

> 革命就是艺术，真正的诗人不能不感觉得自己与革命具有共同点。诗人——罗曼谛克更要比其他诗人能领略革命些！

---

① 蒋光慈：《纪念碑》，《蒋光慈文集》第3卷，上海文艺出版社1985年版，第219页。

罗曼谛克的心灵常常要求超出地上生活的范围以外，要求与全宇宙合而为一。革命越激烈些，它的腕抱越无边际些，则它越能捉住诗人的心灵，因为诗人的心灵所要求的，是伟大的，有趣的，具着罗曼性的东西。

革命是最伟大的罗曼谛克。革命为着要达到远的，伟大的，全部的目的，对于小的部分，的确不免要抱着冷静的严酷的态度。①

革命的罗曼谛克，这可作为蒋光慈的诗歌观念的最基本的表述。

革命，这里指的是无产阶级革命，是蒋光慈立定志向，而且也是终生献身的事业。"我们——普罗列塔利亚——的队伍正在向着万恶的资本主义进攻！我们要从资产阶级手里夺取政权，我们要从资产阶级手里夺取生产机关！我们更要把这些实际的斗争和我们阶级的意识反映到艺术上去，摧毁资产阶级的艺术！"②请注意，这段话不是出现在政治宣言里，而是普罗诗社成立的宣言。这表明，蒋光慈心目中，从事诗歌创作与从事革命事业是一而二，二而一的事情。还不止于此，在《关于革命文学》中，蒋光慈还对诗歌是作者个性的表现的观点进行了尖锐的批评：

说文学是超社会的，说文学只是作者个人生活或个性的表现……这种理论显然是很谬误的。③

如果联想到早年郭沫若说的："我们的诗只要是我们心中的诗意诗境底纯真的表现，命泉中流出来的 Strain，心琴上弹出来的 Melody，生底颤动，灵底喊叫；那便是真诗，好诗，便是我们人类底欢乐底源泉，陶醉底美酿，慰安底天国。"④以及李金发所说诗"是个人灵感的记录表"，我们就不难看出蒋光慈的主张的针对性了。

在《新梦》自序中，蒋光慈说：

---

① 蒋光慈：《十月革命与俄罗斯文学》，《创造月刊》第1卷第3期，1926年5月16日。
② 《普罗诗社成立宣言》，《萌芽月刊》第1卷第5期，1930年5月1日。
③ 蒋光慈：《关于革命文学》，《太阳月刊》2月号，1928年2月。
④ 田寿昌、宗白华、郭沫若：《三叶集》，上海亚东图书馆1920年版，第6页。

我的年龄还轻，我的作品当然幼稚。但是我生适值革命怒潮浩荡之时，一点心灵早燃烧着无涯际的红火。我愿勉力为东亚革命的歌者：

俄国诗人布洛克说：

"用你的全身，全心，全意识——静听革命啊！"

我说：

"用你的全身，全心，全意识——高歌革命啊！"①

做"东亚革命的歌者"，是蒋光慈的志向；"高歌革命"则是他诗歌的主旋律。在蒋光慈为《太阳月刊》所写的卷头语中，也有这样的呼唤："弟兄们！向太阳，向着光明走！/我们也不要悲观，也不要徘徊，也不要惧怕，也不要落后。"② 这是蒋光慈向太阳社的作者与读者发出的号召，显示了包括诗歌在内的无产阶级文学的内容的要求。

革命的罗曼谛克，也反映了蒋光慈对诗歌艺术的要求。沈从文在《我们怎么样去读新诗》中说：蒋光慈"这人在创作小说与诗上，总皆保留到创造社各作家的浪漫派文人气息，他从不会忘记说他'是一个流浪文人'，或'无产诗人'"（《现代学生》创刊号，1930 年 10 月）。这种浪漫派文人的气息，在他的《自题小照》一诗中有明显的流露："廿一年来，/哭也哭了许多，/笑也笑了许多，/对花月流热泪，/登高山放悲歌，/浪漫的心情纠缠着/浪漫的生活，/昏沉沉地浪漫过。"正是这种浪漫主义的气质，使诗人对诗人以及诗歌的作用给予了很高的评价：

> 谁说诗人的心儿是沉闷的？
> 谁说诗人的歌声是悲哀的？
> 假使诗人的心儿是沉闷的，
> 那么，人间的生命
> 将长此地沉闷以终死；
> 假使诗人的歌声是悲哀的，

---

① 蒋光慈：《〈新梦〉自序》，《新梦 哀中国》（中国现代文学作品原本选印），人民文学出版社 1983 年版，第 18 页。

② 蒋光慈：《卷头语》，《太阳月刊》1 月号，1928 年 1 月。

> 那么，宇宙的欢欣
> 又有谁个能为表现呢？
>
> 诗人的热泪
> 是安慰被压迫人们的甘露，
> 也是刷洗恶暴人们的蜜水。
> 假使甘露如雨也似地下，
> 蜜水如长江也似地流，
> 那么，世界还有什么污秽的痕迹？
> (《新梦》)

很明显，这与其是说诗人与诗歌在现实中的位置与功能，不如说是倾诉一个诗人对诗歌的充满理想主义的畅想。实际上，诗人的热泪，根本无法清洗"暴人们"的压迫，"污秽的痕迹"。在当时以及此后的残酷社会现实面前，这种激情表述的空洞无力也就显示出来了。

蒋光慈开创的普罗诗学，直接影响了后来的太阳社、中国诗歌会诸诗人。蒲风在当年曾这样评论蒋光慈："他的初期的诗歌，只是一种'世界革命''十月革命'的讴歌，呐喊多于描写。后来，影响到整个诗坛，他是应当担负一部分责任的。"[①] 这里谈的是蒋光慈的诗，其实对于蒋光慈的诗论，亦可作如是观。

[①] 蒲风：《五四到现在的中国诗坛鸟瞰》，《诗歌季刊》第 1 卷第 1 期，1934 年 12 月 15 日。

蒲风："中国诗歌会"的理论代表

蒲风，广东梅县人。原名黄日华，又名黄飘霞，笔名蒲风。出生在一个贫苦农民的家庭。早年在梅县学艺中学读书，17岁时写出早期诗作《鸦声》。1931年到上海，进入中国公学大学部文史系，从此致力于新诗理论和新诗创作。不久加入"左联"。1932年参与发起成立中国诗歌会，并成为中国诗歌会的骨干。他为中国诗歌会做了许多工作，用任钧的话说："我们不谈到中国诗歌会则已，一谈到，则谁都可以被漏掉，而蒲风则绝对不能，因为，在事实上，我们不妨说，他乃是该会的'总干事'，他过问一切，他推进一切，假如说中国诗歌会的确曾经对中国的新诗运动发生过多少推进作用的话，则蒲风之功，显然是最大的。"[①] 1934年蒲风赴日本，参加"左联"东京分盟的活动，并参与创办《诗歌》《诗歌生活》等刊物。1936年回国后，在青岛、广州等地参与多种诗歌活动。1938年参加抗战。1940年到皖南，随同新四军转战疆场。1942年病逝于安徽天长县。著有诗集《茫茫夜》《六月流火》《生活》《钢铁的歌唱》《摇篮歌》《可怜虫》《抗战三部曲》《在我们的旗帜下》《真理的光泽》《黑陋的角落里》《街头诗选》《儿童赤卫队》《林肯，被压迫民族救星》《取火者颂》，诗论集《现代中国诗坛》《抗战诗歌讲话》等。

蒲风是中国诗歌会诗人的主要理论代表。他在致力于诗歌创作的同时，又以极大的热情进行理论探讨。他总结了新诗从五四诞生以来到30年代前期的发展历程，写出《五四到现在的中国诗坛鸟瞰》这一长文，连载在《诗歌季刊》上。该文对五四到当时的诗歌发展做了分期：一、尝试期和形成期（1919—1925上半年）；二、骤盛期或呐喊期（1925下半年至1927）；三、中落期（1928—1931）；四、复兴期（1932—1934）。同时对每一时期诗歌发展概况，做了较为全面的描述。从今天看，这一

---

① 任钧：《忆诗人蒲风——〈蒲风选集〉代序》，《上海师范大学学报》1986年第1期。

分期,也许有些琐细,但是作者却有他这样分的道理。这一分期及每一期的命名,都反映着作者的诗歌理念。比如,他把1928年到1931年称之为中落期,把1932年到1934年称之为复兴期,这是由于"一方在新诗歌走新月派的路不见得确当,一方在有意识的诗歌难能公开出版,甚至差不多的文学杂志竟拒登新诗。可是我们不能即称为衰落期,事实上新诗歌却在沉着进行并不是完全没有表现哩!各大杂志也都披露新诗,而'中国诗歌会'更于1932年9月宣告成立,正式团聚前进的诗人。于大时代下,开展了新诗歌的前途;就是纯代表没落的布尔乔亚的'诗篇'也于1933年11月出版,连续出现了月刊四期。在本年小市民的'诗歌月报'出现了,偕'中国诗歌会'的'新诗歌'而后先辉煌。就在其他城市,为大众而出版的诗歌,也开了前所未有的盛况。最近的这一期,事实就不显示了一个复兴气象吗?"[①] 从这段阐述中,我们可以看出两点:第一是作者明显的诗歌立场,正是由于他站在左翼文学的立场上,才对反映了当时诗歌艺术水准的新月派持批判态度,对"中国诗歌会"这样的坚持左翼文学立场的诗歌团体持赞扬的态度。第二是视野的开阔和兼容,就是说他写这篇带有诗歌史意义的论文的时候,不是仅只着眼于自己所在诗歌团体,而是着眼于整个诗坛,从而在描述中也给布尔乔亚的、小市民的诗歌写作等以一定的位置,显示了一种史家的眼光。该文以这四个时期为纲,论及了50多位诗人,凡这几个阶段的重要诗人几乎全论到了。文末所附《五四到现在中国诗坛表》更是非常富有创意,把诗人、社团、代表性诗集,以及诗歌创作方法,整合在一起,用表格展示出来,一目了然。特别是他从流派和创作方法的角度对诗人进行了分类,如他把五四时期新潮社、新青年社、文学研究会以胡适、冰心为代表的诗人归为自然主义;把以郭沫若为代表的前期创造社诗人归为浪漫主义;把以徐志摩、闻一多为代表的新月诗人归为格律派,把邵洵美、朱维基归为香艳派;把李金发、王独清、戴望舒、施蛰存归为象征派,把后期创造社和太阳社以蒋光慈、郭沫若为代表的诗人归为革命浪漫主义……这一分类,应当说要比1935年朱自清在《〈中国新文学大系·诗集〉导言》中所划分的自由诗派、格律诗派、象征诗派要细致而合理些,对于后来的文学史叙述和命名有重要影响。此后蒲风在《五四到现在的中国诗坛鸟瞰》这篇长文的基础上,扩

---

① 蒲风:《五四到现在的中国诗坛鸟瞰》,《诗歌季刊》第1卷第1期,1934年12月15日。

展为《现代中国诗坛》一书，成为研究早期新诗史的专著。

蒲风的诗歌理论深受当时的左翼文学思潮的影响，在他的理论著作，以及为他自己和别人的诗集所写的序言中，不断强调的主要是两点，一是诗与现实、诗与革命的关系；二是诗歌大众化问题。

1933年11月担任"左联"党团领导职务的周扬在《现代》上发表《关于"社会主义的现实主义与革命的浪漫主义"——"唯物辩证法的创作方法"之否定》一文，系统地介绍了社会主义现实主义，阐述了社会主义现实主义的特征以及社会主义现实主义与革命浪漫主义的关系。蒲风完全接受了社会主义现实主义的创作原则，并以此作为自己的诗歌批评的理论支点。在《五四到现在的中国诗坛鸟瞰》中蒲风首先引用了泰纳的艺术构成因素的人种、环境、时代说，在此基础上明确提出："文学反映了社会，而使我们能够把作品与时代潮流密切地关连起来。作家都难能逸出时代潮流的范围的。"① 他还说："'九一八'以后，一切都趋于尖锐化，再不容你伤春悲秋或作童年的回忆了。要香艳，要格律……显然是有自寻死路。现今唯一的道路是'写实'，把大时代及他的动向活生生的反映出来。我们要记起：这是产生史诗的时代了。我们需要伟大的史诗呵！"② 他还借评论袁勃、温流等人的诗，进一步阐发了自己的诗观。在为袁勃的《真理的船》所写的序中，他说："诗人的任务不光是讴歌现实，表现现实，透视过凄惨残酷的现实，他得更痛恨现实，愤怒现实，同情而且更指导现实。"③ 在评论温流的诗时，他说温流的诗"没有一篇不是拿真实的生活做底子，而去具体地描写，表现的"，在反映下层人民生活时，他"决不是拿高贵的眼光去怜恤他们，而是自己本身作为上述诸种人之一份子而自己抒唱出自己的苦痛及前途来"④。

正是在这样一种指导思想下，蒲风写出了《茫茫夜》《六月流火》等有代表性的作品，并依据社会主义现实主义的创作原则，对中国诗歌会同人的诗歌做出了评价。

从鼓吹社会主义现实主义的创作原则出发，蒲风还号召在中国开展

---

① 蒲风：《五四到现在的中国诗坛鸟瞰》，《诗歌季刊》第1卷第1期，1934年12月15日。
② 蒲风：《五四到现在的中国诗坛鸟瞰》，《诗歌季刊》第1卷第2期，1935年3月25日。
③ 蒲风：《〈真理的船〉序》，《诗歌小品》第2期，1936年11月10日。
④ 蒲风：《几个诗人的研究·温流的诗》，《现代中国诗坛》，诗歌出版社1938年版。

"新诗歌的斯达哈诺夫运动"。斯达哈诺夫是苏联的采煤工人，1935 年 8 月 30 日，他带领的采煤工人在一班内采煤 102 吨，超过定额 14 倍。由此苏联在全国范围开展了斯达哈诺夫运动。蒲风从苏联 30 年代开展的斯达哈诺夫运动中受到触发，提出在一定的时间内（五年或十年）无妨来一个在创作诗集上冲破十册以上的运动。尽管他在 1936 年 9 月所写的《门面话——〈钢铁的歌唱〉自序》中说："今年七月间，我提倡新诗歌的斯达哈诺夫运动，这个运动是质量并重。"实际上，与物质生产不同，在精神生产领域，"质量并重"的说法是靠不住的。这个口号提出之后，就受到了茅盾、杨骚等人的批评，未能造成很大的影响。但是二十多年后，中国大陆上掀起了声势浩大的新民歌运动，"如今唱歌用箩装，千箩万箩装满仓"，其精神上与 30 年代蒲风所鼓吹的"诗歌的斯达哈诺夫运动"倒不无内在的联系。

任钧与他的《新诗话》

任钧，原名卢嘉文，广东梅县人。出生于印尼西里伯斯岛，1913年回到广东家乡。1928年到上海入复旦大学中文系，同年参加太阳社。1929年夏去日本留学，入早稻田大学文学部学习，与蒋光慈等成立太阳社东京支社。1930年与叶以群等建立"左联"东京分盟。1932年初，从日本回到上海，参加"左联"创作委员会工作。1932年9月，与杨骚、穆木天、蒲风共同发起成立"中国诗歌会"。1936年初，参加中国文艺家协会。抗战期间迁往四川，曾任教于四川省国立剧专。抗战胜利后回上海。1949年以后，任教于上海音乐学院、上海师范学院。著有诗集《冷热集》《战歌》《后方小唱》《为胜利而歌》《战争颂》《任钧诗选》《发光的年代》《新中国万岁》《十人桥》，诗论集《新诗话》等。

任钧的诗歌理论文章主要收集在《新诗话》这部诗论集中。全书分为上下两辑。就写作时间而言，下辑八篇全部写于抗战前的上海；上辑九篇中，有八篇写于抗战时的重庆，一篇写于抗战胜利后的上海。在中国诗歌会的诗人中，任钧和蒲风一样，热心于诗歌理论的建设。他说："我们知道：在中国诗坛上，理论和批评工作，一直被忽视着。倘使我们把诗歌创作和诗歌理论批评工作相比较，则后者显然未免做得太不够了。这，显然地，对于整个诗运动都将发生不良影响。这本小书的编刊，正表明笔者对于诗歌理论批评建设方面也拟稍尽其微力。"[①]

任钧从1928年参加太阳社起，他便以诗歌作为武器，参加革命文学的建设，参加反帝反封建的斗争。后来加入"左联"，发起成立中国诗歌会，任钧的诗歌创作与诗歌理论与"左联"的影响及中国诗歌会的宗旨是分不开的。

[①] 任钧：《写在前头——〈新诗话〉序言》，卢莹辉编《诗笔丹心——任钧诗歌文学创作之路》，文汇出版社2006年版，第144页。

任钧的诗歌观念，一部分直接表述在他对诗歌本体的思考中，另一部分是渗透在他对新诗史上及当时有代表性的诗人的评论中。对于诗歌本体的思考，集中体现在发表于《文艺月刊》第11年第8号（1941年8月16）的《诗散谈》中。对诗人诗作的点评则主要在《新诗话》的上篇与下篇中。

任钧的诗歌理论一方面继承了五四以来新诗的自由精神和启蒙意识；一方面又受拉普以来的无产阶级革命文学的影响，呈现了一种比较复杂的构成。

发表于《文艺月刊》第11年第8号（1941年8月16）的《诗散谈》，集中体现了任钧对诗歌本体的思考。他的有些论述直接源于五四精神，至今仍闪耀着思想的光芒。诸如：

> 大胆无畏地打毁并抛弃一切不合理的束缚和镣铐（不管它是"国粹"或是"舶来品"），争取恢复应得的自由和解放，这正是现代中国诗人们的最主要的任务之一。
>
> （《诗散谈·三十四》）

这不是对诞生于五四时期的新诗的自由的精神最好概括吗？任钧在《新诗话》中还对闻一多先生提出的"戴着脚镣跳舞"的说法做了尖锐的批评：在写诗时如果一定要戴着脚镣才痛快，才写得好的话，那就不如直截了当去做旧诗，去填词；因为这种国产的脚镣比来路货还要更富于"脚镣性"呢！——好在十几年来，在写诗的朋友当中，虽然也的确曾有一部分不免"嗜镣成癖"的；但更多的，却是爱自由自在地跳舞的人——他们决不愿意在好容易丢掉丈二长的臭脚布之后，又戴上脚镣，尽管那是异常精美的，百分之百的大英牌或是花旗牌的来路货。

再如，任钧对真善美这一古老的审美原则的强调：

> 跟一切文艺作品相较，诗，应该是最有创造的，最是和真、善、美相近的东西；而这也便是古今中外诗之所以时常君临于所有文艺作品这上的缘由。
>
> （《诗散谈·二十七》）

诗的最后的、最高的目的，乃是：创造一个诗的世界——真、善、美的人间。

（《诗散谈·二十八》）

真善美的概念，早在古希腊时期，就由苏格拉底、亚里士多德等人分别提出过。到文艺复兴和启蒙时代，更被西方美学家当作文艺创作的是高原则。莎士比亚说过："真善美，就是我全部的主题，真善美，变化成不同的辞章；我的创造力就花费在这种变化里，三题合一，产生瑰丽的景象。"（《十四行诗集·第一百零五首》）真善美的原则是古老的，但在任钧的笔下，它依然显示着熠熠夺目的光辉。这表明任钧还是与彻底否定旧时代文学传统的苏联无产阶级文化派划清了界限的。

此外，任钧建构的"诗人论"，也有不少精彩的论述：

诗人是怎样的人物呢？

让我来加以介绍吧：是一个永远保有童心的人，是一个时常把自己的肺肝公开展览的人，是一个不愿跟帝王做朋友、却乐于和帝王的奴隶（但决不是奴才！）们称兄道弟的人；而同时，也就是被自命为聪明的人们认作傻瓜，甚至有神经病的人！

（《诗散谈·十二》）

人世间为什么需要诗人呢？——

我想给予如下的回答：因为它实在太冷漠了，太黑暗了，需要一些热和光；而诗人的最神圣的、是崇高的使命和任务，便是给它带来热和光。

因此，毫无疑问地，普洛米修斯乃是顶伟大、顶勇敢、顶典型的诗人！

（《诗散谈·十七》）

热爱生活、热爱人类、热爱世界——诗人便是比一般人更能热爱生活、人类、世界的人。当热爱达到沸腾点的时候，便是他的创作欲最旺盛的时候，便是他能够创造出完善而伟大的诗篇的时候。

（《诗散谈·十八》）

任钧在这里谈到的诗人应该葆有一颗童心,应该有博大的爱情,应该真诚地袒露自己的内心,应当站在普通人民的立场上,应该有勇气为人类的解放事业而献身,应该说,这是对诗人的品格的十分到位的理解和阐释。

此外,在左翼诗人普遍不太重视诗歌术的探讨的时候,任钧的《诗散谈》却涉及了灵感、想象、语言、节奏、诗行排列等,表明了他对诗歌艺术的深刻的思考。

在30年代左翼文艺思潮的影响下,在抗日战争的环境背景下,任钧所建构的诗歌理论也明显地带有那个时代的烙印。

任钧始终坚持现实主义的诗歌观,在他看来,生活是艺术的源泉,诗歌是现实生活的反映,受难的人、受难的时代、受难的土地应该会产生真实而伟大的诗篇。从诗是生活的反映的观点出发,任钧把诗与政治等同起来,把诗歌作为武器和工具:

> 古今中外所有的诗篇,都可以说是政治诗!所不同的,只是:有的从正面去表现,有的从侧面去表现,甚至有的从反面去表现;有的露骨,有的隐晦;有的深入,有的浅出;有的从这一角度,有的从那一角度;有的单刀直入,有的旁敲侧击……
>
> 因为人是社会的动物,而社会却始终离不开政治呀!
>
> (《诗散谈·二十三》)
>
> 诗,在战时,应该是机关枪,应该是炸弹,应该是刺刀,而绝不是装饰品、玩弄品、消遣品……
>
> 在平时,应该是马达、汽笛、扩音机、广播器……应该是锄头、铁铲、耕种机、炸药(自然不用作杀人)……至少应该是扫把、鸡毛帚、手电筒……仍然不是装饰品、玩弄品、消遣品……
>
> (《诗散谈·六》)

把诗与政治等同起来,把诗看成是政治斗争的工具和武器,这是无产阶级文学勃兴以来,在左翼文化界颇为流行的观点。在这种观点下,诗的独特的把握世界的方式,诗的主体性原则,诗歌的多方面的功能,特别是审美功能被抹杀了。以这种观念指导创作,左翼诗人笔下直白浅露、标语口号式的作品出现就绝非偶然了。

　　任钧坚持诗的工具说和武器说，自然会对"纯粹诗"的观点大加挞伐："没有纯感情的诗（也就是所谓'纯粹诗'），正如没有纯感情的人一样。"（《诗散谈·四》）"直到现在还有着不少自命为'纯粹诗人'的诗人们，以绝对的自信，反复着如下的话语：'我写诗，正如鸟儿在树上唱歌一样，完全是由于一时的感性、并无目的、并无所为。'这话，真美丽像一首'纯粹的诗'，佩甚！可是，我却想要问问：'难道鸟儿在树上歌唱，真是并无目的、并无所为吗？"（《诗散谈·十六》）"纯粹的诗"或说"纯诗"，只是一些诗人坚持诗性本位的一种策略，或者说，只是这些诗人的一种理想，实际上是不可能实现的。任钧不加分析地全然否定了这些诗人对诗歌的诗性本质的追求，无疑是有些简单化的。

诗歌星空中的一块发光体
——胡风诗歌理论述评

1985年，胡风[①]临终之前，儿子晓谷曾经问过胡风"对自己成就的看法，最重要的是文艺理论，是翻译，还是作为诗人？"据说，胡风毫不犹豫地回答："首先的主要的是诗人。"[②] 从胡风留下的作品、从胡风在社会上产生的影响来说，在一般人的印象中，胡风首先应是一位文艺理论家。但胡风最强调的却是自己的诗人身份。如果联系胡风对于诗与人关系的论述，他对"第一义"的诗人的尊崇，那么胡风称自己首先的主要的是诗人，就不单是指他的具体的诗歌创作而言，而是包括他对文艺理论的探讨，包括他的编辑工作在内的文学实践活动。实际上，胡风是一位诗人，同时又是一位文艺理论家，一位抱着为真理献身的心愿而向前突进的精神战士。他是中国少有的能把自己的诗歌创作与自己的文艺理论体系联系起来并互相印证的诗人。

胡风的诗歌理论不仅渗透在他的诗歌创作，也贯穿在他的编辑活动

---

① 胡风（1902—1985），本名张光人，湖北省蕲春县人。1925年进北京大学预科，一年后改入清华大学英文系。1929年到日本东京，进庆应大学英文科，从事普罗文学活动。1933年回到上海，任中国左翼作家联盟宣传部长、行政书记。全面抗日战争爆发后，主编《七月》杂志，编辑出版《七月诗丛》和《七月文丛》。1941年《七月》被迫停刊。1945年1月另编文学杂志《希望》。1949年后，任中国文联委员，《人民文学》编委，中国作家协会主席团成员。1955年5月被拘捕，后被北京市高级人民法院判处有期徒刑14年。1980年9月，中央做出审查结论，所谓"胡风反革命集团"案件是一件错案，为胡风平反。1988年6月18日，中央办公厅发出《关于为胡风同志进一步平反的补充通知》，胡风获得彻底平反。主要著作有诗集《野花与箭》《为祖国而歌》《时间开始了》，文艺评论集《文艺笔谈》《密云期风习小记》《剑·文艺·人民》《论民族形式问题》《在混乱里面》《逆流的日子》《为了明天》《论现实主义的路》，译文集《人与文学》等。

② 晓谷：《没有忘却的记忆——回忆我的父亲胡风》，胡平、晓山编《名人与冤案（一）——中国文坛档案实录》，群众出版社1998年版，第321页。

中，对中国新诗理论的发展产生了重要影响。胡风说："我自己编刊物那是完全独立自主，不受任何人影响。"① 这鲜明地体现了胡风编辑刊物的主体意识和独立精神。胡风是《七月》《希望》的缔造者，也是这两个刊物的灵魂。诗人们团聚在这两个刊物的周围，不单是为了投稿，更是对胡风主编刊物的风格的首肯与对胡风人格的倾慕。绿原说过："众所周知，胡风先生作为文艺理论家，他对于诗的敏感和卓识，以及他作为刊物（《七月》《希望》）编者所表现的热忱和组织能力，对于这个流派的形成和壮大起过了不容抹煞的诱导作用。"② 他还认为"七月诗派"的形成"只能证明胡风本人是一个精神上的多面体；以这个多面体为主焦点，这个流派的基本成员各自发出缤纷的光彩，在中国新文学史上形成一个罕见的，可一不可再的，真正体现集合概念的群体；虽然如此，离开了胡风及其主观战斗精神，这个群体将不复存在"③。

一 第一义的诗人

1942 年，诗人王晨牧给胡风的来信中，有一句话深深地引起了胡风的共鸣："对于诗，这个庄严的命名，我从没有轻佻地去走近她。"胡风在回信中说："你的这声音，对于近来罩着湿雾似的我的心情，有如一道阳光的访问。我想，只有对于诗真正抱有庄严之感者才能说得这样平易而又这样真诚的。"④ 正是王晨牧对诗歌的高度尊崇，触发了胡风对诗与人的关系的思考。

胡风认为："一个为人类的自由幸福的战斗者，一个为亿万生灵的灾难的苦行者，一个善良的心灵的所有者，即令他自己没有写过一行字，我们也能够毫不踌躇地称他为诗人。有人说，鲁迅的一生就是一首诗，我们决不能用修辞学上的一种什么法来解释这句话的意义。我以为，在真实含义上的圣者，在真实含义上的战士，即使是在真实含义上的诗人也应该为

---

① 胡风：《胡风自传》，江苏文艺出版社 1996 年版，第 154 页。
② 绿原：《白色花序》，《白色花》，人民文学出版社 1981 年版，第 3 页。
③ 绿原：《胡风与我》，《我与胡风》，宁夏人民出版社 1993 年版，第 574 页。
④ 胡风：《关于人与诗，关于第二义的诗人》，《胡风全集》第 3 卷，湖北人民出版社 1999 年版，第 73 页。

之低头的。"① 在这里，胡风谈的是所谓第一义的诗人，这些人是圣者，是战士，是有高尚道德并为人类的自由解放奉献了一切的人，他们不一定是用笔来写诗，而是用他们高尚的节操、光辉的事迹来谱写自己的人生，他们的生命本身就是一首诗。这一点，其实与我国传统文论所强调的"士不立品必无文章"是一致的。唐朝诗人顾况曾在《文论》中对汉朝的霍去病与南朝的范晔（字蔚宗）做过如下比较："昔霍去病辞第，曰：'匈奴未灭，何以家为？'于国如此，不得谓之无文；范蔚宗著《后汉书》，其妻不胜珠翠，其母惟薪樵一厨，于家如此，不得谓之有文。"用胡风的说法，霍去病便是第一义的诗人，而范蔚宗充其量也只能算是第二义的诗人了。实际上，在中外诗史上，历来是诗人品格的高下，决定诗歌的高下。屈原所以被后代尊崇，首先是因为他为追求真理"虽九死其犹未悔"的高洁品格；杜甫所以被人们赞赏，也首先是由于他那"穷年忧黎元，叹息肠内热"的忧国忧民的情怀。出身于贵族的拜伦，为希腊的民族解放运动而献出生命，闻一多称赞他：拜伦战死在疆场上，所以拜伦是最完美最伟大的一首诗。诗人郭小川，首先是位普通的战士，他的邻居说："我喜欢小川的诗，但更喜欢他的为人。"这正像歌德所指出的："在艺术和诗里，人格确实就是一切。"②

当然，胡风所着重讨论的还是用笔来写诗的人。对这样的诗人，胡风告诫说："有志于做诗人者须得同时有志于做一个真正的人。无愧于是一个人的人，才有可能在人字上面加上'诗'这一个形容性的字，一个真正的诗人决不能有'轻佻地'走近诗的事情。"胡风的结论是"只有人生至上主义者才能够成为艺术至上主义者"。③ 与这一观点相印证，彭燕郊还引用过胡风的另一句话："胡风先生的名言：诗人和战士是一个神的两个化身。我想，这两个对半该是平等的，平衡的。我们的时代，战士，是为一种政治理想献身的人，诗人，是用诗来为实现人生理想（广义地说也是政治理想）献身的人。为实现理想的斗争对这两个对半的要求是不同的。政治斗争，群体的，有最严格的约束，要忘记自我融入群体，等

---

① 胡风：《关于人与诗，关于第二义的诗人》，《胡风全集》第3卷，湖北人民出版社1999年版，第74页。

② 《歌德谈话录》，人民文学出版社1978年版，第229页。

③ 胡风：《关于人与诗，关于第二义的诗人》，《胡风全集》第3卷，湖北人民出版社1999年版，第74—76页。

等。写诗，完全是个人的，完全不可以有任何约束，尤其不能没有自我，不同于别人的个性、爱好、追求，等等。诗人需要的只是做个诗人，做一个作为艺术创造者、一个精神劳动者的诗人，因为他毕竟是社会的人，他和战士都是一个神的化身，他也是战士，不同于一般的战士。"[1]

彭燕郊所引述胡风的"诗人和战士是一个神的两个化身"，也与第一义诗人一样，强调了诗人的人品与诗品的统一。正是基于这一要求，胡风对身处民族危亡时代的诗人发出了热烈的呼唤："诗人，我们这一代的真诚的诗人，应该在受难的人民里面受难，走进历史的深处，应该在前进的人民里面前进，走在历史的前面。"[2] 当时的年轻诗人热烈地响应了这一呼唤，他们聚集在《七月》的周围，不仅在民族危亡之际，唱出悲愤而壮烈的歌，而且直接投入保卫祖国的斗争，在民众中寻找到真正的理解者和同道的战友。

就胡风本人而言，在抗日战争全面爆发之后，他在万分激动的情绪下，用十天时间写了一部诗集《为祖国而歌》。而后，他用更多的精力，在前后十年的时间中，创办和主编了两个文学刊物《七月》和《希望》。他的意图十分明显，就是在拿起军事的武器对抗敌人的同时，还要以文艺作为武器开辟另一个战场。与此同时，他的周围团结了一批热爱文学、献身理想的年轻人。胡风通过发表《四年读诗小记》《关于人与诗，关于第二义的诗人》《关于风格》《关于题材，关于"技巧"，关于接受遗产》《关于"诗的形象化"》等一系列诗歌理论文章和评论文章，以及"编后记"等方式，阐释了诗与现实、诗人与诗等相关理论问题，对年轻人的作品予以评介。一批年轻的诗人在他的周围成长起来了，如牛汉在给胡风的信中所说："历史会认识你，爱你，保卫你的。在我们诗里和生活里有你的力量，在我们的生命里有你的生命，假如我们这一些年轻的人能算作诗人，那么，首先你是一个诗人。真正的祖国的诗人！"[3]

"七月派"诗人努力把诗和人联系起来。他们普遍接受胡风"有志于做诗人者须得同时有志于做一个真正的人""只有人生至上主义者才能够

---

[1] 彭燕郊：《学诗心悟》，《彭燕郊诗文集·评论卷》，湖南文艺出版社2006年版，第291页。

[2] 胡风：《给为人民而歌的歌手们》，《胡风全集》第3卷，湖北人民出版社1999年版，第438页。

[3] 牛汉：《致胡风信》，《梦游人说诗》，华文出版社2001年版，第118页。

成为艺术至上主义者"①的教诲,这些年轻人在民族危机面前,不仅是用自己的诗,而且是投身到抗日救亡的行列中去,从而实现自己的人生价值。徐放在回顾他的诗歌创作历程时说:"如果说,在诗歌创作上,我在东北大学度过的,是我一生中'充满着少年风怀和青春情调的黄金时代',还带有一定的稚气,那么,到了重庆之后,我在诗歌创作上,则进入了一个比较接近于更成熟的时期。胡风先生对我的影响是深重的,特别是关于人与诗,关于第一和第二义诗人的理论。我总记着他'第一是人生上的战士,其次才是艺术上的诗人。'这些话。所以,在重庆这一时期,是我真正直面人生的时期。时间虽不长,但,充满着革命者的气概和英雄般的豪迈之情。"②徐放的话在"七月派"诗人中是有代表性的。正是在胡风的做一个诗人,首先要做一个真正的人的影响下,许多"七月派"诗人在民族危亡的关头,首先拿起的是枪,直接参加了抗日队伍,与凶残的敌人搏击,并从中发现了崭新的诗情。彭燕郊最早的诗便是在新四军行军的路上和战地上写的。在这种情况下写出的诗自然带着怒火,带着苦难,带着高昂的斗志。彭燕郊在新四军部战地服务团期间,曾把一首诗《不眠的夜里》寄给《七月》,胡风亲自回信,决定采用。后来胡风多次发表他的诗作,并帮他修改长诗《春天——大地的诱惑》。在抗战期间,彭燕郊首先是以一个战士的身份,用自己的独特视角去观察,以雄浑、壮阔、厚重的基调,构成了民族危亡时代的多种音部的诗的交响。胡风是彭燕郊诗歌才华的发现者,也是他诗歌创作的引路人。"七月派"诗人以他们在40年代的创作实绩,为诗歌史谱写了新的一页。胡风的这些努力不也足以表明,他本人在很大程度上也是一位"第一义的诗人"吗?

二 哪里有生活,哪里就有诗

物质生活的生产方式制约着精神生活,人们的社会存在决定人们的意识,这是一条朴素的辩证唯物主义的原理。在诗歌来源于哪里这一问题上,胡风坚持辩证唯物主义立场,提出:"哪里有人民,哪里就有历史。

---

① 胡风:《关于人与诗,关于第二义的诗人》,《胡风全集》第3卷,湖北人民出版社1999年版,第74—76页。

② 徐放:《我的诗路历程》,蒋安全编《徐放论》,春风文艺出版社1998年版,第442页。

哪里有生活，哪里就有斗争，有生活有斗争的地方，就应该也能够有诗"。① 胡风的这一观点，既坚持了现实主义的基本原则，也避免了机械唯物论，应该说是正确的。但是在"左"的文艺思潮的影响下，有些理论家却一切从政治出发，把人民群众的丰富的生活简单化了，在他们看来，文学所要反映的生活主要是从事阶级斗争、生产斗争的劳动人民的生活，从而对胡风这一观点提出了批评："革命作家所要联系的人民，并不是人民中间的任何一分子，例如作家自己的妻子朋友，而是广大的劳动人民，革命作家所需要深入的生活，并不是任何小房间里任何个人的生活，而必须首先是广大的劳动人民的生活。"他们认为胡风"采取了非阶级的观点来看对待文艺问题，不是从阶级的根源去考察各种文艺的现象，而是离开了阶级关系去寻求文艺现象的原因"②。对于这种庸俗地把日常生活与劳动人民的生活加以分割，区别对待的作法，胡风予以了坚决的驳斥："只有工农兵的生活才算生活；日常生活不是生活，可以不要立场或少一点立场。这就把生活肢解了，使工农兵的生活成了真空管子，使作家到工农兵生活里去之前逐渐麻痹了感受机能；因而使作家不敢也不必把过去和现在的生活当生活，因而就不能理解不能汲收任何生活，尤其是工农兵生活。"③ 胡风的观点很明朗，他反对对日常生活与工农兵生活加以区分，因为生活本身是丰富的、复杂的、多侧面的，文学要反映现实生活，也应该是多层次、多侧面的加以反映，根据政治需要，把复杂的生活加以过滤，限制作家哪些生活可以写，哪些生活不可以写，是违背艺术规律的。

　　胡风坚持文学来源于生活，但是他认为文学不是对生活的照相与实录，他说："不要把作家看成是留声机，只要套上一张做好了的片子（抽象的概念），就可以背书似地歌唱；作家也不能把他的人物当作留声机，可以任意地叫他替自己说话。"④ 把作家看成是留声机，这本是 30 年代部分左翼作家受苏联"拉普"影响提出的观点，实践证明，这种观念完全取消了作家的主观能动性，导致了公式化、概念化和标语口号式的作品出

---

　　① 胡风：《给为人们而歌的歌手们》，《胡风全集》第 3 卷，湖北人民出版社 1999 年版，第 439 页。
　　② 林默涵：《胡风的反马克思主义的文艺思想》，《文艺报》1955 年第 2 期。
　　③ 胡风：《关于解放以来的文艺实践情况的报告》，《胡风全集》第 6 卷，湖北人民出版社 1999 年版，第 302 页。
　　④ 胡风：《M.高尔基断片》，《胡风全集》第 2 卷，湖北人民出版社 1999 年版，第 356 页。

现。实际上，在经济基础与社会意识形态之间，特别是与诗歌这样的高度心灵化的意识形态之间，关系不是一对一地那样简便而单一，而是要经过多重折射，呈现一种复杂错综的局面。恩格斯说过："我们所研究的领域愈是远离经济领域，愈是接近于纯粹抽象的思想领域，我们在它的发展中看到的偶然性就愈多，它的曲线就愈是曲折。"① 把特定的一种经济形态与具体的诗人诗作进行简单的类比，或随便地给诗人贴阶级标签，把复杂微妙的诗人的心灵世界予以简单化的处理，这对诗人的伤害是很大的。"七月派"诗人后来的遭遇就是明证。

　　胡风的哪里有生活，哪里就有诗等观点，深深地影响了"七月派"诗人。牛汉认为："胡风有着敏锐的观察力。他的主要观点，据我肤浅的了解就是：诗应当从生活中来，不是从诗到诗，不是从艺术到艺术"（他在《七月》上选诗的标准之一，就看作品是不是来自火热的生活）。他主张作者直接面对生活，与生活没有距离……他认为，一篇诗作（即使不成熟与粗糙的）既要真实地反映斗争生活，又搏动着诗人的心灵和时代的脉息……然而，这些观点如果没有作品来印证，那也只是一种理论形态，这里就得看具体作品了，就得从具体作品来检验理论本身的正确程度了。②

　　"七月派"诗人坚持诗与现实有密切的关系，坚持艺术来源于生活。他们认同胡风所说的"哪里有人民，哪里就有历史。哪里有生活，哪里就有斗争，有生活有斗争的地方，就应该也能够有诗。"③ "七月派"是由抗日战争的爆发所催生的一个诗歌流派，其与现实的胶着关系，决定了流派的创作面貌。"七月派"诗人遵循现实主义的创作原则，相信诗歌是诗人在现实环境中长期的生活积累受某种因素的触发而通过富有独创性的意象而迸发出来的。牛汉在1942年写《鄂尔多斯草原》时，并没有去过那片草原。但是在他早年的生活中早就有了相关的信息积累："我的童年少年是在雁门关里一块贫瘠的土地上度过的。经常看见从蒙古草地来的拉骆

---

① 恩格斯：《致符·博尔吉乌斯（1894年1月25日）》，《马克思恩格斯选集》第4卷，人民出版社1972年版，第507页。
② 牛汉：《关于"七月派"的几个问题》，《梦游人说诗》，华文出版社2001年版，第135—136页。
③ 胡风：《给为人们而歌的歌手们》，《胡风全集》第3卷，湖北人民出版社1999年版，第439页。

驼的老汉，背抄着手，牵引着一串骆驼，叮咚叮咚从村边经过，至现在我还记得骆驼队身上发出的那种特殊的热烘烘的气味。那种气味，凝聚在我的心灵里，一生一世不会消失。我的祖先是蒙古族，小时候家里有一口明晃晃的七星宝剑，说是祖传下来的。我白天扮作武士玩它，夜里压在枕头底下。这口剑，用手弹拨，能发出嗡嗡的风暴声。它是我的远祖在辽阔的草原上和征战中佩带过的，剑口上有血印。我曾祖父曾在鄂尔多斯一带生活了半辈子，祖父也在那里待过。我家有不少乌黑发亮的黄羊角，还有厚厚的有图案的毡子，像拇指大小的铜佛，处处遗留着民族的痕迹。我们村子里，有一半人家都有走口外的人，有经商的，大半当牧羊人，不少人死在草原上，不少人临死之前才拼死拼活返回故乡。我的姐夫在蒙古草原上为庙主牧放了十年牛羊，中年回乡娶了我姐姐；他信佛，极会讲故事，为我讲过他的许多神奇的经历。我的邻居每年冬天总有从口外回来的……有一个我叫他'秃手伯'的，双手从手弯处齐楂楂冻落，他把两只变黑的手从草地上带回家，埋在祖坟里。'秃手伯'为全村挑水，他绘声绘色地为我讲述了许多草地上的情景。说黄昏的沙漠像血海，太阳比关内的大几倍……"[①] 牛汉的自述表明，尽管没有到过鄂尔多斯草原，但是他的生活中已有了相当多的关于这片草原的信息贮存和情绪记忆，1942年初，在他想投奔陕北的理想的驱动下，他写出了《鄂尔多斯草原》，诗中不敢明明白白写陕北，写了他自小神往的鄂尔多斯草原。历史的和现实的情感在他的心胸里交融，潜藏在内心深处多年的诗的情愫被引爆，一篇杰作诞生了。类似牛汉的创作体验，许多七月派诗人也曾有过。曾卓说："诗人敢于面对现实，即使是严峻的或惨淡的现实；他也热情地仰望未来。现实不仅内涵着过去，也孕育着未来。如果不孕育着未来，那现实就不成为现实了。如果在现实中看不到孕育着的未来，那么他们也并没有真认清现实。"[②] 也正是在这种想法的推动下，曾卓胸怀对未来的向往，勇敢地面对现实，写出了他的名篇《门》《母亲》《铁栏与火》等。

[①] 牛汉：《我是怎样写〈鄂尔多斯草原〉的》，《梦游人说诗》，华文出版社2001年版，第22—23页。

[②] 曾卓：《诗人的两翼》，生活·读书·新知三联书店1987年版，第2页。

三 主观战斗精神

主观战斗精神是胡风文艺理论中一个原创性的概念。尽管这一概念在他提出来以后，就受到当时某些文艺理论家的批评，在"胡风反革命集团"案件出来后，更是被批得体无完肤。然而是金子不管被掩埋多久，还是会发光的。当历史还了胡风清白，我们再从胡风的著作中搜寻出这个当时被批过无数遍的概念，我们还是不得不向这位杰出的文艺理论家表示崇高的敬意。

在人认识世界的时候，一般把认识者称为主体，把被认识的对象称为客体。作为认识对象的客体，是与主体相对而言的。辩证唯物主义肯定世界上一切事物都是可以被认识的，因而从理论上承认整个世界都可以成为认识的客体。但是从现实的认识过程来看，只有进入人的认识领域，与主体发生功能联系，成为主体认识的具体指向的对象，才成为现实的客体。人只有在同这种现实客体的互相作用中，才能实现其主体地位。有可能进入人的认识领域。在同一个认识过程中，主体与客体构成一对矛盾，谁也离不开谁。胡风提出的主观战斗精神，尽管在字面上没有涉及客观对象，但是从胡风对这一概念的具体阐述中可以发现，胡风总是从主客观的互动出发来讨论问题的，客观对象始终是胡风论述的主观战斗精神的不可分割的内容。

胡风认为，创作是作家主观与生活客观相化合的过程，也就是创作主客体融合的过程。在这一过程中，"原来是使世界变形了的主观精神，渐渐地由自我燃烧状态落向客观对象，伸进客观对象，开始要求和客观对象结合了。原来是无我状态的客观精神，渐渐开始要求主观的认识作用，生活事件更强地更深地体现出了在全体联结上的潜在的内容"[①]。这是一个双向互动的化合、生成的过程。在这一过程中，客观现实不能以"原生态"的形式进入作家的主观，必须在"主观战斗精神"的作用下，将生活素材加以分解、提炼、重新组合，才能形成新的飞跃。实际上，"主观战斗精神"起了一种强力的"催化"的作用，如胡风所说："尽管题材怎

---

① 胡风：《文艺工作的发展及其努力方向》，《胡风全集》第3卷，湖北人民出版社1999年版，第177页。

样好，怎样真有其事……但如果它没有和作者的情绪触合，没有在作者的情绪世界里面溶解，凝晶，那你就既不能够把握它，也不能够表现它。因为，在现实生活上，对于客观事物的理解和发现需要主观精神的突击；在诗的创造过程上，客观事物只有通过主观精神的燃烧才能够使杂质成灰，使精英更亮，而凝成浑然的艺术生命。"①

主观战斗精神既体现了对客观世界的尊重，又体现了创作主体的能动作用的张扬，适宜于各种类文学作品的创作。但由于诗歌把握世界方式的特殊性，主观战斗精神对诗歌创作和诗人的人格建构尤其有更为重要的意义。

科学与诗，作为两种不同的把握世界的方式，在有一点上是相通的，即最大地发挥主体的能力，从而最大地扩展客体的范围。它们的不同在于科学要求最大地扩展物质世界——从宏观宇宙到微观宇宙的范围；诗则要求最大地扩展精神世界——人的内心世界的范围。法国诗人圣琼·佩斯1960年在接受诺贝尔文学奖的仪式上曾讲过："在混沌初开的第一天夜里，就有两个天生的瞎子在摸索着前进：一个借助于科学的方法，另一人只凭闪现的直觉——在那个夜里，谁能首先找到出路，谁的心里装着更多的闪光？答案无关重要。秘密只有一个。诗人灵感的伟大创造无论哪方面都不会让位于现代科学的戏剧性发现。宇宙在扩展的理论鼓舞着天文学家；但是另一个宇宙——人的无限的精神领域，也在不断扩展。不论科学把它的疆界推得多远，在这些弧形境界的整个范围内，我们将一如既往地听到诗人的一群猎狗的追逐声。"② 诗歌创作的主体与一般认识的主体有共同的属性，但又有自己的特殊性：诗的创作主体不是一般人，而是具有系统的审美观点的诗人，用胡风的话说，就是有强烈的主观战斗精神。这一点，对诗歌创作的指导意义就更强。

胡风在评论诗人创作的时候，就是看诗歌中是否体现了这样一种主观战斗精神。田间是胡风最早发现并一直予以追踪的诗人。他在《田间的诗》一文中说："诗人底力量最后要归结到他和他所要歌唱的对象的完全

---

① 胡风：《关于题材，关于"技巧"，关于接受遗产》，《胡风全集》第3卷，湖北人民出版社1999年版，第79页。

② ［法］圣琼·佩斯：《诗歌》，《法国作家论文学》，生活·读书·新知三联书店1984年版，第481—482页。

融合。在他底诗里面,只有感觉、意象,场景底色彩和情绪底跳动……用抽象的词句来表现'热烈'的情绪或'革命'的道理,或者是,没有被作者底血液温暖起来,只是分行分节地用韵语写出'豪壮'的或'悲惨'的故事——在革命诗歌里最主要的这两个同源异流的倾向,田间君却几乎完全没有。诗不是分析、说理,也不是新闻记事,应该是具体的生活事象在诗人底感动里所搅起的波纹,所凝成的晶体。这是诗底大路,田间君却本能地走近了,虽然在他现在的成绩里面还不能说有大的真实的成功。"[①] 这里是从诗人和他所要歌唱的对象的完全融合,也就是是否激发了他的主观战斗精神出发,来评价田间的诗的。

  胡风的主观战斗精神理论,其意义不限于为诗的批评提供了一种新的视角,而且对诗歌理论的建设亦有重要价值。在胡风之前,视文学与政治为一体的左翼诗论家,强调诗歌从属于无产阶级的政治,要与无产阶级革命运动保持同一步调,要用诗歌反映当时的革命斗争和政治事变,反映民族压迫与阶级斗争。他们关注的只是当时的革命斗争的现实,以及如何用诗歌反映这种现实,激发人们投入变革现实的斗争。至于诗人的主观世界,是完全不在他们的考虑范围之内的。而胡风的主观战斗精神理论,则认为作家的主观与生活的客观同样重要:"因为,形成作品的材料、印象,不但须是最令作家'感动'的,而且还得'跟一种基本的思想、观念起了某种化学上的化合'。不过,这种基本的思想、观念,却是和一切社会人一样是活的、斗争的、有爱情快乐的、以及痛苦的作家'在自己的心中早就孕蓄起来的'。换句话说,作家用来和材料起化合作用的思想、观念,原来是生活经验的结果,也就是特定的现实关系的反映。"[②] 胡风在这里所说的作家身上已有的"基本的思想、观念",实际上就是现代心理学上所说的"认知结构",对于从事美的创造与欣赏的人而言,就是"审美心理结构"。审美心理结构是人们在审美实践中由多种心理因素组合而成,直接影响审美过程与审美效果的主体的功能结构,是人类主体的文化—心理结构的一个重要组成部分,是人的遗传、环境、生活经验、文化素养、艺术观念等方面因素的综合体现,是人类精神文明的结晶,也是人类群体超越动物的明证。一切审美活动都要从现有的审美心理

[①] 胡风:《田间的诗》,《胡风论诗》,花城出版社1988年版,第17页。
[②] 胡风:《创作之路》,《胡风全集》第2卷,湖北人民出版社1999年版,第332页。

结构出发，都是审美心理结构功能的体现。就诗人与客观世界的关系而言，来自客观世界的信息，只有与主体的审美心理结构相适应，才能被接受，被加工，否则就往往被忽略。审美心理结构的形成，既是人类世世代代的审美实践通过遗传而积淀的结果，又是个人的连续不断的审美实践的总和。审美心理结构不是一成不变的，它可以在来自客观世界的新鲜的强烈的刺激面前，通过同化与顺应，使自身得到调整。同化与顺应的概念，是瑞士心理学家皮亚杰提出来的。在皮亚杰看来，人的认识结构具有同化与顺应两种对立统一的功能。所谓同化就是指主体作用于客观环境时，能够运用已有的认识结构说明和解释环境，把新的刺激纳入已有的结构之中，予以过滤、改变与吸收。同化可以不断地加强结构，引起的是结构的量的变化。所谓顺应就是新的刺激不能被原有的结构所同化，那么就要建立新的结构或对原有的结构加以调整，从而适应环境。与同化相反，顺应不是对原有结构的加强，而是对原有结构的破坏，引起的是结构的质的变化。没有同化，人的认识结构就不会得到丰富与加强；没有顺应，人的认识结构就不会获得新的内容，也就很难得到发展和更新。同化与顺应如鸟之两翼，从心理上保障人能在客观环境中自由地翱翔。由于时代的限制，胡风没有机会接触现代认知心理学，也没有接触皮亚杰的同化顺应理论，但是他却用自己的语言，描述了诗人在客观世界面前心理结构的变化：“如果说，真理是活的现实内容的反映，如果说，把握真理要通过能动的主观作用，那么，只有从对于血肉的现实人生的搏斗开始，在文艺创造里面才有可能得到创造力的充沛和思想力的坚强。……一方面要求主观力量的坚强，坚强到能够和血肉的对象搏斗，能够对血肉的对象进行批判，由这得到可能，创造出包含有比个别的对象更高的真实性的艺术世界；另一方面要求作家向感性的对象深入，深入到和对象的感情表现结合为一体，不致自得其乐地离开对象飞去或不关痛痒地站在对象旁边。"[①] 这里提到的和对象搏斗、向对象深入，以及胡风反复提及的主观与客观的"化合""融合"，不是非常清晰地用自己的语言描述了诗人的审美心理结构在客观世界的外部刺激面前同化与顺应的过程吗？从这个意义上说，主观战斗精神这一概念在当时的提出，确实是"超前"的，随着时间的推移，越

---

① 胡风：《置身在民主的斗争里面》，《胡风全集》第3卷，湖北人民出版社1999年版，第186页。

能显示出这一理论的夺目的光辉。

胡风的诗歌理论极为丰富,诗歌本质论、功能论、创作论、欣赏论、传播论等都涉及了。我们上述的"第一义的诗人""哪里有生活,哪里就有诗"以及"主观战斗精神",最能体现胡风诗论的原创性和他的基本观念。胡风的诗学理论曾影响与造就了一代诗人。牛汉晚年对胡风有充满深情的回忆:"胡风,在中国是一个大的形象,也可以说是一个大的现象,不仅限于文艺界。至少在我的心目中,半个多世纪以来,他的存在,有如天地人间的大山、大河、大雷雨、大梦、大诗、大悲剧。他给我最初的感应近似一个远景,一个壮丽的引人歌唱的梦境。那时我在荒寒的陇山深处读中学。即使到了后来,我结识他并经常有来往,虽然后来又有二十多年天各一方的阔别,这最初在心灵中形成的庄严的远景或梦境的感觉,仍没有消失和淡化。我一直感受着他穿透我并辐射向远方的魅力和召引,他就像罗丹的'思想者',是个发光体。"[①]

牛汉说得对。胡风的独特的诗学理论也正是诗歌星空中的一块"发光体",将在中国现代诗歌史上永远放射着光芒。

[①] 牛汉:《我与胡风及"胡风集团"》,《我仍在苦苦跋涉——牛汉自述》,生活·读书·新知三联书店 2008 年版,第 107—109 页。

艾青：建构自由诗的美学

如诗人绿原所言："七月派"诗人"是在艾青的影响下成长起来的"①。艾青对那个时代年轻诗人的影响主要的是靠他的创作。"当时的一大批文学青年看了艾青、田间的作品，看了胡风编的《七月》《希望》，在那样的特定的历史条件下受到感染，引起共鸣。那个影响是非常深刻、非常强烈的，不但影响了他们的创作，而且影响了他们的人生观和人生道路。"② 但艾青又是一位有理论素养的诗论家，1938至1939年，艾青陆续以断想集锦，近乎"小诗"体的形式写成《诗论》，再加上1939年所写的《诗的散文美》《诗与宣传》《诗与时代》《诗人论》等文章，编成诗论集《诗论》于1941年9月由桂林三户出版社出版。此后这部《诗论》多次再版，成为中国新诗理论史上的一部经典性论著。除去《诗论》外，艾青这期间还写过《为了胜利——三年来创作的一个报告》《我怎样写诗的》等谈自己创作体会的文章，写过《抗战以来的中国新诗》《论抗战以来的中国新诗——〈朴素的歌〉序》《爱国诗人闻-多》等诗歌评论。从《诗论》以及这一系列评论文章中，可以看出艾青的诗学思想是十分丰富的，既是他创作经验的总结，又有他对诗歌这一文体的深刻思考。

一 新诗的本质是自由

艾青有一颗渴望自由的心灵。早在1939年所写的《诗人论》中他就说道：

---

① 绿原.《〈白色花〉序》,《白色花》, 人民文学出版社1981年版，第2页。
② 牛汉:《关于〈七月派〉的几个"问题"》,《梦游人说诗》, 华文出版社2001年版，第129—130页。

>他们能向世界要求什么呢——
>
>一支笔，天蓝的墨水，原稿纸；
>
>而最主要的是发言的自由，——而这些常常得不到，因为任何暴君都知道：一个自由发言的，比一千个群众还可怕。①

艾青是坐过国民党反动派的牢房的，他深知自由的可贵。他说："诗与自由，是我们生命的两种最可贵的东西，只有今日的中国诗人最能了解它们的价值。"②"宪法对于诗人比其他的人意义更为重要，因为只有保障了发言的权利，才能传达出人群的意欲与愿望；一切的进步才会可能。压制人民的言论，是一些暴力中最残酷的暴力。"③ 面临国民党的黑暗统治和日本帝国主义的侵略，艾青用他的诗歌，也用他的诗论，尽力维护自己发言的自由，他在那个时代的诗，说出了他自己的，也是当时广大人民的心里话。

在他的《诗论》和《诗的散文美》中，艾青进一步阐释了对诗歌的自由本质的理解。在艾青看来：

>诗是自由的使者，永远忠实地给人类以慰勉，在人类的心里，播散对于自由的渴望与坚信的种子。
>
>诗的声音，就是自由的声音；诗的笑，就是自由的笑。④

艾青对自由的礼赞，既是他作为诗人内心的渴望，也是对新诗品质的最准确的概括。这是因为诗人只有葆有一颗向往自由之心，听从自由信念的召唤，才能弃绝奴性，超越宿命，才能在宽阔的心理时空中自由驰骋，才能不受权威、传统、习俗或社会偏见的束缚，才能结出具有高度独创性的艺术思维之花。

诗歌写作是一种具有高度独创性的心灵活动，常常偏离文化常模，有时还会给世俗的、流行的审美趣味一记耳光，这就要求诗人有广阔的自由

---

① 艾青：《诗人论》，《诗论》，人民文学出版社1956年版，第178页。
② 艾青：《诗与宣传》，《艾青论创作》，上海文艺出版社1985年版，第377页。
③ 艾青：《诗的精神》，《诗论》，人民文学出版社1956年版，第134页。
④ 艾青：《诗的精神》，《诗论》，人民文学出版社1956年版，第134页。

的心灵空间。在这个空间里，诗人的思绪可以尽情地飞翔，而不必受权威、传统、习俗或社会偏见的束缚。

伟大的诗人无不高度珍视心灵的自由。屠格涅夫在即将退出文坛的时候，曾向青年作家致"临别赠言"："在艺术、诗歌的事业中比任何地方更需要自由：怪不得连公文套语都称艺术为'放浪的艺术'，即是自由的艺术了。如果一个人的内心受到束缚，他还能'抓住'、'把握'他周围的事物吗？"（《关于〈父与子〉》）惠特曼也说过："有男人和女人的地方，英雄总是追随着自由，——但是诗人又比其他的人更追随和更欢迎自由。他们是自由的声音，自由的解释。"（《〈草叶集〉序言》）拜伦在他的长诗《查尔德·哈罗德游记》中也曾充分表达了对自由的热爱，他认为自由思想是诗人一切精神生活中首要的和不可缺少的基本因素。这些诗人在不同条件下对于自由的向往，与艾青对于诗与自由的论述精神上是完全相通的。

有了心灵的自由，才可能有健全的、独立的人格。一个伟大的诗人总是向读者敞开自己的心扉，自己是什么样的人，就承认是什么样的人。他不怕世俗的嘲笑和冷眼，无须乎给自己戴一副假面具，在任何情况下都敢于说真话，不去欺世盗名，不去迎合流俗，不去装神弄鬼，他用不着在帽子上插一枝孔雀毛来装饰自己，更不会昧着良心说谎。陈寅恪为王国维撰写的碑文上倡言"自由之思想，独立之精神"，其间，"独立之精神"为诗之魂，"自由之思想"为诗之骨。

有了自由的心灵，才有可能写出富有独创性的诗歌作品。诗是灵魂的歌唱。有了自由的心灵，诗人才能超越传统的束缚，摆脱狭隘的经验与陈旧的思维方式的拘囿，让诗的思绪在广阔的时空中流动，才能调动自己意识和潜意识中的表象积累，形成奇妙的组合。伟大诗人总是有些"想入非非"，他的灵魂是可以自由地往返于幻想与现实之间的。

保持心灵的自由还要有一定的内在条件。这就是说，在外界条件允许的情况下，固然要充分发挥自己心灵的自由，即使外界条件不允许也要尽可能地在内心深处为自己的心灵自由提供一种正常的防卫。这一要有勇气，二要靠自信，三要能拒绝诱惑，甘于寂寞。

一位法新社记者曾经问过巴金："巴金先生，假如我是一位年轻的中国诗人，你有什么忠言勉励我？"巴金引用法国大革命时代的英雄丹东的话"大胆，大胆，永远大胆"来回答，这是很有深意的。中国也有句老话，叫"放胆文章拼命酒"，酒是不能拼命去喝的，文章却要放胆去做。为了保持心灵的自由，诗人应当有勇气直面人生，直面旧的习惯势力和世俗的种种压力。一个真正的诗人，总是走在一般人的前面，站得也比一般人高一些，因此总有一定程度的超凡脱俗，他不易被世俗限制和束缚，而往往是旧的习惯势力的叛逆者。

维护心灵的自由，还要靠诗人的自信，这种自信是建立在对客观世界的准确把握上，对自己的创作才能的冷静分析以及对人生、对艺术的坚定信仰的基础上的。优秀的诗人可以谦虚地听取意见，但却不会无止境地否定自己，相反他们充分地意识到了自己的富有独创性的作品的价值。普希金在他临终前不久写的《纪念碑》一诗中，为自己的创作做了这样的总结："我为自己建立了一座非人工所能造的纪念碑。"普希金正是由于有这样坚强的自信，他才能在形色色的流言与诬蔑面前保持了一种自由的心境。

为了捍卫心灵的自由，诗人需要耐得寂寞、甘于寂寞，一方面去掉功利之思，不慕繁华，不逐浮名，视功名富贵如浮云；另一方面要坚持自己的创作追求，恪守自己的美学理想，决不随波逐流。有了寂寞之心，才能甘于寂寞做人，才可能祛除杂念，排除内在的与外在的干扰，建立一道心理的屏障。作为社会的精英，诗人若想避免与流俗合流，保持自己的精神自由与人格独立，就要像不断推石上山的西西弗斯一样，为捍卫人类的最后精神领地而搏斗，心甘情愿地充当诗坛的寂寞的守望者。

创造的成功是自由的实现。说到底，心灵的自由不仅是创造成功作品的必要条件，同时也是人生追求的一种境界。

二　真善美的统一

真善美的概念，早在古希腊时期，就由苏格拉底、亚里士多德等人分别提出过。到文艺复兴和启蒙时代，更被西方美学家当作文艺创作的最高原则。莎士比亚说过："真善美，就是我全部的主题，真善美，变化成不同的辞章；我的创造力就花费在这种变化里，三题合一，产生瑰丽的景象。"（《十四行诗集·第一百零五首》）

简单的进化论并不适用于伟大的艺术创造。真善美的原则是古老的，然而在今天依然显示着熠熠夺目的光辉。艾青继承了这一古老的美学原则，并用富于诗意的语言描述道：

> 我们的诗神是驾着纯金三轮马车，在生活的旷野上驰骋的。
>
> 那三个轮子，闪射着同等的光芒，以同样庄严的隆隆声震响着的，就是真、善、美。①

在艾青看来，把真、善、美三原则最能完全地凝聚在一起的，莫过于诗了："真，善，美，是统一在人类共同意志里的三种表现，诗必须是它们之间最好的联系。"② 作为诗歌审美的最高原则，真善美有其固有的内涵，同时随着时代的变化，又会有新的意蕴。在新的时代，艾青又是如何理解真善美的呢？

所谓真，是就诗歌的内容是否具有客观的真实性而言的。艾青说："真是我们对于世界的认识；它给予我们对于未来的依赖。"③ "诗与伪善是绝缘的。诗人一接触到伪善，他的诗就失败了。"④ 诗，绝对不能与谎言并容。锡德尼说："在白日之下的一切作者中，诗人最不是说谎者；即使他想说谎，作为诗人就难做说谎者。"⑤ 拜伦说："假如诗的本质必须是谎言，那么将它扔了吧，或者像柏拉图所想做的那样：将它逐出理想国。"⑥ 真实，这是诗歌最起码的品格，从根本上说决定了诗的价值。那么，真实的含义是什么呢？别林斯基认为，现实主义有两个基本条件：真实的外界描写和内心世界的忠实表达。通常说的文艺的真实性，也包含这样两方面的内容：一是真实地再现客观生活的画面；二是真实地反映作家的主观感受。这二者是互相交融的。然而，对诗歌来说，则是侧重在于真实地表现作者的主观感受。诗歌不同于小说、戏剧，小说、戏剧一般要再现客观生活的画面，作家的自我形象往往隐藏在情节后面；诗歌则不一定直接展现客观生活的画面，而是重在抒情主人公主观世界的抒发。诗歌所追求的真实，不着重于客体的真实，而着重于主体的真实，即是否真实地

---

① 艾青：《出发》，《诗论》，人民文学出版社1956年版，第130页。
② 艾青：《出发》，《诗论》，人民文学出版社1956年版，第129页。
③ 艾青：《道德》，《诗论》，人民文学出版社1956年版，第165页。
④ 艾青：《出发》，《诗论》，人民文学出版社1956年版，第129页。
⑤ [英]锡德尼：《为诗一辩》，伍蠡甫主编《西方文论选》上卷，上海译文出版社1979年版，第242页。
⑥ [英]拜伦：《给约翰·墨里的公开信》，王春元、钱中文主编《英国作家论文学》，生活·读书·新知三联书店1985年版，第84页。

表现了诗人的主观世界。

所谓善,主要是从诗歌的功能来谈的。艾青说:"善是社会的功利性;善的批判以万人的福利为准则。"① 这就是说,善从根本上说,要以人民的最高意志为准则。诗的功能是多方面的,但不管哪方面的功能,都要通过作用于读者的心灵而实现。那么,诗的主要的、直接的功能是什么呢?薄伽丘认为诗能够"唤起懒人,激发蠢徒,约束莽汉,说服罪犯"②。高尔基认为艺术的目的在于"启发人的某种感情,培养他对生活中某种现象的这样或那样的态度"③。鲁迅认为:"涵养人之神思,即文章之职与用也。"④ 郭沫若认为:"诗的创造是要'创造'人,换一句话,便是在感情的美化。"⑤ 可见,陶冶人的性情,净化人的灵魂,恢复人的尊严,唤起人们长期泯灭的人性,这才是诗歌最根本的功能。既然如此,那么善的原则,就不应仅仅是阶级的功利主义,同时也应包括人道主义的精神。人道主义强调以人为本位,肯定人的价值,维护人的尊严和权利,它的最基本的出发点是把人当成人。诗歌既然以人为对象,既然要唤起人性,表现人性,促进人性的人的完全的复归,那么,自然应该符合人道主义的原则。艾青的诗论,就充溢着这种人道主义的呼唤:

> 永远和那些正直、勤劳而又困苦的人群在一起,了解他们灵魂的美,只有他们才能把世界从罪恶中拯救出来。

> "罪犯""杀人的""不义者",诗人倒愿意和他们交朋友;
> 而"圣者"、伪君子、假慈悲的,诗人却连轻蔑的眼珠都不转动一下。

信任他们:

---

① 艾青:《诗论·出发》,《诗论》,人民文学出版社1956年版,第129页。
② [意]薄迦丘:《异教诸神谱系》,伍蠡甫主编《西方文论选》上卷,上海译文出版社1979年版,第177页。
③ [苏]高尔基:《〈无产阶级作家文集〉序》,《论文学续集》,人民文学出版社1979年版,第196页。
④ 鲁迅:《摩罗诗力说》,《鲁迅全集》第1卷,人民文学出版社1981年版,第71页。
⑤ 郭沫若:《论诗三札》,《文艺论集》,人民文学出版社1979年版,第216页。

>　　那些跛行者、盲人、残废了的……
>　　那些穷人，负债者以及乞丐……
>　　那些卖淫的、窃贼、盗匪……
>　　信任一切不幸者，只有他们对世界怀有希望，对人怀有梦想……①

所谓美，主要是就诗歌能否给读者以美感享受而言的。诗，作为艺术皇冠上的一颗明珠，它必须是美的，也就是说，要依照美的规律来造型。然而二三十年代的普罗文学普遍地不重视艺术，甚至把艺术与政治对立起来，认为艺术会妨碍政治。抗战爆发后，许多诗人的创作又流于激情的宣泄，而忽略了艺术。于是艾青在《诗论》中专设了一节"美学"，开头便说：

>　　一首诗的胜利，不仅是那诗所表现的思想的胜利，同时也是那诗的美学的胜利。——而后者，竟常被理论家们所忽略。②

艾青在《诗论》中用了相当大的篇幅，对诗的主题、题材、形式、技术、形象、意象、象征、联想、想象、语言等艺术问题做了认真的探讨，在抗日的烽火中颠沛流离的艾青还能不断思考诗美的创造，这是十分难得的。

艾青谈诗美，有一个很重要的基点，那就是对诗歌的内在精神、内在的美的强调。艾青说："没有离开特定范畴的人性的美；美是依附在先进人类向上的生活的外形。"③艾青这里强调的是诗歌的内在的美，即情感的真实、浓烈和优美。罗丹说得好："有人以为素描本身是美的，而不知素描所以美完全是由于所表达的真实和感情。"④诗歌更是如此。诗的美，从根本上说来自诗人的灼热的情感。如艾青所说："存在于诗里的美，是通过诗人的情感所表达出来的、人类向上精神的一种闪灼。这种闪灼犹如

---

① 艾青：《诗人论》，《诗论》，人民文学出版社1979年版，第175—176页。
② 艾青：《美学》，《诗论》，人民文学出版社1956年版，第135页。
③ 艾青：《出发》，《诗论》，人民文学出版社1956年版，第129页。
④ 《罗丹艺术论》，人民美术出版社1978年版，第50页。

飞溅在黑暗里的一些火花；也犹如用凿与斧打击在岩石上所迸射的火花。"① 读者只在同诗人的感情交流和共振中，才能领略到这种美。感情因素，永远是诗歌美感诸因素中最活跃的因素，远远超过外在的形式因素，这是艾青谈诗美时所提醒读者的。

真善美作为诗歌的审美原则，三者是统一的。如艾青所说："一首诗必须把真、善、美，如此和洽地融合在一起，如此自然地调协在一起，它们三者不相抵触而又互相因使自己提高而提高了另外的二种——以至于完全。"② 在真善美三者中，真是根本性的因素，只有以真为基础，才有可能派生出善与美来。而诗歌的真与善，又必须以美的形态显示出来。正如狄德罗所说："真善美是紧密结合在一起的。在真和善之上加上一种稀有的光辉灿烂的情景，真与善就变成美了。"③ 只有这种为美浸透了的真与善的结晶，才称得上是诗。

三　建构自由诗的美学

绿原在《〈白色花〉序》中说："中国的自由诗从'五四'发源，经历了曲折的探索过程，到三十年代才由诗人艾青等人开拓成为一条壮阔的河流。把诗从沉寂的书斋里、从肃穆的讲坛上呼唤出来，让它在人民的苦难和斗争中接受磨炼，用朴素、自然、明朗的真诚的声音为人民的今天和明天歌唱：这便是中国自由诗的战斗传统。本集的作者们作为这个传统的自觉的追随者，始终欣然承认，他们大多数人是在艾青的影响下成长起来的。"④ 如绿原所言，艾青是中国自由诗的重要代表诗人，同时也是自由诗理论的重要构建者，正是艾青自由论的创作实践与他对自由诗理论的倡导，深深地影响了"七月派"诗人和后来者。

中国的自由诗源于五四时期的白话诗。五四时期伴随着对人的解放的呼唤，胡适发出了"诗体大解放"的号召，要"把从前一切束缚诗神的

---

① 艾青：《诗论·诗》，《诗论》，人民文学出版社1956年版，第131页。
② 艾青：《诗论·诗》，《诗论》，人民文学出版社1956年版，第131页。
③ ［法］狄德罗：《绘画论》，伍蠡甫主编《西方文论选》上卷，上海译文出版社1979年版，第393页。
④ 绿原：《白色花序》，《白色花》，人民文学出版社1981年版，第2页。

自由的枷锁镣铐，笼统推翻"①；郭沫若讲"诗的创造是要创造'人'……他人已成的形式是不可因袭的东西。他人已成的形式只是自己的镣铐。形式方面我主张绝端的自由，绝端的自主。"② 这样痛快淋漓地谈诗体的变革，这种声音只能出现在五四时期，他们谈的是诗，但出发点却是人。正由于"诗体大解放"的主张与五四时期人的解放的要求相合拍，才会迅速引起新诗人的共鸣，并掀起了声势浩大的新诗运动。胡适所提倡的"诗体大解放"，其实应涉及诗的审美本质、诗歌把握世界的独特方式、诗人的艺术思维特征、诗歌的艺术语言等多层面的内容，但胡适仅仅从语言文字的层面着眼，他要建立的是"白话诗"，在这里，诗人的主体性不见了，诗人的艺术想象不见了，而"有什么话，说什么话；话怎么说，就怎么说"③ 则取消了诗与文的界限，取消了诗歌写作的技艺与难度，诗歌很容易滑向浅白的言情与对生活现象的实录。20年代"新月派"诗人对新格律诗的倡导，是对早期白话诗"非诗化"倾向的一种反拨，扭转了早期白话诗过于自由散漫，缺少诗味的弊端，诗人们对新诗格律做了深入的探讨，开始高度关注诗的形式美，并在创作实践中去尝试多种体式与格律的运用。不过"新月派"过分强调诗歌的外在形式，忽略了内在的情绪节奏，创作上则强调体格的严整，那种千篇一律的"豆腐干诗"和麻将牌式的建行，败坏了读者的胃口。新月派的格律诗热也就慢慢地冷却下来。与此同时，一些自由诗的倡导者则向新格律诗理论发起了冲击，戴望舒与艾青就是其中的代表。

戴望舒早期受"新月派"诗人影响，讲究诗的音乐性与绘画美。但是当戴望舒接触了后期象征主义诗人果尔蒙、耶麦等人的作品后，他逐渐放弃了韵律，转向了自由诗。写于1932年的《望舒诗论》，其目标直指"新月派"的壁垒，他的多条论述与新月派的格律理论针锋相对：格律派强调"音乐的美"，戴望舒却认为"诗不能借重音乐，它应该去了音乐的成分"；格律派强调"绘画的美"，戴望舒却说"诗不能借重绘画的长处"；格律派强调"格调""韵脚"和字句的整齐，戴望舒却说"韵和整齐的字句会妨碍诗情，或使诗情成为畸形的"……戴望舒对格律派的一

---

① 胡适：《答朱经农》，《胡适文存》，黄山书社1996年版，第67页。
② 郭沫若：《论诗三札》，《文艺论集》，人民文学出版社1979年版，第216—217页。
③ 胡适：《〈尝试集〉自序》，《胡适文存》，黄山书社1996年版，第148页。

针见血的针砭,对自由诗理论的张扬,在当时的诗坛产生了重要影响。不过《望舒诗论》是断想式的,只有17条,缺少进一步的论证。比较之下,艾青的自由诗理论则要系统得多,深刻得多。

艾青是中国自由诗理论的集大成者,他总结了五四以来自由诗的创作经验,结合自己的创作体会,建构了自由诗的美学。

艾青1929年赴法国勤工俭学,学习绘画,爱上了莫奈、马奈、雷诺阿、德加、莫第格里阿尼、丢飞、毕加索等现代派画家,强烈排斥"学院派"思想。与此同时,艾青也接触了西方现代诗歌,诸如布洛克、阿波里内尔、凡尔哈仑、兰波、马雅可夫斯基、叶赛宁等,其中受比利时诗人凡尔哈仑影响尤其大,他说:"凡尔哈仑是我所热爱的。他的诗,辉耀着对于近代的社会的丰富的知识,和一个近代人的明澈的理智与比一切时代更强烈更复杂的情感。"① 受这些诗人的影响,早在巴黎的时候,艾青"就试着写诗,在速写本里记下一些偶然从脑际闪过的句子"②。1932年艾青回国的路上,就已经开始了他的诗歌写作,他说:"我从巴黎到马赛的路上写了一首《当黎明穿上了白衣》,我在红海写了一首《阳光在远处》,我在湄公河进口的地方写了一首《那边》(这三首诗,后来都发表在当年的《现代》上)。"③ 艾青到法国勤工俭学,他所接触的西方现代派绘画和现代诗歌,对艾青用自由体写诗,以及对自由诗理论的探讨,有着重要的影响。

艾青关于自由诗的论述集中表现在他的《诗论》和《诗的散文美》中。其主要思想大致可以归纳为以下几点:

第一,倡导自由诗缘于对新诗的自由本质的理解。

五四时期,那些新诗的创始者们,他们谈的是诗,但出发点却是人。他们鼓吹诗体的解放,正是为了让精神能自由发展;他们要打破旧诗的束缚,正是为了打破精神枷锁的束缚。宗白华当年作为《学灯》的编者,大量编发了郭沫若早期的自由诗,他的出发点也不仅仅在于"诗体",而是一种对人性解放的渴望:"白话诗运动不只是代表一个文学技术上的改变,实是象征着一个新的世界观,新生命情调,新生活意识寻找它的新的

---

① 艾青:《我怎样写诗的?》,《学习与生活》第2卷第3、4期合刊,1941年3月10日。
② 艾青:《〈艾青诗选〉自序》,《艾青诗选》,人民文学出版社1979年版,第5页。
③ 艾青:《母鸡为什么下鸭蛋》,《人物》1980年第3期。

表现方式。斤斤地从文字修辞,文言白话之分上来评说新诗底意义和价值,是太过于表面的。……这是一种文化上进展上的责任,这不是斗奇骛新,不是狂妄,更无所容其矜夸,这是一个艰难的,探险的,创造一个新文体以丰硕我们文化内容的工作!在文艺上摆脱二千年来传统形式的束缚,不顾讥笑责难,开始一个新的早晨,这需要气魄雄健,生力弥满,感觉新鲜的诗人人格。"① 艾青就是这样一位有着"新鲜的诗人人格"的人。在艾青看来,诗是自由的使者,诗的声音就是自由的声音。艾青高度评价以写自由诗著称的美国诗人惠特曼:"在近代,以写'自由诗'而博得声誉的,是合众国民主诗人惠特曼。当时的合众国,是以一个年轻的、充满朝气的、纯朴人的姿态出现在世界上的。惠特曼成了这个新兴国家的代言人。产生这种诗体的时候,从诗的本身说,是为了适应表现新的思想感情的要求,突破了旧形式的束缚,是一种解放。"②

为了维护诗的这种自由本质,艾青告诫诗人:"不要把人家已经抛撇了的破鞋子,拖在自己的脚上走路","宁愿裸体,却决不要让不合身材的衣服来窒息你的呼吸。"③ 也正是出于对诗的自由本质的理解,艾青选择了自由体诗作为自己写作的主要形式,在他看来,自由体诗是新世界的产物,更能适应激烈动荡、瞬息万变的时代。

第二,自由诗具有开放性的审美特征。

自由诗与格律诗是从诗歌的外部特征也即是否遵循有规则的韵律来区分的。格律诗越是到成熟阶段,越是有一种封闭性、排他性,对原有格律略有突破便被说成是"病"。自由诗则不同,它冲破了格律诗的封闭与保守,呼唤的是一种自由的精神。美是自由的象征,对诗美的追求就是对自由的追求。如前所述,新诗的诞生就是与人的解放的呼唤联系在一起的,自由诗最能体现人渴望自由、渴望解放的本性。自由诗以其内蕴的本原生命意义,确立了开放性的审美特征。艾青曾对自由诗的特征有过这样的描述:

什么叫"自由诗"?简单地说,这种诗体,有一句占一行的,有

---

① 宗白华:《欢欣的回忆和祝贺》,《时事新报》1941年11月10日。
② 艾青:《诗的形式问题》,《人民文学》1954年第3期。
③ 艾青:《形式》,《诗论》,人民文学出版社1956年版,第149页。

一句占几行的；每行没有一定章节，每段没有一定行数；也有整首不分段的。

"自由诗"有押韵的，有不押韵的。

"自由诗"没有一定的格式，只要有旋律，念起来流畅，像一条小河，有时声音高，有时声音低，因感情的起伏而变化。①

艾青对自由诗的阐述，可以归结为建行、押韵、旋律三个方面。建行方面，艾青主张句无定字，节无定行，篇无定节，实际就是指出自由诗的建行有无限的可能性。押韵是可押可不押，完全自由。艾青所讲的"旋律"，指的是由语言的声音高低与情感的起伏而形成的自然节奏，近乎郭沫若所说的"力的节奏"。

如果我们把艾青对自由诗审美特征的表述再做进一步的简化，那么自由诗的形式规范，最宽泛来说，只有两条，一条是分行，另一条是有自然的节奏。在这个大前提之下，作者获得了最大程度的创造的自由。有人说，自由诗不讲形式，这是最大的误解。自由诗绝不是不讲形式，只是它没有固定的一成不变的形式。如果说格律诗是把不同的内容纳入相同的格律中去，穿的是统一规范的制式服装，那么自由诗则是为每首诗的内容设计一套最合适的形式，穿的是个性化服装。实际上，自由诗的形式是一种高难度的、更富于独创性的形式，从某种意义上说，比起格律诗来它对形式的要求没有降低，而是更高了。自由诗的自由，体现了开放，体现了包容，体现了对创新精神的永恒的鼓励。自由诗不仅有自己的审美诉求，而且出于表达内容的需要，它可以任意地把格律诗中的具体手法吸收进来，为我所用。

第三，关于诗的散文美。

艾青提出诗的散文美，有个重要的认识论的出发点，那就是：

诗歌真正的开始之处该在人类生活开始之处，就是有了人类就有了诗歌。

谁能在人类没有表现工具之前去否认诗歌的存在呢？那存在于大自然里的丰富的幻变，那存在于无言的心中的有拍节的波动，那一个

---

① 艾青：《诗的形式问题》，《人民文学》1954 年第 3 期。

生命向另一个生命之间的默契，不也就是诗歌么？

诗歌是自然本身所含有的韵律。①

艾青认为，诗人的职责，就在于把自然中、生活中所含的韵律揭示出来。因此他高度地评价口语：

口语是美的，它存在于人的日常生活里。它富有人间味。它使我们感到无比的亲切。而口语是最散文的。②

于是艾青的判断是："散文是先天的比韵文美"③。这正是艾青提出诗的散文美的理论依据。对格律，艾青持有两点论的看法，一方面他认为"格律是文字对于思想与情感的控制，是诗的防止散文的芜杂与松散的一种羁勒"，自由体诗也不是绝对的放野马，而是"在一定的规律时自由或者奔放"；另一方面他也认为，"当格律已成了仅只囚禁思想与情感的刑具时，格律就成了诗的障碍与绞杀。"此时就应坚决冲破格律的限制。④也正是基于对诗的自由本质的维护，艾青提出了"诗的散文美"的主张：

有人写了很美的散文，却不知道那就是诗；也有人写了很丑的诗，却不知道那是最坏的散文。

我们嫌恶诗里面的那种丑陋的散文，不管它是有韵与否；我们却酷爱诗里面的那种美好的散文，而它却常是首先就离弃了韵的羁绊的。

我们既然知道把那种以优美的散文完成的伟大作品一律称为诗篇，又怎能不轻蔑那种以丑陋的韵文写成的所谓"诗"的东西呢？……

天才的散文家，常是韵文意识的破坏者。⑤

---

① 艾青：《诗的散步》，《壹零集》第1卷第3期，1939年6月30日。
② 艾青：《诗的散文美》，《广西日报》1939年4月29日。
③ 艾青：《诗的散文美》，《广西日报》1939年4月29日。
④ 艾青：《美学》，《诗论》，人民文学出版社1956年版，第137—138页。
⑤ 艾青：《诗的散文美》，《广西日报》1939年4月29日。

艾青的散文美的主张，当然不是要打倒所有押韵的诗，而是要说明，是不是诗与用不用韵无关。长时间来，有一种说法，即诗必押韵。章太炎说过："诗之有韵，古无所变。……以广义言，凡有韵者皆诗之流。"（《答曹聚仁论白话诗》）这一说法虽说极端些，但颇有代表性。很多人不是把凑字找韵的顺口溜当成诗吗？他们为了追求押韵甚至不惜向自然的躯体挥动板斧，削足适履。实则呢，韵并非构成一首诗的决定因素。亚里士多德说："历史家与诗人的差别不在于一用散文，一用'韵文'；希罗多德的著作可以改写为'韵文'但仍是一种历史。"① 戴望舒也说："韵和整齐的字句会妨碍诗情，或使诗情成为畸形的。倘把诗的情绪去适应呆滞的、表面的旧规律，就和把自己的足去穿别人的鞋子一样。愚劣的人们削足适履，比较聪明一点的人选择较合脚的鞋子，但是智者却为自己制最合自己的脚的鞋子。"② 艾青在《诗论》中也专有一节谈"形式"，他说："诗人应该为了内容而变换形式，像我们为了气候而变换服装一样。""不要把形式看做绝对的东西。——它是依照变动的生活内容而变动的。""假如是诗，无论用什么形式写出来都是诗；假如不是诗，无论用什么形式写出来都不是诗。"③ 艾青是从形式与内容的辩证关系出发看待诗歌与押韵的。他所提出的散文美，是基于自由诗的特征而提出的审美原则，是有意识地冲击"韵文意识"，即打破国人长期以来形成的"诗必有韵"心理定势。还应注意到，在《诗的散文美》中，艾青集中批评的是诗必有韵，实际上他是把"韵"作为形式的主要代表来讨论的，在艾青看来，要求诗必押韵不合理，用其他的形式来束缚诗歌，同样地不合理。因此，可以认为，艾青的"诗的散文美"的提出，不单是诗与韵文无关的申述，而且是继五四时期白话诗人对旧诗的审美规范的批评，又深化了一个层次，对新格律派沉溺于格律的玩味而疏于诗意的开掘，则是有力地针砭。30 年代以后，特别是抗战期间，自由诗成为新诗人最喜爱的写作形式，与艾青等对新格律派的有力批判不无关系。

最后，还有一点，诗的散文美，不是诗的散文化，尽管二者常被人混

---

① ［古希腊］亚里斯多德：《诗学》，《诗学　诗艺》，人民文学出版社 1962 年版，第 28 页。
② 戴望舒：《望舒诗论》，《现代》第 2 卷第 1 期，1932 年 11 月。
③ 艾青：《形式》，《诗论》，人民文学出版社 1956 年版，第 147 页。

淆。艾青提倡的是诗的散文美,而不是诗的散文化。他说:"不能把散文化的,叫做散文诗。也不能把散文化的诗叫做自由诗。散文化是诗的缺点。"① 他还具体批评过散文化的诗:"这种散文化的诗,缺乏感情,语言也不和谐,也没有什么形象;有的诗,语言构造很奇特,任意地破坏我们的语法。……诗的散文化,是写诗的人劳动和学习上疏懒的结果。也有一些人,他们并非不理解诗,但他们完全是有意地和'格律诗'对抗,过分地强调了'自然流露'想到哪儿写到哪儿,语言毫无节制,常常显得很松散,这是五四运动后,一面盲目崇拜西洋,一面盲目反对旧文学的错误倾向的极端表现。"②

---

① 艾青:《谈散文诗》,《艾青论创作》,上海文艺出版社1985年版,第602页。
② 艾青:《诗的形式问题》,《人民文学》1954年第3期。

阿垅：白色花的象征意蕴

阿垅是"七月派"的一位杰出诗人。牛汉认为，阿垅"是诗人之中心灵最本质的。他的诗，不是晦涩，不是远离群众的虚幻的梦境，不是个人的感伤的狭隘的情感，而是执着中国几千年沉淀、潜在的地火与生生不息的意志，因为他的诗突破了破碎而麻痹的、颠倒而卑污的表面的现实形迹"[①]。阿垅的《无题》诗中有这样两行：

要开作一枝白色花——
因为我要这样宣告，我们无罪，然后我们凋谢。

"白色花"是纯洁的、素净的花，可视作诗人与妻子真挚的爱情的象征，也是诗人自我形象的写照。几十年后，当受"胡风集团"错案牵连、一度被埋没的20位诗人的作品被编成诗集《白色花》的时候，诗人绿原在《〈白色花〉序》中引用了这一节诗，并说："如果同意颜色的政治属性不过是人为的，那么从科学的意义上说，白色正是把照在自己身上的阳光全部反射出来的一种颜色。作者们愿意借用这个素净的名称，来纪念过去的一段遭遇：我们曾经为诗受难，然而我们无罪！"这也许正好说明了阿垅所创造的"白色花"这一意象所包含的象征意蕴该有多么深厚！

正如胡风所说的"诗人和战士是一个神的两个化身"，阿垅就正是诗人与战士的统一，阿垅当过兵，在战争中流过血。1944年，他在《题册》一诗中写道："首先，我要活得像一个——人/其次，自然要活得像一个——男子/最后，我要活得像一个——兵//让野蔷薇开它自己底花——/让荆棘长它自己底刺——/让无花果结它自己底果子——"这不正是作为诗人与战士的阿垅形象的自我写照吗？罗洛曾这样谈论阿垅："从阿垅的

[①] 牛汉：《感受阿垅》，《梦游人说诗》，华文出版社2001年版，第155页。

每首诗中,也可以见其为人。他真诚得痛苦,严肃得固执,热情得偏激。他的一生,是复杂曲折、坎坷困顿的一生,但他总是在追求光明,追求真理,他是从不让步的,甚至对自己,对爱者,也不让步。他说:'我底哲学很简单:"是"或者"否","全"或者"无"……'"① 阿垅的诗论,就发自于这样一位战士诗人之口,不能不带有时代的明显印痕和他的个性色彩。

阿垅的诗论,绝大多数都以"片论"为题。他自己是这样解释的:"往往,我是从一个现象或一个本质,从一个侧面或一个角度,从一个对象或一个论题,而片言只语地写出我所有的现实感受,一鳞片爪地来勾画那当时的文化风貌的。但这样,也就有了可能,为了思想斗争——现实斗争而含有了某种激情。所以,我把这些东西特别称为'片论'。"(《诗与现实·后记》)"片论"是阿垅在战斗与辗转流亡中最适宜的一种写作方式,然而作者在分头写作这些"片论"的时候,实际上,心中也并非没有一个整体的考虑。这样,当一个一个"片论"完成的时候,阿垅自己的诗歌理论体系也自然形成了。可以说,在"七月派"诗人中,阿垅是既有理论素养,又有理论建构热情的诗人。他的诗论,最能贴近"七月派"诗人的创作实际,也可以说是"七月派"诗人创作经验的总结与创作理念的升华。自然,也正是由于他的"是"或者"否","全"或者"无"的思维方法,使他的作品也明显地存在片面性与局限性。

一 诗的箭头指向哪里

在《诗与现实》一书中,《箭头指向——》一节是带有引论性质的,涉及阿垅对诗的本质、诗的功能,诗人何为等看法。且不说具体内涵,光这个标题就暗示了阿垅是把诗歌当作武器的。在《箭头指向——》的开端,阿垅就鲜明地提出:

> 诗是赤芒冲天直起的红信号弹!
> 攻击!攻击前进!
> 诗是攻击前进的红信号弹!

---

① 罗洛:《阿垅片论》,《诗的随想录》,生活·读书·新知三联书店1986年版,第37页。

接着阿垅还给当时的诗和诗人规定了具体的任务："今天，诗和诗人底任务是：A、作为抗日民族战争底一弹；B、作为抗日民族战争底一员。"

在和平的年代，坐在明亮的书斋里，尽可以批评阿垅把诗的功能定位为武器的片面性，但是如果想到写这篇《箭头指向——》的时候，阿垅在重庆，时间是1941年9月。当时正是抗日战争进入相持阶段最艰难的时刻，敌机不断地在重庆上空盘旋轰炸。在这样的背景下，阿垅为诗和诗歌规定了这样的任务，又有什么不可以理解的呢？不过即使是这样的背景下，阿垅也不忘：

诗是一粒种子，种在那里是要在那里开出花来、生下根去的。
不仅仅开满枝满树芬芳的秾花，而且更结满园满圃肥硕的蜜果。

但是在今天它却是一粒爆炸的手榴弹！
钢的爆炸！火药的爆炸！……
一种一和三千之比的突然的体积的澎涨，一种突发的，甚至野蛮的向外的压力。
粉碎一切！
情感底爆炸，力量底爆炸！

理解了阿垅的战士的身份，理解了阿垅所处的战时环境，那么我们对阿垅诗论中不断喷射出的爆炸声浪和愤怒呐喊也就能有合理的解释了。

即使阿垅给诗和诗人赋予了抗日民族解放战争的武器和战士的使命，阿垅对诗的要求也不仅仅是停留在标语口号上的，因为标语口号是可以无数次重复的，而阿垅却强调诗的独创性：

虎啸是诗句，学虎啸就不是诗句，不管你学得最好。
莺啼是诗句，学莺啼就不是诗句，不问你学得最好。

是莺，何必学虎啸呢，在杨柳晓风之间啼起来就好。
是虎，何必学莺啼呢，在丛莽皓月之间啸起来就好。

阿垅还进而批评那些丧失了独创精神，而只知模仿别人的诗人："他是把庸俗偷袭了天才，把拙劣篡夺了独创，把丑陋抹杀了艳丽；他是，把瓷瓶中的鲜花拔去，而换置了他底纸花，或者，他把一万朵假花混杂了那一朵唯一的真花。"(《箭头指向——》)

在《箭头指向——》中，阿垅集中地阐述了他对诗人的要求。

> 我不能够承认有所谓诗人的那种特殊的人。
> 当农夫抚摩赞叹那绿玉一样的自己辛勤种植出来的瓜果的时候，那个农夫就是诗人。
> 当工人铿锵椎击那赤屑飞迸的铸铁而情不自禁大发哼吼的时候，那个工人就是诗人。
> 当婴孩注视母亲满脸笑窝咿呀学语的时候，那个婴孩就是诗人。

很明显，阿垅深受胡风的"第一义诗人"说法的影响，那种把自己的生命融入了造福人类的事业，尽管没有一行文字的诗，也应该称他们为诗人。在战争的残酷环境下，阿垅更侧重在对诗人的献身精神与高洁品格的要求："诗人是在商品世界之中不失其赤子之心的一种特殊的人。诗人是火种，他是从燃烧自己开始来燃烧世界的。""诗人不是宫廷中为珠光宝气所围绕的孔雀，他是天空上和狂风、骤雨同飞翔的老鹰。他不要高贵的但是堕落的生活。他要的是，简单得很，——自由，或者死。"如果全面地论述诗人，应当从高洁的品格、自由的心灵、博大的爱情、坚强的意志等方面建立诗人的人格论，应当从敏锐的感觉、易于兴奋的情绪、纯真的童心、沉思的习惯等方面建立诗人的气质论，应当从深厚的知识积累、纯正的审美趣味、卓越的表现能力等方面建立诗人的修养论。阿垅没有可能进行全面论述，而是在战争环境下，突出强调了诗人与民族融为一体的献身的品格和无畏的勇气，这是可以理解的。

二 典型的情绪

如果在阿垅的诗歌理论中寻找其自创的概念，也许"典型的情绪"应算是其中的一个。从根上说，"典型的情绪"可溯源于恩格斯的"典型环境中的典型人物"。但恩格斯的立论是基于小说类的叙事性文学，而阿

垅是清醒地意识到小说与诗歌的区别的:

> 其他的文学形式,如同小说,戏剧以及报告,要求典型的人物和典型的环境底在一个作者的完成;因此就要求一种形象底完成。诗不然。诗是诗人以情绪底突击由他自己直接向读者呈出的。其他的文学形式,例如小说,那里面的人物或者形象,原来也一样在创作过程之中经过作者底选择,并且被批判了的;但是在小说这样的文学形式,作者并不正面发言,一切活动底展开是付托了他底人物或者形象的。诗不然。由于诗主要是情绪的东西,并且是由诗人自己出来的之故,那么,客观世界底形象就不是绝对必要的了。假使说,诗也应该有典型的人物,那么这个典型人物就是诗人他自己;从而,第一、这个典型人物虽然实在是存在于诗中的,但是我们在诗上也就不可能直接形象地看到他了。第二、于是,我们所要求的,在诗,是那种钢铁的情绪,那种暴风雨的情绪,那种虹彩和青春的情绪,或者可以说,典型的情绪。那么,诗底问题是:这种情绪底高度的达到,和它底完全而美丽的保证。形象不是外在的,当这典型的情绪春风野火似的燃烧起来,重炮巨弹似的爆发起来,或者,管弦乐队似的奏鸣起来,那就一切足够了;形象不形象,既不成问题,而形象,也得完全服从于情绪底要求。①

阿垅是在谈形象问题时,提出"典型的情绪"这一说法的。简单说来,阿垅论诗,淡化形象,而高扬情绪。在《形象片论》中,阿垅明确地提出:"诗不是观念,同样不是形象。""小说和戏剧,一般是由作品中的人物来活动的。但是诗,却纯然是诗人自己底世界;他自己底直接活动。因此这一种活动,在诗里,是这样主观地的。因此诗底生命的东西,是情感;而且只是情感。……诗是强的、大的、高的、深的情感,这个情感对抗观念也对抗形象。"②

---

① 阿垅:《形象再论》,《人·诗·现实》,生活·读书·新知三联书店1986年版,第50—51页。

② 阿垅:《形象片论》,《人·诗·现实》,生活·读书·新知三联书店1986年版,第47、49页。

阿垅上述关于诗歌与小说的区别的论述，表明他是从诗歌与小说的把握世界方式的不同来着眼的，也就是说，他意识到诗歌创作中主体与客体相统一的特征。关于这一点，黑格尔在《美学》中曾有明确的论述："诗的想象，作为诗创作的活动，不同于造型艺术的想象。造型艺术要按照事物的实在外表形状，把事物本身展现在我们眼前；诗却只使人体会到对事物的内心的观照和观感，尽管它对实在外表形状也须加以艺术的处理。从诗创作这种一般方式来看，在诗中起主导作用的是这种精神活动的主体性。"① 黑格尔在这里说的不仅是诗歌与造型艺术的区别，而且也可以看作是诗歌与传统的叙事类、戏剧类文学的区别。这一基本区别就在于传统的叙事类、戏剧类文学所依据的是客体性原则，重视客观事物的再现，而诗歌所依据的是主体性原则，侧重于表现创作主体的内心活动。从诗歌的主体性原则出发，黑格尔进一步谈到抒情诗"特有的内容就是心灵本身，单纯的主体性格，重点不在当前的对象而在发生情感的灵魂。一纵即逝的情调，内心的欢呼，闪电似的无忧无虑的谑浪笑傲，怅惘、愁怨和哀叹，总之，情感生活的全部浓淡色调，瞬息万变的动态或是由极不同的对象所引起的零星的飘忽的感想，都可以被抒情诗凝定下来，通过表现而变成耐久的艺术作品"②。黑格尔这里谈的当然不是抒情诗的全部内容，但仅就这些，就已经很清楚地显示了诗歌的主体性特征了。诗歌的主体性原则，体现了诗歌的质的规定性，抓住了这一原则，诗歌不同于小说、戏剧的许多具体特点就容易把握了。

向读者敞开内心，直抒胸臆，这是诗歌最常见的表现方式。小说中有作者直接议论，戏剧中有人物的旁白和独白，但它们一般只是在情节推进中的一个插笔；而诗歌则以之作为基本的表现手段，一首诗往往从始至终全是诗人的自白。用阿垅的话说："假使说，诗也应该有典型的人物，那么这个典型人物就诗人他自己。"

阿垅在《形象再论》中还通过对马致远的《天净沙》和宋太祖《咏日出》的对比分析，提出："第一、读诗，我们读的直接就是诗人自己。第二、诗，从而那里面的形象，也直接被决定于诗人底情绪状态；这是说，和小说等文学形式底要求形象的规定有了不同。第三、诗的问题是

---

① ［德］黑格尔：《美学》第3卷下册，商务印书馆1981年版，第187页。
② ［德］黑格尔：《美学》第3卷下册，商务印书馆1981年版，第191—192页。

典型的情绪的问题;不是形象,不是'形象化',不是人物和景色底画面的展开的问题。第四、《天净沙》是士大夫底意识形态的——士大夫底典型情绪的;《咏日出》是帝王思想的,英雄气概的——'马上得天下'那一类的军阀政客底典型的情绪的。"①

阿垅在论述作为诗歌本质特征的情绪时,应该说,他的论述比起那些基于形象来谈诗的诗论家,要高明多了,也更符合诗歌的内在规律。但是他所提出的诗的"典型情绪"的说法,并没有得到诗歌界的认同。原因就在于,他这一概念的提出,是比照小说的"典型"理论推导出来的,小说的"典型环境中的典型人物"的理论,经恩格斯提出后,不断加以丰富,成为小说中形象塑造的重要理论出发点;而阿垅在谈诗歌中的"典型情绪"的时候,并没有谈什么是诗歌的"典型环境",更没有谈这种典型情绪与典型环境的相辅相成和互动关系,因此阿垅的典型情绪就缺乏理论的支撑。其实他所说的《天净沙》是士大夫的典型情绪,《咏日出》是帝王思想的,是"马上得天下"那一类的军阀政客的典型情绪,也不一定要用典型情绪的提法。因为人的情绪是处于流动之中,瞬息万变的,很难说哪种情绪就是典型情绪,也许时代精神、阶级意识、襟怀抱负、共同人性都可以在不同情况下,在某种程度上取代阿垅说的"典型情绪"的内容。

三 对诗歌创作心理因素的关注

阿垅的诗论,如同罗洛所说:"虽然篇幅颇为浩繁,但所探索的问题其实仅仅只有一个而已:'关于诗,——或者关于人生和政治。'"② 阿垅的战士与诗人相统一的身份,他所处抗日烽火燃烧的时代,使他在讨论诗歌的时候,少了一般文人的闲情逸致,也没有学院派高头讲章的架势,而是紧紧扣住人、诗和现实的话题展开论述。所以他的诗论给人的印象是紧贴现实、紧贴政治,而且文风犀利,火药味十足。不过,这只是阿垅诗论

---

① 阿垅:《形象再论》,《人·诗·现实》,生活·读书·新知三联书店1986年版,第53页。
② 罗洛:《〈人·诗·现实〉序》,阿垅《人·诗·现实》,生活·读书·新知三联书店1986年版,第3页。

留给人的最初印象。如果细读阿垅的书，会发现，在阿垅常谈的诗人与现实、诗人与政治之外，他还提出了有关诗歌创作内部规律的很生动、很有意思的话题。这些话题恰恰是当时一般的诗人和诗论家较少谈到的，这特别指的是他对诗歌创作心理的关注。在他所写的《理智片论》《灵感片论》《敏感片论》《想象片论》《象征片论》中涉及丰富的创作心理的内容。就以他所提及的"敏感"而言，通常谈创作心理的，往往会涉及感觉、情感、思维、想象等内容，专谈"敏感"，比较少见。这恰恰表明，阿垅对创作心理的关注，不是从一般心理学知识演绎来的，而是从创作实践中悟出的："敏感，就好像现代作战部队底一个搜索营似的，敌人在什么地方？它是怎样构成的一个战斗体？它底行动将是什么？搜索营必须能够把握住它，甚至那只是一个不易察觉的或者似乎不足重视的征兆吧，轻微的，潜隐的，歪曲的，或者被万象所混淆了的。……敏感在诗和诗人的必要，就在于政治感觉或者生活感觉不能够落后于战斗行动，号角声不能够落后于军队底攻击前进，炮声不能够落后于主阵地带或者前进阵地底被奇袭。"[①] 这样一个"搜索营"的比方，就把极微细的一种心理感触给具体化了，让读者觉得"敏感"并不神秘。进而，阿垅进入诗的领地谈敏感了：

> 然而我们底诗和诗人呢？——
> 又何以诗是预言，而诗人称为"先知"呢？——
> 但是诗底敏感，也不是什么纯然的神经质的；它必须以生活实感作为它底原子核，围绕着它而活动。缺乏这种实感，诗，才全然是一种神经病了；我们底诗坛，有的时候，也就因此有了无病呻吟或者无的放矢的诗作。
> 而某一类的敏感，由于它底强大和充实，在若干时候，又似乎是一种直觉了。

在这里，阿垅一方面谈到了敏感与生活的关系；另一方面，又从心理学角度说敏感近乎一种直觉，当然近乎并不等于就是。敏感，从字面说就

[①] 阿垅：《敏感片论》，《人·诗·现实》，生活·读书·新知三联书店1986年版，第125页。

是敏锐的感觉，阿垅也叫它神经过敏。阿垅说："在诗，不但要有感情，而且还必须要有锋利的感情；不但要有感觉，而且还必须要有敏感。感觉麻痹，酿成了感情麻痹；不好。反之，感情迟钝，酿成了感觉迟钝；一样不好。"① 阿垅认为，诗人普遍感受到的痛苦，实际就由敏感造成的，是由于诗人的敏感的性格强于他们的意志力，他们的感觉超过了他们的理解和行动的能力。而这种敏感，又导致若干诗人成了悲剧式人物，马雅可夫斯基、叶赛宁就是例子。像这样的见解，在阿垅的书里，是比较难得的。

阿垅的诗歌理论，还有一部分是对诗人和作品的批评。他嬉笑怒骂，指点文坛，对当时文坛种种现象有尖锐的批评。牛汉指出："解放以前，对于《诗创造》《中国新诗》的艺术倾向，阿垅曾经有过一些批评。阿垅是个有成就、有见解的诗人，但他的一些文章有一定片面性，我就听见胡风当面批评阿垅有些文章带有主观主义。不过，我认为，阿垅文字上的片面性，应当从历史的角度来评断，阿垅对他认为不符合人民要求（实际上并非完全如此）的作品加以批判，而没有进行慎重的分析，说了一些过头话，以致产生不好的影响，这正是令人遗憾的所谓'历史局限性'。"② 牛汉所指出的阿垅的"历史局限性"还不只表现在对《诗创造》《中国新诗》作者群的批评上，也包括对现代派的批评上和他的许多"片论"上。罗洛说："阿垅容易激动，这使他自己也感到头痛。他这样说过：'由于激动，这就"过火"，——有时不幸确实如此，有时不过仿佛如此。这很使人为之头痛；从而，连自己也感到这种头痛。'"③ 阿垅能对自己的文章有这样一种清晰的自我批评意识，也是难能可贵了。

---

① 阿垅：《敏感片论》，《人·诗·现实》，生活·读书·新知三联书店 1986 年版，第 127 页。
② 牛汉：《关于"七月派"的几个问题》，《梦游人说诗》，华文出版社 2001 年版，第 132—133 页。
③ 罗洛：《〈人·诗·现实〉序》，阿垅《人·诗·现实》，生活·读书·新知三联书店 1986 年版，第 16 页。

中国当代诗坛：谢冕的意义

我与谢冕先生初次见面，是在1980年秋天《诗刊》社在北京东郊定福庄召开的全国新诗理论座谈会上。当时正是拨乱反正前后乍暖还寒的季节，朦胧诗的幼芽刚刚冒出地面，一方面是抱有传统诗歌观念的人面对新的艺术感到"气闷"而对朦胧诗人大加鞭挞；另一方面则是较为新潮的学者对青年人的探索予以热情的肯定。谢冕已在1980年5月7日的《光明日报》发表了《在新的崛起面前》，对青年人的探索表示支持；我也在同年8月3日的《北京日报》发表了《要允许不好懂的诗存在》，为朦胧诗呼吁存在的权利。对朦胧诗人肯定与支持的共同态度，使我们感到心灵的贴近。在研讨会冷静而热烈的论战中，谢冕、孙绍振是主将，我和钟文是急先锋，我们成了一个战壕中的战友。饭后休息时边散步边聊天，使我对谢冕的生活道路和精神世界有了进一步的了解。此后30年，为促进中国当代诗歌的发展，我追随谢冕先生，和他一起穿过了诗坛的风风雨雨。在这一过程中，我一直视谢冕为精神上的导师，人格上的榜样，学术上的引路人。我深深地感到，谈论中国当代诗歌，就不能不谈谢冕，他的存在对中国当代诗坛有着特殊的意义。

第一，谢冕以一位评论家的高瞻远瞩，在"朦胧诗"这一新生事物刚刚出现在地平线，在中国的年轻的艺术探索者最需要扶持的时候，他发表了《在新的崛起面前》这样一篇具有划时代意义的当代诗歌史上的经典文献。它的理论价值在于：一是体现了对"人的解放"的呼唤。谢冕把"朦胧诗"直接与五四新诗运动衔接起来，把"朦胧诗"的崛起，看成是对五四诗歌传统的一种回归。他以一种神往的语气描述五四时期的诗人："我们的前辈诗人，他们生活在一种无拘无束的自由开放的艺术空气中，前进和创新就是一切。他们要在诗的领域中丢掉'旧的皮囊'而创造'新鲜的太阳'。"① 在谢冕看来,"朦胧诗"与五四时期的新诗都体现了人的自我意识的觉醒,体现了对一种僵化的传统诗歌模式的反叛与破坏,体现了一种创新的精神。二是对创作自由的呼唤。谢冕是在战争年代形成、并在1949年以后进一步完善的大一统的政治化诗学中成长起来的,但难能可贵的是,他对这种政治化诗学的反思精神和批判意识。在这篇充满激情的檄文中,他对长期来统治诗坛的一种"左"的思潮予以声讨,尖锐地指出"我们的新诗,六十年来不是走着越来越宽广的道路,而是走着越来越狭窄的道路"。他反对艺术禁锢,呼唤一种多元共生的艺术生态。三是对艺术革新者的真诚的、全力的支持,他以巨大的勇气,肩起了沉重的闸门,为年轻的艺术探索者争来了较为宽阔的生存空间。而与此同时,谢冕本人却承担了强大的思想和政治的压力。《在新的崛起面前》以及此后谢冕的一系列支持年轻人探索的文章,体现的不仅是作者的艺术才华,更是远见卓识的眼光和勇于承担的人格。

第二,对百年中国文学和百年中国新诗的研究。进入 90 年代以后,谢冕通过主持"批评家周末",引领一部分青年学者进行百年中国文学的研究。他首次提出"百年中国文学"的概念,他说:"百年中国文学这样一个题目给了我们宏阔的视野。它引导我们站在本世纪的苍茫暮色之中,回望上一个世纪末中国天空浓重的烟云,反思中国社会百年的危机与动荡给予文学深刻的影响。它使我们经受着百年辉煌的震撼,以及它的整个苦难历程的悲壮。"② 在这一思想指导下,他先后主编《中国文学百年梦想》《百年中国文学总系》等系列丛书,为百年中国文学的研究,做出了坚实的实绩。与此同时,他把新诗放在"百年中国文学"的框架下进行研究,他所主编的《中国新诗总系》,他所推出的《新世纪的太阳》等专著,以五四运动为主要的时间节点,上溯1895年前后,下达世纪末,从而在整体上展示了中国文学现代化的走向。由于有这样一个宏观的视野,谢冕描述新诗发展历程中的种种现象,不是就事论事,而是具有一种历史的眼光,既看到某些诗歌现象出现的偶然性,同时又看到这种现象出现的必然性。他指出:"新诗在实现自身的现代化目标时,一方面要不断抗击来自

---

① 谢冕:《在新的崛起面前》,《光明日报》1980 年 5 月 7 日。
② 谢冕:《百年中国文学总系序》,谢冕主编《百年中国文学总系》,山东教育出版社 1998 年版,第 1 页。

复古势力的骚扰,即假借农民或民族意识的名义对于改造更新自身的阻挠;另一方面,则要不断宣扬向着世界新进文艺潮流认同的现代思维和现代艺术实践。"① 这样的分析是客观而深刻的,对于百年新诗的研究具有启发与开创的意义。

第三,对新诗评论语体建设的贡献。谢冕打破了长期充斥于诗歌评论界的大批判语言和八股文风,他的评论文章,力戒官话、套话、大话、空话,凸显评论家的主体意识。谢冕认为:诗代表一个民族的智慧,它是文学的宝塔尖。诗评是一种对于"文学的文学"的评论,"正如诗歌创作是主体性很强的创造活动一样,诗歌评论也是一种具有强烈的主体意识的文艺批评活动。'诗无达诂',一方面说明诗歌艺术的多义性与朦胧性,另一方面说明对诗的理解不存在绝对的模式。诗评对诗评家'自我加入'的再创造的期待,远较它种艺术为甚"②。正是出于对诗歌评论语体的深刻理解,谢冕的文章在诗歌评论界独树一帜。他以诗人的激情书写诗歌评论,笔锋常带感情,他的评论是诗化的评论,不仅以强大的逻辑力量说服读者,更以富有诗意的语言感染读者。请读这段评论文字:

> 那时候,月亮落下去了,东边露出了曦微的曙明。尽管层云依然深深地镇住天穹,但周遭的一切毕竟在光明即将降临的拂晓时分呈现了勃发的生气。这是黑夜与黎明际会的庄严时刻。这方生未死的特殊历史,造就了一批敏感于生活的诗人,他们把握了这特有的时代氛围。他们使自己的最初一批诗篇,成为富有现实感的早春意识的传送者。

这是谢冕评刘祖慈诗歌的专论《早秋的年轮》的开头,用充满深情的诗一般的语言,概括了一个历史时代,以及这一时代所造就的诗人。

第四,为诗歌评论界和当代文学研究领域培养了一批人才。他不仅通过在北京大学设席传道,循循善诱,言传身教,培养了一大批当代文学研究方向的硕士生和博士生,而且通过创办《诗探索》等,团结和培养了一批诗歌评论的作者。我是《诗探索》早期的作者,1984 至 1985 年为

---

① 谢冕:《新世纪的太阳》,时代文艺出版社 1993 年版,第 102 页。
② 谢冕:《评诗与诗评》,《文艺报》1986 年 8 月 9 日。

《诗探索》的责任编辑，1994年《诗探索》复刊以后为主编之一。在与谢冕共事的过程中，深深感到他作为《诗探索》的灵魂人物为办好刊物的一片苦心。在办刊的指导思想上，他强调"高举艺术探索的旗帜，站在引领诗歌变革潮流的前沿"①。在具体的编辑工作中，他主张开放与宽容。2010年在纪念《诗探索》创刊30周年的座谈会上，谢冕说："《诗探索》的立场是坚定的，它选择了前进和自由，《诗探索》不想充当某一诗歌流派的代言人，也不谋求成为某一种风格的鼓吹者。它矢志不移地为诗歌思想艺术的前进和变革而贡献热情和智慧，它始终不渝地与探索者站在一起。"② 这是对《诗探索》所走过的道路的回溯，也是对《诗探索》所坚持立场的宣告。谢冕是襟怀磊落、宽容大度的，作为主编，他欢迎向自己开炮，在《诗探索》创刊号上，他发表了丁慨然、单占生两篇"与谢冕同志商榷"的文章。正是由于谢冕坚持学术自由，坚持以多元求共存，以竞争求发展，《诗探索》周围才团结了一批不同年龄层次的诗歌评论家，为新时期的诗歌理论批评造就了一支朝气蓬勃的队伍。

第五，为诗歌评论界树立了一种人格的典范。谢冕是一位追求真理的理想主义者，或者说他是一位寻梦者。他为《中国新诗总系（1949—1959）》所写的导言，题目便是"为了一个梦想"，在2010年两岸四地第三届诗学论坛上他也说过："诗歌是做梦的事业，我们的工作是做梦。"而主持《百年中国文学总系》《中国新诗总系》等重大项目、创办《诗探索》、建立北京大学新诗研究所等，就是谢冕的一个又一个的梦想。这期间我有幸和他一起参加了某些工作，也就是说和他一起寻梦、圆梦，对他的精神品格有了进一步的了解。这些年来，他始终坚持"知识分子"和"民间"的立场，以王国维为陈寅恪书写碑文中的"自由之思想，独立之精神"为自己的座右铭。在对"三个崛起"的批判中，他顶住了巨大的压力，孤独地漫步在圆明园，面对废墟，与历史对话。后来，当他看到他所鼓动的新诗潮出现了远离他的诗歌理想的东西的时候，他也照样直言不讳，发出了批评的声音。谢冕又是一位具有传统儒家风范与现代民主意识的知识分子，他严于律己，宽以待人，言必信，行必果。谢冕的论敌可谓多矣，但他对论敌的态度是坚持自己的主张的同时，也尊重对手的人格。

---

① 谢冕：《〈诗探索〉改版弁言》，《诗探索·理论卷》2005年第1辑。
② 谢冕：《为梦想和激情的时代作证》，《诗探索·理论卷》2011年第2辑。

这么多年来，我从未听他在背后议论过什么人。谢冕葆有一颗童心，率真、自然，热爱生活，善于发现生活中的美和诗意。到老年，更是摆脱了世俗的功利的束缚，越来越像个"老顽童"，到哪里，都给大家带来欢乐。

在我眼中的谢冕，永远是一位人生的长跑者。我1980年第一次见到谢冕时，就注意到他床位下的运动鞋，原来他出来开会，还是不忘每天跑步的。2008年4月《中国新诗总系》在杭州西湖开定稿会，会议结束的那天，谢冕也圆了他围西湖跑一圈的梦。当天午后，他从我们所住的柳浪闻莺出发，沿着西湖往北经断桥到白堤，再到苏堤，最后从雷峰塔往东，返回柳浪闻莺。这时的谢冕已是76岁的高龄，他围着西湖奔跑的形象是感人至深的，也是非常有象征意义的。几十年来，谢冕在文学研究的道路上不也是一直这样奔跑着，生命不息，奋斗不止吗？

2012年6月26日

孙绍振《新的美学原则在崛起》的诗学史意义

由"文化大革命"到历史的新时期,中国社会发生了巨大的转折。转折的时期是乍暖还寒的季节,尽管粉碎了"四人帮",从政治上组织上清除了"文革派"的势力,但是由于历史的复杂性,"两个凡是"[①]的阴云还盘旋在中国政治思想文化领域的上空。新、旧两个时期的边界并不像棋盘上的楚河汉界那样清晰,改革者面临着远比组织上粉碎"四人帮"更为艰巨的任务。围绕"朦胧诗"的论争,便是这一时期诗歌理论界影响最为深远的思想交锋。在这场论争中,孙绍振发表的《新的美学原则在崛起》,以其扎实的学术根柢,超前的学术眼光和探索者的勇气,成为阐释以"朦胧诗"为代表的新的美学追求的重要文本,也因此遭到猛烈批判。现在二十多年过去了,当年大批判的文章多已化为烟云,然而这篇文章却像东海边上的一块礁石,在浪花的扑打和冲击下,显得更为清峻与耀眼。

一

《新的美学原则在崛起》的诞生,与新时期初期的朦胧诗运动有天然的联系。还是在"文化大革命"当中,正是在愚昧的宗教狂热和怀疑一切、打倒一切的过激行动中,一些一度卷入群众运动的青年最早萌发了怀疑意识与叛逆精神。继之而来的上山下乡运动,把这些青年抛到了社会的最底层,在那绝望而无告的日子里,他们中一些人找到了诗——这种最简单的也是最有力的宣泄内心情感、寻求心灵对话的方式。当时他们的作品

[①] "两个凡是"是指1977年2月7日《人民日报》《红旗》杂志、《解放军报》社论《学好文件抓住纲》中提出的"凡是毛主席作出的决策,我们都坚决维护,凡是毛主席的指示,我们都始终不渝地遵循"。

无从发表，只是靠诗友之间互相转抄、传阅，更无稿费一说。正是在这种没有世俗诱惑、没有功利计较的背景下，诗人的心灵得到了净化，诗也回到了它的自身，并孕育了诗歌界一代新人的崛起。随着"四人帮"被粉碎，随着思想解放潮流的涌动，这一群名不见经传的青年，带着"文化大革命"中心上的累累伤痕，带着与黑暗动荡的过去毫不妥协的决绝情绪，带着刚刚复苏的人的自我意识和被遏制多年的人道主义思潮，在赞扬与诅咒交加、掌声与嘘声并起的情况下，走上了诗坛。朦胧诗的出现，使平静的中国诗坛发生了断裂与倾斜。人们感到一阵阵眩晕，是兴奋？是好奇？是迷茫？是反感？面对一群名不见经传的新人，面对他们的与传统的颂歌、战歌面貌截然不同的作品，评论界掀起了轩然大波。

1979年10月刚刚复刊的《星星》上，发表了公刘的《新的课题——从顾城同志的几首诗谈起》。公刘指出："我们和青年之间出现了距离。坦白地说，我对他们的某些诗作中的思想感情以及表达那种思想感情的方式，也不胜骇异。但是，无论如何，我们必须努力去理解他们，理解得愈多愈好。这是一个新的课题。"[①] 公刘的文章，是前辈诗人对青年诗人创作较早的公开回应。一方面体现了对青年诗人的关爱；另一方面希望通过"引导"，把青年诗人的创作纳入前辈诗人认可的轨道。

1980年4月，由中国社会科学院文学研究所、中国当代文学研究会、北京大学中文系等单位联合主办的"全国当代诗歌讨论会"在广西南宁召开。会上就"懂与不懂"、对青年诗人近作的评价、对今后新诗的发展道路问题等进行了热烈的讨论。这次会议是围绕青年诗人创作争论的序曲，此后更热烈的讨论就在更大的范围里展开了。

1980年5月7日，谢冕在《光明日报》发表《在新的崛起面前》。文章指出："一批新诗人在崛起。他们不拘一格，大胆吸收西方现代诗歌的某些表现方式，写出了一些'古怪'的诗篇。越来越多的'背离'诗歌传统的迹象的出现，迫使我们作出切乎实际的判断和抉择。我们不必为此不安，我们应当学会适应这一状况，并把它引向促进新诗健康发展的路上去。"[②] 谢冕以一位评论家的高瞻远瞩，在中国年轻的艺术探索者最需要扶持的时候，发表了这样一篇具有划时代意义的文章，体现的不仅是作者

---

① 公刘：《新的课题——从顾城同志的几首诗谈起》，《星星》诗刊复刊号，1979年10月。
② 谢冕：《在新的崛起面前》，《光明日报》1980年5月7日。

的艺术才华，更是远见卓识的眼光和勇于承担的人格。

1980年7月20日至8月21日，《诗刊》社举办"青年诗作者创作学习会"，梁小斌、舒婷、江河、顾城、王小妮、徐敬亚等17位青年诗人参加。这次诗会，后来被追认为《诗刊》"首届青春诗会"。《诗刊》1980年10月号在"青春诗会"栏目下，以显著地位集中推出了他们的诗作，并开辟专栏对青年诗人的诗作进行讨论。

1980年9月20日至27日，《诗刊》社在北京定福庄煤炭干部管理学院举办"诗歌理论座谈会"。这次会议持不同观点的双方主要代表人物都到场了，会上唇枪舌剑，争论激烈，但又是充分坦诚而自由的，诗刊记者称这是"一次热烈而冷静的交锋"。会上就新诗应遵循什么道路发展、诗与现实的关系、诗歌现代化、怎样看待青年诗人的探索，以及关于学习外国、诗人的自我等问题做了认真的探索。遗憾的是这种自由宽松的气氛后来因种种原因未能坚持下去。也就是在这次会议上，我和谢冕、孙绍振、钟文相识，并因支持青年诗人探索的共同立场，而成为"同一个战壕中的战友"。

定福庄会议之后，我根据自己在会议上的发言，整理了一篇文章，题为《诗歌现代化初探》，投给了《诗探索》。当时《诗探索》的主持者，担心"诗歌现代化"的提法太刺目，遂把题目改为《时代的进步与现代诗》，发在《诗探索》1981年第2辑上。孙绍振在会后写了《新的美学原则在崛起》，却遭遇到了意想不到的波折。我的博士研究生连敏，毕业论文做的是"文化大革命"前（1957年至1964年）的《诗刊》研究，近年又在做1976年至1989年的《诗刊》研究。我介绍她去采访了吴家瑾、朱先树、刘湛秋等诗刊编辑，以及谢冕、孙绍振等评论家。根据采访结果，她围绕《新的美学原则在崛起》一文的遭际，整理成《〈新的美学原则在崛起〉修改及发表始末》，发表在《文学评论》2015年第3期上。从连敏的文章可以看出，《新的美学原则在崛起》的写作、修改、退稿、再索稿、被加"按语"发表、被批判，经历了一个曲折的过程。定福庄会议后，应《诗刊》编辑部主任吴家瑾的约稿，孙绍振写出《欢呼新的美学原则的崛起》，此即《新的美学原则在崛起》的原稿。《诗刊》收到此文后，由于政治气候变化，这样的文章已不适宜发表，便经诗刊编辑朱先树之手，把稿子退给孙绍振。然而中宣部要在诗歌领域批"自由化"，决定以孙绍振文章为靶子，要《诗刊》把孙绍振的文章要回来。《诗刊》

遂向孙绍振再索稿。孙绍振对原稿中过于直率的话做了删除，把稿子寄回《诗刊》。《诗刊》1981 年第 3 期在"问题讨论"栏目下，发表了孙绍振的《新的美学原则在崛起》，不过与一般的文章不同，前边加了"编者按"："编辑部认为，当前正强调文学要为人民服务、为社会主义服务，以及坚持马克思主义美学原则方向时，这篇文章却提出了一些值得探讨的问题。我们希望诗歌的作者、评论作者和诗歌爱好者，在前一阶段讨论的基础上，进一步对此文进行研究、讨论，以明辨理论是非，这对于提高诗歌理论水平和促进诗歌创作的健康发展都将起积极作用。"这个"编者按"表明了编辑部的倾向性，随之《诗刊》1981 年第 4 期发表了程代熙《评〈新的美学原则在崛起〉——与孙绍振同志商榷》，对孙绍振的文章进行了尖锐的批判。此后《诗刊》又发表了一系列批判文章。不过，当时支持孙绍振的观点的也不乏其人，其中江枫的《沿着为社会主义、为人民的道路前进——为孙绍振一辩兼与程代熙商榷》（发表于《诗探索》1981 年第 3 期）是有代表性的，但更多的支持孙绍振的文章却难以得到发表的机会。

围绕孙绍振《新的美学原则在崛起》及有关"朦胧诗"的争论，已收在姚家华编的《朦胧诗论争集》（《学苑出版社》1989 年版）中，其中是非曲直，读者自有公论。本文不拟对当年的批判再做回应，而是从当代诗学发展的角度，对孙绍振《新的美学原则在崛起》的主要观点略加评析，以见出这篇诗学论文的意义所在。

二

当朦胧诗人踏上诗坛的时候，他们还太年轻，知识结构欠完整，美学与艺术理论的准备也不足，他们中的理论家徐敬亚，此时还在吉林大学中文系读书。正是在朦胧诗人缺少自己理论发言人的情况下，与朦胧诗人隔代的批评家孙绍振挺身而出，成了他们的理论代表。孙绍振的文章对以朦胧诗为代表的青年诗人的创作从理论上予以梳理和提升，提出了"新的美学原则"。

> 在历次思想解放运动和艺术革新潮流中，首先遭到挑战的总是权威和传统的神圣性，受到冲击的还有群众的习惯的信念。……谢冕同

志把这一股年轻人的诗潮称之为'新的崛起',是富于历史感,表现出战略眼光的。不过把这种崛起理解为预言几个毛头小伙子和黄毛丫头会成为诗坛的旗帜,那也是太拘泥字句了。与其说是新人的崛起,不如说是一种新的美学原则的崛起。这种新的美学原则,不能说与传统的美学观念没有任何联系,但崛起的青年对我们传统的美学观念常常表现出一种不驯服的姿态。他们不屑于作时代精神的号筒,也不屑于表现自我感情世界以外的丰功伟绩。他们甚至于回避去写那些我们习惯了的人物的经历,英勇的斗争和忘我的劳动的场景。他们和我们50年代的颂歌传统和60年代战歌传统有所不同,不是直接去赞美生活,而是追求生活溶解在心灵中的秘密。①

孙绍振是一位理论思辨能力很强的评论家,他这段文字对青年诗人"新的美学原则"的概括,应当说是在当时的历史环境下,一个批评家所能做出的一种周全、委婉而又藏锋不露的策略性叙述了。所谓"新的美学原则",必定是与"旧的美学原则"相对而言的。但孙绍振没有用"旧的美学原则",而是代之以"传统的美学观念"。可这"传统的美学观念",到底是中国古代的诗学传统,还是西方古代的诗学传统,还是战争年代受苏联文学影响而形成的诗学传统?细味全文,孙绍振明显指的是后一种,即从战争年代一直沿袭到"文化大革命"期间占统治地位的诗学传统。只不过在当时的条件下,只能含混地表达,不宜把话说得太明确罢了。在战争时期,解放区的诗歌从现实的政治需要出发,强调诗歌的社会功利性,把诗歌作为工具和武器。文艺界的整风则使诗人放弃了自己的知识分子身份,如严辰所说:"在未来的新社会里,及在今天的新环境里,已经完全是集体主义了。只有集体才有力量,只有集体才能发展,非个人时代可代替的。在诗歌上发现个人的东西,早已不再为人感到兴趣,从天花板寻找灵感,向醇酒妇人追求刺激的作品,早就被人唾弃,早就没落了。只有投身在大时代里,和革命的大众站在一起,歌唱大众的东西,才被大众所欢迎。"② 很明显,在这种高度张扬集体主义的大环境中,诗人的自我被放逐,诗越来越偏离它的本质,而成为政治宣传的工具。从此,

---

① 孙绍振:《新的美学原则在崛起》,《诗刊》1981年3月号。
② 严辰:《关于诗歌大众化》,《解放日报》1942年11月2日。

随着革命战争的节节胜利，政治化的意识形态标准成为评价诗歌的唯一标准。强化这种诗学形态，坚决抵制一切与之不符的思潮与理论，成为由解放区刮起的一股强劲的旋风，一直吹到新中国成立以后。此后的日子里，诗歌受到政治的严格的制约，这既表现在诗人的选材、取象、抒情方式、语言风格上，也表现在诗歌的生产机制、传播方式，以及诗歌批评与诗歌论争上。这一时期的诗歌，不断地被政治性的意识形态所同化，颂歌与战歌成为主流，表现的情感领域趋向单一，诗人的自我形象消失，创作日益走向一体化。到了"文化大革命"期间，"小靳庄民歌"与"批林批孔"诗歌等政治化写作铺天盖地，诗歌一度沦为"四人帮"篡党夺权的舆论工具，这一历史教训是极其深刻的。孙绍振在《新的美学原则在崛起》中所提出的观点，正是对这种高度政治化的诗学传统的反拨。在粉碎"四人帮"后不久，乍暖还寒的政治季节里，他发表这些观点，不仅需要见识，更需要勇气。实际上他也确实为自己的文章付出了沉重的代价。他和谢冕一样，是用肩膀为当时青年诗人的生存与成长扛住了闸门的人。

孙绍振提出的"新的美学原则"有三点值得重视。一是对传统的美学观念常常表现出一种"不驯服的姿态"。其实这个"不驯服"正表明了艺术革新者的先锋意识，任何新的创造总会包含对传统某种程度的反叛与超越，也就是"不驯服"。大画家齐白石有句名言："学我者生，似我者死。"意思是说在艺术创作上循规蹈矩，不敢越雷池一步，是没有出息的、没有前途的，鼓励后代超越自己。二是强调"表现自我感情世界"，这与我国古代诗学"诗缘情"的提法基本一致，是理所当然的。抒情诗总是以诗人自身的生活经验、意志情感等作为表现的对象，即使有对于主体之外的客观现实的描写，但也不是照相式的模拟，客观现实在诗中不再是独立的客体，而是渗透着、浸染着诗人的个性特征，成为诗人主观感情的依托物了。这与其说是西方现代派的主张，不如说是浪漫主义诗人的追求。三是提出"不是直接去赞美生活，而是追求生活溶解在心灵中的秘密"，应当说这在当时是比较新鲜的一个提法。不过，细究一下，西方象征主义诗人早就强调以隐喻来表现人的内心世界，主张透过心灵的想象创造某种带有暗示和象征性的诗的画面；而孙绍振提出的"追求生活溶解在心灵的秘密"，不过是对象征派主张的借鉴而已。

这样看来，孙绍振所提的"新的美学原则"，从中国和西方古代诗学传统，从西方现代派的诗学主张中都能找到它的来龙去脉，严格来说并不算新。然而这看来不算新的美学原则,在当时为什么又可以称之为新呢?这是因为我们的历史走了一个回环。中国新诗是在五四精神的感召下才得以诞生并成长壮大的。五四时期,是个启蒙的时代。在中国漫长的封建社会中,个人被皇权、神权、族权所压抑,如草芥虫蚁,根本谈不到个人的生命与价值。郁达夫曾说过,五四运动的最大的成功,第一要算"个人"的发现,从前的人,是为君而存在,为道而存在,为父母而存在,现在的人才晓得为自我而存在了。周作人把五四新文学的特征归结为"人的文学":"我们现在应该提倡的新文学,简单地说一句,是'人的文学'……我说的人道主义,是从个人做起。要讲人道,爱人类,便须使自己有人的资格,占得人的位置。"① 郁达夫、周作人这些话,强调个人的价值,呼唤对个人的尊重,鲜明地体现了五四时代的启蒙精神。而诗体的解放,新诗的诞生,正是人的觉醒的思想在文学变革中的一种反映。遗憾的是,新诗早期秉承的五四时期的启蒙精神并没有延续下去,而是被战争年代形成的政治性的功利主义诗学所取代。到了"文化大革命"当中,作为五四运动核心价值的"人道主义"更是横遭批判,人性沦丧,道德滑坡,强权使人成了失去了内在自由本质的政治动物。这期间文学作品中的人则不再具有正常人的七情六欲,而成了某一阶级、某种政治的符号,成了一具没有精神内涵的躯壳。文坛的这种情况让人惨不忍睹。复出的艾青1979年在一次座谈会上说:"1919年的'五四'运动到1976年的'四五'运动,走了漫长的五十七年!而我们今天好像还在补五十七年前的课:要求科学、要求民主。我们怎能随便地抛弃这两面光辉的旗帜呢?难道我们中国人非得永远是愚昧无知、任人摆布的奴隶吗?绝对不可能了!"② 艾青说得对,我们是在补课,补科学民主的课。正是在这个意义上,对那些喝着狼奶长大,与五四传统发生了断裂的年轻人而言,孙绍振所提出的算不上新潮的美学原则,自然就成了"新的美学原则"了。实际上,孙绍振也并非有意标榜那个新字,他不过用这个"新"字来同"传统的美学观念"相抗衡罢了。他希望以此直接上承五四文学传统,以摆脱政治枷锁对诗的控制,让诗回到它的自身。

---

① 周作人:《人的文学》,《新青年》第5卷第6号,1918年12月15日。
② 艾青:《要造成一种民主风气》,《文艺报》1979年第3期。

三

　　新时期的诗歌研究是以思想的启蒙和五四精神的回归开始了它的行程的。"新的美学原则"与"传统的美学观念"最根本的不同在哪里？孙绍振说了一句关键的话："表面上是一种美学原则的分歧，实质上是人的价值标准的分歧。"他紧接着还以"年轻的革新者"的代言身份说道："个人在社会中应该有一种更高的地位，既然是人创造了社会，就不应该以社会的利益否定个人的利益，既然是人创造了社会的精神文明，就不应该把社会的（时代的）精神作为个人的精神的敌对力量，那种人'异化'为自我物质和精神的统治力量的历史应该加以重新审查。"① 基于这个"新的美学原则"，孙绍振对青年诗人作品中体现的"人的觉醒""人的解放"的思想给予了热情的肯定。他说："我们的民族在十年浩劫中恢复了理性，这种恢复在最初的阶段是自发的，是以个体的人的觉醒为前提的。当个人在社会、国家中地位提高，权利逐步得以恢复，当社会、阶级、时代，逐渐不再成为个人的统治力量的时候，在诗歌中所谓个人的感情、个人的悲欢、个人的心灵世界便自然会提高其存在的价值。社会战胜野蛮，使人性复归，自然会导致艺术中的人性复归，而这种复归是社会文明程度提高的一种标志。"② 孙绍振这些提法，实际上是呼应了新时期初期思想解放大潮的。1979 年美学家朱光潜指出：人道主义虽然"在不同的时代具有不同的具体内容，却有一个总的核心思想，就是尊重人的尊严，把人放在高于一切的地位"。③ 1980 年美学家汝信指出："人道主义就是主张要把人当作人来看待。人本身就是人的最高目的，人的价值也就在于他自身。"④ 与理论界的探索相呼应，诗人们也发出了自己的声音。舒婷呼吁道："人啊，埋解我吧。……今天，人们迫切需要尊重、信任和温暖。我愿尽可能地用诗来表现我对'人'的一种关切。障碍必须拆除，面具应当解下。我相信，人和人是能够互相理解的，因为通往心灵的道路总可以

---

① 孙绍振：《新的美学原则在崛起》，《诗刊》1981 年 3 月号。
② 孙绍振：《新的美学原则在崛起》，《诗刊》1981 年 3 月号。
③ 朱光潜：《关于人性、人道主义、人情味和共同美问题》，《文艺研究》1979 年第 3 期。
④ 汝信：《人道主义就是修正主义吗？》，《人民日报》1980 年 8 月 15 日。

找到。"① 顾城说："我们过去的文艺、诗，一直在宣传另一种非我的'我'，即自我取消、自我毁灭的'我'。如：'我'在什么什么面前，是一粒砂子、一个铺路石子、一个齿轮、一个螺丝钉。总之，不是一个人，不是一个会思考、怀疑、有七情六欲的人。如果硬说是，也就是个机器人，机器'我'。这种'我'，也许具有一种献身的宗教美，但由于取消了作为最具体存在的个体的人，他自己最后也不免失去了控制，走上了毁灭之路。"②

在朦胧诗人的作品中，对人的关切更构成了他们诗歌的基调。北岛在献给遇罗克的诗中写道："我并不是英雄/在没有英雄的年代里/我只想做一个人"（《宣告》）。舒婷在《献给我的同代人》中写道："他们在天上/愿为一颗星/他们在地上/愿为一盏灯/不怕显得多少渺小/只要尽其可能。"与此前的英雄颂歌相比，这里最大的区别，就在于抒情主人公摒弃了集团的代言人的身份，而回到一个普通人的自身，展示一个人内在的生命价值。可以看出，在新时期诗歌的广阔地平线上站起来的是一群大写的人，一群顶天立地的人，一群有尊严的人，这也是当代诗歌史上首次出现的一代新人。

实际上，孙绍振正是在理论界开始了自觉的人性寻求，青年诗人的作品中出现了对人的生存权利和人的尊严的渴望和呼唤后，才对之进行理论阐述和代言的，其价值就在于呼吁人的自我意识的觉醒，体现了对抹杀个性、漠视人的价值的僵化的诗歌模式的反叛，体现了对心灵自由的呼唤，这样的主张对当代诗歌史的发展是影响深远的。

四

提出新的美学原则，这是孙绍振文章的主体内容，呼唤人的复归，强调人的价值和尊严，这是其根本出发点。从这个出发点出发，在总的原则下，孙绍振还对诗歌创作涉及的某些理论问题做了阐发，其中对创作中潜意识作用的思考，便是极有超前眼光的："长期的大量的艺术实践不但训练了艺术家的意识，而且训练了他的下意识或者潜意识。这样，使他的神

---

① 舒婷：《诗三首小序》，《诗刊》1980年第10期。
② 顾城：《请听听我们的声音》，《诗探索》1980年第1期。

经感情达到饱和点的时候,依着一种'不由自主的'、'自发的'习惯,达到一种条件反射的程度。习惯,就是意识与下意识的统一。不论是一个人还是一个民族,养成自己独创的艺术习惯都是很艰难的。意识和潜意识都是建立在长期的经验基础上的。个人、民族、时代的美学独创性,都渗透在这种习惯中。"[1] 孙绍振是在谈如何冲破艺术的习惯势力的阻力时,谈到潜意识问题的。潜意识,这个人类认识的黑洞,长期以来在正统的文艺理论体系中,是被忽略的。北京大学教授金开诚,是新时期以后较早开出"文艺心理学课程"并出版文艺心理学专著的,但他基本没有涉及潜意识问题。他说:"让我们先把意识活动中的事情弄弄清楚吧。就文艺问题而言,光是意识活动中的事情就乱得够呛了,够我研究两辈子了。至于潜意识,岂不是要到第三辈子才能去研究?我的意思无非是说,就文艺心理学而言,解决意识活动中的疑问比较急迫。"[2] 孙绍振不是专门研究文艺心理学的,却对潜意识问题极为关切。实际上,诗的创造其心理内容之丰富,决非"意识"两个字所能涵盖的。现代心理学研究成果表明,在意识的格局严整的中央王国以外,还有着广漠无垠的待开发疆域——一个神秘的黑暗王国,这就是相对于意识而言的潜意识。潜意识不仅是巨大的信息库,而且也是巨大的地下信息加工场。人脑对信息的加工,一部分是在主体控制下进行的,可以被明显地意识到,存在于意识之中。另一部分则不能由主体控制,不在意识中显示出来,这就是潜意识活动。就诗歌创作的心理过程而言,潜意识与意识是你中有我,我中有你,互相渗透,互相转化的。孙绍振的文章,不是专门论述潜意识,但是他高度重视潜意识,提到了意识与潜意识的统一,这不仅对认识如何冲破艺术的习惯势力的阻力有启发性,更重要的是打开了一扇门,让诗人与学者从现代心理学的角度去思考、判断诗学中一些问题的是非。就我个人而言,80年代初还没有进入心理诗学的研究,但是孙绍振对潜意识的重视却给了我深刻的启发。以至于后来我在写《心理诗学》诗的思维这部分的时候,我首先谈的就是潜思维,也就是潜意识中的信息加工。我这样一种思路深受孙绍振的影响,就这点而言,我对孙绍振也是心怀感念的。

毋庸讳言,《新的美学原则在崛起》作为30余年前一场诗歌论争的

---

[1] 孙绍振:《新的美学原则在崛起》,《诗刊》1981年3月号。
[2] 金开诚:《文艺心理学论稿》,北京大学出版社1982年版,第194—195页。

产物，执笔时间仓促，再加上当时的政治气氛，许多问题无法深入展开，文中的论述难免有不够周全、严谨之处。仅就从文体的格局来看，全文三段，前边两个自然段都很短，全文的主体落在最后一段，密密麻麻，缺乏层次感，让人读起来未免头胀。尽管如此，它呈现出的诗学思想的光芒却是遮蔽不住的，直到今天，仍然有着强大的穿透力。我曾在收有孙绍振的《新的美学原则在崛起》的《磁场与魔方——新潮诗论卷》的《编选者序》中说过："历史在匆匆行进。尽管收在这部诗论集中的不少文章，以现在的眼光看早已不那么'新潮'了，尽管作者们早就为面对新诗潮与后新诗潮的令人眼花缭乱的创作实际，未能给予及时的而有说服力的理论阐释而感到困惑与愧疚，尽管放到20世纪中西方文化冲撞与交流的大背景下，新潮诗论显得是那样稚嫩、贫瘠、肤浅，我还是要说，新潮诗论是对传统的美学原则和扭曲的新诗理论的一次认真的冲击，在中国新诗70年的历史，尤其是建国40年来的诗歌思潮史上，写下了躁动不安却难以磨灭的一页。"[1] 这话是我20年前说的，以此对照包括《新的美学原则在崛起》在内的新潮诗论，也许并不过时。

2015年10月13日

---

[1] 吴思敬编选：《磁场与魔方——新潮诗论卷》，北京师范大学出版社1993年版，第1页。

古远清这位独行侠

我认识古远清是在20世纪80年代,这是一个思想解放,充满理想与激情的年代。1984年我和他一同出席中国当代文学研究会兰州年会。当时的他,还远没有后来的知名度,我在学界也是初出茅庐。我们俩年龄相仿,他比我大一些,都是大学刚毕业就遭遇了十年蹉跎岁月,新时期思想解放潮流给我们带来了机遇与挑战,我们愿意在这个伟大的时代为文学做些事情。他是广东人,长期在武汉学习与工作,操一口带着湖北味的普通话,虽不标准,但不难懂,我们很容易就聊到一起了。从兰州相聚后不久,古远清寄来了他的《中国当代诗论五十家》,我也以我的《诗歌基本原理》回赠。自此我和远清保持了近40年的交往,每隔一段时间,总能在学术会议上相见;他写的和编的书,一本本地寄给了我,从这个意义上说,我也可以算是他40年学术成长史上的见证人了。

古远清1964年武汉大学毕业后,任教于中南财经大学,他是学中文出身的,但该校当时没有中文系,他只能长期教公共课,也没有机会带硕士生和博士生。后来他担任该校的台港澳暨海外华文学研究所所长,实际上也是因人设事,他是所长,但也是兵。这样一来,他出来开会、讲学,就不像重点大学中文系的名师,有弟子和同事前呼后拥,而总是孑然一人,独往独来。中国台湾作家陈映真称他为"独行侠",颇有道理。独来独往,特立独行,这似乎成了他行事、为学、做人的风格。在学术研讨会上,他的发言很少念稿,往往是针对现场情况即兴发挥,或对其他学者的发言提出质疑。最近几年来,他更是独出心裁,在研讨会上说起了相声,美其名曰"学术相声"。每到一个研讨会的主办学校,他先要找当地教授帮助推荐一位女博士生,充当捧哏演员,协助他出演。脚本是他先已写好的,针对研讨会主题有相当的学术内涵,其中会设置几个包袱。上得台来,个子不高、其貌不扬的他,与高颜值的女博士恰成一种反衬,不用开口就引人发笑,再加上捧哏女博士的尖刻讽刺,他以逗哏的身份不断自嘲，随着包袱的不断抖开，让人忍俊不禁。以致"学术相声"成了他的一张名牌，每到一个会场，总会有人欢迎他"来一段"。据说在我校召开的女性文学研讨会上，他即兴演出单口相声，拿我的同事张教授开涮："我这辈子最大的遗憾是没当过大学校长，老张说'咱不稀罕这个，我也没当过'。现在当官才有话语权，我们来组建一个学会，你选我当会长。'什么学会？'中国男性文学研究会。'你这是非法组织，我不参加。'"寓学术于娱乐，堪称是他的一大发明。

  古远清这位独行侠，敢于弄新，敢于自嘲，实际上基于他的学术勇气和学术担当。从出道以来，他就不断地开拓自己的学术领域。他最早是从研究鲁迅起步，他的第一本学术著作是《〈呐喊〉〈彷徨〉探微》。接下来他转向中国当代诗论的研究，写作《中国当代诗论五十家》。1984年参加当代文学研究会兰州年会期间，他在一个座谈会上，做了一个大力开展对当代文学评论家研究的发言，引起了与会的复旦大学唐金海老师的共鸣，双方都有从事当代文学批评史研究的念头，一拍即合。会议期间，他们商定了大纲，决定合作撰写。从兰州回到武汉后，古远清把《中国当代诗论五十家》扫尾工作完成，便开始了当代文学批评史的写作。本来商定的是两人合作，但由于唐金海老师另有任务，不再参加执笔，于是中国当代文学批评史的写作，便落在了他一个人的头上，成为他个人写史的开山之作。这部书，从开始写作到以《中国大陆当代文学理论批评史》的名称由台北文史哲出版社正式出版，整整历时14年。其间，写作的艰难是可以想见的，40年的中国文学理论和批评壮阔而复杂，相关文献汗牛充栋，光是资料的搜寻、考辨、爬梳剔抉，就已耗尽了人的心血，更不要说处理与评论这40年的理论批评，在当时的意识形态环境下是颇为纠结、颇有难度的话题了。古远清在写这部书的时候，体现了极大的学术勇气。这不仅表现在该书第一编"诡谲变幻的文学运动与理论反思"中对几场"文字狱"的真实呈现，也表现在第四编"诗歌理论批评的嬗变"中对不同诗评家类型的概括。诸如，朱光潜型："他们既无革命履历又无政治桂冠，便下决心革心洗面，虔诚地自我忏悔，抛弃原先的艺术观点。虽不时有诗歌论文问世，但影响均不超过1949年前的旧作。"何其芳型："这类诗论家有良好的艺术修养，但由于身居要职，便不能不与从属政治的文艺方针保持一致，在政治运动的关键时刻，免不了写些批判胡风、批判右派的时文。可是他们又不甘心让自己的大脑沦为政治斗争的跑马场，于是仍旧潜心研究诗歌创作规律……这类诗论家，人格是分裂的。"沙鸥型："这种诗论家患了软骨症。他们屈服于政治压力，看风转舵。在政治风浪来临之前，他们能如实地写出自己对某些诗人诗作的喜爱，可是政治风云突变后，马上掉转枪口对准自己原先赞扬的对象。"……像这样的叙述，是深刻总结了文学批评界的历史经验与教训，深入剖析了批评家的心态后所做出的判断，切中肯綮，入木三分，实事求是，令人信服。

古远清的学术勇气和担当，还特别表现在由对大陆文学的研究转向对台港澳文学的研究上。80年代初期，我和他全是在中国大陆的诗歌领域耕耘，对台湾诗坛是隔膜的。我由于不知宝岛诗歌界的深浅，不敢轻易试水，始终是隔海眺望。古远清则不同，尽管他没有亲属在台港，又深居大陆内地城市，就研究台港文学而言，既无人缘优势，又无地缘优势，他却敢于独闯台港诗坛，继1989年在花城出版社推出《台港朦胧诗赏析》后，一发而不可收，先后推出《海峡两岸诗论新潮》《台湾当代文学理论批评史》《台港澳文坛风景线》《当今台湾文学风貌》《世纪末台湾文学地图》《分裂的台湾文学》《台湾当代新诗史》《香港当代新诗史》《海峡两岸文学关系史》《台湾新世纪文学史》等专论台港文学的著作，不只是数量空前，在内容上更是富有挑战性的。他对台港文学的研究，其意义是双向的。就对台港文学界的影响而言，他的著作高屋建瓴，视野广阔，以一种不同于台湾文学界传统的思维方式，审视台湾文学发展历程，搅乱了台湾文坛的一池春水，闯入了某些台湾学者坚守的领地，在台湾招致了强烈的围剿与批判，有一位台湾诗人甚至说古著送到废品收购站还不到一公斤。但古远清却不为所动，认为这是"不批不知道，一批做广告"。这是因为他深知："作为评论家，必须坚定严肃的学术立场。不管自己相识或不相识的诗人，相识是亲近还是疏远的作家，也不管自己喜欢的作品还是不符合自己审美要求的作品，都要去读，都要去评。不看刊物编辑的眼光行事，不看被评对象的脸色，写自己想写的东西，说自己想说的话，这需要气量，需要胸怀，需要学识，需要勇气，更需要睿智。哪怕是挖苦讽刺批判过我的人，只要他的文本优秀，还有举足轻重的影响，我照样欣赏他，照样将其写进文学史，而且给的篇幅还不会少。"[①] 这正显示了一个

---

① 古远清：《香港当代新诗史前言》，《香港当代新诗史》，香港人民出版社2008年版，第3页。

正直的评论家应具备的品格,坚守自己的学术良知,相信自己的学术判断,不听风是雨,不看人脸色,这样写出的文学史才能经得起历史的检验,也才能得到作家和读者的理解与信任。在《台港朦胧诗赏析》出版之后,台湾老诗人向明先生曾对这部书提出过尖锐的批评意见,古远清也针对向明的文章提出过反批评。正是在这种批评与反批评中,双方加深了理解,赤诚相见,后来成为很好的朋友。他对台港文学的研究,就对大陆文学界而言,其影响也是深远的。在改革开放之前,大陆与台港诗歌界是隔绝的。新时期之初,流沙河在《星星》诗刊上介绍了台湾诗人十二家,此后又有刘登翰主编的《台湾新诗选》等选本出现。而古远清对台港诗歌的介绍则是全方位的,既有对台港诗歌的赏析,又有对台港诗人的个案研究,更有台湾、香港当代诗歌史以及两岸文学关系史的推出。正是在古远清的著作中,我们才认识了诸如"结党营诗"的"创世纪",唐文标事件与"关三篇",一颗耀眼的文坛流星林燿德,具有大中国意识的"三三"文学社,洛夫的"私人战争"与"连环战争",孟瑶抄袭大陆学者案,"张腔胡调","后遗民"写作,朱氏"小说工厂","双陈大战","三陈会战",流泪的年会……古远清的几部文学史,由于是个人写史,所以有他的独特风格,除去对作家的文本分析外,他更善于写事,把作家放在政局动荡、两岸风云、文坛论争的大背景下加以介绍,把台港文坛立体地、生动地呈现出来,他的文学史是有故事的文学史,具有可读性,更具有深层的认识价值与宝贵的史料价值。

　　古远清学风严谨,是个较真的人。这一方面表现在他对自己的文章、著作力求严谨,言必有据;另一方面,他眼里不揉沙子,对别人的著作、文章中的硬伤,敢于挑刺,敢于批评,以致有"学术警察"之称。比如他对台湾当今最活跃的评论家陈芳明《台湾新文学史》的批评,便毫不留情地罗列了该书的包括社团名称、创办人、创办时间、著作权、作家生平等十种史料方面的错误。余光中是古远清对之评价很高的诗人,但是也曾写过影响不好的文章,对此古远清也毫不客气地写出《余光中的"历史问题"》一文,在台湾的《传记文学》上发表。对台湾的作家是如此,对中国大陆的作家,甚至是他所熟悉、所尊敬的朋友也是如此。张炯是中国当代文学研究会会长,古远清是会员,张炯可说是古远清的顶头上司,但张炯主编的《中华文学通史》出版后,古远清对这部著作的若干处硬伤,也毫不留情地写文章批评。谢冕是古远清一向尊敬的老朋友,但对谢冕主编的《中国新诗总系》编选不当的问题及其编选原则,也照样提出商榷性意见。

古远清著作等身,他40岁后所写、所编的书,在中国大陆、中国台湾、中国香港,还有马来西亚吉隆坡,已出版60余部,在一般学者是难于想象的。这固然显示了古远清的才华,不过在我看来,古远清并不是什么"超人",而是一位拼命三郎,他的成果全是争分夺秒、扎扎实实、勤勤恳恳拼出来的。古远清不善应酬,他不吸烟,不喝酒,不唱歌,不跳舞,不打牌,无绯闻,老妻兼做他的"老秘"和打字员。为节省时间,他与朋友的电子邮件全是电报体,惜墨如金。他生平唯一的爱好就是书,他的生活就是围着书转:买书,读书,写书。他读书、写书是在武汉家中,我没有亲睹,但他在买书上所下的功夫,却是我亲自领略过的。古远清来北京开会,报到后我会到客房去看望他,但这种寻访通常是十访九空,一问,才知去书店了,到快吃饭了,才提着大包、小包的书回来。我曾与他一起到台湾开会,会议之余,古远清喜欢逛书店。台北的书店,他比我门儿清,他带我光顾过诚品书店,还有唐山出版社、文史哲出版社办的书店,另外就是在旧书店淘书,更是充满了发现的乐趣。在大陆买书可以用科研经费报销,但在台湾香港买书大多数情况下无法报销,台湾香港的书要比大陆贵得多,所以古远清的工资、稿费,很多都是花在了购书上。如他所说:"我数次前往宝岛及港澳等地采购资料。2007年秋天,我还一掷万金买了几箱台版书回来。正是这些书,给了我众多的写作灵感,和获得诸多启示。"[①] 以个人收藏而言,古远清收集的台港文学的相关资料,在当代大陆学者中恐怕极少有人能与他比肩。由于居住空间的限制,书多了也是麻烦。他武汉洪山竹苑的家里,有二十几个书架,每个书架都放两层书,寻里层的书要拿着手电筒去找,有时找了半天也找不到,这真是书斋成书灾了。不过也正由于坐拥书城,才使他有条件把其著作一本本地推出来。

能否做到"终身写作",是我们考察一位作家品格、为人的一个重要的维度。不少有才华的作家写出了代表作、成名作之后,就躺在成绩簿上,止步不前了。更多的人则视退休为事业的终点,从此便退出江湖,与世无争,颐养天年了。古远清则不同,他有一种生命不息、奋斗不止的精

[①] 古远清:《海峡两岸文学关系史前言》,《海峡两岸文学关系史》(上),海峡学术出版社2012年版,第7页。

神力量，退休不是为他的事业划了休止符，反而是他开辟新征程的起点。他是新世纪之初退休的，但他对台港澳及海外华文文学的研究没有停下脚步。2006年，他成功地申报了国家社科基金项目"海峡两岸文学关系史"并顺利结题，其40万字的成果《海峡两岸文学关系史》于2010年由福建人民出版社出版。我在新世纪以后，先后主持了国家社科基金重点项目《中国诗歌通史》当代卷、国家社科基金项目《20世纪中国新诗理论史》，以及教育部人文社会科学研究基地重大项目《百年新诗学案》，这其中全有台港澳诗歌及诗学理论的内容，我首选的合作者便是古远清，因为我深知他的学术根柢和充沛的干劲。他果然不负众望，他分工执笔的内容总是完成最快的，也是高质量的。

在退休后不久，古远清在为《海外来风》所写的"自序"中说："我现在已进入后中年时期，仍打算'续写'自己的学术历史。我还要像以往一样，时时听清扬的鼓楼钟声，以激励自己的志气；入高远的壁画境界，以勉励自己前进。我还要作'坚韧的跋涉'，准备再'跨越大洋'。"[①] 听着他那壮心未已的呼唤，看着他不断推出的一部部成果，对老友古远清，我要由衷地说两个字：佩服。

2020年3月31日

[①] 古远清：《〈海外来风〉自序》，《海外来风》，东南大学出版社2004年版，第3页。

刘士杰：在诗歌评论路上行走 40 年

我与刘士杰是在改革开放初期相识的，到现在已有40年了。我们是一代人，都属于"文化大革命"前的老大学生。他长我一岁，无论在学问上、为人上，我都一直视他为长兄。士杰是上海人，20世纪60年代初考上复旦大学，师从著名戏曲理论家赵景深教授，毕业时赵先生想招他做研究生，这时分配方案下来了，士杰被分配到北京中国科学院哲学社会科学部文学研究所，赵先生认为文学研究所的学术环境及发展前景更好，支持他到那里工作，于是士杰来到了北京。刚来那些年，条件很差，只能住单身宿舍。但这并不影响他在拨乱反正的年代，写出一篇篇声讨"四人帮"极"左"文艺路线，呼唤文艺春天的好文章。就这样，士杰在改革开放之初便踏上了他的文学研究之路。士杰在上海时得到赵景深先生的真传，到北京后又接触到俞平伯、钱锺书、何其芳、唐弢、朱寨这样的大家，在这些前辈的潜移默化和言传身教下，他受到了严格的学术训练，为他后来从事诗歌评论奠定了坚实的基础。

刘士杰在文学研究所曾任当代室副主任，侧重研究中国当代诗歌，但他的学术视野却宽阔得多。他有多方面的艺术修养，他从赵景深先生学习戏曲理论，对昆曲、京剧、越剧、评弹有浓烈的兴趣，参加张允和主持的中国昆曲研习会，写过不少戏曲理论文章。当然，要说士杰对中国当代文学研究的主要贡献，那还是在诗歌理论与批评方面。这些年来，他在文学所参加了多个重大课题的写作，张炯、邓绍基、樊骏主编的《中华文学通史》"当代文学编"的诗歌部分就出自他的手笔。此外，他还出版了《审美的沉思》《走向边缘的诗神》《诗化心史》《现代主义诗歌在中国的命运》等著作，在诗坛产生了重要影响。目前推出的《刘士杰论诗》则精选其有代表性的论议数十篇，可视为他对自己40年来诗歌研究的一个总结了。总览这部书，可感受到士杰诗歌理论批评的特色与他的学术人格，下边就我印象最深的胪陈几项。

怀着一颗爱心去评论诗歌。从事任何事业都要有对事业的爱,爱心超过责任心。从事诗歌评论更是如此。诗歌是诗人心灵的外化,是诗人自我的实现。每首诗都是一个新的世界,都是一个自由的生命,读者可以从中照见自己的影子,用诗人的生命之光去洞彻自己的灵魂。诗歌不只诉诸人的理智,更诉诸人的感情,只有对诗歌、对诗人怀有深切的爱,在评论诗歌的时候,才不会感到这是外加的任务,而是让自己的心弦应合诗人的心弦而振动,才能感悟出一种独特的美。士杰四十年如一日,在寂寞中拥抱诗歌,阅读诗歌,感悟诗歌,评判诗歌,如果没有对诗歌的真挚的爱,是坚持不下来的。对他来说,每一篇评论都是与诗人的对话,都是对诗人心灵的触摸。也正是由于有一颗爱心,他才能在诗人创造的意象世界中漫游,并在欣赏与评论的实践中,获得精神上的最大满足。

从文本出发去评论诗歌。写纪实叙事类文章忌讳"客里空",写文学评论类的文字忌讳脱离文本。士杰评诗有个好处,那就是从文本出发,立论基于对文本的细读。他曾在《诗探索》2013年第1辑上发表过一篇文章:《以理性的眼光阅读,以艺术的心灵感受——关于细读新诗文本实践的体会》,高度强调了细读文本的必要,而且阐释了他对细读的理解:"我认为细读是研究和立论的基础。而细读绝不能仅仅停留在望文生义的'仔细阅读'的层面上,应该是'研读',即以研究的眼光阅读,以艺术的心灵感受。"对"研读",他还提出了具体要求,即必须具备一定的艺术感受力、具备较为宽泛的知识面,"哪怕是对一节诗,甚至是一句诗的细读,都要动用评论者的知识积累,有时甚至要更新知识结构。只有对诗的细部作深层的开掘和诠释,才能总体把握全诗的精神,作出精当的价值判断"。士杰不仅是这种细读理论的提倡者,更是一位脚踏实地的实践者。对照一下这本评论集中他对辛笛、郑敏、穆旦、洛夫等诗人的评论,自能看出士杰文本细读的功底。

出以公心去评论诗歌。古人云"士不立品必无文章"。品格低下的人不可能写出格调高雅的好作品,要写出好文章,就要先做一堂堂之人。这一点对写评论类文字的人尤其重要。刘士杰批评过当下诗歌评论界的不良现象:"如对批评对象,缺乏鉴别,一味吹捧;还有的新诗批评故弄玄虚,不管是否合适,玩弄新概念,或者自己生造、随意命名概念,使文章云遮雾罩,使读者一头雾水;还有的新诗批评很少结合作品实际,从理论到理论,令人感到枯燥乏味。凡此种种,说明在新诗批评界存在着浮躁的风气。"古人云"修辞立其诚",士杰所批评的种种浮躁现象,就是做文章心不诚的表现。而士杰评论诗歌的基本态度就是实事求是,有好说好,有坏说坏,这从根本上说,就是要出以公心。士杰选择的评论对象最重要的是这样两类:一类是在诗坛有重要影响但在相当长的时间内被遮蔽的,如牛汉、辛笛、郑敏、穆旦、邵燕祥这样的诗人,实际上他是以自己独到的研究来重写诗歌史;另一类就是显示了坚实的创作实力,但目前还默默无闻的年轻诗人,他把为这样的诗人雪中送炭看成自己的职责。他不拉帮结派,不自封大师,不看人眼色,他的评论不捧臭脚,不拍马屁,不听风是雨,不落井下石,展示了一种正直而谦卑的君子风格。

以个性化的美文去评论诗歌。诗歌是最能充分地展示作者的心灵,最能展现语言美感的一种文体,诗歌评论自然也应该是富有个性化的美文。不过评论的语言不同于诗歌的语言。诗歌的传达从根本上说是一种暗示,评论的写作则是告之。诗歌的语言可以是多义的、跳动的、隐喻的、象征的;评论的语言则是说理的、确定的、严谨的,脉络清楚的。士杰深深地理解这二者的区别,他的评论有个性,有自己的独立见解,文风朴实,思路明晰,由于他知识面广,特别是对古今诗学有深厚修养,深谙现当代诗歌的发展,所以他的诗歌评论有深度,有文采,又不乏激情,洋溢着一种浓郁的书卷气,在诗歌评论界别具一格。

士杰在研究所工作,我在大学教书,但就从事诗歌评论这项事业而言,我们是同行。多年来我们一起办《诗探索》,一起聊天,一起开会,互相交心,互相走动,结下了深厚的友谊。2018年,士杰离开他客居五十年的京华,叶落归根,回上海定居了。好友离京,我心中不免有些怅然。恰好士杰来函希望我为他的新书写点东西,于是我不揣浅陋,写下对他的评论文字的印象,借以表达我的感念之情,并就正于广大读者。

2019 年 3 月 24 日

刘福春和他的《中国新诗编年史》

我曾说过，在当下物欲横流的社会中，写诗是寂寞的事业，搞诗歌评论是加倍寂寞的事业，而搞诗歌史料那就是加倍、加倍寂寞的事业了。我觉得刘福春就是一位甘于寂寞的人，他勤勤恳恳地搜集、研究诗歌史料，坚持不懈，集数十年的努力终于拿出了《中国新诗编年史》这一皇皇巨著，可喜可贺！

刘福春是我的好朋友，我们有三十年的交情了。从他到社科院文学所，我目睹他从日坛路6号那狭窄阴暗的环境中一步一步走过来，后来我们一起办《诗探索》，他也成了我们首都师范大学中国诗歌研究中心的兼职研究员，我们一起为诗歌事业做了很多工作。我了解他，为了这部《中国新诗编年史》，他是做了长期的准备的，最少花了三十年。福春是把他的生命融入这本书中，这也是我非常感动的地方。福春搜集诗歌资料，完全凭个人之力。他的住房本就狭窄，现在被书籍和资料挤压得已没有任何生活空间了，一般的家庭主妇是难于容忍的。福春幸亏有个贤内助徐丽松，全力支持他，毫无怨言。我认为这非常不容易，在一个成功的男人后面确实有一个优秀的女人。

关于福春的奉献精神，许多朋友都有共识，我就不多说了。我特别想谈谈他这本书。我认为福春这部《中国新诗编年史》，不是一般的史料编年，而是一种独特的新诗史叙述。福春在新诗史的构建方面创了一个新的路子，这个路子就是按时间顺序，以丰富的史料为基础，运用传统的春秋笔法，不把自己的观点直接说出来，而是喻褒贬于叙述之中，从而显示他的价值判断和文学史观。他在客观地叙述某一诗歌现象之后，经常用辑评的方式，从相关资料上选出几十字、几百字，甚或千把字，作为印证或补充。这些地方就见出他的功夫了。一是他的旁征博引，这要建筑在对大量资料的阅读和把握的基础上；二是他的判断力，面对浩如烟海而众说纷纭的材料，他为什么选这个人说的而不选另一个人说的，他为什么选这一段资料而不选另一段资料？这就有个辨析、选择与判断的问题。比如，书中1919年2月15日记载："《新青年》第6卷第2号刊出周作人的《小河》。"这是一条客观的叙述。接下来，作者不仅引用了周作人自己对这首诗的说明，还引用了胡适、茅盾、朱自清的评论，通过这些评论显示了《小河》在新诗发轫期的独特意义。书中类似的这种辑评非常多，这实际是这部书的精华所在，作者的学识、修养、判断，就通过在浩如烟海的资料的选择与辑评中显示出来了，我认为这是非常难得的。

刘福春这部《中国新诗编年史》的新意还在于他对此前的文学史、新诗史中对诗人和诗歌现象叙述的颠覆与解构，这在针对20世纪五六十年代形成的那种政治诗学的评判中尤为明显。比如臧克家1956年撰写的《五四以来新诗发展的一个轮廓》一文，实际是1919—1949的中国新诗简史。在这篇文章中，臧克家批评戴望舒的《雨巷》说："轰轰烈烈的阶级斗争和民族斗争的现实，他们不敢正视，却把身子躲进那样一条'雨巷'里去；不是想往一个未来的光明的日子，而把整个的精神放在对过去的追忆里去，这是个人主义的没落的悲伤，这是逃避现实脱离群众的颓废的哀鸣。"[1] 像这样的批判，不仅是臧克家个人的观点，也反映了五六十年代的政治环境与政治氛围。福春在《中国新诗编年史》中，陈述了《小说月报》第19卷第8号刊出戴望舒《雨巷》的事实后，引用了杜衡、卞之琳等诗人对《雨巷》的评价，他自己没有直接说一句话，却完全颠覆了臧克家对《雨巷》的不公正的指责。

文学史写作中，如何处理史与论的关系，对作者来说，是个考验。过去的文学史写作中，有种说法，叫作以论带史。先有一个大的政治学、社会学、美学的框框，然后带着这个框框去观察历史，把符合自己预设框框的材料挑出来，而不符合自己预设概念的东西就视而不见。福春采取了跟上述说法完全不同的路数。任何文学史其实都是当代人的重构。文学史家首先要有自己的史识，这就是刘知几在《史通》中强调的，才、学、识三者中，以识为先。这是非常重要的。福春的价值就在于他不只是资料的搜集与占有者，更有自己的史识，有自己的理论主张，但他不是先验地架

---

[1] 臧克家：《五四以来新诗发展的一个轮廓》，臧克家编选《中国新诗选1919—1949》，中国青年出版社1956年版，第22页。

构一个自己的理论体系，然后往大框架中填充材料，而是从实际出发，从材料出发，他的观点不是直接而是透过他精心选择的材料暗示出来，从而在一定程度上冲破了以往诗歌史写作的局限。我认为这是新诗史写作当中很重要的突破，《中国新诗编年史》学术价值很突出地就反映在叙事方法的出新上。

资料的翔实和丰富，这是《中国新诗编年史》最重要的特色也是最有价值的地方。刘福春几十年的搜求、几十年的积累、几十年的心血都在里面。就目前福春所掌握的有关新诗的资料而言，无论是公开的版本，还是民间的出版物，包括国家图书馆以及许多高校图书馆在内，恐怕都没有他掌握的资料丰富。尽管现在有些机构、有些民间人士也在收集新诗资料，但是就整体而言，福春掌握的资料的丰富性在全国绝对第一。海外的学者可能比国内学者更能充分意识到福春的价值。我们中国诗歌研究中心跟海外朋友常有接触，很多海外朋友来了之后先打听刘福春，甚至于要求访问刘福春的家，看他的藏书。我觉得作为新诗史料专家，刘福春的影响远远超过我们一般的搞诗歌评论的。我们一般人，国外可能根本不知道，而刘福春在国外的诗歌研究者当中，在国外的汉学界，现在确有他的位置。福春用他数十年积累的资料建构了他的知识体系，形成了他的诗歌资料库，而这个知识体系、这个诗歌资料库，不是谁能够代替得了的。应当说，这些年来，许多诗歌研究者都得益于他，我自己在一些科研项目当中，也经常请刘福春帮助。我们的研究生答辩，每次请福春去以后，福春一下子就能指出哪个提法不对，哪条资料不对，有时候我们导师都看不出来。福春对新诗资料的把握和敏锐的眼光确实非常可贵，在今天诗歌界没有第二个人可以取代。我认为《中国新诗编年史》集新诗研究资料之大成，到目前为止，还没有哪部书能超过它。当然，任何资料绝对的全是不可能的，这部书肯定有不完美的地方，资料的不完整，某些抄写引用当中的差错……这些毛病有待于纠正。我认为以这部书的价值，今后肯定会有再版的机会，希望福春继续他的资料收集与研究工作，并把他的新的研究成果不断充实到这部书的新版中去，我相信这部书肯定能够流传下去。

人民文学出版社真是慧眼识珠，从社长到《新文学史料》编辑部，为这样一部以资料见长的书提供了出版机会。特别是这本书编辑难度极大，因为资料太丰富了，大量的引文、大量的引文出处，都需要一一核实。我们搞研究的都知道，这些地方是最容易出问题的。这部书的编辑下了大力量。我为人民文学出版社为中国文学，特别是为中国诗歌发展所做的艰巨的工作表示感谢！

2013 年 7 月 15 日

罗振亚：与先锋诗歌一起成长

在 90 年代成长起来的青年诗评家中，罗振亚一直是我所看好的一位。

我与振亚相识已有二十余年了。在黑龙江的萧红故居，在北京的香山饭店，在天津的南开校园，在大大小小的诗歌节和研讨会上，我们曾多次见面。令我印象颇深的一次是 2001 年在梅州参加"纪念李金发、林风眠诞生一百周年学术研讨会"，我去了，振亚陪同他的博士导师龙泉明先生也去了。白天紧张地开会，晚饭后我与他们师徒二人在嘉应大学的校园漫步，谈天说地，当然更多的是谈诗。龙泉明先生是我所敬重的一位学者，他致力于现代主义诗学的研究，立论公允，又有鲜明的个人见解。振亚受教于龙泉明先生，得其真传，无论是坚持现代主义诗学的研究方向，还是保持那种严谨、求实的学风，在振亚身上都能看到龙泉明先生潜移默化的影响。当然振亚也并非简单地承袭老师的衣钵，而是在龙泉明现代主义诗学研究的基础上，做出新的开拓，写出《中国现代主义诗歌流派史》，对诗歌史上的现代主义诗歌流派做了全面的梳理与深入的研究。同时把探索的触角向下延伸，对新时期以来，尤其是 80 年代以来出现的诸种先锋写作现象予以归纳与解剖，先后写出《朦胧诗后先锋诗歌研究》《与先锋对话》《1990 年代新潮诗研究》等有分量的专著，成为国内研究先锋诗歌的重量级学者。

罗振亚以诗歌，特别是以先锋诗歌为自己主要的研究对象，是在多种因素下促成的。既有导师龙泉明的引导，更是他基于自己的心理气质、阅读经验、艺术趣味做出的一种选择。诗人与批评家同是从事文学事业，但毕竟是两个行当。西方有个传说，说柏拉图起初并不是哲学家，而是一位诗人。但自从他结识了苏格拉底，便改变了志向，因为他意识到一项新的使命有待于他去完成，这是一项哲学使命，要求他作出巨大的牺牲。于是，他便把写下的诗付之一炬。① 波德莱尔也说过："批评家仅仅出于批评家的天赋"，"一个批评家变成一个诗人是不可能的，是一种怪异"。② 他们的话不约而同地表明，批评家有着不同于作家的天赋与修养。罗振亚根据自己的天赋、修养与兴趣、爱好，把做一个诗歌评论家作为自己人生的归宿，并为之做了长期的准备和坚持不懈的追求，终成正果。

　　罗振亚这一代青年诗评家，是在以谢冕先生为代表的老一代新潮批评家之后成长起来的。以谢冕为代表的评论家，是在朦胧诗人"小荷才露尖尖角"的时候，就发现了这一新生事物的生命力，并为之鼓吹，为之呼唤。他们以巨大的勇气，肩起了沉重的闸门，为年轻的艺术探索者争来了较为宽阔的生存空间。这一代评论家深受五四新文学的滋润，受别、车、杜等俄苏文学理论家的影响较深，但由于他们长期处于封闭的环境，对西方现代主义文学等则较为隔膜，以至于当以"第三代诗"为代表的后新诗潮席卷而来的时候，由于与青年诗人的知识谱系与审美心理结构不相适应，造成解读与交流的障碍，他们中有些人失语了，如袁忠岳先生所表述的："激情像沙漠中的流水在急速地蒸发消失，提起笔来竟至于无话可说。我宁愿坐在电视机前无聊地打发时间，而不去面对稿纸苦思冥想。"③

　　新的诗歌形态期待着新的解说，新一代年青诗人呼唤着自己的批评家。而改革开放后的新的形势，使新一代诗评家的出现成为可能。罗振亚这一代年轻的诗评家，正是在这种背景下应运而生的。他们普遍受过专业的教育与训练，经历了思想解放运动的洗礼，接触了被隔离多年的西方现代和后现代的文艺思潮，这使他们在评价当代先锋诗人时能以新的角度、新的思维方式予以观照，再加上他们与"第三代"诗人属于同时代人，对同代人诗歌中流露的情感、欲望、意识等容易沟通，因而使他们对先锋诗人的批评更能切中肯綮。正是在老一代诗评家面对"第三代"诗人的先锋写作而失语的时候，罗振亚这一代年轻的诗评家肩负着新的历史使命起步了。这样看来，罗振亚以先锋诗歌为自己的主要研究对象，既是诗坛

---

　　① 参见［德］卡西尔《语言与艺术》，《语言与神话》，生活·读书·新知三联书店1988年版，第179页。

　　② 参见［法］雅克·马利坦《艺术与诗中的创造性直觉》，生活·读书·新知三联书店1991年版，第61、237页。

　　③ 袁忠岳：《无主与失语》，《诗刊》1996年第4期。

大气候使然，也是他的自我承担与自我定位。

正是这种强烈的承担意识和使命感，使罗振亚能以饱满的热情，始终站在诗歌批评的现场，以一颗敏锐的诗心关注当代，追踪新的诗歌潮流与诗歌现象。关注当代，意味着对生活的热爱、对诗歌的责任，倚仗着对纷纭复杂的文学现象的判断力与分析力。振亚认同陈超所说的："汉语先锋诗歌存在的最基本模式之首项，我认为应是当代经验的命名和理解。这种命名和理解，是在现实生存——个人——语言构成的关系中体现的。"① 振亚自踏上诗歌评论的阵地以来，始终站在第一线，密切关注诗坛的新变化，对当代经验及时做出自己的评述与回应。90年代以来以数字技术、网络技术为传播手段的新媒体空前发达，网络诗歌迅猛发展，诗歌的生产机制、传播渠道，诗人的写作姿态发生了新的变化，罗振亚对此始终予以密切的关注，并连续发表多篇文章，发出了自己的声音。在《新媒体诗歌："硬币"的两面》一文中，他以丰富的例证和科学的阐释，剖析了新媒体诗歌为诗歌带来的自由精神以及空前的乱象，并富有前瞻性地指出："几年前人们还在热议，对于网络世界纷繁的乱象，'只有无秩序才能拯救秩序'，现在看来那只是一个自欺欺人的'神话'。所以对网络这个巨大的'推手'一定要学会甄别，不能一味地佑护，或任其自然生长，而要保持必要的清醒和规约。当然，我也相信网络不可能把所有的诗歌都降格为大众消费品，彻底取消纸媒，毕竟诗美有各种各样的形态，读者对虚拟空间和实体空间的需求也永远是多元化的。"② 对新媒体诗歌，既不是一味地唱赞歌，也不是一棒子打死，而是透过具体的分析，做出判断，提出对策，体现了罗振亚的批评家的主体意识与实事求是的批评风格。

罗振亚对理论有浓厚的兴趣，但又不同于那些孤芳自赏的理论家，关在屋子里搞纯理论的研究，使理论越玩越玄。他的研究始终坚持从诗歌创作的实际出发，坚持从文本出发，每做一选题，必先做田野调查工作，以对诗歌现象与态势有充分的把握，在这个基础上再通过梳理与分析，产生自己的观点。这一特点在振亚对诗歌现象的描述以及对先锋诗人的个案研究中，表现得非常明显。前者有代表性的如《九十年代先锋诗歌的"叙

---

① 陈超：《深入当代》，《诗歌报》1993年第2期。
② 罗振亚：《新媒体诗歌："硬币"的两面》，《诗探索·理论卷》2017年第3辑。

事诗学"》①。90年代的诗歌现象非常混乱与驳杂，但此文扣住"叙事"这一特点来立论，便抓住了牛鼻子，在此基础上，环环紧扣，提炼出自己的观点。文章写得从容不迫，既针对现象世界，又有理论色彩，特别有说服力。再如对先锋诗歌的代表性诗人西川、于坚、翟永明等的论述，应当说是颇有难度的，这不仅是由于这几位诗人作品的丰富与复杂，也是由于读者对他们的理解与评价分歧很大。振亚还是坚持从文本出发，通过对他们不同时期代表作的深入剖析，揭示其作品的哲理与心理内涵，归结出他们创作的基本特征，肯定他们的独创之处，也指出他们的某些局限，不光对西川、于坚、翟永明本人，对于当下的其他先锋诗人和广大读者也会有深刻的启示。②

罗振亚不仅用自己的研究为中国当代诗坛增添了新绿，而且致力于哈尔滨师范大学和南开大学的学位点建设，重视研究生的培养。他热爱学生，关心他们的成长。近年成立的以他为首的"南开大学穆旦新诗研究中心"，不仅是中国新诗的研究重镇，而且也成了年轻诗评家成长的摇篮。在他的言传身教下，一批批优秀人才成长起来，不仅成为相关学校的教学科研骨干，而且从中涌现了如陈爱中、刘波、卢桢等有影响的青年评论家，诗坛的"罗家军"已俨然成形，并将对当代诗坛产生深远的影响。

罗振亚之所以能为诗坛做出多方面的重要贡献，从根本上说，是由于他对诗歌事业的热爱。我在给北京大学文学博士陈旭光处女作《诗学：理论与批评》一书所写的序言中，说过一句话："在当今这个社会中，写诗是寂寞的事业，搞诗歌评论是加倍寂寞的事业。"如今，诗人边缘化了，搞诗歌评论的就更加边缘化。朦胧诗人江河曾同我聊起过与老诗人蔡其矫、小说家李存葆一起到西北旅行的观感。当时李存葆发表了《高山下的花环》不久，走到哪里都成为关注的焦点，许多人争着让他签字，与他合影。而当江河向众人介绍蔡其矫的时候，许多人露出愕然的神色，因为他们根本不知道蔡其矫是何人。大诗人蔡其矫的遭遇尚如此，更何况我们！振亚想必对此会也会有深刻的体会吧。但他在一个浮躁的社会里，

---

① 罗振亚：《九十年代先锋诗歌的"叙事诗学"》，《文学评论》2003年第2期。
② 参见罗振亚《"要与别人不同"：西川诗歌论》（《中国文学批评》2015年第3期），《论于坚的诗》（《中国现代文学研究丛刊》2013年第8期），《诗人翟永明的位置》（《当代作家评论》2010年第6期）。

不慕繁华，甘于寂寞，坚守评论家的独立品格。他研究诗歌不是为了谋私利、逐浮名，而是为了让自己的潜能得以实现，让自己的心灵有个安顿之处。因此才能甘心坐冷板凳，三十年如一日，不断地追求、探索，也才有了今天的累累成果。

期待罗振亚能在诗歌之树上采摘更多更鲜美的果子！

我愿从振亚身上汲取活力与新知，助我生命的燃烧。

我愿与振亚携手，在探索中国当代诗学建设的道路上不断前行。

2017 年 7 月 25 日

目睹一位青年诗评家的成长

在我招博士生的那些年中，每当新生入校，我总要在第一次谈话中对他说："我这个年龄还招收博士生，不是为了培养几个能拿到博士文凭的人，而是希望造就一些热爱诗歌，献身学术的优秀人才，为中国新诗理论界培养几位接班人。"当然，我并不想也不可能限制学生未来的发展，我的学生有了一定的学术眼光和科研能力，即使不再研究诗歌，看到他们在其他领域做出成就，我也一样感到欣慰。但是，对那些在拿到博士学位后还是对诗歌不离不弃，并在诗歌评论领域做出了出色业绩的学生，我更是由衷地感到自豪。霍俊明就是这样一位令我引以为荣的学生。

霍俊明曾在河北师范大学从陈超教授攻读硕士学位，2003年考入首都师范大学成了我的博士生。他那年报考了南开大学和首都师大，并被这两所大学同时录取，他最终是选择来首都师大。这一情况，俊明当时没有同我说，我是过了很久才知道的。如果他事先就与我商量，我也许会鼓励他去南开。因为在我招生那个阶段，就曾有一位很优秀的女生同时考上了北京大学与首都师大的博士生，给我打来电话，表现了一种两难的情结，征询我的意见。我毫不犹豫地支持她去北大，能去北大是多少年轻人的向往，何况北大的学历对学生未来的发展也的确是很重的筹码啊。但霍俊明毕竟留在了我的跟前。为此我有些愧对南开大学的乔以钢教授，因为她是中国当代文学界的一位重量级学者，俊明若有机会跟她，肯定会有远大前景的。

俊明入校后经过一年基础课与专业课的学习，要面临确定学位论文选题了。在一次谈话中，我问他，对博士学位论文的选题是否有初步想法。他说，硕士学位论文做的是白洋淀诗群，想在这个方向上继续深化与开拓。我提出了不同看法。我说，白洋淀诗群固然是值得一做的博士学位论文题目，而且你有硕士学位论文的基础，有了相当丰富的资料积累，做起来轻车熟路，要容易些；但是选博士学位论文题目，不应当是因为它好做，而应当站在学术前沿知难而进，并借此开拓自己的视野和研究领域。也许我的这番话给他带来了较大的精神压力，直到2011年6月，在给我的一封信中还谈到他当时的心理感受："我仍然记得2005年博士学位论文开题前我晚上在您家里和您谈论文时的忐忑和不安，在您当时略显严肃的表情里我知道做人和做学术不能有任何马虎。"尽管有压力，俊明还是完全接受了我的意见，最后选定"当代新诗史写作问题研究"作为博士学位论文的题目。俊明这个题目做得很苦，因为不仅要把握有关文学史哲学、文学史写作的相关理论，要对已出版的当代新诗史专著以及多部当代文学史中的诗歌叙述做周密的考察，更要回到1949年以后直至今日的中国新诗的现场，对浩如烟海的作品以及大量的文献下一番爬梳剔抉的功夫。为搜寻资料，他跑遍了北京的各大图书馆以及隐藏在胡同里的小书店。俊明的论文写了40万字，其写作的艰辛与发现的欢乐，也只有俊明自己才"甘苦寸心知"了。俊明是由诗歌写作起步的，他本来就情感丰富，艺术感觉好，而通过博士学位论文写作的严谨的甚至残酷的训练，俊明的理论思辨能力、发现问题的能力有了大幅度的提高。在学期间，他的博士学位论文的阶段性成果便陆续发表。博士一毕业，他便能在学术上"单飞"了。

2007年1月，在白雪覆盖的内蒙古额尔古纳大草原上，俊明与同为"70后"的几位诗人在一起谈论诗歌的时候，一股强烈的要为一代年轻诗人的思想历程和创作境遇做一总结的念头形成了，从此一发而不可收，他开始了《尴尬的一代：中国70后先锋诗歌》的写作。应当说，这样一个题目是包括我在内的老一代评论家想不到的，也是很难命笔的。俊明所写的实际是一部独特的断代新诗史。俊明在对当代新诗史写作的研究过程中，深刻了解那种高头讲章式的文学史写作的弊端。他欣赏勃兰兑斯《19世纪文学主流》那种把冷静的、敏锐的判断寓于生动、活泼的史实叙述的写法。他也欣赏马尔科姆·考利为同代人撰写的《流放者归来——20年代文学流浪生涯》，这部书带有真切的现场感和原生态性质，为自己也为一代人的文学活动留下了历史见证。俊明为他的同龄人——"70后"诗人所写的这本书，标志着他已走出了学院式的研究模式，找到了一条适宜自己的学术道路。作为同龄人，他很容易就与"70后"的诗人形成良好的互动，他能深切地感受到这些诗人的脉搏的跳动，他能理解这些年轻人的血性与躁动不安，也能觉察出他们的局限与不足，从而写出了这代人清醒而困惑、守旧而背叛、沉默而张扬、单纯而复杂的精神世界，以及

"前有标兵，后有追兵"的尴尬处境。他写这本书，没有什么现成资料可资借鉴，完全靠自己动手。他从繁重的田野调查开始，到纵横交错的诗的田陌上去考察、去寻访，获取直观的第一手的创作资料，他用有血有肉的细节见证一个历史时代，为一代年轻诗人谱写精神传记。这部书强调对当下的关注，以饱满的激情对一代青年诗人进行拓荒式的研究，其意义是不言自明的。可以说，从《尴尬的一代：中国70后先锋诗歌》起，俊明开始形成了自己独特的评论风格：对诗歌现场的高度关切，对新生事物的敏锐追踪，充满激情与锋芒的贴肉式评论，以及不时闪出的命名冲动。

霍俊明出生在冀东平原上一个叫大刘庄的农民家庭，继承了父母传给他的善良、宽厚、勤劳、朴实、不怕吃苦的品格。俊明待人厚道，有时师兄弟之间，难免因个性或对事物看法不同而发生龃龉，但俊明从不搬弄是非，我也从未听到他在我面前议论某一位师兄弟的不是。在我的学生中，他笔头之快是出名的。殊不知他的快笔头也是通过大量的、勤苦的笔耕练出来的。他就像个拼命三郎，每当有了任务，就没日没夜地去干、去拼。他写文章几乎都是在晚上，深夜里的安静和心无旁骛让他找到了返回精神故乡的林中路。有一天晚上，"吴门弟子"在金山城餐厅聚会，出门以后，俊明竟然晕倒了。我很着急，怕他身体出什么毛病，因为在饭桌上他并没有喝多少酒呀。等他缓过来一问，才知是他为了赶稿子，连续几天睡觉太少的缘故。此后我在口头上和邮件上也曾不断提醒他，要悠着干，合理分配时间，不要毕其功于一役。

俊明在生活中待人是宽厚的，但他不属于老好人，而是外柔而内刚，特别是做起学问来，是很较真的。他的批评文章很有风骨，有时甚至是锋芒毕露。《尴尬的一代：中国70后先锋诗歌》出来后，在诗歌界，特别是在青年诗人中，引起强烈反响，大多数是肯定性的评价，但有一位"70后"诗人却在网上提出了尖锐的批评，有些话说得很刻薄。俊明有些沉不住气了，写了文章予以回击，火气很大。我看到俊明的文章后，当即给他写了一封信，内称：某人的文章"应驳斥，本文在情在理。不过有些语句还是情绪化了些，不管他怎样骂，我们还是要摆事实，讲道理，不跟他对骂。因为清者自清，浊者自浊，我们的书不会因为他的骂就贬值。其实社会上不讲理的人有的是，有些是不值得去同他们争辩的，那样是抬举了他。驳斥的文章，不知是否已放到网上，如已放上，就放了；如未放，不妨再沉几天，等你的情绪平稳下来，再对稿子认真推敲、补充一下更好。电影《林则徐》书房的条幅中有一条为'制怒',不独政治家为然,文人写作亦然。"这场风波很快过去了。俊明也通过这件事吸取了教训,后来他也曾再遇到类似的被误解、被误伤的情况,处理起来就冷静、大度得多了。

俊明出道以后,除去完成了几部专著,写了大量的诗歌评论外,还是一位出色的诗坛义工。他受诗人李岱松的委托,接手主编《诗世界》,并与《安康日报》合办"汉江·安康诗歌奖",把这个奖定位于"80后诗歌年度奖",是国内为"80后"诗人设立的第一个专项奖。俊明应深圳市戏剧家协会之邀,参与创办"第一朗读者"活动,让诗歌走进咖啡馆、走进中心书城、走进广场,力图在这样一种开放式的场所,让公众能够因朗读而听见诗歌、因戏剧而看见诗歌、因音乐而热爱诗歌、因点评而领悟诗歌,从而丰富了当代诗歌的呈现方式,大大拓展了当代诗歌的传播空间。俊明作为每一期的特约嘉宾和主持人,对每场重点推介的诗人予以现场点评,以他对每位诗人作品的熟悉程度和对现场的掌控能力,保障了"第一朗读者"每场活动的成功。俊明作为首都师范大学中国诗歌研究中心的兼职研究员,不仅参与诗歌中心的科研项目,为诗歌中心贡献了诸多的研究成果,而且坚持参加诗歌中心所组织的系列诗歌活动。特别是他与首都师大前后十位驻校诗人都结成了深厚的友谊,他与这十位诗人做了多次访谈,在这些基础上整理了十篇对话,并为每位诗人写了专论,成为研究驻校诗人的宝贵资料。

俊明博士毕业后,我们的联系不断。隔一段时间,他总会抽空来看我,同时交流有关诗歌研究的动态与信息。我编《诗探索》"理论卷",俊明出力最多,他是不挂名的兼职编辑,特别是面向青年诗人的"结识一位诗人"专栏,有多期都是由他策划和组织的。当我们一起出席诗歌研讨会或其他活动时,俊明总是执弟子之礼,只要他在我身旁,我的行李箱总是由他抢过来提的,我走在楼梯或山坡路上,他总要伸手来扶。在我70岁生日之前,他还费心费力收集有关我诗学思想的研究文章,编成《诗坛的引渡者》一书,由长江文艺出版社出版,更是让我心感。

"吴门弟子"在每届同学毕业的时候,总要在北京"钱柜"举行一场欢送会,在校的用歌声送别毕业的学兄学姐,毕业的用歌声勉励在校的学弟学妹。当俊明离校的时候,他唱起了刘德华的《忘情水》:

曾经年少爱追梦
一心只想往前飞
行遍千山和万水
一路走来不能回……

　　俊明不就是这样一个年少而爱追梦的人吗？他胸怀远大理想，一路走来，踏遍千山万水，终于找到了实现自身潜能的途径。
　　当老师的最大欣慰莫过于收到青出于蓝的弟子，莫过于看到自己的学术事业有人传承。这样的欣慰，我在追梦少年霍俊明身上体验到了，所以我知足了。

2014 年 2 月 10 日

诗歌理论著作述评

《21世纪中国诗歌现象研究》序

中国是个诗歌大国，然而历来是热心写诗的人多，而热心评诗的人少。宋代诗人洪适早就说过："好句联翩见未曾，品题今日欠钟嵘"；金代诗人元好问也曾发出："谁是诗中疏凿手，暂教泾渭各清浑"的呼唤。进入现当代，这种局面仍未曾改观。翻开刘福春编撰的《中国新诗书刊总目》，可以发现，所收录的诗人、诗集的数目比起诗评家、诗歌评论集的数目，要多出几十、几百倍，完全呈压倒优势。这种情况表明文人心中普遍存有一种重创作、轻评论的倾向，同时也说明想当一个称职的诗评家，其实也的确不易。也正由于如此，当我读到罗麒所著《21世纪中国诗歌现象研究》时，就不只是对书中所写的内容感到惊喜，更为我们的诗坛出现了一位热心评诗的青年评论家感到欣慰。

这位青年评论家带给我们的不是某一首诗歌的评点，也不是某一个诗歌问题的专论，而是全景式地对中国新世纪诗坛的考察。写这样一部书是需要有实力、有眼光、有胆气的。我在回顾新世纪诗歌前十年状况的时候，曾写过一篇文章，叫《仰望天空与俯视大地——新世纪十年中国新诗的一个侧面》，我没敢全面论述新世纪十年的诗歌，只选了一个角度来写，故副标题小心谨慎地称之为"一个侧面"。而罗麒则颇有些初生牛犊不怕虎的气魄，居高临下，视野宽阔，敢于正面强攻，针对新世纪以来的诸种诗歌现象写成了一本专著，显示了一个青年批评家的理论抱负。

罗麒是新世纪诗坛的亲历者，是沐浴着新世纪的阳光与风雨，伴随着新世纪诗人一路走来的。他阅读了新世纪诗人的大量诗作，目睹了这十余年来大大小小的诗歌事件，对新世纪诗歌有一种先天的贴肉感，对新世纪的诗人，尤其是青年诗人怀有深厚的情感。在对各种诗歌现象的描述中，罗麒采取的是客观、公允的立场，他更多的是寻求对诗人的理解，即使是对某种诗歌现象予以批评，也是摆事实，讲道理，而绝无某些网络批评的自以为是、口出狂言、恶语伤人。正是怀着对诗歌的热爱，对新世纪诗人的深情，才使他分外留心这一代诗人走过的匆匆脚步，记录下他们的创新与实验、挫折与进取、追求与梦想，从而使这部书具有一定的实录性，为当代学者的进一步研究，也为后代学者的诗歌史写作，提供了丰富的资源。由此看来，罗麒不愧是新世纪诗坛的一位忠实的书记员。

罗麒对新世纪诗歌现象的研究，属于共时性的研究，即研究者与研究对象处于同一个时空之中，它的好处是有一种现场感、贴肉感，当然也容易有跳不出现场的局限，聪明的作者会懂得如何利用与评论对象同在一个现场的优势，但又要避免"只缘身在此山中"的局限。

要打破"只缘身在此山中"的局限，就在于评论家要有较深的理论素养与较高的理论视点。《21世纪中国诗歌现象研究》显示了罗麒对现象学的深入理解与把握，他意识到现象学主张"回到事物本身"，"现象"的本意就是显现出来的东西。当罗麒把这部书的题目确定为"诗歌现象研究"的时候，其实他始终没有忽视本质。他所指的现象是与本质紧密联系在一起的，他在描述新世纪诗坛种种现象的同时，其实也是在揭示诗歌创作的某些规律性的东西。因此罗麒在论述新世纪诗歌现象的时候，并不是把诸种现象单摆浮搁地并置在一起，而是思索现象与现象之间的关系，现象与本质之间的关系，力求对诸种现象做出较为合理的评析。由于21世纪的诗歌现象极其丰富与驳杂，在具体地探究每一种诗歌现象的时候，他还分别借鉴了历史的、美学的、社会学的、性别学的，以及文化研究的种种方法，从而使一片现象世界迸发出理论思辨的火花。

对诗歌评论家而言，仅仅停留在诗歌现象的描述与对诗歌文本的品味上，还是不够的，他既要入乎其内，又要出乎其外。正是理论思维的介入，使这部描述诗歌现象的书没有停留在现象本身，不是自然主义地有闻必录，也不是流水账式的大事记，而是精心采集、比较，把近似的内容集中在一起，把诸多现象视为研究的载体，按照"文本—作者—读者—世界"的结构纳入整个中国诗歌生态圈中，在对相关文本的研读及对文本与作者、读者、世界的关系探讨的基础上，完成对诗歌现象的阐释，从而获得了一种超越性。

罗麒描述新世纪的诗歌现象的时候，还注意到一个最核心的现象，就是所谓的"诗歌热潮"。这种热潮是由诗歌现象、诗歌事件以及这些现象和事件中的主体创作所共同组成的，"这其中文本是各种诗歌现象与事件的最基本元素，也是当下诗歌的核心组成部件，诸多诗歌现象林林总总，但其根本上是由文本与其作者主体、读者以及世界的不同互助方式决定的，其运行模型为'什么样的人为了什么样的事件写了什么样的诗，被什么样的人阅读产生什么样的影响，并形成什么样的现象'……将不同诗歌现象纳入同一个相对科学的研究体系内"（《21世纪中国诗歌现象研究·绪论》）。罗麒所称的纳入到同一个相对科学的研究体系内的诗歌现象，实际上已构成了思想史、诗歌史领域中涉及的"学案"。诸如作者在书中论述的"网络诗歌""打工诗歌""底层写作""地震诗歌""下半身写作""新红颜写作""新及物写作""梨花体""羊羔体""余秀华现象"等，均可以视为诗歌的"学案"。作者把这些内容丰富又有一定的内在联系的诗歌现象，以"学案"的形式予以考察和描述，凸显了问题意识，既包括丰富的原生态的诗歌史料，又有作者对相关内容的梳理、综述与论断。这是一种全新的对新诗发展的叙述，从内容上说，它更侧重在新诗与社会的关系、新诗对社会上不同人的心理所产生的影响；从叙述形式上说，它以"现象"为核心来安排结构；从方法上说，它侧重在考据与论断的结合。因此这种论述的价值不只是在诗歌美学上的，而且也是在诗歌社会学、诗歌伦理学、诗歌文化学上的。

写诗与评诗，虽说是紧密相关的，但二者毕竟是两个行当。相对诗人而言，诗评家要有特殊的修养。唐代史学家刘知几在《史通》中提出论者须兼具"才、学、识"三长，三者之中，以识为先。有了这种独到的眼光，方能穿透层层云雾与迷障，直抵诗人的心灵，才能在纷纭复杂的诗歌现象中挖掘出背后的真谛。当然，具有这样一种独到的眼光也是很不容易的。陆游晚年曾说："六十余年妄学诗，工夫深处独心知"；宋人吴可亦有"学诗浑似学参禅，竹榻蒲团不计年"的说法。人同此心，心同此理。我在诗歌的海洋中经过四十年的沉潜寻觅，不敢说有多么深的体会，但是对陆游、吴可的学诗不易的说法却是深感共鸣的。罗麒正处在最好的年华，愿他把已取得的成就作为新的起点，把诗歌评论作为自我实现的手段，让自己的生命在与诗歌的碰撞中发出灿烂的光辉。

2018年7月7日

在诗学的交叉小径上行走
——《通往诗学的交叉小径》序

王永给他的第一本诗学论文集起了一个引人遐思的书名："通往诗学的交叉小径"。这里"诗学"是目标；"小径"是通往目标的途径，让人不由地想起马克思的名言：在科学上面没有平坦的大道，只有不畏劳苦沿着陡峭的山路攀登的人，才有希望到达光辉的顶点。"交叉"则是指打破学科界限，因为许多学问的生长点，恰恰就在这交叉之处诞生。翻开这本书，我似乎也在沿着一条崎岖的交叉小径行走，能看到王永在这条小径上攀登的身影，并为他在行进中不断采摘到的鲜艳的果实而感到欣慰。

这本《通往诗学的交叉小径》论文集，分成诗人研究、诗作细读、著作评论、诗学翻译四辑，从中能大致看出王永这些年诗学研究的进程与取向。

"诗人研究"是占这本书比重最大的部分，也正是王永步入诗歌研究道路以来着力最多的一块。王永属于学院出身的青年评论家，基本功扎实。他选取评论对象不是随意的，不是小圈子的，不是以我划线的，而是站在诗歌史的高度来观照对象，因而他所写的都是当代诗歌史上的有分量的重要诗人，既有何其芳、艾青、郑敏、邵燕祥、张志民、灰娃这样的老诗人，又有北岛、林莽、海子、陈超这样的朦胧诗和第三代诗人，对当代青年诗人的评论则集中在慕白、冯娜、王单单、张二棍等首都师范大学驻校诗人身上，这与王永博士出身于首都师大，与这些驻校诗人互相了解有密切关系。在研究方法上，他坚持美学的观点和历史的观点相统一的原则，并从人文与自然等多种学科中汲取某些新的观念，拓展观照诗人的视角与思维空间。特别是他在借鉴中国"知人论世"文学批评传统的基础上，引入了传记批评的方法，在批评具体的文学现象的时候，不仅着眼于文学现象自身，而且着眼于诗人其人。收在文集中的第一篇《何其芳与艾青之争辨析》，写的是20世纪30年代末，由何其芳的《画梦录》引起的何其芳与艾青的一场争论,这无论在当时,还是在文学史上都成为一个受人关注的话题。作者写这个题目时大量引证了有关何其芳与艾青的传记材料,并做出了自己的独立判断。这种写法,坚持把诗歌现象置于一定的历史范围内,避免孤立地静止地看待文本,而是以一种开放的胸怀,从文化传统、时代要求、诗人特殊的生活阅历和审美情趣等方面对其进行全面系统的考察,审慎地做出判断,这样得出的结论自然令人信服。

"诗作细读",这也是王永多年来致力耕耘的一个方面。中国诗歌作品的品评,在古代是放在诗话、词话中去的,进入20世纪以后则以"诗歌欣赏""诗歌赏析"等文体形式呈现。"细读"这一名目,出现于20世纪80年代,源于英美新批评(new criticism)中的细读(close reading)。在新批评以前,英美文学研究主要多为传记批评或印象批评,偏重研究文学的外部因素,缺少对文本本身的关注。新批评的领军人物艾略特在《传统与个人才能》中提出:"将兴趣由诗人身上转移到诗上是一件值得称赞的企图:因为这样一来,批评真正的诗,不论好坏,可以得到一个较为公正的评价","诚实的批评和敏感的鉴赏,并不注意诗人,而注意诗。"[1] 新批评的理论主张抛开作者本身及其历史背景,将作品视为单独的存在,称之为文本(text),进而把文本作为语言的有机体进行阐释与分析。李欧梵先生认为:"新批评最大的贡献就是提供了一种'文本细读'(close reading)的方法,从诗歌到小说,逐渐形成了一套理论,当时几乎所有英文系的教授和学生都奉之为规范。"[2] 尽管20世纪50年代后期,"新批评"在英美开始衰落,但对于80年代改革开放的中国而言,包括"文本细读"在内的新批评理论还是新的。兰色姆在《新批评》这部书的"前言"中,曾引用过R. P. 布莱克墨对艾米莉·狄金森的一个诗节的批评:

抛开	Renunciation
是一种铭心刻骨的美德,	Is a piercing virtue
放下	The letting go

---

[1] 《艾略特诗学文集》,国际文化出版公司1989年版,第4、8页。
[2] 李欧梵:《总序》,[美]兰色姆《新批评》,王腊宝、张哲译,江苏教育出版社2006年版,第5页。

| 一种期待的存在—— | A presence for an espectation—— |
| 不是现在。 | Not now |

这里所用的词语都简单平实，都是我们常用的词汇。仅 renunciation 一词属于一个特殊的经验类别，或者说集中体现了一种特定的态度，平日里，我们总是竭力排斥这种经验和态度。我们知道是怎么回事，我们知道它会以英雄主义或虚伪或感伤的面目出现，而我们总是对它置之不理，而会在震撼之余立刻作出反应。只有 piercing 一词直接地涉及肉体，我们遇上 piercing 的事不会置之不理，而会在震撼之余立刻作出反应。piercing 给人带来的震撼把一个语法赘述变成一个隐喻意义上的同义重复，它提出并建构起一种共通性：由于 piercing 一词的作用，在 renunciation 和 virtue 之间突然建立起一种活生生的内部联系，这一短语由此溢彩流光。①

兰色姆所引的这段对狄金森的评论，可看成新批评的一个范例。把这段文字引在这里，对照一下，大略可以让我们看出王永细读方法的由来，以及他不同于新批评细读的一些突破。

王永的诗作细读，借鉴了新批评的细读理论对审美独立性的强调，突出对诗歌的心灵感受，但没有绝对地排斥知人论世，而是联系作者身世与社会背景，对诗歌文本作出有独立见解的阐发。

这种细读方式可以《朝圣者的灵魂——读〈当你老了〉》为代表。他的细读先讲了叶芝与茅德·冈那段刻骨铭心的爱情：1889 年叶芝与美丽的女演员茅德·冈相识，这位女演员又是爱尔兰争取民族自治运动的领导人之一，叶芝对她一见钟情，多次求婚，未能如愿。后来，茅德·冈嫁给了一位爱尔兰军官，痴情的叶芝仍然对她念念不忘。在这位军官牺牲后，叶芝又向茅德·冈求婚，但仍然遭到了拒绝。这强烈的爱与失爱的痛苦长久地埋藏在叶芝的心底，最终升华为包括《当我老了》在内的一首首动人的诗篇。很明显，这样的叙述正是借鉴了传记批评的方法。

接下来，作者转入对叶芝此诗文本叙述方式的解读："这首诗的新异之处，体现在诗人没有采用第一人称抒情，甚至全诗都没有出现一个'我'字，而处处在说着'你'，诗人对'你'的念念不忘溢于言表；同

---

① [美]兰色姆：《前言》，《新批评》，王腊宝、张哲译，江苏教育出版社 2006 年版，第 2—3 页。

时，这首诗的别出心裁还体现在对于时间的虚拟，也就是跳脱于当下的现实，而转入未来的时空，这在叙事学上也称作'预叙'。我们可以想象，设想自己心仪的美人老态龙钟、满脸皱纹并不是一件令人愉快的事，但同样我们可以想象，诗人当时需要这样做，否则就不足以平衡意中人别有怀抱带给他的巨大心理创痛。"这样的解读无疑是在技艺层面上展开的。进而王永又对诗人使用的意象进行分析："诗歌的第一节中有两个意象'炉火'和'诗歌'，如果我们细细体味，会领悟到二者之间有一种彼此影射的关系——炉火是提供温暖之物，而诗歌中同样有着诗人炙热的真情。由第一行的'睡意昏沉'（full of sleep）自然引出了第三行和第四行的"回想'（dream）——由此我们也可以看出，把 dream 译作'回想'的不尽如人意之处。这里有着奇妙的时空关系，看似是从现在回想过去，其实是从将来回想现在。"以下王永对叶芝诗歌的分析不再引述，即从所引这一小段当中，也可以看出王永对叶芝诗歌文本所做出的深微、细腻的解读了。最后，作者又引用了 16 世纪的法国诗人龙萨所写的一首《当你老了》的同题诗，指出这两首诗"有明显的互文性，但龙萨表达的无非是'有花堪折直须折，莫待无花空折枝'的及时行乐的主题，与叶芝诗中的谦卑、忠贞、圣洁的爱情有着境界的差距"。这里运用的是比较的方法，不仅拓展了读者的眼界，而且引导读者把对叶芝诗歌的理解提升到一个更高的境界。

此外《"毕肖普"的启示》一文，也颇能代表王永细读的风格。伊丽莎白·毕肖普（Elizabeth Bishop），是美国最重要的现代女诗人之一。《毕肖普》是诗人兼诗评家陈超写毕肖普的一首诗。《"毕肖普"的启示》则是王永对陈超这首诗的细读。这篇细读先对毕肖普的其人其诗做了概括性的评价："毕肖普的诗歌创作可以说是'个人写作'，她从不追求'时代精神'，追随诗歌流派，追慕大众趣尚，所以在当时诗歌流派的理论风起云涌的美国诗坛上，她更像是一只不起眼的在她的诗中经常出现的'鹭鸟'。"这自然是带有传记批评的成分了。在此基础上，他把陈超的诗论与他的《毕肖普》一诗对照起来进行解读。他认为陈超的诗体现了在丰富阅读基础上产生的对诗人的"渴慕"，同时也是"以诗论诗"的一个文本，而这样的诗不仅融入了诗评家对诗的理解，而且有着现实的针对性。接着王永又联系 80 年代中国的诗歌思潮，对此诗的意义加以阐发，从而使这篇细读文字带有更浓烈的理论色彩，不只是讲解一首诗，更像是针对当下诗坛的一个发言了。

  论文集的最后两部分是"著作评论"和"诗学翻译"。王永理论思辨能力很强，对诗学理论有着浓厚的兴趣，一直在追踪着当代诗学理论的进展，这本集子最后两辑中所收的评论诗歌理论著作的文章以及他的诗歌翻译作品，可看作是他的牛刀小试。相信以此为基础，他诗学研究的领域会有进一步的拓展，他行进的诗学小路也会越走越宽广。

2018 年 10 月 4 日

《中国新诗叙事学》序

我一向认为，在诗歌理论批评界，做批评的人多，而致力于理论构建的人少。这是由于批评的对象比较具体，相对容易把握；而构建一种理论，则需要长期积累与思考，非一日之功。正是由于这个原因，当我读到杨四平教授《中国新诗叙事学》这本厚厚的书稿的时候，感到由衷的欣喜。这是一本凝聚了作者七年心血的著作，是中国新诗理论之树结下的一颗丰满的果实。

《中国新诗叙事学》是一本研究中国新诗叙事的理论著作，也可以说是中国新诗叙事学的奠基之作。西方叙事学于20世纪60年代中期于法国诞生，很快形成一种国际性的文学研究潮流。90年代，西方叙事学著作的中译本陆续在中国出现。随之引起了中国学者对叙事学的关注与研究，先后出现了杨义的《中国叙事学》、申丹的《叙述学与小说文体学研究》、胡亚敏的《叙事学》、陈平原的《中国小说叙事模式的转变》、徐岱的《小说叙事学》等著作。这些著作大多侧重于一般叙事学理论及小说叙事理论的探讨，至于对诗歌叙事理论的系统探讨，杨四平的《中国新诗叙事学》应是第一部。

不过，促使杨四平探讨中国新诗叙事学的原因，不只是西方叙事学理论的输入及小说叙事学的兴起，更重要的是还是新时期以来，中国新诗领域所发生的重大变化。从80年代中期开始，于坚、韩东、李亚伟等"第三代"诗人便写下了大量叙事化、口语化的诗歌。进入90年代以后，诗人们直面经济转型的大潮，直面生存处境，开始探寻从寻常琐屑的生存现实中发现诗意、将日常生活经验转化为诗歌材料的可能性，而叙事性话语的加强就是其中之一。90年代诗人的叙事与传统的叙事相关，但又不是一回事。传统叙事的基本元素是时间、环境、人物、故事，其主要特征是对已发生的事件进行客观的讲述。而在现代生存场景挤压下，当代诗人的叙事不是以全面地讲述一个故事或完整地塑造一个人物为目的，而是透过现实生活中捕捉的某一瞬间,展示诗人对事物观察的角度以及某种体悟,从而对现实的生存状态予以揭示,这是一种诗性的叙事。如果说,西方叙事学理论的输入、小说叙事学的兴起,是刺激杨四平研究新诗叙事的外因的话,那么可以说,90年代以来中国新诗呈现的大范围的诗性叙事,则是促使杨四平研究新诗叙事的内在原因。

杨四平构建中国新诗叙事学,是有鲜明的针对性的,那就是他对中国新诗理论"抒情独大"状况的不满。抒情与叙事,本是包括诗歌在内的文学写作的最基本的表现手段。但是在诗歌理论的研究中,长期以来却有一种独尊抒情的倾向。一位著名诗人说过:诗歌在文学领域里独树一帜,旗帜上高标两个大字:抒情。还有人根据别林斯基在《诗歌的分类和分型》中提出的文学分类的"三分法"即把文学分为叙事类、抒情类、戏剧类,把小说看成是叙事类文学的典型代表,而把诗歌看成是抒情类文学的典型代表。因而长期以来,诗歌叙事的研究不被重视,只有在研究叙事诗的论文中,才会做比较认真的讨论。杨四平没有把目光局限在叙事诗的研究上,他的眼界与胸怀要宽阔得多。在本书的绪论中,他开宗明义指出:"目今,到了该将'诗歌叙事'历史化与系统化的时候了!质言之,要将'诗歌叙事'在不同历史时期的形态表现及风格特征加以结构性呈现。……笔者试图对百年中国新诗叙事形态进行较为深入的历史化与系统化兼备的研究;换言之,既考察其启导、缘由,梳理其迁流曼衍,又从理论上进行提炼与归纳,以期得出符合其实际的全新的理论表述。"作者在这里给本书提出了两项任务:一是对中国新诗叙事的历史演进进行系统化的梳理;二是在此基础上构建新诗叙事学的框架。应当说,这两项任务作者都较为圆满地完成了。

历史化的叙述与理论的建构相结合,史与论相统一,是杨四平这部著作的一个鲜明特色。

诗歌叙事,古已有之。作者将中国古代诗歌叙事的源头,追溯到"古逸诗",其实还可进一步上溯到先民的"结绳记事"。中国古代诗歌叙事理论,在《诗经》的研究,唐代的《本事诗》,乃至宋代以后的诗话、词话中,均留下了极丰富的史料。由于本书的体制,作者没有对此做系统的回顾,但中国古代诗歌叙事的理论精华却融入了作者的审美心理结构,成为作者观照百年新诗叙事的一个出发点。在本书中,作者主要是对中国新诗叙事的历史做了系统化的梳理,不仅在第二章拿出专章,分六个阶段对百年新诗叙事做了回顾，而且这种历史化的叙述还渗透在后文对各种叙事形态的论述中。在此基础上，作者以中国古代诗歌叙事理论为参照，借鉴西方叙事学和小说叙事学，建立了自己的中国新诗叙事学的框架。他以现代性为中国新诗叙事的发生学维度，将新诗叙事形态概括为五大类型，即叙事诗叙事、抒情诗叙事、写实叙事、呈现叙事和事态叙事；并提出诗歌意义产生的最小限定单位是诗歌的"段位"，即诗歌的韵律、字词句篇及其空白。各种诗歌叙事均需要借助这些诗歌段位，并通过它们呈现于诗作中。这样作者便归纳出了百年中国新诗叙事的一个完整的体系：以现代性为统摄，以叙事诗叙事、抒情诗叙事、写实叙事、呈现叙事和事态叙事为支撑，以段位性为归结。从而为分析中国新诗叙事现象、总结中国新诗传统，重写中国新诗史，提供了一种新的观念和视角，这对中国新诗理论的建设无疑是有重要意义的。

一本好书，不光要给读者提供丰富的新知，更要引发读者的思考。《中国新诗叙事学》对当下读者的影响，不单纯是提供了新诗叙事的系统知识，提供了中国新诗叙事的一个理论模型，更重要的是可以在某种程度上改变读者的思维方式。如作者所指出的，在诗歌界长期存在的"唯情是瞻"，"唯情是从"，"抒情独大"，不只是对"抒情"的偏爱，更是观察诗歌现象时，思维方法出了问题。其实，抒情与叙事，尽管是两种不同的表达方式，它们在诗歌写作中，却是你中有我，我中有你，水乳交融地呈现在诗歌中的。一个优秀的诗人不会孤立地、静止地写感情，而是善于把感情作为一种流动的、发展的、变化的过程来呈现，而且这种呈现总是与外界事物在时间链条上的推移联系在一起的。李清照在《词论》中曾批评秦少游的词"专主情致而少故实"。这就是说，单纯的抒情容易空泛，只有在心与物、情与事的交互作用中，才能把情感生动传神地表现出来，给人留下深刻的印象。

应当指出的是，作者写此书，尽管是针对"抒情独大"，主张"诗不离事"，充分地肯定叙事在诗歌创作中的位置，不过，他并没有反过来搞成"叙事独大"。他对抒情与叙事的看法是客观的、辩证的。他认为，叙事仅仅是诗歌多样表达中的一种，并不能包揽一切。不要"唯叙事论"，不要把叙事泛化。他强调抒情与叙事相融合："纯抒情与纯叙事的诗歌是不存在的。当抒情因素占主要地位时，我们将其称为抒情诗或抒情性诗歌；而当叙事因素是主导因素时，我们将其称为叙事诗或叙事性诗歌。从这个意义上讲，一切诗歌都是杂色的。但杂色并非诗的缺陷。它恰恰彰显了诗的丰富性。"（《绪论》）像这样的论述，不只让读者心服，更能给人以客观、辩证地看待文学现象的启示。

任何有创见的理论提出之初，都不一定是尽善尽美的。作者提出的这一新诗叙事理论的框架，也不无可訾议之处。比如，五大叙事形态之间是否有界限不明或重复之处。又如，新诗叙事理论的讨论属诗歌的形式范畴，应在超越诗歌具体内容的层面上展开，故而作者在论述写实叙事时，就不一定要分设"人道写实""批判写实""革命写实"来谈了，因为写实的内容实在是列举不完的。再如，有些术语的命名是否还可再斟酌一下。像"段位"这个概念，得自于美国布赖恩·麦克黑尔在《关于建构诗歌叙事学的设想》（《江西社会科学》2009年第6期）里转述的迪普莱西早年提出的"段位性"，而原文"段位"的汉译与中国人通常对"段位"的理解分歧较大，增加了读者接受的障碍。这些现象的产生，恐怕与作者设计体系时有过于追求完整与自洽的倾向，而对读者的接受考虑不周有关。尽管如此，作者毕竟构建了一个中国新诗叙事的体系，这一体系将会在实践中接受检验并不断完善，而作者的首创与奠基之功将会载入中国新诗理论发展的史册。

2019年12月28日

《众语杂生与未竟的转型》序

我与易彬教授早在他攻读博士学位期间就相识了,他致力于中国现代诗学研究,其敏锐的才华、严谨的学风和实干精神给我留下了深刻印象。八年前,易彬在《长沙理工大学学报》主编陈浩凯教授支持下创办了"中国诗歌研究"专栏,陆续发表诗学论文一百二十余篇,现从中精选出三十篇,辑成《众语杂生与未竟的转型:百年新诗研究论集》一书,为纪念新诗诞生百年献上了一份厚礼。

当下的诗歌报刊,多以发表诗歌作品为主,评论版面极为有限。综合性的文学评论刊物虽不时也有诗歌评论文章刊出,但各自为战,形不成阵势。至于高校学报由于其综合性,要为众多的学科门类服务,发表诗歌评论的可能性就更低了。因此《长沙理工大学学报》勇于开辟"中国诗歌研究"专栏,并坚持了八年,确实难能可贵。这体现了主编陈浩凯的诗性情怀,也体现了栏目主持者易彬的诗学修养与编辑才能。

"中国诗歌研究"专栏上的文章,我陆续读过,这次又把《众语杂生与未竟的转型:百年新诗研究论集》浏览了一下,发现"中国诗歌研究"专栏确实办得好,有追求,有深度,有品位,形成了自己鲜明的学术特色。

有追求,是说专栏有自己的学术定位,侧重在对中国现代诗学理论问题的探讨。通常所说的诗歌评论,包含诗歌理论和诗歌批评两部分,这二者是相辅相成的,理论越透辟、越深刻,批评就更深入,更切中肯綮;而批评的繁荣,也会促使理论不断求新。然而就中国当下诗歌评论的态势而言,二者是不太平衡的,主要是诗歌批评的文章多,而具有深度的诗歌理论文章少。易彬看到了这一点,他以一位诗歌评论家的理论敏感主持专栏,视野开阔,定位准确,组织了一批批的诗歌理论文章。以这本《众语杂生与未竟的转型:百年新诗研究论集》为例,全书共分六辑,前三辑全属于诗歌理论范畴,后三辑虽说诗人诗作所占比重较大,但入选的文章都带有浓烈的理论色彩，如奚密的《噪音诗学的追求：从胡适到夏宇》、李章斌的《穆旦的隐喻与诗歌感性——兼谈"伪奥登诗风"论》，均由具体的诗人诗作引申出诗学上的某一问题予以探求，超越了普通的诗评，体现了浓厚的理论建构意识。

有深度，是说专栏的编者有史学的眼光。由于易彬本人就是从事现代诗歌研究的专家，掌握的诗歌史料极其丰富，所以在选用稿子和组织稿件的时候，均能从文学史角度出发，衡量其价值。他有意识地组织文章对诗歌史上某些焦点问题进行梳理，如伍明春的《论早期新诗美学合法性的建立》、龙扬志的《新诗进步的文学史呈现》、颜同林的《白话为诗与新诗正统的确立》等文章，均触及了诗歌史上的一些节点，并开掘出新意。由于有史学的眼光，"专栏"在对重要诗人研讨的选题确立上，也能够严格把关，不俗不滥。专栏中重点论述的诗人，如穆旦、卞之琳、彭燕郊等，均是在诗界影响深远的重要诗人。不断推出对这些诗人的深度研究，从文学史上来说是一种重新发现与重新定位，同时也是对诗歌经典化的有力推进。

有品位，是说专栏坚持审美的独立性，不趋炎附势，不迎合流俗。在商品经济大潮与大众文化的洪流的冲击下，诗歌批评特别是媒体批评与网络批评中出现某些低俗现象是难免的，但不能人人都去低俗，应当有中流砥柱来抵制这种低俗。《长沙理工大学学报》"中国诗歌研究"专栏便是这样的中流砥柱，它代表了诗歌界的一种精神高度。这些年来诗歌界的大大小小的事件层出不穷，但专栏从不去炒作，而是心无旁骛，致力于诗学理论的探求，坚守诗歌的独立品格，不仅推出了一批批有理论建树的文章，而且推出了一些诗作达到相当水准但一直被忽略的诗人，特别是曾以突出篇幅介绍了英年早逝的湖南女诗人唐兴玲，使其人其诗不致被埋没，令人感动。

办刊物，除去要出好作品，同时也要出人才。值得一提的是，易彬主持的专栏不只是催生了一批批优秀的论文，还推出了一些诗歌评论新人。与某些刊物以名家为号召不同，专栏的作者队伍则以中青年评论家为主体。仅对这个选本的作者名单检视一下，可以发现，除去奚密教授是海外资深学者外，其余都是这些年来活跃在诗坛的中青年学者。这些学者的文章充满朝气，具有观念新、方法新、材料新的特色，尽管其中难免有稚嫩之作，但毕竟给诗歌评论界带来发一种新的气息和观念上的冲击。

"中国诗歌研究"专栏诞生八年了，如今它已成为中国当代诗歌理论批评不可或缺的重要阵地。八年，在百年新诗发展史上不过是弹指一挥间，但是对专栏的主持者而言，却是一篇篇密密麻麻的稿件，一封封来往磋商的书信，一个个不眠的夜晚……其实专栏的主持者并不孤独，与他一同坚守的还有无数爱诗的朋友。也正是由于有了这些对诗怀着大爱的无私奉献者，我的内心深处才对新一轮的百年诗歌保留着温暖的期待。

2018 年 8 月 20 日

贯通古今，面向当代

——《古典诗词曲与现当代新诗（修订本）》序

中国新诗诞生一百年了。从新诗诞生的那一天起，新诗与中国古典诗歌之间便形成了一种扯不断、理还乱的纠缠不休的关系。中国古典诗歌有悠久的历史，有丰富的诗学形态，有光耀古今的诗歌大师，有令人百读不厌的名篇。对新诗人来说，这既是宝贵的精神财富，又是创新与突破的沉重压力。面对中国古典诗歌的光辉成就与悠久历史，新诗人的情感是复杂的。一方面，新诗人要尽力挣脱古典诗歌传统的束缚与禁锢，不惜从异域文学中借来火种，以点燃中国的诗学革命之火；另一方面，新诗人的骨子里有着民族文化基因所决定的对古典诗歌意境与表情方式的眷恋，他们的创作无时无刻不受到古典诗歌的影响，不只是新诗诞生初期新诗人"放脚"之作沾染着"缠足时代的血腥气"，就是百年后的今天，新诗人身上传统的烙印也处处可见。正是对传统的复杂心态，使他们无法摆脱"影响的焦虑"，如布鲁姆所说："诗的影响已经成了一种忧郁症或焦虑原则"。① 因此，对古典诗歌与新诗的诗学内涵加以探究，盘点中国古典诗学的家底，考察中国新诗的现状，摆正新诗与古典诗歌的关系，弄清新诗人从古典诗歌中应该汲取什么，摒弃什么，就成为当代诗歌理论界必须关注也必须承担的一个重大课题了。

那么，由谁来承担这样一个重大课题呢？很明显，就当下新诗人与新诗评论家的现状而言，他们中有些人"食洋不化"，对古典诗歌抱有偏见，姑且不说；即使那些不抱偏见的诗人与评论家，大多也缺少古典诗学的素养与专门训练，承担这样的课题，心有余而力不足。那么，古典文学研究专家呢？从对中国古典诗学的深刻理解与把握而言，他们具有无可比

---

① ［美］哈罗德·布鲁姆：《影响的焦虑》，徐文博译，生活·读书·新知三联书店1989年版，第6页。

拟的优势，但相当一部分专家受学科分工的限制，把自己拘囿于古典文学的某一研究领域，对新诗或是看不起，或是不愿看，要这些与新诗有巨大隔膜的人去研究新诗与古典诗学的关系，无异于缘木求鱼。

因此，能够承担古典诗歌与新诗比较研究这样课题的，必须是一种复合型人才。他既要有古典诗学的深厚修养，又要有对新诗历史与现状的全面把握；既要热爱古典诗歌，又要对新诗有浓烈的兴趣。这样的人才尽管难得，但不是没有，《古典诗词曲与现当代新诗》的作者杨景龙先生就是其中的一位。

杨景龙长期从事古典文学的教学与研究，在古典诗歌的研究方面有扎实的基本功，自不待言；难得的是他对中国新诗也有深厚的感情，他熟悉新诗人，对新诗名篇如数家珍，对新诗发展历程了然于胸，对新诗的成就与不足也有清醒的认识，这样他才有条件承担"中国诗学精神与现当代诗歌"这样的课题，其研究成果才能在《文学评论》《文学遗产》《文艺研究》《诗探索》以及多家高校学报上发表，并在此基础上完成了《古典诗词曲与现当代新诗》一书，于2004年出版。此后作者又不断加以完善，增补了大量内容，于近期推出了《古典诗词曲与现当代新诗（修订本）》，为古今诗歌传承研究提供了一部扎实的奠基之作。

《古典诗词曲与现当代新诗（修订本）》的诞生，在强调文化自信的新时代尤具有重要的理论价值。中国诗歌是与西方文明相抗衡的东方文化精神的鲜明体现与集中代表。中华民族在这片苦难的大地上生生不息的追求，他们对这片土地的刻骨铭心的热爱，他们在真善美与假恶丑的矛盾抗争中显示的崇高的精神风范，他们作为支撑中华文化的栋梁与杠杆所发挥的作用，无不在中国诗人的笔下显露出来。五四前后，中国诗歌受到来自西方文化的剧烈冲撞，新诗诞生了。新诗无论思想情感内涵还是外部形态都与古典诗歌有明显差异，但是民族的心理定势、诗歌文化的固有传统、积淀在中国历代诗人意识与潜意识中的诗歌审美观念的共性成分，使新诗与古典诗歌之间依然有着割舍不断的内在联系，贯通着发展了的但又有着同一性的诗歌精神。中国诗学理论大厦的构建是中国古代诗歌研究者与新诗人、新诗评论家共同的事业。《古典诗词曲与现当代新诗（修订本）》的推出，就体现了一种古今贯通、优势互补的研究方向。坚持这样的研究方向，就新诗人与新诗评论家而言，可以敞开胸怀，对古典诗歌的思想与艺术价值作出科学的分析与公允的评价，进而汲取与吸收古典诗学的合理内涵，丰富自己的知识结构，为构建中国现代诗歌艺术大厦做出贡献。就古典诗歌读者与研究专家而言，可以从拘囿自己的学术壁垒中解脱出来，扩大视野，建立中国诗歌发展史的整体观，并借鉴现代学人的思想与方法，为古代诗学的研究开创新局面，进而可为有中国特色的现代诗学体系提供新的角度与丰富的思维资料。

《古典诗词曲与现当代新诗（修订本）》是一部有特色的书。其特色在我看来，可以概括为贯通古今的学术眼光，面向当代的学术立场，坚实厚重的学术内涵这三句话。

贯通古今的学术眼光，是指作者不是把自己局限在古代诗学的某一领域，或是现代诗歌的某一阶段，而是把从古至今的诗歌看成一个整体，在形式的不同之间发现它们的内在联系，在思想的冲突之中寻找它们共同的精神品格，从而在古今诗歌的交叉部位为诗学理论拓展新的思维空间。诸如作者借鉴荣格的"原型"理论，指出古代的那些积淀着深厚的民族文化心理—情感内容的"原型""母题"，总要对后世文学进行笼罩性的渗透，致使一些形式或模型在一个时代又一个时代的变化中一直保存下来，或显性或隐性地出现。如"乡愁"这一母题，在历代传承中便形成了"登高思亲""望月思亲""佳节思亲""远望当归""秋风日暮起乡愁"等模式。以"登高思亲"而言，作者先从《诗经·魏风·陟岵》讲起，指出每章的首句："陟彼岵兮，瞻望父兮""陟彼屺兮，瞻望母兮""陟彼冈兮，瞻望兄兮"，写出了抒情主人公登上山冈的高处，遥望故乡亲人的情景。此后这样的情景在屈原、谢朓、宋之问、柳永等诗人的作品中不断出现，一直延伸到现当代新诗中。如台湾诗人白灵的《西望》，写诗人"居此千山之上"的高处，向西眺望故乡的锦绣河山，追怀五千年的历史文化，仿佛看到了"祖先们的血泪"，听到了他们的"期语"。正是由于有了贯通古今的眼光，作者才发现我国古代诗论所说的"诗胎""诗祖"，近似于西方文论中的"原型""母题"，同一"诗胎""诗祖"即"原型""母题"所衍生出的作品，往往具有基本相同的主题和手法。像这样贯通古今的发现，确实打开了古今诗学比较的新空间。

面向当代的学术立场，指的是作者立足于当代，心中有当代，从而使研究成果能为当代诗人、学者所接受，能够对繁荣当代诗歌创作、建构有中国特色的诗学体系有所裨益。正如作者所言，历史上的诗学理论著作，如刘勰的《文心雕龙》、钟嵘的《诗品》、严羽的《沧浪诗话》、元好问的《论诗三十首》等，都是通过对文学史、诗歌史或词学史的研究，通过对前代作家作品的评鉴，来力图改变当前文坛的流行风习，为当代创作标正鹄的、树立典范的。正是基于面向当代的学术立场，作者在梳理、阐释了古今诗歌思想观念的渗透和艺术技巧的传承的基础上，写出了《月亮的背面——古典诗歌的负面影响》与《中国现代新诗的诗体建设问题——以古典诗歌为参照》这两篇文章，鲜明体现了作者对当代诗歌创作与研究现状的关切。在《月亮的背面——古典诗歌的负面影响》一文中，作者指出由古典诗歌的主情传统到新诗中的"滥情"与"颓废"；由宋诗的主知传统到新诗中的"直白"与"晦涩"；由元散曲的俚俗诙谐到新诗中的"鄙俗"与"油滑"；由儒家诗论中的诗教化到新诗沦为政治的附庸与工具……对新诗中存在的问题不是就事论事、简单粗暴的指责，而是从传统文化的负面影响中找原因，这样的批评无疑是切中肯綮，入木三分的。而《中国现代新诗的诗体建设问题——以古典诗歌为参照》，则涉及对新诗形式建设等的全面思考。作者针对新诗的痼疾，从古典诗歌中寻来药方，且不说这药方是否灵验，单就作者对新诗与新诗人的拳拳之心而言，也足以让人感动了。

坚实厚重的学术内涵，是指这部书显示了作者跨越古今、沟通中西、厚积薄发的学术造诣。这一方面体现在这部书涉及诗学问题的广度上。作者把本书的主体内容分成主题篇与方法篇两大块，在主题篇中涉及时间、生命、爱情、性别、政治、伦理、爱国、乡愁、自然、哲学等题目，主要比较了古今诗歌在"写什么"方面的异同。在方法篇中则罗列了押韵、建行、复沓、对偶、意象、比兴、象征、意境、叙事、戏剧化、互文、用典、拟作等技巧与手法，主要比较了古今诗歌在"怎样写"方面的异同，从而展示了作者总揽全局，视野开阔的胸怀。另一方面又体现在所论述的诗学问题的深度上，即作者对上述问题一一阐述时，不是蜻蜓点水，一带而过，而凝聚着作者考察的细致与思索的深刻。以"方法篇"中对"拟作"的考察为例，作者指出创造从模仿开始，从魏晋时代起，因为有了丰厚的古代诗歌传统积累可资效法借鉴，诗人中开始兴起拟作的风气。在罗列了古人与新诗人的大量拟作之后，作者进而讨论了现代诗歌中普遍存在的"戏仿"；如罗青的《观沧海之后再观沧海》对曹操《观沧海》的戏仿，曲有源的《雨巷》对戴望舒名篇《雨巷》的戏仿。这类作品通过对大众耳熟能详的作品的仿效，达到调侃、嘲讽、游戏的目的，从而让读者耳目一新的同时获得某种启示。类似这种由古人的"仿作"一直延续到现代诗"戏仿"的考察，在书中多处可见，作者仿佛是在掘一口深井，连接了诗歌史的通道，思想智慧的泉水便汩汩而出了。此外，作者在"典型篇"中对胡适、闻一多、戴望舒、卞之琳、梁宗岱、纪弦、余光中、洛夫、郑愁予、任洪渊、舒婷等现当代诗歌史上有重要影响的诗人的考察，既是对"主题篇""方法篇"涉及的问题的深化，又是对这些诗人艺术个性由来的追寻，本身便是一篇有特色的诗人论。

我的恩师张寿康教授曾在给我的第一本书写的序言中引用过这样一句话："最好的书是那些能够提供最丰富的思考材料的书"。我很喜欢这句话，我觉得杨景龙的《古典诗词曲与现当代新诗（修订本）》就是这样一本好书，值得向喜欢诗歌的读者推荐。

2019 年 7 月 15 日

诗人与校园
——《首都师范大学驻校诗人研究论集》序

在首都师范大学驻校诗人公寓的窗外，有一株高大的白杨树。白天，浓密的枝叶为诗人遮蔽住阳光，晚上风动树叶的飒飒声则给诗人带来诗意的联想。几乎每位驻校诗人都被这株高大的白杨触发了诗情。十年了，随着白杨树年轮的扩大，它迎来和送走了一位位驻校诗人，成了首都师范大学驻校诗人制度的一个美好见证。

首都师范大学驻校诗人制度的建立，要回溯到2002年。那一年《诗刊》社设立了首届"华文青年诗人奖"。这是个面向年轻诗人的有重要影响的奖项，获奖诗人年龄限制在40岁以下，评奖采取读者推荐与专家结合的方式，坚持公正、公平、公开的原则，最终根据专家背靠背的评分，确定获奖者。2003年，第二届"华文青年诗人奖"评出了江非等三位获奖诗人。此时这个奖项已颁发了两届，《诗刊》在探讨怎样把"华人青年诗人奖"办得更深入人心，即不是评出获奖诗人、颁了奖就了事，而是如何切实地关心、爱护这些获奖诗人，让他们能够有进一步提升的空间，在社会上发挥更大的作用，而不是像有些植物一样，开花之后便枯萎。此时他们把眼光投射到了刚刚诞生不久的首都师范大学中国诗歌研究中心上。

首都师范大学中国诗歌研究中心，是教育部批准的全国唯一的以诗歌研究为中心的人文社会科学重点研究基地。基地除去要对中华民族古往今来的诗歌作品及其相关理论形态进行基础性研究之外，也要承担诗歌教育与传播等面向现实的任务，以充分利用中国诗歌这一丰富的文化资源，为提高国民素质、建设社会主义精神文明服务。2003年底，《诗刊》社主编叶延滨、编辑部主任林莽与首都师范大学中国诗歌研究中心主任赵敏俐、副主任吴思敬做了沟通，探讨让华文青年诗人奖获得者进入高校，为学校加强诗歌教育，也为获奖诗人自身的提高形成双赢局面的可能。

获奖诗人用什么名义进校呢？此时国内还没有可以参照的样本，西方国家则有过"桂冠诗人""驻校诗人"等名号。"桂冠诗人"是由英国王室给资深的大诗人的荣誉称号，很明显，华文青年诗人奖获得者都是年轻人，不具备"桂冠诗人"的影响与实力。"驻校诗人"在美国较为普遍，是大学教育与文学互补的一种方式，进驻学校的是罗伯特·弗罗斯特、布罗茨基这样的创作成就突出的大诗人，他们进入学校后，通常会给予教授称号，并可以带创造性写作方向的研究生。当然也有些驻校诗人以写作为主，不承担教学任务。这样一比较，显然"驻校诗人"这一称号有较大的包容量，也更有弹性。于是，《诗刊》与首都师范大学中国诗歌研究中心，很快就达成了一致，在《诗刊》社每年评选出的"华文青年诗人奖"获得者中遴选一人，送到首都师范大学驻校，为期一年。

2004年9月，山东青年诗人江非，作为首届驻校诗人来到首都师范大学。自此又有路也、李小洛、李轻松、邰筐、阿毛、王夫刚、徐俊国、宋晓杰、杨方先后驻校，首都师范大学驻校诗人制度确立起来，并在实践过程中不断加以完善。

自从首都师范大学驻校诗人活动公开报道以来，社会反响强烈。青年诗人，或毛遂自荐，或单位推荐，希望来首都师范大学驻校的非常踊跃。那么，让谁来驻校？讲人情，讲关系学，肯定不行；像高考一样，命题做文，一卷定终身，也未必妥当。而诗刊社的"华文青年诗人奖"的评选就恰恰提供了遴选驻校诗人的一个很好的平台，它提升了驻校的门槛，从根本上保证了驻校诗人的质量，也使驻校诗人遴选的公信度、透明度大为增强。叶延滨、林莽相继从《诗刊》退休后，《诗探索》接替《诗刊》继续举办一年一届"华文青年诗人奖"的评选，完全保留了《诗刊》时期形成的评奖原则，也使首都师范大学驻校诗人的来源有了稳定的保障。

每年九月，随着新学年的开始，驻校诗人来首都师范大学报到。通常会有一个简朴的入校仪式，驻校诗人与诗歌研究中心的师生以及首都诗歌界及媒体的朋友见面，同时举行这位驻校诗人的作品朗诵会。驻校诗人均有充满深情的答词，其中王夫刚、李小洛的答词是有代表性的，表明了他们对驻校生活的理解与期待："感谢首都师范大学中国诗歌研究中心，感谢你们提供了这样一个生活的横断面和时光的林间小路给予我用来学习和交流，与其说这是奖掖一个曾经年轻的外省诗人，不如说是在物欲时代向曾经伟大而今饱受诟病的诗歌精神的顽强致敬"（王夫刚）。[①] "今天，来到北京、来到首师大，其实我是在接受着一个'希望'的召唤。因为我坚信，这个由前辈学人、老师共同构筑的'希望'就是未来，是历史，也是道路。而且，这条道路不仅通向了中国诗歌的远方，也在今天抵达了我的心灵。此时此刻它正和我左边的荣誉感，右边的羞怯感一起，教育，鞭策，并激励着我。"（李小洛）[②]

驻校诗人从走出校门，在社会上摸爬滚打多年，早就希望有回到校园再学习、再充电的机会。首都师范大学则给他们提供了方便的学习、进修的条件。驻校诗人可以利用学校的现有资源，包括开通校园网、办理校园卡，学校的图书馆、诗歌中心的资料室全天候为他们开放。他们还利用首师大距离国家图书馆较近的条件，到国家图书馆去看书和查资料。杨方说："我在首师大图书馆系统地阅读了一些这些方面的书籍，并且详细地做了五本厚厚的笔记。在我阅读的这些书中，有《穆旦译文集》，有拜伦的长诗《唐璜》，惠特曼的《草叶集》，弥尔顿的《失乐园》，辛波斯卡的《我曾这样寂寞地生活》，阿多尼斯的《我的孤独是一座花园》，荷马的《伊利亚特》等，首师大图书馆找不到的书，我就去国家图书馆找。我要求自己每个月平均有七到十天的时间待在图书馆里看书。……在这一年学习结束的时候，我整理了一下读书笔记，我总共读了五十四本书，可能还要多些，有些可能没有被记录。这其中不包括对杂志的阅读。"[③] 应当说，这样的阅读量，是相当惊人了。驻校诗人还可以在首师大各学院任意选听感兴趣的课程与讲座，有的诗人除了听首师大教授的课程与讲座之外，还到北京大学、中国人民大学、北京师范大学等校旁听了他们喜欢的课程。

对驻校诗人而言，写作是他们驻校生活最重要的内容。安排诗人驻

[①] 王夫刚：《愿诗歌与我们的灵魂朝夕相遇——在首都师范大学 2010 年驻校诗人入校仪式上的发言》，首都师范大学中国诗歌研究中心编《首都师范大学驻校诗人王夫刚诗歌创作研讨会论文集》，北京，2011 年。

[②] 李小洛：《以白云为师——在 2006 年度首都师范大学驻校诗人入校仪式暨朗诵会上的致辞》，首都师范大学中国诗歌研究中心编《首都师范大学驻校诗人李小洛诗歌创作研讨会论文集》，北京，2007 年。

[③] 杨方：《在首师大每一个明亮而饱满的日子里》，首都师范大学中国诗歌研究中心编《首都师范大学驻校诗人杨方诗歌创作研讨会论文集》，北京，2014 年。

校，就是给他们创造一个安心写作的条件，尤其是那些来自基层的诗人，他们可以从繁忙的日常工作中解脱出来，集中心思在创作上。至于驻校诗人写什么，怎样写，学校不加任何干涉和限制，也没有数量和品种的要求，给他们充分的创作自由。实际上，每一位驻校诗人都非常珍惜这可贵的驻校机会，时间抓得非常紧，那棵白杨树下的驻校诗人公寓的灯光，常常亮到后半夜。驻校诗人来这里之前，平时的创作，多是孤军奋战，很难有与评论界交流的机会。首都师范大学则给他们提供了交流的平台。中国诗歌研究中心专门安排了资深教授与驻校诗人保持联系与交流，对其作品和创作方向提出批评与建议。与研究生的对话更是平等的、真诚的，青年学子们往往坦率地说出阅读驻校诗人作品时美的或不美的感受。在与不同身份、不同年龄的评论家与读者的交流中，在不同诗歌观念与诗学主张的碰撞中，诗人们对自己有了更清晰的认识，对诗歌独特的把握世界的方式也有了新的感悟。

  驻校诗人在校期间，还做了大量诗歌教育与普及方面的工作。他们给本科生开诗歌讲座，与研究生对话、座谈，参加并指导学生文学社团的活动。他们的到来，在青年学生中引起强烈的反响。因为以前同学们只是在报刊上、网络上了解诗人和他们的作品，现在诗人来到了身边，他们可以近距离地与诗人接触、交流，这种活生生的诗歌教育是他们过去难于感受到的。宋晓杰曾评论过当代大学生的写作："我觉得现在的大学生诗群……他们的技术和经验也许还没有多少，但有充足的知识贮备、才情和表达能力，有时会闪电一般击中我。我觉得这样的人确实不在少数。但能走多远，还需要许多诗之外的东西——比如，坚持、外力助推、有意识的自我提升等等都很重要。"[①] 宋晓杰以她对当代大学生写作的深刻理解，与同学们平等地对话，审阅、修改他们的诗歌作品，并挑选其中的优秀作品推荐给诗歌刊物。正是在校园近距离地与学生的接触与互动中，驻校诗人们言传身教，在青年学子中播撒了诗歌的种子，在他们周围形成了一个自觉的诗歌读者群，一些校园诗人也开始崭露头角。

  驻校诗人立足于首都师范大学，除去可以利用学校自身的资源外，还可以大量运用北京的资源。北京是中国作家协会所在地，驻校诗人可以参

[①] 霍俊明、宋晓杰：《"只有我，是越来越旧的……"——宋晓杰访谈》，首都师范大学中国诗歌研究中心编《首都师范大学驻校诗人宋晓杰诗歌创作研讨会论文集》，2013年。

加中国作协及其所属的《诗刊》社、现代文学馆、鲁迅文学院等举办的诗歌活动。2008年汶川地震后，中国作协立刻组织了赴震区慰问与采访团，当时就把驻校诗人邰筐吸收进去。邰筐在余震不断的情况下到了汶川，回来写了不少动人的诗作。此外，首师大还为驻校诗人提供与兄弟院校交流的机会。比如介绍李轻松、邰筐、徐俊国、王夫刚、宋晓杰等到北京语言大学同外国留学生座谈，为他们讲课，很受欢迎。这些汉语水平较高的留学生，很可能是未来的汉学家，他们和这一代作家接触后，对于推动中国文学走向世界将会起到积极作用。

对驻校诗人来说，最难忘的，恐怕就是在驻校结束的时候召开的有关自己诗歌创作的研讨会了。在通常情况下，为身居基层的年轻诗人开专门的创作研讨会，那是很难的。首都师范大学给驻校诗人结业时开的研讨会，是很正式的，有很高规格的，参加人除去首都师范大学的教师与学生外，还特邀过包括谢冕、韩作荣、叶延滨、唐晓渡、张清华、王家新、西川、蓝蓝等在内的重要诗人和评论家。而且提前三个月就发出会议通知，把驻校诗人的作品发下去，让大家准备论文。开会前就编印好有关这位诗人的研究论文集。研讨会上，驻校诗人汇报驻校一年的体会与成绩，与会诗人与专家则对其一年的驻校生活及其创作做出实事求是的评价。一本研讨会论文集，一次充满诗情与友谊的研讨会，对驻校诗人说，这是他驻校结束时收到的最为珍贵的礼物，诗人和专家们的意见，青年学子的热切期待，对他未来的创作将发生深远的影响。

首都师范大学为驻校诗人提供的服务，应当说主要是在软件方面，也就是在精神、文化方面为他们的创作与学习提供必要的条件。同时，也要为他们提供一定的物质条件，最重要的是为他们提供一个住所，既是他们的卧室，也是他们的创作室。第一位驻校诗人江非驻校时，是与首都师范大学的访问学者合住一个房间，诗人没有独立的空间，对创作不方便。到第二位驻校诗人路也时，便在学校附近的北洼西里居民小区租了一套两居室，由路也与一位韩国博士生同住，每人都有一间独立的卧室兼工作室，条件要好些了。但住在校外，毕竟有许多不便之处，既然叫"驻校诗人"，还是以住在校内为好，既安全又方便。这样，从第三位驻校诗人李小洛起，便在首都师范大学家属宿舍区，为驻校诗人租了一套一居室房屋，客厅、卧室、厨卫等齐备。北京的房租年年在涨，最初是每年一万八，现在已是每年近四万了。租金是由首都师范大学来承担。驻校诗人给学生开讲座等，会给他们开讲课费。从 2013 年开始，每月还给驻校诗人提供一定的生活补贴。当然，限于首都师范大学的财力，补贴有限，驻校诗人的生活主要还得依靠原单位的工资或其他来源。

当初《诗刊》社与首都师范大学中国诗歌研究中心提出驻校诗人设想的时候，希望能为学校加强诗歌教育，也为获奖诗人自身的提高形成双赢的局面。经过这十年来的实践，这双赢的局面应当说是实现了。

从驻校诗人方面说，通过一年的驻校生活，他们开阔了视野，增强了自信，驻校的确成了他们诗歌创作道路上的加油站。驻校诗人的情况不同，像路也、阿毛、杨方等都上过大学，路也本人还是大学教师；有些诗人则没有上过大学。不管哪种情况，他们对一年的驻校生活，都是充满怀念与感恩的。杨方在离校的告别会上深情地说道："对于这一年的学习，我无限热爱和留恋，我甚至希望驻校不是一年，而是三年，五年，甚或十年。不是我贪心，是因为在首师大每一个读书的日子都是那么明亮而饱满，我像一棵绿萝，拼命吸取水分和营养，然后不断从身体里长出身体，从绿叶里长出绿叶。这一年的学习帮我打开了视野和思路，学习也使我对自己的诗歌写作变得更加自信和坚持。无疑，这要感谢学校给我提供了这样一个安心学习的机会，在这一年的时间里，学校系统地安排了诗歌研讨、讲座、对话、访谈、诗歌朗诵和给学生上诗歌课等形式，建立了诗人与学院、评论家、国内外研究者的立体联系和深层互动。学校对服务诗歌的公益心和扶植诗人的赤子心，以及细致琐碎的工作中闪烁的诗歌良知和纯粹品质，让我感动。这些美好的人和美好的事，都与诗歌有关，又超出了诗歌本身。因为这一年的学习，我对诗歌的感恩和敬畏与日俱增。"[①] 没有上过大学的宋晓杰，则把一年的驻校生活，看成是对自己青春的一种补偿："回想这段不寻常的时光，我愿意用新鲜和偏得来定义。因为我没读过大学，是诗歌给了我额外的补偿，把生命中缺少且我很在意的重要一环'合上'了！虽然与具体的学业无涉，我也不能拿回首师大的一纸毕业证书，但是，生命意义上的修补和重构已然发生，必将影响到我今后的人生。虽然北京时而阴霾的天气令人不开心，像一个人云里雾里

---

① 杨方：《在首师大每一个明亮而饱满的日子里》，首都师范大学中国诗歌研究中心编《首都师范大学驻校诗人杨方诗歌创作研讨会论文集》，北京，2014 年。

命运不知所终，但另一种字里行间的欢畅呼吸和自由游弋，也许令我终身受益。"① 在思想上、艺术观念上受到启迪的同时，驻校诗人们也交出了丰硕的创作成果，有的诗人在离校的同时便出版了新的诗集，如阿毛的《变奏》、徐俊国的《燕子歇脚的地方》、宋晓杰的《忽然之间》、杨方的《骆驼羔一样的眼睛》。李轻松驻校期间写出了诗剧《向日葵》，并在小剧场演出，十分成功。有的诗人离校之后，获得了进一步深造的机会，如李小洛、邰筐进入了鲁迅文学院高级研讨班，有的诗人则转到了新的工作岗位，在他们眼里，驻校改变了命运。至于后来，他们所获取的包括鲁迅文学奖在内的各种诗歌奖项和荣誉称号之多，就举不胜举了。

　　从首都师范大学学生的角度说，驻校诗人的到来，大大丰富了他们的文学生活，加深了对诗歌、对诗人的理解，在诗人与学子间架起了心与心之间的桥梁。首都师范大学的学生中，历届都有诗歌的爱好者，成立了"唳天诗社"，但未形成持续性的影响，一批骨干毕业了，就会消沉一个时期。此前，也有过诗人进校园，比如曾请西川等诗人给学生开过讲座，但都是一次性的，未形成制度和传统。驻校诗人的到来，从根本上改变了首师大学生的诗歌生活。不是一位，而是一连十位当下活跃的青年诗人就在你的身边，这对年轻的学子说，是何等的幸运！同学们不只看到了诗人头上的光圈，更看到他们作为普通人的一面。诗人与学生的互动，朗诵会、对话会、研讨会、诗歌讲座……层出不穷。诗人与学生亦师亦友，诗人给学生看稿，手把手地帮他们修改。正是在诗人的带动下，一股诗歌创作的潮流在学生中间潜滋暗长，一些学生不只是在校刊校报，而且在社会上有影响的文学刊物上发表了诗作，《诗刊》就曾为首都师范大学的学生创作开过专栏。

　　这里尤其值得提出的是驻校诗人与首都师范大学研究生之间的交往与互动，对研究生的培养与驻校诗人的提高之间所产生的积极影响。霍俊明是首都师范大学博士研究生，他入学的时间大致与首都师范大学建立驻校诗人制度同时，攻读博士学位的三年，他与驻校诗人结成了深厚的友谊。霍俊明与首届驻校诗人江非同属"70后"，读博期间相识，因诗而成了好友。以致霍俊明在自己的第一本学术专著《尴尬的一代——中国70后先

---

① 霍俊明、宋晓杰：《"只有我，是越来越旧的……"——宋晓杰访谈录》，首都师范大学中国诗歌研究中心编《首都师范大学驻校诗人宋晓杰诗歌创作研讨会论文集》，北京，2013年。

锋诗歌》的序言中开篇即写道："2007年1月22日，内蒙古额尔古纳的茫茫草原为皑皑白雪所覆盖。当江非把一册自己刚刚打印装订的诗歌小册子《纪念册》递给我的时候，我强烈感受到了诗歌在一代人手中的热度和分量。……从额尔古纳回来之后，江非为我们的这次相逢写的一首诗《额尔古纳逢霍俊明》成为我写作这本书的动力之一：'你、真理，和我/我们三个——说些什么//大雪封住江山/大雪又洗劫史册//岁月/大于泪水/寂寞/如祖国"。可见驻校诗人江非在霍俊明心目中的地位。霍俊明与驻校诗人的交往与互动，直接促成了他的首部学术著作《尴尬的一代——中国70后先锋诗歌》的诞生。这部书带有真切的现场感和原生态性质，为自己，也为包括驻校诗人在内的一代人的文学活动留下了历史见证。俊明为他的同龄人——"70后"诗人所写的这本书，标志着他已走出了学院式的研究模式，找到了一条适合自己的学术道路。作为同龄人，他很容易就与"70后"的诗人形成良好的互动，他能深切地感受到这些诗人的脉搏的跳动，他能理解这些年轻人的血性与躁动不安，也能觉察出他们的局限与不足，从而写出了这代人清醒而困惑、守旧而背叛、沉默而张扬、单纯而复杂的精神世界，以及"前有标兵，后有追兵"的尴尬处境。霍俊明毕业之后，继续关注驻校诗人。他与首都师大前后十位驻校诗人都结下了深厚的友谊，与这些诗人做了多次的深度访谈，在此基础上整理了十篇对话，并为每位诗人写了专论，成为研究驻校诗人的宝贵资料。

  首都师范大学驻校诗人制度的十年实践，除去让驻校诗人与首师大的学生受惠外，还能够触发人们对文学人才培养及文学制度创新的联想。

  中国现代诗歌的发展，不仅基于诗歌意识和表现形式的变革，也离不开文学人才的培养体系和相关文学制度的保障。中国古典诗歌的写作，建立在自然经济与小农经济的背景下，以私塾式、作坊式的教育为主要传承方式。进入现代社会以后，诗歌的发展与报刊媒介、新式学堂、文学社团等的出现，特别是文学制度的变化有着密切的联系。文学制度是文学生产和传播的条件，也是文学生产和传播的结果，文学审美意识变迁的背后，必有文学制度的参与和运作。文学制度制约和引导着文学发展，包含文学人才培养在内的健全的文学制度的建立，是文学健康发展的保障，也应在文学的发展过程中不断地予以创新。

  新中国成立之后，我国诗歌人才的培养，渠道是较为单一的，基本是在中国作家协会与地方作家协会系统内进行的。主要是靠作家协会系统的专业作家、合同作家制度，也包括中国作协及地方作协所办的文学讲习所、文学院，以及形形色色的不同主题的作家班等。这种体制具有"官办"色彩，而且由于作家协会力量有限，再加上各级作协普遍对小说家重视，成了如艾青当年批评的"小说家协会"，能为青年诗人提供的服务与进修机会实际是很少的。

首都师范大学驻校诗人制度的建立，打破了由作家协会进行封闭式培养的传统思路，调动了教育部门的资源，把教育与诗歌、校园与诗人联系起来，突破了诗人封闭自足的私人空间，让诗人与诗歌进入社会的公共空间，既为莘莘学子的学习创造了良好的氛围，又为青年诗人的成长提供了一片沃土。当然，驻校诗人制度之所以能在首都师范大学坚持下来，是由于有中国诗歌研究中心这样一个实体。这个条件不是一般有中文系的学校就能办到的，不仅需要稳定的经费的保障，而且应当有一支有相当实力的诗歌研究队伍，有一些热心驻校诗人事业的人士。驻校诗人制度是多元的，首都师范大学的驻校制度只是其中之一。实际上，每所大学都可以根据自己的条件，建立自己的驻校诗人或驻校作家制度，通过不同的方式为教育与诗歌、教育与文学的结缘做出贡献。

驻校诗人制度是人才培养的制度。"十年树木，百年树人"。看一种人才培养制度，十年是不够的。当下的驻校诗人制度的成效，近期也许还看不明显，重要的是要看远一些，当几十年以后，回顾这段诗歌史的时候，看看那些有影响的重要诗人有谁是曾经驻校，是由校园走出的，也许到那个时候，才能较为客观与准确地判断今天工作的价值。因此驻校诗人的工作，还是要立足当下，放眼未来。作为教育部门，主要是为驻校诗人与莘莘学子搭桥，做好细致认真的服务工作，但行好事，莫问前程，避免急功近利。此外，就驻校诗人制度在青年诗人中受欢迎的程度来讲，现有的驻校诗人的名额限制远远不能满足诗人的要求。因此，应鼓励更多的学校建立起驻校诗人或驻校作家制度，对于这种跨界的带有创新性质的人才培养模式，教育行政部门应该鼓励并予以经费的支持。

当我编定这本《诗人与校园——首都师范大学驻校诗人研究论集》，不禁感慨万千。十年，在人类社会的漫长发展史上不过是一瞬，但是在每个人的生命史中却是不能忽视的一个相当长的时段了。有幸的是，十年来我与驻校诗人携手走来，目睹了驻校诗人的风采与蓬勃的创造力，也亲身体验了首都师范大学中国诗歌研究中心为驻校诗人制度的建立付出的艰辛。驻校诗人王夫刚在离别首师大的时候说:"去年我来的时候,窗外的白杨树是绿的;今年告别的时候,窗外的白杨树依然绿着。从绿到绿,这绿已非那绿;从绿到绿,植物的哲学与人类的思考终将殊途同归……作为驻校诗人的老邻居,白杨树进入诗歌是必然,成为驻校诗人的北京记忆之一也是必然。"[1] 每当驻校诗人离校的时候,我也一样依依不舍,常会怅然若失地走到驻校诗人公寓前,仰望那棵高大的白杨树出神。这棵白杨树最接地气,却又挺拔俊朗,就像它送走的一位位驻校诗人。如今的白杨树,绿叶扶疏,在微风拂动下,发出飒飒的声响,似乎是在向下一个十年的驻校诗人发出热情的呼唤吧!

2014 年 8 月 13 日

---

[1] 霍俊明、王夫刚:《向上的枝条,向下的落叶——王夫刚访谈录》,首都师范大学中国诗歌研究中心编《首都师范大学驻校诗人王夫刚诗歌创作研讨会论文集》,北京,2011 年。

简评《论诗人的两个世界》

绿岛的《论诗人的两个世界》，作为一部诗人论，高屋建瓴，从哲理与心理的角度，提出了诗人的世界是由人的世界与神的世界所构成，这两个世界既独立存在，又相互渗透、影响，最终融合为一体，这一体中既有圆融、谐和的一面，又充满了对立、矛盾与冲突。因而突破了传统诗论中对诗人的理想化、道德化、神圣化的表述，对于认识诗人是个什么样的人，以及如何做一个诗人，无疑具有重要的启示意义。

绿岛所提出的诗人的两个世界，是开放的观念。它不要求终结真理，定于一尊，允许不同的人从不同的背景、不同的视角出发，提出不同的理解。比如，从深层创作心理上说，诗人的两个世界也可理解为灵与肉的世界，如同歌德在《浮士德》第一部中所说的："每个人都有两种精神：一个沉溺在爱欲之中，执拗地固执着这个尘面。另一个则猛烈地要离去尘面，向那崇高的境界飞驰。"

我对绿岛的《论诗人的两个世界》的赞许，不只是他提出了诗人的两个世界这个敞开的、有无限包容性的命题，而且在于他论述诗人的身份与职责时笔锋常带感情，充满浩然正气：比如他谈人的世界时说："我是从骨子里崇尚以鲁迅先生为代表的那种对于黑暗的邪恶势力采取毫不留情面的决绝的抗击精神的，只有对于邪恶的毫不妥协的进击，才是对于人世间的光明与大爱的坚守和捍卫。"在谈神的世界时说："神的世界无论如何都不能接受或妥协来自于权势、功利、商品、世俗等方面的裹挟与挟持，它的温馨与宁静的秉性，恰好与诗歌的尊严和圣洁高度吻合，构成了神的世界气韵馥郁、芬芳，心性高蹈、释然的品性和风骨。"这样的论述不只是对人的世界与神的世界准确概括，更显示了一位诗论家的铮铮铁骨与社会承当。

2018 年 10 月 30 日

新诗资料建设的重要成果

——简评《中国新诗研究论文索引（2000—2009）》

凡受过一定学术训练的人，无不知道研究资料的重要性，问题从资料中发现，观点从资料中提取，对一个学术问题，不掌握充分的相关资料，就没有发言权。所以凡以学术为己任的人，无不从资料入手，积少成多，聚沙成塔，一步步建成自己的资料库。但专家个人的资料库，往往只为个人的研究服务，专题性强，针对性强，覆盖面则不一定广，更何况有个别专家把某些重要资料垄断起来，秘不外传，即使其亲密的友人，也未必能得窥全豹于一二。因此，在专家私人的资料库之外，有必要建设公用性的，面向学界、面向社会，能为广大学者和读者方便使用的资料库。

要让学者和读者进入这个庞大的资料库，有个门径，那就是编制相关学科门类的索引。索引，又称通检，引得，可以把资料库中所收录的论文条目实现有序化的编排，包括篇名、作者、报刊名称、发表时间等，从而为研究者准确、迅速地获得文献资料提供线索性指引。不过，要编制这样专门的索引，谈何容易。一要有人才，搞资料建设，不是随便拉一个人来就可以的，他必须要受过严格的学术训练，有敏锐的学术眼光，更重要的要有踏踏实实的学风，有奉献精神，肯于坐冷板凳。二要有相应的物质条件，要有稳定而可靠的资料源，能相对容易地获取资料。首都师范大学中国诗歌研究中心，便具备了这两个条件，它有研究诗歌的专门人材，有自己的资料中心，又有邻近国家图书馆这一优势。近年来，首都师范大学中国诗歌研究中心在力图成为一流的科研中心的同时，也力图成为一流的资料中心，加强了中国诗歌研究资料的建设工作，由孙晓娅博士编撰，由学苑出版社出版的《中国新诗研究论文索引（2000—2009）》便是新诗资料建设的一项重要成果。

中国新诗的研究不是个人的事业，即使是个人写新诗史吧，也要建筑在自新诗诞生以来的不同时期诗人、学者的研究与思考的基础上。因此对诗歌史料的搜集、梳理与研究，始终是诗歌研究的基础工作。在百年中国新诗发展史上，有关阐释新诗理论及评论诗人、诗作的文章，可谓汗牛充栋，但是多数资料还处于自然状态，自生自灭，无人问津。这里关键是与之相匹配的、系统的中国新诗研究论文索引，一直还没有出现过。从这个意义上说，《中国新诗研究论文索引》填补了中国新诗资料建设工作的一项空白，它让一大批可贵的诗歌研究资料浮现水面，不致湮没，为当下以至以后的中国新诗的研究，提供了极大的方便。

编制《中国新诗研究论文索引》是难度很大，很有挑战性的工作。面对成百上千种刊物，面对浩如烟海的论文，"竭泽而渔"式的收集，以及索引编辑过程中的复制、摘抄、编排、校对……烦琐枯燥，工作量大，又要力求准确无误，这需要细致、严格的工作作风，需要高度的责任心，需要不辞辛劳。这样的工作，没有对诗歌的热爱，没有甘于奉献的精神是做不到的。

《中国新诗研究论文索引》是个系统工程，目前推出的2000至2009年卷，仅是新世纪的第一个10年，往前展望，还会有第二个10年，第三个10年……往后回溯，还会有20世纪90年代、80年代……如果平均每10年出一本的话，等到回溯到新诗诞生的时候，这项系统工程才算大功告成。既然已经启程，就只有坚定地走下去。这里把袁枚的两句诗赠送给孙晓娅和她的团队："莫辞海角天涯远，但肯摇鞭有到时。"

2015年12月18日

《诗探索》与我

我与80年代的《诗探索》：责编手记

我与80年代《诗探索》的关系，可以分为两个阶段。一是作为《诗探索》的读者与作者的阶段；二是作为《诗探索》的责任编辑的阶段。

1980年5月7日《光明日报》发表了谢冕的《在新的崛起面前》。稍后我发表了《要允许"不好懂"的诗存在》（1980年8月3日《北京日报》）、《"朦胧"之美》（1980年12月16日《厦门日报》）等文章，表明了支持青年诗人探索的立场。1980年9月20日至27日，我参加了诗刊社在定福庄召开的"全国诗歌理论座谈会"，在会上结识了谢冕、孙绍振、钟文等朋友。这样，尽管我没有参加1980年4月在南宁举行的"全国当代诗歌讨论会"，也没有作为《诗探索》的创刊编委参加《诗探索》的筹备和早期的编辑工作，我却成了《诗探索》忠实的读者与坚定的支持者。

我最早研究的朦胧诗人是顾城和江河。对顾城的研究与《诗探索》无关，对江河的研究很大程度上则是由《诗探索》推动和促成的。大约《诗探索》的朋友知道江河与我联系密切，当《诗探索》要在"新探索"的栏目中介绍江河的时候，便想到了我，约我为江河发表在《上海文学》1981年第3期上的《让我们一起奔腾吧——献给变革者的歌》写一篇点评。这首诗是江河最早的油印诗集《从这里开始》中的最后一首，原题为《让我们一块儿走吧——给Y》。大概是为了给朦胧诗增加些亮度吧，《上海文学》编辑部把诗题改成了现在的名字。江河对这一改动很不满意，但也没有办法。我也就给这首增加了亮度的朦胧诗写了点评。不过在1986年由花城出版社出版的江河诗集《从这里开始》中，此诗又恢复了原来的题目。

《诗探索》创刊初期，在社科院文学所进修的王光明老师参加了编辑工作。1982年8月10日，江河来我家，说王光明请我为江河写一篇评论文章，《诗探索》第4期要用。此后我开始写作的准备，主要是看江河那本油印的诗集《从这里开始》，另外也看了他零散发表的一些作品。在此基础上，还在我家与他做了四五个小时的对话，为此特地在百货大楼买了两盘空白磁带录了音。8月底我写出评江河的文章，题为《男子汉的诗》。此稿后来由《诗探索》编辑部把题目改为《追求诗的力度——江河和他的诗》，于1984年7月在《诗探索》总第10期刊出，此时距约稿时间已差不多过去两年了。后来，香港诗人古剑知道了，希望把此文在香港发一下。1984年11月8日，我把评江河一文重抄了一遍，题目恢复为《男子汉的诗》，寄往香港。几天后，11月13日，收到北京海关邮办处来信，说评江河一稿，还要求单位出具证明，否则寄不出去。我只好请我所在单位北京师范学院分院中文系党总支书记开了证明，最后此文以《男子汉的诗——青年诗人江河作品诗析》为题在香港《中报月刊》1985年1月号刊出。

再有一事也与当时的《诗探索》有关。1981年12月21日至28日，诗刊社邀请刘斌、苗雨时、陈良运和我办了一期读诗班，主要任务是读1981年全国发表的新诗。读诗班结束的时候，我们写了一篇《四人谈：读1981年新诗》，发表在1982年第3期《诗刊》上。由于我们四个人全是搞理论的，意犹未尽，还想对当年的诗歌评论发表一下意见，便一鼓作气完成了一篇《近年来诗歌评论四人谈》，由我最后整理定稿，交给《诗探索》，很快在1982年第3期上刊出。

上面谈的是在《诗探索》创刊初期，我作为读者与作者的一些情况。

下面谈谈我是怎样做《诗探索》责任编辑的。为了真实地还原当年的历史面貌，我接受刘福春先生的建议，把我那阶段日记中与《诗探索》相关的内容摘录出来，是为责编手记。所持的原则是：一是忠实于历史事实，只摘录与《诗探索》相关的内容，对日记不做任何修改、增添。二是必要时用按语的形式对日记所写内容做简要的说明，并用不同的字体做标志。对有些不宜公开的人物名字则用×××代替。

1983年5月21日

下午到文学所去看匡汉，他正在编《诗探索》83年第1期的稿子，我评江河那篇，基本未改动，只是标题变为《追求诗的力度》。……匡汉并提到让我协助编《诗探索》的事。我答应了。

1983年6月15日

谢冕上星期六给我来信，谈及二事：一、张炯托他转告我：文研所当代室已同意调我，让我做学校方面的工作。二、《诗探索》编辑部重新调整，聘请四个人担任编辑，有洪子诚（北大中文系）、陶文鹏（文学所）、赵毅衡（外文所）和我。用谢冕的话说，这是一个"超级"编辑部。谢冕在信的最后说："诗歌的未来靠我们奋斗，我期望你能欣然同意。"我昨天已复信谢冕，表示同意。（按：关于我调文研所的事，起因是1982年12月11日我去劲松看刘再复，再复对我说，王士菁要调到鲁迅博物馆任馆长，鲁迅研究室研究人员的名额便空缺了一个，他问我愿不愿意去，我当然愿意去。1983年1月31日再复到王府井菜厂胡同我家，未遇，留条说鲁研室主任林非想见见我，约我2月1日星期二上午到文研所去见面。2月1日，我在"鲁迅研究"编辑部见到林非，谈得较融洽，他同意将我报上去，待批准后，我那边再活动。83年5月19日，我去再复家，再复说鲁研室这边调我已无问题。我说我是搞诗歌的，如能去当代室更好些，请再复跟张炯说说。谢冕信中所说，就是张炯的答复了。既然当代室同意调我，我就向我所在的北京师范学院分院领导打了两次正式的请调报告，多次找了系主任、院长、书记、主管副院长谈调动的事，均遭拒绝，说中文系两年来已放张同吾去了中国作协，放任洪渊去了北师大，不能再放人了。尤其是主管副院长于泽禾先生，他是我的恩师张寿康先生新中国成立前北京师范大学的老同学，是他费了很大劲把我的人事关系从朝阳区的中学调入师院分院的，当我到他家去磨他时，他坐在我身旁，轻轻地拍着我的手臂说："留下吧，留下吧！"眼中流露出温和的甚至是乞求的眼光，我真的感动了，心软了，面对这样一位于我有恩的人，我从此不再提调动的事。）

1983年6月16日

我给谢冕的信，估计他还未收到，昨天就收到一个信封内邮来的光明和匡汉的信，让我今天上午到文研所，搞一次集体"办公"。这就是硬逼着我上任了。尽管我时间很紧，还是去了半天，与王光明、刘士杰一起处理一批积稿。

1983年6月26日

上午到东总布胡同尹一之（按：尹一之先生时在中国艺术研究院工作，是《诗探索》创刊编委）家，他前天给我来信，让我到他家商量一下《诗探索》与别人合办诗歌创作讲习班的事。我们做了初步的研究，决定先由我拟一个提纲，然后再分别约讲课人。

1983 年 9 月 9 日

下午匡汉与韩少华来访，我去北京图书馆了。他们分别留条。晚上我到匡汉处，主要落实编 83 年第 2 期《诗探索》的问题，总字数 16 万。我先把整个稿子处理一下，这就是个大工程。（按：《诗探索》1982 年出版 4 期，1983 年没有出版。从 1980 年创刊，到 1982 年，共出版 9 期。匡汉所说的这期稿子，应当是总第 10 期，正式出版已是 1984 年 7 月了。）

1983 年 9 月 13 日

晚上刚安排儿子睡下，匡汉来了，带来谢冕转给我的几篇稿子。

1983 年 9 月 23 日

这两天正在看《诗探索》的稿子，十几万字，量比较大，到今天为止，已编出十余篇，七八万字。这件事，从时间上看，固然是个负担，但从事这一工作，也有所得，那就是能比较认真地接触一些诗歌理论文章，可以随时吸收新鲜见解，并提高自己的理论素养。

1983 年 9 月 24 日

上午 10 点左右，匡汉来了。谈及前天晚上，张炯和他一起去见冯牧，汇报了《诗探索》的情况，冯牧认为《诗探索》有特色，鼓励办好。

我和匡汉一起凑了凑稿子，初步定 10 月底搞出来，这样我就可以暂时轻快一些，不至于那么紧张了。中午留匡汉吃饭。下午聊到三点半乃去。

1983 年 10 月 20 日

中午收到刘士杰转来的公刘的稿子，下午到校后又收到李黎寄来的稿子。加上前几天肇明转来的、匡汉让樊发稼转来的。《诗探索》的稿子又猛增不少。"十一"前，我和匡汉还担心稿子不够，现在看来没什么问题了。下礼拜要抽时间编一下了。

1983 年 10 月 22 日

晚上去访朱先树。……先树介绍了前不久召开的重庆诗会的情况。这个会是由作协安排的，作协负责人朱子奇亲自参加，并且致贺词。诗刊方面柯岩、邵燕祥、杨金亭去了。会议中心议题是批评"三个崛起"。文联研究部的郑伯农在会上有长篇书面发言。《诗刊》第 12 期将做报道。

1983 年 11 月 23 日

晚上去访张炯，把《诗探索》总第 11 期编目给他看了，有关具体问题还要等匡汉回来再商量。

1983 年 11 月 26 日

下午去北大蔚秀园看谢冕。早就想来看看他，因太远而舍不得时间，下不了决心。但自从 11 期《诗刊》邹荻帆文章点了谢冕的《在新的崛起面前》，前几天《光明日报》又发了郑伯农的批三个崛起，直接点谢冕名的文章之后，我感到极有必要去看看他，给他以安慰和鼓励。去时有两个北大分校的女学生来看他，后来又有一名谢冕的研究生和一位想报考谢冕研究生的青年来，过了一会儿又一个厦门大学来北大进修的青年教师来。看来谢冕越挨批客人越多。谢的气色和情绪看来很好，但也明显地可以感到内心毕竟是不十分平静的。那几位客人走后，他留我吃晚饭，饭前饭后又单独谈了会儿。他说，上午北大党委书记来同他谈话，传达了胡乔木的话："请转告谢冕，不要紧张，他的文章我大多读过。受朱自清新文学大系序言的影响。……"北大拟安排校刊记者访谢冕，让谢冕表个态。明天星期日就来访，后天就要在校刊上发表。估计北大宣传部会把情况报上去。我嘱他表态要有个分寸。他完全同意此点。临别时谢冕把他的《共和国的星光》送我一本，签名留念。

1983 年 12 月 6 日

前一段甚嚣尘上的反"精神污染"，最近又有降温之势。邓力群宣布政策界线，明确提出财贸、工交、农业基本不提反精神污染。文章虽然还有一些，但势头要弱得多了。估计公开的提在理论界、文艺界反精神污染，还要持续一段时间，一些批判的稿子还要再发一些，但不一定有前些天那样的势头了。

1983 年 12 月 10 日

前两天湛秋（按：即刘湛秋，时任《诗刊》副主编）来信，让我去他家玩，并一起吃晚饭，然后再去再复那里。我也想看看再复，这样一举两得。下午五点到他家，他也刚下班不久。聊的全是围绕诗坛的情况。据他讲，这次批判"三个崛起"，起了最大作用的是柯岩，荻帆不过全听她的。柯岩后边自然是×××了。目前评论部分柯岩已把过来，吴家瑾反而靠边了。湛秋由于他的观点，柯岩对他亦有些侧目而视，不过未公开化而已。

在湛秋处吃饭后，又去看再复，正巧他也在。再复已得到消息，梅益（按：时为中国社会科学院党组第一书记）过几天要找他谈话，他怕是让他写批判文章。他说："现在难受的不是被批判，而是硬要去批判别人。"

他已决心不管上边的压力，不去掺入这些批判的活动。再复不愧是有骨气的文人。

1983 年 12 月 16 日

刘士杰前几天写信，约我去劲松他的住处，有关于《诗探索》的事面谈。……我前天给他去信，通知今晚去。赶到劲松，他正在家等候。过了一会儿，匡汉也来了。匡汉上午刚从呼和浩特回来，士杰告诉他我们俩今晚碰头，他赶来的。匡汉此次回内蒙古，很狼狈，内蒙古方面停发了他的工资，让文研所方面解决，看来他还得办交涉。今晚我们又把有些稿件问题商量了一下。

1984 年 1 月 4 日

下午我请谢冕夫妇、张炯、杨匡汉来我家聚会，利用我新买的火锅，吃涮羊肉。谢冕看来情绪还好，似乎不知忧郁。不过言谈话语中还是很愤懑的。对于四川的竹亦青、××，他尤感失望，至于尹在勤，他是早就料到了的。匡汉总是郁郁寡欢的样子，似乎主要是为了调动工作的阻隔。张炯总是一副半官方人士的架势。临别前，他请谢冕看一下《诗探索》的刊物检查，谢冕坚决不看，他说："我连批判我的文章都不看！"到晚 9 点多，我送他们走。

1984 年 1 月 11 日

下午 4 点，匡汉、刘士杰来家里取稿，把我已编定的《诗探索》第 11 期稿子带走，由士杰交给文学所一位年轻的同志划版，争取春节前把稿子交给出版社。

1984 年 1 月 22 日

今天在文研所二楼会议室，召开《诗探索》编委扩大会，参加者除在京编委外，还有编辑部工作人员。计有张炯、丁力、谢冕、洪子诚、袁可嘉、尹一之、雁翼、宋垒、杨匡汉、刘士杰、楼肇明、樊发稼。议题主要为：一、张炯传达最近中央书记处关于 1984 年工作的精神，以及社会科学院关于清查所属刊物的指示。二、由杨匡汉做刊物检查报告。三、讨论检查报告，着重谈改进措施。四、由我汇报刊物编辑情况。五、由刘士杰汇报财务情况。

今天会上气氛还好，没有什么太大的争论。不过丁力还是以教训的姿态，数落了谢冕一番："叫你回到革命现实主义的道路上来，你不回，以至有今天！"不过他也表示：由于身体等原因，不想再参战了，而且感到现在有的批判文章太过火，这些人早都干什么去了？

1984 年 1 月 27 日

晚上去文研所找匡汉，正巧他一两天内要回内蒙古，今天他同我商量了下一期刊物的问题。初步定了一下，评哪些诗人、几个重点题目，以及约哪些人写；准备再和肇明、谢冕碰一下。22 日匡汉宣读的《诗探索》刊物检查，已经打印出来，做了些修改，点名的几篇文章作者题目不提了，也不谈"精神污染"了。

1984 年 2 月 27 日

今天收到谢冕信，开头称："一个混浊的潮流涌来，不少的泡沫和草屑浮在上面旋转。可惜的是，那潮流很快便过去了。那种不怕潮流行动如燕祥者，值得我们深深记在心中。"此外是关于《诗探索》组稿计划的一些具体意见。

1984 年 2 月 29 日

罗沙，从 1980 年开完定福庄诗会之后，一直没有见过他。不想今天下午突然来访。他此次是来北京组稿的，另外也摸一下自批"精神污染"以来的北京诗坛状况。他找到了张炯，张炯让他来找我。我只是一般地和他聊了一下，因为毕竟不很熟，这几年又基本无联系。大约谈了一个钟头，我送到他 103 路车站，他要赴一个约会。

1984 年 3 月 4 日

下午到北大蔚秀园去看谢冕。由家里动身，由于穿着呢大衣，骑得不很快，用去 75 分钟。谢冕正在，而且家中无其他客人（只来了一个他的研究生，坐的时间不长），因此得以充分和他就当前诗坛问题交换意见。他讲：赖林嵩（按：北大中文系校友，时任北京日报文艺部负责人）前两天来找他，想让他为北京日报写篇文章表个态，谢冕谢绝了。我也劝他不是被逼得万不得已，不要写什么检查之类。

谢冕一切约稿冻结，近来稿费收入大减。他亦没写什么东西，倒是把圆明园跑得熟熟的了，而且做了些考证。他建议春暖花开后，叫上匡汉、肇明、再复等人到他家一聚，然后由他导游圆明园。这倒是个不错的主意。晚上谢冕夫妇硬留吃饭，陈素琰特意买了鸡和虾，略饮了些白酒。到家已是晚 10 点半。

1984 年 3 月 7 日

下午为《诗探索》发了二十几封组稿信和稿件处理信。均是一些事务性工作，相当耗费时间。

1984 年 3 月 10 日

张炯来访，告之社科出版社对上期发的稿件有些意见，我准备星期一上午去社科出版社一趟。

1984 年 3 月 13 日

今天收到雁翼从成都寄来的信，表示评他的文章想请钟文来写，当然我没有意见，准备给钟文复一信，把此事落实下来。

1984 年 3 月 14 日

下午为《诗探索》总第 11 期稿子，又跑了一趟社科出版社。见到总编室的任冰洋，其中关于体例不一致的问题，还要拿回再改。

1984 年 3 月 15 日

晚上匡汉来访。他是星期日由内蒙古回来的。今晚来我这里的路上，在北京站口，还让警察罚了一元钱。我们一起研讨了《诗探索》的有关编务。

1984 年 3 月 20 日

下午和晚上，赶紧把《诗探索》第 11 期按照社科出版社的要求把稿子重新过了一遍。社科总编室×××提的意见，大约有 20% 是对的，在稿子中确实发现了一些明显的笔误、错字，是当初没有看出来的。有 50% 是两可的，即可改可不改。还有 30% 是他给改错了的。这部分就不改，并申明理由。光对照意见表改错还好，讨厌的是把脚注挪成尾注，虽然不过四、五篇，但因注多，也确实费了大事。

1984 年 3 月 21 日

上午到鼓楼西大街（果子市）社科出版社给任冰洋送稿子。

1984 年 3 月 24 日

下午先到人民文学出版社找孟伟哉，向他约写一篇文章。他又送我近期《新港》一本，上面有他的一个中篇《鸡冠花紫红紫红》。从孟伟哉那里出来，又去找匡汉，谈了谈《诗探索》的稿件等有关问题，并拿了些信封、信纸，处理稿件用。

1984 年 3 月 29 日

接四川《星星》主编白航信，内称："《诗探索》诸公好吗？经此一次风吹，当更健康了吧！《星星》掉了几根头发，但会更完美地长出来。至于我个人呢，皱纹又深入了一寸，思想也深沉了一分。见到谢冕同志，请代为问好。世界总是白天过了是夜晚，夜晚过了又白天，如此而已，岂有他哉。……"白航的信，虽语焉不详，但完全可以看出他对前一段反"精神污染"的态度。据骆耕野前次来讲，在"重庆诗会"召开期间，白航和流沙河是够狼狈的，他们晚到一天，去后，都没人敢理，白航给吓得够呛。直到柯岩在发言中对《星星》表了态，与会人才敢与他们打招呼。不过看样子，"重庆诗会"并未给他什么教育，他还是他。信中的几句话虽短小，却含有作家对当前形势的深深感触。

1984 年 4 月 11 日

下午蒋力来访，送来一篇他写的评绿原的稿子。他谈到×××最近有一批示，对批"精神污染"问题给自己找了个下台阶，大约到此就要结束了。谢天谢地，幸亏这次开倒车煞车比较快，否则中国的现代化发展又要推迟不少年。

1984 年 4 月 16 日

接钟文信，称他正写《诗歌美学》。信中说："那些贫乏的，希望跟着当权派屁股后面讨一碗残羹的理论虫们实在拿不出新东西来。他们命定的是过眼烟云，谢冕一定在这次磨难中真正地'崛起'，新文学史由此要记他一笔。这样的结局是有些人所始料未及的，但实在也是民心之所向。"

1984 年 5 月 8 日

下午楼肇明来访，送来杨牧、周涛等人的稿子。

1984 年 5 月 22 日

上午八点刚过不久，我才起床，被子尚未叠起，谢冕就来了。他昨天才接到我的信，今天便同陈素琰一起进城了。陈素琰去全素斋排队，谢冕便先来我家。我们先聊了会儿，接着又一起去全素斋接替陈素琰排队，让她去文研所上班。谢冕特意告诉我这样一个情况：大约一个多月前中宣部召开的一个文艺座谈会上，丁力鼓动宋垒、闻山继续发难，说《诗探索》发了些不好的文章，至今不做像样的自我批评。冯牧就眯着眼听着，听到这里，便说："像这样的刊物就该停！"而同是这个冯牧也曾说过："《诗探索》这个刊物有特色，新鲜活泼！"据谢冕说，宋垒、闻山的话是冲着他去的。谢冕说："匡汉最近在上海，父亲病危，回来后，他的境况也十分困难，他自己就够呛了，《诗探索》的事主要靠你了，要把它安安稳稳地挺过这一关，生存下去。只是不要发恶毒嘲骂革新派的东西就行了。如果见到丁力,就说谢冕自从提出辞呈后,对《诗探索》的事根本不管了。"谢冕把他评刘祖慈的稿子给我留下了。还说目前有些刊物开始约他的稿子了,最近又开始"忙"了。在全素斋的窗口前,他说,批判精神污染以来,有三件事他最为恼火:一件事是×××把谢冕给他的私人信件抛出去了,谢冕已有几条渠道证实了这一点,这位"风派诗人"的人品竟至如此恶劣。二件是××在《诗刊》发的文章实在太恶毒,连武汉的曾卓等人都极不满意。三件是×××在《文艺情况》上整的材料,说谢冕还在坚持他的观点,把谢冕根本不是谈"诺日朗"的文章拉来,作为杨金亭、祁望批"诺日朗"文章的对立面。

1984年6月3日

收到白航来信,内云:"《诗探索》能坚持办下去,是诗坛一幸。扼杀百花齐放的手,随时都伸着。我们相信三中全会以来的党中央是英明的。人民也不允许那些手乱打乱砸了。"他信的最后还另加一句"千万不要做风派理论家"。这是对我的嘱咐和希望了。白航我只在北纬饭店见过一面,而且当时是在楼道里站着说的。但无论是当时谈话,还是后来的几封信,他都给我留下了很好的印象。这个人是正直的知识分子,头脑清楚,而且待人诚恳。就拿信上这句"千万不要做风派理论家",就不是现今文坛上的某些人所能说出来的。因为有人就是有意、无意地在当"风派理论家""风派文人"。本人不敢以"理论家"自居,但作为一个理论工作者,我是愿意以白航赠的这句话为座右铭的。

1984年6月9日

公木寄来他的《新诗发展道路》一稿,长达28000字,并附来一封信,谈写作的经过与设想。下午我就看他的稿子,感到局部材料不无可取之处,比如蔡其矫、沙鸥50年代学习古典诗歌的试验,听来就很新鲜。但从整体看,公木此文新鲜东西不多;相比之下,我晚上看的另一篇稿子,人大研究生李黎的《意象的基本美学特征》,虽也有不甚严密之处,但却给人以一种新鲜之感。

1984年6月11日

中午接到白航来信,寄来评李钢的稿子。晚上我阅完,并做些处理。白航的文字老练,评起诗来有自己见解。不过他把李钢的风格概括为"浪漫"二字,似乎欠准。李钢的诗,一部分是比较典型的现实主义,另一部分则有一定的"现代风"。这种现代气息当然不同于西方现代派,甚至也不同于顾城、北岛的"朦胧诗",但是也颇不同于直抒胸臆的浪漫派。说白一点,李钢的诗是洋嗓子唱民歌,它的内在气质是现实主义的,但表现方式用了些"洋腔"。李钢正是在这种尝试中形成了自己的风格,所谓的"李钢味"。(白航语)

《诗探索》第12辑稿子基本已齐。明后天集中突击一下,把它们编出。

1984年6月12日

今天从早到晚,集中编了一天关于《诗探索》的稿子,大约处理了五六万字,加上以前陆续编出的,第十二辑的稿子已基本编齐,只差一篇钟文谈诗歌语言的未弄。今天编的几篇,高洪波的《擂鼓的诗人》……好处是就张志民创作的几个阶段,概括比较准确,分析也比较清楚。谢冕评刘祖慈的《早秋的年轮》,是去年应《诗刊》之约写的,后因批"精神污染",由荻帆决定给退回,我提出可在《诗探索》上发表,匡汉、张炯亦同意。这才让谢冕给《诗探索》的。不过这回谢冕又重写了一遍,大大地扩充、润饰了一番。看来谢冕写此文是卖了力气的,无论是整体结构,还是遣词用句,都见出功力。(按:2012年6月我写《中国当代诗坛:谢冕的意义》一文时,提及谢冕对新诗评论语体建设的贡献时说:"出于对诗歌评论语体的深刻理解,谢冕的文章在诗歌评论界独树一帜。他以诗人的激情书写诗歌评论,笔锋常带感情,他的评论是诗化的评论,不仅以强大的逻辑力量说服读者,更以富有诗意的语言感染读者。"我举的例子就是我编《诗探索》总第12期时所发谢冕的《早秋的年轮——论刘祖慈的诗》中开头的这段话:"那时候,月亮落下去了,东边露出了曙微的曙明。尽管层云依然深深地镇住天穹,但周遭的一切毕竟在光明即将降临的拂晓时分呈现了勃发的生气。这是黑夜与黎明际会的庄严时刻。这方生未死的特殊历史,造就了一批敏感于生活的诗人,他们把握了这特有的时代氛围。他们使自己的最初一批诗篇,成为富有现实感的早春意识的传送者。")

1984年6月15日

下午编完钟文的《诗歌美学语言》,至此,《诗探索》第12期已全部编完。我整理出一个目录,晚上带着全部稿子去日坛路6号找匡汉,未遇。文研所已搬新大楼,只剩下几个年轻人在拆车棚、装汽车。前边国际信托公司大厦已达二十余层,文研所这个小楼肯定不保了,匡汉的住处还是个大问题。

1984 年 6 月 17 日

下午，花城出版社林贤治与十月出版社骆一禾来访。林贤治与杨光治极不对付，杨光治在京期间称林贤治是"土现代派"。但我今天初步印象，林贤治似乎还质朴，但艺术观相当解放。晚上匡汉来访。他简要谈了谈他回家处理父亲丧事的情况，疲惫不堪。另外又商量了下期《诗探索》组稿有关事宜。

1984 年 6 月 18 日

晚上携第 12 辑《诗探索》全部稿子去丁力处。他表示留下来看几天，定好本星期六晚上去取。丁力给了我一本他的诗论集《诗歌创作与欣赏》。

1984 年 6 月 23 日

晚饭后去定阜街 10 号丁力家取《诗探索》第 12 期的稿子。他说他没全看，只看了头条公木的文章和李黎的文章。公木稿子中有一句话："'五四'新诗歌乃是批判继承民族传统，亦即在古典诗歌和民歌的基础上"发展起来的，我把"亦即在古典诗歌和民歌的基础上"一句删去了，丁力认为不应删，应予恢复。这当然是我们两个人艺术观不同的反映。李黎的《意象的基本美学特征》，丁力意思是不发，他认为"意象"谈得太多了，"把意象强调得过分，就是宣传意象主义"，"举的例子，除古诗外，大都是今天派、现代派的诗作"。从谈话中，可以看出丁力无知。意象本是个心理学名词，研究意象，怎么就是宣传"意象主义"呢？他还大骂匡汉发在《文艺研究》上的评李瑛的文章，什么"感情投影系统，谁能给我解释清楚，杨匡汉这篇文章太招骂了，我翻了《文学词典》和《古汉语字典》，根本就没有这些名词"。他也不懂李黎文章中所说的"第一信号系统""第二信号系统"，说这也是从西方搬来的玩意儿。他根本不知道这是巴甫洛夫的伟大贡献。

1984 年 6 月 24 日

下午去访张炯，给他留下了李黎的稿子，让他和匡汉决定最后是否用。

1984 年 6 月 26 日

下午到日坛路 6 号去找匡汉。文研所绝大部分已搬到新大楼去了，这里只剩下司机、几部车。匡汉所在的当代室的小屋也只剩下他的一张床和一个公文柜、一张书桌了。我去时,他的内蒙古大学的一位同事也在。我们主要谈了《诗探索》的编务和下期组稿问题。回来以后,我发出五封约稿函,准备明天再发出几封。

1984年7月11日

中午接到匡汉一信,内称:"我大概相当一段时间内不可能照顾刊物的工作了。原因是上星期五半夜特感不适,心搏异常,呕吐不止,好不容易熬到早晨,结果进医院检查,心电图的情况很不好,确诊为冠心病,房颤,医生强令我休息。这样,我成了随时携带硝酸甘油的人了。这种局面并非意外。多年来吃的是草,受的是挤,卖的是血之所致。我等病稳定一下即易地休养。这两天干躺着,特别寂寞。请你把这一情况函告谢、丁二人。我和楼楼(按:即楼肇明)建议你出任编辑部主任,全盘抓起来(大事请示一下张炯即可)。这就要谢冕多操一些心了,再不能大而化之了。希望来这里一次(先用电话594942约一下),有些事要交代一下。匡汉 10/7"

接到匡汉这封信,我心情很沉重。匡汉突患冠心病,这消息突然也不突然。诚如他信中所说:"吃的是草,受的是挤,卖的是血。"他一直在拼,人的精力、体力毕竟有限,弦断就非偶然了。……春天来北京参加《诗刊》社活动的竹亦青,我也曾在张自忠路招待所见过的,也在回四川不足两个月就死了。可叹的是两周前我发出的一批约稿信,就有一封给竹亦青的,没接到回信,也就可以想见了。最近有材料说:中年知识分子负担重,死亡率远高于全国平均水平,此种情况难道还不应引起重视,并采取具体措施吗?

1984年7月23日

下午5点,丁力来访。我们交谈了一下《诗探索》的组稿情况。丁力还谈了他患肺癌前的情况:有些咳嗽,不很重,没有吐血,有时觉胸闷,照透视看不出问题,直到照片子后才发现肺下部的圆形阴影。当即决定开刀。开刀的结果证实是癌。动完手术后,到现在自我感觉良好。周扬是1966年得肺癌,发现时病灶很小,先动了手术,紧接着"文化大革命",中间还被关进监狱,但他的病没有复发,现在十几年过去了,身体还很好。这说明癌不是不可征服的。

丁力也要去兰州,他准备坐飞机去。(按:丁力要去兰州参加中国当代文学研究会年会,这个会我也会去。)我建议到兰州后,《诗探索》有关编委可开一个会，研究一下《诗探索》下阶段办刊方向问题。

1984 年 8 月 8 日

快 11 点了……把《诗探索》第 12 期划版工作做完。下午去社科出版社送稿。总编室的人上半天班，把稿子留在那儿了。有事让他们 8 月 25 日以后找我联系。

1984 年 9 月 28 日

晚上去访张炯。他谈到已同谢冕、匡汉商议，要我出任《诗探索》编辑部主任，我意不要什么名义，还是叫责任编辑为好。他还大致同我谈了八月下旬中宣部召集 50 人的文艺工作座谈会的情况。

1984 年 11 月 27 日

想把《诗探索》第 13 期编出来，今天全天看《诗探索》稿，直到深夜。

1984 年 11 月 28 日

《诗探索》要办好，有两个问题亟待解决：一个是出版周期太长，现在平均发稿后一年到一年半后才能见书。这样长的出版周期，使这样一个文学评论刊物完全失去了时间性，只能走纯学术的道路，这样就不易在青年人中扎根，也不易打开销路。出版周期长是外在因素，我们无能为力；另一个就是内因了。《诗探索》编委内云集了诗坛两派的代表人物，互相掣肘，堡垒里的战斗十分激烈，内部争论动不动就"通天"。这一问题不解决，刊物绝谈办出特色。

1984 年 11 月 30 日

今天已把总第 13 期《诗探索》稿子全部编完。晚上带到丁力处，让他过了一下目。这次他提出于冰的《论抒情诗的外延形象与宽形象》，题目新鲜，要看一下。另外对林贤治的稿子也不大放心。总之，还是他的老观点，老态度，对带有新意的东西有一种本能的抵制。

1984 年 12 月 1 日

晚上先去张炯处，让他通览了第 13 期目录，并就丁慨然等的稿子处理问题交换了一下意见。丁慨然稿谢冕意不发，但此稿的后台，明显的是丁力，主要考虑与丁力的关系，匡汉给丁慨然写了一封信，让他做了些修改，最后还是发了，张炯也同意这样办。从张炯处出来，又去给士杰送稿子，士杰不在，我只好留在他邻居处。正留着条，他又回来了，我们又一起聊了会儿，始归。

1984 年 12 月 16 日

昨天就开始下雪，持续一夜，今晨雪霁，一片银装素裹，但道路却不好走了。正好今天下午要去师院招待所开当代文学研究会所属两个编辑部的会。我战战兢兢，骑车而行，用一个半小时到达师院招待所，居然没摔跟头，甚幸！下午的会集中讨论当代文学研究会所属两个刊物的前途问题。社科出版社周期太慢，而且要钱也很多，沈阳新成立了一个中国新闻出版社分社，有意接过《诗探索》，尚待研究并落实。会后，就在师院的食堂用餐。

1985 年 1 月 1 日

下午到谢冕家聚会。今天他邀了雁翼、晓雪、张长、张炯、匡汉、我和钟文。边吃边谈，中心议题是《诗探索》，但是也谈了不少奇闻轶事。特别是这次作家大会期间，北京市的代表团如何搞了一个"小政变"，以及周××人品如何次之类。

1985 年 1 月 2 日

白天到首都图书馆看了会儿书。下午 5 点，钟文来找我，我们一起去张炯家，另外还有谢冕、匡汉、木斧，是个小型聚会。主要议题是和木斧一起商议，能否由四川出版社继续出版《诗探索》的问题。据木斧谈，他没有问题，只担心现任省委宣传部副部长的李致从中作梗。木斧是个戏迷，张炯的彩电中播了一段京戏，他就忘乎所以边看边唱了起来。

1985 年 1 月 6 日

下午李建华、张建中来访，询问关于《诗探索》的事。他们很热心，问《诗探索》有什么需要帮忙的，他们愿出力。

1985 年 3 月 20 日

晚上于冰（按：辽宁师范大学教师，北京大学访问学者）来访，主要同我谈了寒假中同大连方面协商出版《诗探索》的情况，看来有些门路，能否落实，尚是未卜之数。

1985 年 3 月 25 日

下午谢冕来访。除去谈《诗探索》有关情况外，还说了北大几位教授的治学及为人。他说，林庚责任心很强，最近严家炎当系主任后，每周组织一次讲座，排了林庚一次，他连续找了有关人员碰头，安排提纲，有所修改又去找。林庚是研究古典诗歌的，但自己写诗，决不写旧体，而是写新诗，他的九言、十一言。他还多次讲过："我们身上要有些布衣气。"

1985 年 5 月 25 日

下午三点至张炯家，与匡汉、谢冕碰头，商议《诗探索》的下阶段出路问题。目前有几个方案：1. 由社科出版社买书号，每一期 750 元，自己找印刷厂，自己发行。2. 否则就向群众出版社买书号，方法同上。3. 与大连的辽宁师大合办，由该校投资。准备依次序进行。另，准备以《诗探索》名义，出"现代诗论丛书"，目前处于准备阶段。晚上，就在张炯处吃饭。

1985 年 5 月 28 日

下午匡汉来访。他谈及诗刊最近要召开诗歌刊物负责人会议，他想让我去。但时间对我不合适。6 月 9 日至 14 日，正是我给《工人日报》赶稿子（按：即我的《诗歌基本原理》的连载稿，每月要完成三万字）最紧张的时候，只能作罢。匡汉说他从春节后这三个月什么也没写。

1985 年 6 月 8 日

中午收到刘士杰来信，让我去他处取《诗探索》第 10、11 期。这两期刊物压了几个月才算取回。我晚上去的，与匡汉、士杰聊到晚 10 点。

1985 年 6 月 18 日

下午和晚上忙于为《诗探索》第 11 期开稿费，填汇款单。这件事，看来不算什么，干起来很费时间，大约用了六个小时。

1985 年 7 月 11 日

下午 4 点，《诗探索》在劲松 901 楼 108 房间开会。我由于参加整党学习，加之学完后又开总支委员会，赶到那里都快七点了，正赶上吃饭。今天参加者有丁力、谢冕、张炯、肇明、士杰、匡汉、林岗、樊发稼和我。议论的问题有编辑部成员构成、改组编委会及寻找出版社等问题。

1985 年 7 月 22 日

上午到京安印刷厂处理《诗探索》十二期校样中的一些问题。

1985 年 8 月 8 日

上午到莲花池东路京安印刷厂去看点校。7 月 22 日，我临去大同前核实的校样已改完，但仍有五六个错字。改完后签字，付印。

1985 年 8 月 22 日

下午五点谢冕来访，他带来了元月 3 日在京西宾馆四次作家大会期间的合影。……谢冕谈到此次他在杭州期间，曾考虑与杭州方面合办《诗探索》的问题。此事还有待于进一步商量。若要办，骆寒超需出面，他因 1983 年被派入驻《江南》的清污领导小组副组长，目前处境不太妙，有些压力。我感到这也是个办法。但能否成功尚在未卜之中。

1985 年 10 月 1 日

匡汉来告诉我谢冕要到他那儿去，让我也去。……到劲松匡汉处已快五点了。谢冕和他夫人陈素琰均在。谢冕答应给三联书店一本书，题目为《诗人的创造》，广告全发了，至今却未交稿，而且他现在又没时间，想以旧稿充数，又怕跟不上时代，甚为苦恼。晚上在匡汉处吃饭，饭后又同匡汉、士杰聊到 11 点方归。

1985 年 10 月 26 日

下午到文研所会议室去开会，是由文研所当代室、北大中文系当代室和《诗探索》联合召开的。到会者有谢冕、杨匡汉、孙绍振、吴家瑾、刘湛秋、唐晓渡、樊发稼、楼肇明、刘士杰、苗雨时、李黎、洪子诚、梁小斌、杨炼、张建中、顾城、谢烨，以及谢冕的研究生及闻讯赶来的《诗选刊》及外单位的一些同志。会上刘湛秋开的头炮，我第二个发言，对刘湛秋呼吁反映时代的作品，对刘湛秋对诗坛的盲目乐观表示了不同意见。我集中讲了两点：一，对当前诗歌创作的估计和展望；二，提出诗歌理论的五个方面的任务。

1985 年 11 月 19 日

中午收到于冰信，言《诗探索》在大连出刊难于成功。下午复于冰信。

1985 年 12 月 1 日

接骆耕野信，内称成都新成立一个青年书屋，拟代售一些《诗探索》，每期二、三百本。不过由于《诗探索》当前出版无着落，此计划只好泡汤。

1986 年 9 月 30 日

下午匡汉和刘福春来访。《诗探索》匡汉同内蒙古方面商量已有初步眉目，只等期刊号了。关于编委及编辑部组成，拟实行双主编、双副主编，由谢冕、匡汉任主编，我和洪子诚任副主编。《诗探索》原编委会中凡 60 岁以上的人全部退下去当顾问，并吸收几名新的编委，有李元洛、钟文、金丝燕、楼肇明等。

1986 年 11 月 4 日

晚上去劲松九区刘士杰和杨匡汉处。匡汉同我谈了漓江出"诗学文库"的联系及安排情况，拟由谢冕、匡汉、洪子诚、刘福春、我，以及漓江出版社两名负责人士组成编委会。带回《诗探索》第 12 期样书 10 册。（按：《诗探索》第 12 期版权页印 1985 年 7 月第 1 版，实际上一年多以后才拿到样书。）

1986 年 11 月 12 日

下午三点去文研所当代室开诗探索编辑部会，到会有谢冕、匡汉、张炯、肇明、士杰、刘福春、林岗和我。会后吃工作快餐，牛肉盒饭。

1987 年 8 月 19 日

收到谢冕来信，提及温州有人来信，想救活《诗探索》。

1987 年 9 月 5 日

晚上到匡汉、士杰处，谈及《诗探索》命运等问题。《诗探索》文研所想保下来。目前麻烦的是登记号。另外，人民文学出版社已同意出"当代文学研究丛刊"，明年出 4 本，第一本出"诗歌理论专号"，拟由我来编。

1987 年 9 月 11 日

上午去匡汉处，同漓江出版社的小聂见面，并就出"诗学文库"问题进行了交换意见。

1988 年 2 月 8 日

上午匡汉处，今天是"诗学文库"的几位编委碰头，有匡汉、谢冕、洪子诚、唐晓渡和我，商量了下面两辑的汇稿计划。中午在匡汉处吃饭。

……

（按：以上的"责编手记"，摘录了我从 1983 年到 1988 年担任《诗探索》责任编辑期间所做的一些工作，以及与《诗探索》及其编委会和编辑部相关人员的一些事情，尽管所见所闻、所思所感局限于自身，所发议论的偏激之处难免，但也似可从某一角度折射出思想界与诗歌界的知识分子在大变革时代的心态。）

2020 年 8 月 15 日

在筹备《诗探索》复刊的日子里

自从中国社会科学出版社1985年出版了《诗探索》总第12期以后,《诗探索》即无声无息地停刊了。尽管这中间,中国当代文学研究会的负责人及编辑部的同仁曾多方面奔走,先后与辽宁师范大学出版社、四川人民出版社、内蒙古人民出版社等联系,但均未能成功。

进入90年代,邓小平发表南方谈话以后,改革开放继续往前推进,这个时候,思想文化战线出现了松动,诗歌又开始有了新的起色。1992年8月,我给《北京晚报》就写过一篇《京华诗坛的几片新绿》,背景就是到了1992年以后,诗歌又开始活跃,富有创新性、探索性的诗歌再度出现。在这期间,北京大学成立了一个中国新诗研究中心,开了几个会,关于先锋诗歌的研讨,等等,产生了一定的影响。这个时候我们就想怎么能够把《诗探索》再办起来。

这其中有一个契机。1992年7月14日,北京诗人王军钢携其朋友张开山来访。王军钢笔名横舟,与我交往多年,我曾为他的诗集《横舟诗选》写过一篇评论《野渡无人舟自横——〈横舟诗选〉印象》。张开山则是初交,他是一位书商,在北京开书店,他当时靠印制、发行挂历,获利颇丰,已有相当的资本积累。张开山与顾城有交往,顾城的第一本诗集,即与舒婷合著的《舒婷、顾城抒情诗选》,是由他资助出版的。顾城没有工作,当顾城应邀给诗歌爱好者做讲座的时候,他就带去一些顾城诗集,让顾城签名售书,收入归顾城。《横舟诗选》也是他资助出版的。当我们谈到《诗探索》出版遇到困难的时候,张开山自告奋勇,说他可以资助。有了张开山的许诺,我感到很兴奋。我把张开山的情况向张炯、谢冕、杨匡汉做了汇报,他们也很高兴,希望抓住这个机会把《诗探索》恢复起来。紧接着我这几天的日记写道:

1992 年 7 月 22 日

上午与匡汉、刘福春同乘文研所的车去北大，与谢冕共议新诗理论与批评研讨会的事及《诗探索》复刊事，谢冕的博士生孟繁华也在场。

上午在谢冕处，即给张开山打一电话，约他下午到我家面谈。下午三点，他和王军钢来了。我们做了进一步的磋商。

1992 年 7 月 26 日

上午起草了一份"关于《诗探索》复刊的请示报告"，一式二份，一份给中国当代文学研究会，一份给北大中国语言文学研究所。

1992 年 8 月 17 日

晚 5 点，匡汉来访。谈及张炯已原则上同意《诗探索》复刊。

1993 年 2 月 10 日

中午张开山携一小助手来访，他是我从 BP 机呼来的。主要同他谈了资助《诗探索》的问题，开山满口答应，热情很足。

1993 年 2 月 14 日

中午 1 点半，文研所的车来到门口，车内已有匡汉、刘福春，接上我，又去社科院研究生院接张炯，然后到北大畅春园谢冕家。主要议题是研究《诗探索》复刊问题，做出了若干原则决定。

1993 年 2 月 15 日

上午张炯来电话，告之他同大众文艺出版社联系的情况。该出版社不想卖书号，而想采用让编辑部包销五千册的形式出《诗探索》。我又在电话中同张开山联系，然后再把情况告诉张炯。

1993 年 2 月 22 日

上午张炯打电话，告我已与大众文艺出版社陈玉刚约好，让我明天上午到南长街 81 号警卫局礼堂去见他，并同他磋商《诗探索》的出版问题。

1993 年 2 月 23 日

上午应约去南长街 81 号大众文艺出版社。原以为该社全在警卫局临街的房子里，谁知陈玉刚的办公室在中南海里。在门口通报后，里边派出一辆汽车才把我接进去。陈玉刚办公室在一座二层小楼上，坐落在中南海东岸，离西华门不远。透过办公室的窗口，正是辽阔的海面，对岸似乎就是怀仁堂了。同陈玉刚谈的还较融洽，他提出了一个方案，印 3000 册

《诗探索》，交一万二千元，由这边去销售。我出来时是沿东岸，步行出来的。

1993年2月24日

下午打电话约来张开山，同他谈大众文艺出版社的条件。他说大众文艺社开的条件太高，他们要一万二千元是赚得狠了些，这书号费起码相当于6千元了。决定再联系其他出版社。

1993年2月28日

昨接张炯电话，我告他与大众文艺出版社合作难成之事。他又介绍了中国社科出版社总编辑郑文林，我拟下周去谈一下。

1993年3月5日

上午给社科出版社社长郑文林打电话，约定下星期一下午三点，到该社谈出版《诗探索》的问题。后来我又同张炯打电话，约他一起同郑文林谈。

1993年3月8日

下午2点15我到社科院，先给张炯打了个电话，15分钟后，他乘着文学研究所的车出来了，到门口接上我，然后一齐到中国社科出版社。三点钟，约定和社长、总编郑文林谈《诗探索》及文研所编书问题。郑文林正等着我们，而且他把文艺编辑室的白烨也找来了。大家一起谈，还比较顺利。约定，先和社科院科研处及国家出版局就用书号形式出"辑刊"打个招呼，待上边默认后，与出版社签订个协议，就可以办刊了。出版社每本书收管理费2500元。

同中国社会科学出版社谈到这个程度，应当说是可以接受了。可是当我想把这个条件告诉张开山的时候，无论是打他的电话，还是呼他的BP机，都没有任何反应，总之是联系不上了。我告诉王军钢，说是找不到张开山了。王军钢说，估计是他做生意资金链出现断裂，可能躲账去了。张开山是个体书商，他答应资助《诗探索》是好心，但现在办不到了，我们也不好再说什么。然而《诗探索》复刊工作已经进行到这种程度，让它半途而废，我们实在是心有不甘。我想，依靠个体书商长期资助一家刊物，恐怕是很难办到的。我把眼光投向了我的工作单位首都师范大学。首都师范大学是1992年9月15日在原北京师范学院、北京师范学院分院、北京外国语师范学院三校合并的基础上成立的。我是原北京师范学院分院的，该院办有一家有刊号、公开发行的《说写月刊》，面向中小学，每期发行几十万份，经济效益不错。《说写月刊》的负责人是分院中文系毕业的孙秉伟老师。我先找到孙秉伟了解《说写月刊》的经营情况，以及资助《诗探索》的可能性。得到了孙秉伟肯定性的答复。我便去找原北京师范学院分院院长、现为首都师范大学副校长的李世新，他分工负责校办产业，《说写月刊》正是由他来管。我向他汇报了《诗探索》的情况，他表示完全支持，并建议我去找首都师范大学主管教学科研的副校长杨学礼。1993年6月4日下午，我到首都师范大学主楼杨校长的办公室，做了详细汇报。杨校长说，他已与李世新副校长做了沟通，完全支持由首都师范大学《说写月刊》杂志社资助《诗探索》，提供初期启动资金4万，但以后就要靠你们自己努力去创收、去拉赞助了。杨校长还提出了几点具体意见：1. 能否就由首都师范大学出版社出，而不再买中国社科出版社的书号，这样学校资助也好说一些。2. 杨校长希望在首都师范大学设立一个子机构，一个研究诗歌的学术组织，有这样一个机构，办刊物，搞活动，也就名正言顺了。3.《诗探索》编辑工作实行三审制，责任编辑一审，主编二审，出版社终审，切实保障《诗探索》的刊物导向及学术质量。4.《诗探索》的财务工作由《说写月刊》杂志社代管，《诗探索》编辑部不设会计，没有账号，《诗探索》的创收、拉来的赞助，一律转交《说写月刊》财会室，《诗探索》的支出，如给出版社的管理费、给印刷厂的印刷费等均由《说写月刊》开转账支票。我则代表《诗探索》编委会及编辑部提出，《诗探索》编辑部不设专职人员，主编、编辑一律兼职，体现奉献精神，不拿工资，没有编辑费。

与杨校长谈话后，我的心里有了底，便为筹办《诗探索》起草了两份材料，一份是《关于协作出版〈诗探索〉的报告》，一份是《〈诗探索〉筹备工作实施细则》。文件一式两份，一份呈送首都师范大学领导征求意见，另一份寄给杨匡汉，请他看后转张炯和谢冕征求意见。

此外，为了杨校长所说的在首都师范大学之下建立子机构一事，我起草了一份《关于成立新诗研究室的报告》，后经首都师范大学中文系批准，正式成立了新诗研究室，这样首都师范大学便有了诗歌研究的专门机构。

不久，首都师范大学校领导把我写的《关于协作出版〈诗探索〉的报告》及《〈诗探索〉筹备工作实施细则》两个材料批下来了。后一件还转给《说写月刊》社帮助具体实施。

为落实校领导由首都师范大学出版社出版《诗探索》的意见，我和孙秉伟一起到首都师范大学出版社，同社长兼总编母庚才谈《诗探索》出版问题。母庚才原则同意以首都师范大学出版社名义，以书代刊出版，每期管理费2000元，我们又再砍下500元，这样管理费为1500元，并签订了一个合同，出版社保留终审权。

到此为止，《诗探索》复刊的条件已完全成熟。1993年7月16日，在白广路18号《说写月刊》会议室召开了《诗探索》复刊后的首次编辑部会议，参加人有张炯、杨匡汉、吴思敬、刘士杰、林莽、刘福春、陈旭光、孙秉伟、陈曦。会议宣告了编辑部的成立，研究了专栏设置、编辑分工、集资与征订等问题，整整开了一天。

1993年9月18日，《诗探索》编辑部与北京大学中国新诗研究中心在文采阁举办"93中国现代诗学讨论会"并宣告《诗探索》复刊。到会者除北大新诗研究中心和《诗探索》编辑部成员外，还有著名诗人、学者李瑛、邹荻帆、牛汉、郑敏、蔡其矫、杜运燮、刘湛秋、叶维廉、莫文征、唐晓渡、张颐武、［日］秋吉久纪夫、［日］岩佐昌暲等。与会者就中国现代诗学建设的议题交换了意见，我在会上汇报了《诗探索》复刊工作的情况。

紧接着，《诗探索》复刊第一期的编辑工作与集资工作等就紧锣密鼓地全面展开了。

关于集资工作，主要发动《诗探索》编辑部成员和诗歌界的朋友，利用各种渠道宣传《诗探索》，并向企业家和艺术家争取赞助；另外就是以《诗探索》的名义办"诗歌培训班"或"笔会"，由于办这种培训班或笔会，从报名、请讲课老师、组织教学、安排活动，到学员的组织、管理，要花费大量的时间和精力，《诗探索》编辑部无力承担，只能交给专业的培训人员去办，《诗探索》收取一定的管理费（大约每期3千元左右），统一交到《说写月刊》财会室。

《诗探索》收到的第一笔赞助，来自新加坡诗人槐华。1993年9月26日，槐华先生寄来500美元，并附来信："兹寄上汇票存根（复印件），区区款项，聊表赞助《诗探索》复刊的心意。"槐华先生热爱中国，热心中国与新、马诗歌界的交流，曾来中国参加《诗探索》主办的学术会议，并邀请《诗探索》主编谢冕、杨匡汉、吴思敬赴新加坡、马来西亚参加当地的诗歌活动。

1993年9月22日，我到首都师范大学出版社，由总编室主任胡乃羽老师手里拿到了1994年第1期的书号。这等于拿到了通行证，我们的编辑工作更要抓紧了。10月17日，在芳草地西街5号楼我的家中召开《诗探索》编辑部会，到会者谢冕、杨匡汉、刘士杰、刘福春、林莽、陈旭光，连我共七人。由我把自7月16日以来编辑部工作进展情况，做了一个全面通报。然后重点研究了复刊第1期的稿件。原先还担心稿件不足，谁知一汇总，竟然多出了十几万字，于是又安排哪些先上，哪些缓发。

应当说，《诗探索》复刊第1期的稿子都是经过较长时间的筹备和编辑的，只有"关于顾城"这个专栏，是作为急就章，临时加进去的。10月12日，我在参加北京作协在卧佛寺举办的"诗歌创作联谊活动"期间，听到了顾城在新西兰自杀的消息。噩耗传来，令人震惊不已。到会的青年诗人文昕，哭成了泪人。此时媒体上、社会上传播着关于顾城杀妻自缢的各种流言。我和同在会场的林莽等商议，觉得《诗探索》有必要发出自己的声音，提供顾城事件的真相，表明我们的看法，供诗歌界与社会各界读者参考。在会场上我们当即约文昕、姜娜写她们所了解的顾城，约唐晓渡写对顾城事件的评论，另外想法收集顾城谢烨在生命最后阶段的文字资料。文昕10月22日写出初稿，为了听取顾城父亲顾工先生的意见，10月23日下午，我与文昕、王恩宇一起去海淀区恩济庄57号总后干休所访问顾工。一方面对顾工丧子之痛表示慰问，另一方面同他交换一下对"关于顾城"专栏的意见，文昕的初稿就留在顾工家。后来文昕听取了顾城父母的意见，对文章做了多处修改。姜娜的稿子是我在10月30日去她工作的灯市口医院取回来的，姜娜写了两篇回忆顾城谢烨的文章，都不长，我看了，觉得都可用，便请她把这两份稿子合并成一篇文章。另外姜娜又提供了两封谢烨给她的信。唐晓渡也一反他慢功细活的写作方式，于10月18日赶写出《顾城之死》的初稿，29日定稿。当时媒体上正热炒顾城事件，有人要出高价买唐晓渡这篇稿子，但晓渡坚守承诺，把稿子给了只能提供低微稿酬的《诗探索》。

1993年11月3日上午，《诗探索》1994年第1辑（总第13辑）完全编定，计收23篇文章，141200字。编定了目录，写了审稿单，并把复写的目录给北大陈旭光寄走一份，让他交谢冕过目。当天下午，我携全部稿件到首都师范大学出版社，交总编室主任胡乃羽老师，请出版社终审。

一周以后，编辑室主任胡乃羽给我来电话，表示稿件终审通过了，嘱咐对顾城那组稿子再把把关。原因是首都师大出版社社长母庚才看了《文艺报》转载的对顾城事件反响的某些意见，提醒别出问题。我在电话中又把组稿情况汇报了一下，表示会认真把关，这组文章照发是没有问题的。

稿子终审通过后，便开始联系印刷厂，市内的大印刷厂报价太贵，我们只能找河北等地的小厂。11月28日下午，我和林莽、刘福春前往河北香河北京空军训练大队印刷厂，联系《诗探索》印刷问题。该厂在香河东门外，是个团级单位的印刷厂，工人多数是家属。厂子的正、副厂长陪我们参观了生产设备及微机室。最后谈妥以每本1.30元的价钱，印5000本，其中包括500本好纸的供海外发行。但该厂管理水平不高，生产能力实在有限，一再脱期。直到两个月后的3月30日，《诗探索》第1辑才印出来。印刷厂送来了1100册样书，用大卡车运送，天黑才能进城。先找到福春，又找到我，我跟车到白广路18号《说写月刊》社，卸完车，回家时已9点半了。接着又赶紧给谢冕、杨匡汉、洪子诚、任洪渊、蓝棣之、张颐武、张同吾、朱先树等打电话，通知在本周六下午在文采阁召开"中国当代诗史写作及《诗探索》新刊座谈会"。

1994年4月2日，在文采阁召开了"中国当代诗史写作和《诗探索》新刊座谈会"，到会有《诗探索》编辑部、北大新诗研究中心、首都师大新诗研究室的成员，以及诗人李瑛、张志民、牛汉、郑敏、屠岸、刘湛秋、西川等。望着会议桌上摆着的一摞摞的红色封面的崭新的《诗探索》，看到与会者翻阅《诗探索》时露出的欣慰笑容，我不禁长出了一口气：《诗探索》终于复刊了！

2020年8月31日

《〈诗探索〉之路》序言

到 2020 年 12 月，《诗探索》就诞生 40 年了。

40 年来，《诗探索》的创办者及后继者怀揣一个梦想，筚路蓝缕，顶风冒雨，走过了一条坎坷而又光辉的路。

《诗探索》创刊于 1980 年，中间停刊八年，1994 年复刊。在创刊和复刊的时候，包括《诗刊》《星星诗刊》《诗神》《诗潮》《绿风》等诗歌刊物，包括《人民日报》《光明日报》《工人日报》《北京日报》《文艺报》《文学报》《文汇读书周报》等报纸纷纷发表了消息，有的还刊登了《诗探索》举办学术活动的报道、《诗探索》内容简介、《欢迎订阅〈诗探索〉》等。媒体对《诗探索》的关注与宣传，迅速扩大了《诗探索》的影响，包括国外的一些学者，都知道了有这样一家诗歌理论刊物。

1995 年后，研究《诗探索》的文章开始出现。最早是 1995 年 6 月 24 日《人民日报》上发表的"本报记者"杨柏青的文章《梦境探索者》。同年，程光炜的《"诗探索"：寂寞中的坚执》、沈奇的《纯正的、科学的、敬业的——评复刊后的"诗探索"》先后在《山花》《诗潮》上发表，这是从学术上阐释《诗探索》创刊的意义和《诗探索》办刊特色的最初的两篇论文。《中华工商时报》则发表了陶林与《诗探索》主编谢冕、杨匡汉、吴思敬的访谈录：《中国诗坛的守望者》，让三位主编公开亮相，阐明《诗探索》的办刊宗旨与学术立场。

为纪念《诗探索》创刊 30 周年，《诗探索》举办了座谈会，著名诗人、学者牛汉、邵燕祥、张炯、孙玉石、叶廷芳等出席。《诗探索》2011 年第 2 辑发表了《〈诗探索〉创刊 30 周年座谈会纪要》，传达了牛汉、邵燕祥等对《诗探索》的评价与期望，同时还发表了谢冕的《为梦想和激情的时代作证》、杨匡汉的《〈诗探索〉草创期的流光疏影》，以及刘福春撰写的《〈诗探索〉纪事》，还原了《诗探索》创刊的现场，为后来的《诗探索》研究提供了丰富的原始资料。

2013年7月姜玉琴的专著《当代先锋诗歌研究》由复旦大学出版社出版，此书设专章研究《诗探索》。作者在该书"引言"中说："本书的一个特殊之处是把《诗探索》杂志引入到了当代先锋诗歌的框架中来。创刊于1980年的《诗探索》与'朦胧诗'以及其后的诗歌一路走来，当代先锋诗歌中所发生的一切美学嬗变和纷争，都能在这本杂志中找到相对应的反应。从某种程度上可以说，《诗探索》见证、参与了并推动了当代先锋诗歌的发展，甚至可以说它本身就是中国当代先锋诗歌运动的构成部分。"此书的第五章题为《关于〈诗探索〉》，分三节，4万余字。这也是到2013年为止，对《诗探索》所进行的最系统，分量也是最重的研究，其研究成果为许多学者所引用。

2017年首都师范大学的硕士研究生林琳在其导师张桃洲教授的指导下，完成了《〈诗探索〉与中国当代诗潮》，这是以《诗探索》为研究对象的首部研究生学术论文。作者认为，孕育并诞生于新诗发生变革浪潮中的《诗探索》，不仅是中国新诗发展史上第一本纯诗歌理论刊物，还响应着当代新诗发展的脉动。从某种意义上来说，《诗探索》不仅是当代新诗发展的"见证者"，更是积极参与其中的"当事人"。林琳的论文写出后，又经过补充、加工，最近以20万字的篇幅定稿，全面展现了《诗探索》创刊、复刊及其发展过程，准确地把握了《诗探索》的办刊定位与取向，并对刊物的运行方式、栏目构成、组织诗歌活动等进行了全面的探讨，写法上采用了史述和评析相结合的行文方式，多有创新，可谓是到当下为止《诗探索》研究的集大成之作。

为迎接《诗探索》诞生40周年，2019年12月28日，《诗探索》召开编委会，决定于2020年11月在香山饭店举办"《诗探索》创刊40周年纪念暨新时期中国诗歌理论学术研讨会"，同时筹备出版"《诗探索》创刊40周年纪念丛书"。这套丛书中有一种《〈诗探索〉之路》，编委会决定由我来负责。消息传出后，得到《诗探索》的历届编委、编辑，《诗探索》的作者、读者，以及诗歌界的朋友的热烈响应，纷纷来稿，半年内达到近40篇，把《诗探索》的研究推向了一个新的阶段。

《〈诗探索〉之路》主要收集了诗人、学者们为纪念《诗探索》创刊40周年所写的回忆文章及学术论文；同时为了保持历史的延续性，除林琳的《〈诗探索〉与中国当代诗潮》和刘福春撰写的《〈诗探索〉大事记》，作为"《诗探索》创刊40周年纪念丛书"单独出版外，还收集了从

《诗探索》创刊以来研究《诗探索》的其他成果，编成了《〈诗探索〉之路》这部文集。为便于读者和研究者阅读，我们把这些文章分为三辑：

一、"编委的声音"，收集《诗探索》创刊编委及历届编委回忆《诗探索》的文章。

二、"我与《诗探索》"，收集《诗探索》的作者、读者回忆《诗探索》的文章。

三、"《诗探索》研究"，收集诗人、学者关于《诗探索》的学术论文。

凡是已经发表的文章，收入本集时，均注明出处。其他文章，均为本书首发。

《〈诗探索〉之路》真实地记录了《诗探索》诞生以来 40 年的风风雨雨，40 年的坎坷行程，40 年的拼搏奋斗，就让它作为这段路程的一个剪影，留给我们的时代，留给我们的后人吧。

2020 年 8 月 20 日

后　　记

我于2008年3月由首都师范大学文学院退休，从此离开教学第一线，也不再招收硕士与博士研究生。退休后，首都师范大学中国诗歌研究中心继续聘我为专职研究员，任研究中心副主任直到2020年，使我退而不休，得以继续为我钟爱的诗歌事业做些事情。这些年来，我一直主编《诗探索·理论卷》，与赵敏俐教授共同主编《中国诗歌通史》并单独主编其中的《当代卷》，主编《20世纪中国新诗理论史》，编选《中国新诗总系·理论卷》和《中国新诗总论·1950—1976》。目前正在主持教育部人文社科重点研究基地重大项目"百年新诗学案"。在这一过程中，我一直怀着浓厚的理论兴趣关注着中国新诗理论的历史进程与当下态势，并先后写出一些理论文章，散见于最近五六年的刊物、报纸及相关项目成果。现选出40余篇，辑成《中国新诗理论的现代品格》一书，交付中国社会科学出版社出版。集子中的文章分为以下五辑。

第一辑："新诗理论：回顾与思考"：中国新诗理论伴随着新诗的诞生与发展，处在现代化进程中的一种全新的诗学形态，它既植根于悠久的中国诗学传统，又汇入现代世界诗学理论的总体格局中。本辑文章立足于新世纪大文化环境的背景，对百年来中国新诗理论的发展历程进行梳理与反思，并对其中的某些规律性的东西予以探讨，对中国新诗的传统、中国新诗理论的基本品格、中国新诗理论的历史发展、中国新诗理论的现代转型加以阐述，对相关的理论流派予以介绍，以期引起大家对新世纪中国新诗理论建设的进一步思考。

第二辑："当代诗歌：历史与现状"：诗歌理论的研究不能拘囿于理论自身，从理论到理论，而是要联系实际、立足当代、关注时下诗坛。本辑文章一方面结合中国诗歌通史当代卷的写作，对中国当代诗歌的发展进行梳理，并对其中涉及的理论性问题予以探讨；另一方面则把眼光投射到当代诗坛，考察当下中国的诗歌生态，对改革开放以来的当代诗歌现象予以追寻与剖析。

第三辑：诗歌评论家群像：对新诗理论史上有代表性的评论家如胡风、艾青、蒲风、任钧、阿垅等加以介绍的同时，对新时期以来涌现的以谢冕、孙绍振为代表的老中青三代诗评家群体予以关注。对不同时代评论家理论的阐释与个性的介绍，可丰富与加深对中国新诗理论现代化进程的理解。

第四辑：诗歌理论著作述评：选择当代诗评家有代表性的著作予以评论，力求实事求是，客观公正，从而使对中国新诗理论史的研究深入文本的层次。

第五辑：《诗探索》与我：介绍笔者与诗歌理论刊物《诗探索》的学术情缘。笔者1983年介入《诗探索》的编辑工作，1994年后任《诗探索》主编，投入了大量的精力，历经艰难，甘苦自知，所写内容可供读者了解与研究《诗探索》参考。

另外，书前的代序《莫道桑榆晚，为霞尚满天》是2018年我获得"第二届昌耀诗歌奖·特别荣誉奖"的感言，借此表达我退休后的心态，以及对诗歌、对诗界朋友的感恩。

本书出版，蒙首都师范大学文学院大力支持，谨致衷心的谢意！

吴思敬
2021年5月20日